U0501107

窒息、

岳勇——

著

北京联合出版公司
Beijing United Publishing Co.,Ltd.

有 态 度 的 阅 读

小马过河（天津）文化传播有限公司

目　录

第 一 章　罹患绝症　　　　　\1

第 二 章　韭菜街F4　　　　　\21

第 三 章　血缘关系　　　　　\37

第 四 章　往事如烟　　　　　\61

第 五 章　迷离身世　　　　　\81

第 六 章　产房疑云　　　　　\101

第 七 章　肇事逃逸　　　　　\119

第 八 章　阳光男孩　　　　　\133

第 九 章　苦命女子　　　　　\149

第 十 章　一封情书　　　　　\165

第十一章　窒息身亡　　　　　\179

第十二章　白骨命案　　　　　\207

第十三章　痛苦记忆　　　　　\223

第十四章　"大圣"出手　　　　\253

第十五章　母子关系　　　　　\269

第十六章　老天惩罚　　　　　　\285

第十七章　意外发现　　　　　　\299

第十八章　龌龊罪行　　　　　　\315

第十九章　一块手绢　　　　　　\335

第二十章　贪腐旧案　　　　　　\353

第二十一章　噩梦难醒　　　　　\377

第一章

罹患绝症

"在这里，我要重点表扬一下朱子冉！"《新都市报》编前会上，总编辑老胡定下明天头版内容和各版头条后，大声宣布道。坐在下面的朱子冉不由得坐直身子，开始接受大家的注目礼。

　　今年二十四岁的朱子冉，是省城《新都市报》社会新闻版首席记者。上周她接到线报，进行了深入调查，采写了一篇揭露出租车行业与网约车司机之间明争暗斗黑幕的深度调查报道，发表后引起巨大社会反响，当天报纸销量比平时增加了三分之一，让《新都市报》一跃成为全省除党报外，发行量最大的报纸。文章在报社自媒体推送后，很快就上了热搜，阅读量达到好几百万，又在互联网上引发话题效应，留言参与讨论的网友不计其数。更重要的是，这篇报道引起了政府有关部门的重视，很快就对出租车和网约车行业发起整治行动。

　　朱子冉是本省光明市人，大学毕业后进入报社工作。报社编辑记者实行首席制，根据业绩排名选出，然后公示，首席编辑记者享受副主任津贴。朱子冉年纪轻轻，能稳坐"首席"的位子，除了才思敏捷文笔好，更凭着她那一股子敢闯敢干的狠劲。去年她为了调查高考替考黑幕，以在校大学生身份卧底进入"替考集团"内部，差点被人识破，"枪手"组织的头目要往她脸上泼硫酸毁她的容，幸好被她机智应对过去，后来她在高考前一天发回了一篇题为《5万包上重本？高考"替考黑幕"令人触目惊心》的暗访报道，"剽悍女记者卧底'枪手'集团揭开高考替考黑幕"，也成了去年最热门的十大新闻事件之一。

　　"昨天我去参加省委宣传工作会议，主管领导就点名表扬了咱们那篇《出租车和网约车明争暗斗何时休？》的深度调查报道，说是有关部门根据报道中提供的线索迅速展开行动，及时化解行业矛盾，将冲突消灭在了萌芽状态。"胡总编扫了大家一眼，见有人脸上露出不大相信的表情，就说，"你们还别不信，听公安部门的人说，他们搜查的时候，在两边车队中都搜出了大量砍刀铁棍之类的武器，如果不是子冉这篇报道，两边只怕早就持械火并起来了，这可不是开玩笑的……"

"哇，子冉姐你真是太厉害了！"几个刚进报社的年轻记者都朝朱子冉投来钦佩的目光。

朱子冉捋一下垂到耳边的短发，脸上露出礼节性的微笑。就在这时，她放在桌子上的手机屏幕忽然亮了。

虽然开会前她已经把手机调成静音状态，但手机在桌面上振动时发出的嗡嗡声，还是把她吓一跳。她看一眼屏幕，来电显示写的是"孟老师"三个字，她急忙按下拒听键。

"……所以，大家一定要向子冉学习，只要有这么一股不挖出真相绝不罢休的狠劲，何愁咱们的工作干不好？"胡总编朝朱子冉这边看过来，一向严肃的脸上难得地露出几分笑意，"今天的编前会还有几分钟时间，要不子冉你就给大家讲一讲这次暗访的经过吧，也好让大家，特别是年轻人好好学习一下。"

"胡总，您别这么说，其实我也不老，还是个年轻人！"朱子冉幽默了一句，大家都笑起来。"那我就简单讲一下这次暗访的经历吧。"她刚开个头，桌上的手机又嗡嗡嗡地振动起来，好像她要是不接这个电话，手机就能从桌子上自己蹦起来一样。

她看看来电显示，还是"孟老师"，她轻轻皱一下眉头，干脆直接按下电源键，将手机关机了。

她将手机扔到一边，翻开采访笔记本，简单讲了一下自己这次深入出租车和网约车行业暗访的经历，尤其是那段为了打听行业内幕差点被一个不怀好意的出租车司机强奸的情节，更是听得人惊心动魄。

　　编前会结束后，她走出会议室，顺手打开手机，才发现就这么短短几分钟时间，竟然有十多个未接电话，全都是"孟老师"打来的。她不觉有些意外：怎么突然一下子给我打这么多电话？

　　手机里的"孟老师"，并不是真正教过她的老师，而是她的继母孟玉文。孟玉文是光明市玉德中学的一名老师。她跟继母之间的关系并不是很亲近，所以，手机联系人里也就简简单单备注了"孟老师"三个字。

　　她站在无人的走廊边，把电话回拨过去。手机接通后，她刚叫一声"二妈"，孟玉文就在电话里问："子冉，怎么这么久都不接电话啊？可真是把我给急死了！"

　　朱子冉刚想说"我这边正开会呢"，但对方不待她回答，就突然在电话里抽泣起来："子冉，出、出事了……"

　　朱子冉不由得心里一沉，忙问："我爸怎么了？"

　　她父亲朱哲，是一名机关公务员，去年自己驾车下乡工作的时候，在半路出了车祸，小车翻下山坡，整个轿车都摔变形了，他被卡在方向盘和驾驶位之间，休克了过去，直到第二天早上才被下地劳作的农民发现。送到医院后，她爸就成了一个植物人，已经在病床上躺了大半年时间，至今也没有苏醒过来。所以，听到继母语带悲声，朱子冉心里一紧，首先想到的就是老爸可能出事了！

谁知孟玉文在电话里说:"你爸他没事,还在华济医院躺着,还是老样子呢……是子豪他……"

"子豪?"朱子冉一愣。朱子豪是孟玉文的儿子,也是她同父异母的弟弟,今年刚满 20 岁,平时吊儿郎当,现在正在光明职业学院读大专。

孟玉文带着哭腔说:"你弟弟今天在学校晕倒了,送到医院后,医生说情况不容乐观……"

"不容乐观是什么意思?"朱子冉听说不是老爸的事儿,总算松了一口气。如果说那个家里还有让她挂心的人,也就只有她老爸了。

"医生说他的情况有点严重,可能活不到 21 岁……"孟玉文又在电话里放声大哭起来。

朱子冉耐着性子问了好久,也没问出具体是什么情况,只知道大致情况就是弟弟晕倒送医后,医生给他做了详细检查,结果发现情况非常严重……她心里不免有些恼火,这个女人,还是中学教师呢,关键时刻连个这么简单的事情都说不清楚,啰唆半天也没说出个所以然来。

孟玉文显然听出了她的不耐烦,就在电话里扯着她说:"子冉,你爸现在还在医院里躺着,你爷爷奶奶年纪又大了,你弟弟现在又……你二妈现在可真是无依无靠,想找个拿主意的人都没有了……"朱子冉听到这话,心里软了一下,说:"二妈您别着急,这不还有我嘛!我马上回家看看,有什么事情等我回家咱们再商量!"

挂断电话后,她回办公室简单交代一下工作,就找胡总编请

5

了假，开着自己那辆丰田凯美瑞，出了省城，走上高速，往自己的老家光明市方向开去。

正是下午时分，高速路上车流量并不多，她把车开得很快，道路两边的树木和田畴都像幻灯片似的从车窗外闪过，她心里竟有些恍惚起来。

在光明市当地来说，他们家应该算是一个标准的高干家庭了。爷爷朱权贵曾经官至市委常委，奶奶在一家国企工作，但一直吃着空饷，在朱子冉的印象里，很少看到奶奶去单位上班，但每个月仍然可以领到不菲的工资。她爸爸在爷爷的安排下，早早地就进了机关单位上班。她母亲卢艳艳生下她后，一直没能再生育，自然就遭到了重男轻女的爷爷奶奶的嫌弃，于是在她四岁那年，父母亲离了婚，她被法院判给了父亲。她爸爸朱哲没过多久，就娶了现在这个二妈孟玉文，又没过多久，孟玉文就给朱家生了个男孩，也就是她弟弟朱子豪，爷爷奶奶脸上这才有了些亮色。当然，弟弟出生之后，女孩朱子冉在这个家里就更显得可有可无了，就连她二妈孟玉文，也对她不冷不热的，处处提防着她，好像生怕她会抢走本该属于她儿子的那份家产一样。她爸爸夹在中间，左右为难，但总算对她还不错，明里暗里给了她很多帮助，才使得她在这个家里的日子不至于那么难熬。

小车驶出高速路口，进入光明市城区时，天色已近傍晚，太阳像一个红色的血球悬挂在西边天际，散发着最后的余热。虽然已经是夏末秋初的时节，天气却还十分闷热，行人都穿着短袖趿着拖鞋，在小城街道上慢悠悠地晃荡着。

朱子冉的家原本住在老城区韭菜街，那里有一栋她爷爷奶奶自建的二层小楼，直到她上高三的那一年，老爸在新城区碧桂园幸福里买了一套新房，他们一家四口才从爷爷奶奶那栋旧楼里搬出来。

进入市区，车速就慢了下来，她放下车窗，道路两边的街景显得既熟悉又陌生。说熟悉是因为她从小就生活在这里，小城里的大小街道，都曾留下过她和小伙伴们游玩的足迹，说陌生是因为自打她17岁考上大学离开家乡去北京上学后，就很少回家，尤其是大学毕业在省城参加工作之后，即便逢年过节，也很少回来，独自一人在省城生活，反倒自在。小城还是以前那座死气沉沉的小城，街道也仍然是以前那些灰头土脸的街道，只是路边黑乎乎的透着一股散不掉的油烟味的小楼，这几年也逐渐被一排排光鲜的高楼大厦代替，恍惚间让她生出些异样的陌生感来。

回想一下，她最近一次回光明市，还是去年10月间。那时她老爸出了车祸，她从省城匆匆赶回来照顾他，后来老爸成了植物人，躺在医院一直没有好转，加上她在报社工作繁忙，也就再没有回来过。想到孤零零躺在病床上的老爸，她心里难免有些愧疚，毕竟在这个家里，老爸曾经是对她最好的人。

她一边心情郁闷着，一边把小车开到了碧桂园门口，保安将她拦住，她说她家就住在这里，保安平时没怎么见过她，自然不信，非得让她登记，并且问她到小区里找谁，必须得被访业主向保安确认后才能放行。她只好掏出手机给二妈打电话，孟玉文说她不在家，跟子豪一起都还在医院。"在人民医院住院部！"她在电话里强调了一句，朱子冉只好掉转车头，赶去人民医院。

在住院大楼二楼，她刚走出电梯，只见一脸焦急的孟玉文正站在走廊里等着她。见到她，叫一声"子冉"，眼圈就红了。朱子冉的目光从她身侧看过去，在旁边的病房里，她弟弟朱子豪正坐在床上，身上并没有穿病号服，正戴着无线耳机在玩手机游戏，一副神情专注的样子。她轻吁口气，心里就有些责怪二妈太过大惊小怪了。

"子豪这不是好好的吗？"她问。

孟玉文回头朝病房那边看一眼，把她拉到一边说："子豪只知道是来医院检查身体，还不晓得自己的病情呢。"

"到底什么情况？"

"最近一段时间，子豪老是关节痛，而且还经常发热低烧，浑身没劲，去他们学校附近的诊所看了，说是关节炎，可是吃了很长时间的药也没啥效果。今天早上他在宿舍下楼梯的时候，突然晕倒摔得膝盖出血，学校老师把他送到医院，又打电话通知了我。我赶到医院的时候，医生已经给他做了血常规检查，发现他血小板减少，白细胞数量异常。后来又做了一些什么检查我不太知道，反正就是高度怀疑子豪他得的是……白血病，而且还是急性白血病……"

"急性白血病？"朱子冉愣了一下。孟玉文点了点头，用手背擦擦眼角的泪水："是的，我上网查过，得了急性白血病，如果不及时治疗，很可能只能活几个月时间……"

朱子冉显然要比她冷静得多，追问道："医生现在仅仅是怀疑，但并没有确诊，是吧？"

孟玉文说："好像是这样，但是，医生说得挺吓人的！"

"哪个医生说的？"

"赵医生。"

朱子冉说："您先别太着急，我再去找医生好好问一下。"孟玉文就带着她来到医生办公室。

赵医生是一个四十多岁的中年人，戴着眼镜，身上的白大褂虽然有点旧，但浆洗得很干净。朱子冉看一眼他的胸牌，知道他名叫赵子坚，是一名主任医师。

"赵医生，我是朱子豪的姐姐，"朱子冉站在医生办公桌前，"我想问一下，我弟弟到底是什么情况。"

赵医生正在写病历，抬头看了孟玉文一眼："你没有跟她说吗？"见孟玉文没有吭声，他就放下笔，把身子往椅背上一靠，"你弟弟上午入院的时候，我们给他做了血常规筛查，发现白细胞数量明显增多，然后又进行了血细胞形态学检查，在他的血液中发现了白血病细胞，再综合一些其他方面的诊断，我们现在高度怀疑患者患有白血病，而且是急性的。"

"您说的是怀疑，意思就是还没有最后确诊是吧？"

赵医生点头说："可以这么理解。在咱们临床上，对于血常规和血细胞形态学检查异常怀疑白血病的患者，必须进行骨髓细胞形态学检查，才能最后确认结果。"

"骨髓细胞形态学检查？"

"通俗地讲，就是进行骨髓穿刺。"

孟玉文颤抖了一下："是要把我儿子的骨头刺穿吗？会不会留下什么后遗症？"

赵医生淡然一笑，摇头道："从理论上来说，骨髓穿刺对人体没有任何影响，是一项非常安全的医疗操作。当然，这毕竟是一项创伤性检查，咱们医生也不能百分之百排除有引起出血或感染的可能。所以，在术前还是要征得患者本人及家属同意。"

孟玉文扯一下朱子冉的衣服，显然是一时之间拿不定主意。朱子冉道："既然医生您这么说，我们家属也没有什么不放心的了。只是不知道做完骨髓穿刺之后，多久能有最终的诊断结果？"

赵医生说："一般三天左右能出诊断结果。"他从抽屉里拿出一张骨髓穿刺术知情同意书，递到孟玉文面前。孟玉文虽然有些犹豫，但还是在家属栏里签上了自己的名字，然后又拿去给儿子朱子豪签了名。朱子豪正忙着打游戏，并没有细问，孟玉文刻意隐瞒，自然也没有跟他说起他的真实病情。签完字，朱子豪一抬头看见朱子冉，淡淡地叫一声："姐，你回来了。"仍旧低头看手机。

经过大约十多分钟的术前准备，医生很快就将穿刺针扎进了朱子豪的骨质中，顺利地完成了骨髓穿刺手术。

虽然没有最后确诊，但考虑到患者目前的身体状况，赵医生还是建议在等待结果的这几天时间里，患者能留医观察。但是朱子豪打完两瓶吊针后，感觉膝盖上的伤口已经不疼，最主要的是他嫌医院的 Wi-Fi 太慢，影响他打游戏，就嚷着要回家。孟玉文感到有些无奈，只得由他去了。

从医院出来，朱子冉见天色还早，就跟孟玉文说："二妈，您跟子豪先回家吧，我想去看看爸爸。"孟玉文点头说："也好，你也难得回来一趟，是该去看看你爸了！"

朱子冉先给二妈和弟弟叫了出租车，等他们离开后，才开着自己的小车，往东方大道方向驶去。她爸爸就住在东方大道的华济医院。这是一家私立医院，医疗设备和住院条件都比公立医院要好，当然，收费也比公立医院贵很多。不过，她爸是因公车祸受伤，大部分医疗费用都由单位先行垫付，所以家里并没有什么经济压力。

天渐渐黑下来，路上的街灯次第亮起，商铺门口的霓虹灯一闪一闪地晃得人眼花缭乱。

她驾车穿过大半个城区，来到华济医院，先到病房里探望了老爸。朱哲躺在单人病房里，身上插着几根与各种医疗仪器相连接的管子，穿着条纹病号服，脸色红润，两眼微闭，看上去像是睡着了一般。一个四十多岁的女护工正掀起被子给他擦拭身体。朱子冉见这护工手脚麻利，干起活儿来并无怨言，这才放下心来。

她到医生办公室，找到老爸的主治医生问了一下情况。医生说："你爸的病情，到目前为止，并没有恶化，当然也没有好转的迹象。"她问："这种情况还要维持多久？"

医生叹息一声，说："这个我们也说不准，他最终能不能苏醒过来，还得看运气。"

她朝医生鞠了一躬，说："真是麻烦你们了！"然后又问，"我家里人来看过他吗？"

医生点头说："经常来的，你二妈每周都会来两次，还有你爷爷奶奶，有时候也会过来看看你爸，坐在病房里陪他说说话什么的，虽然你爸没有反应，但他们相信他是听得见他们说话的。而且从医疗救治的角度来说，亲人的陪伴和呼唤，确实能促进病人的康复，说不定哪天奇迹就会发生。"朱子冉听罢，不觉心中隐隐生痛，反倒是自己，远远地躲在省城，竟从来没有回来探望过父亲。

她告别医生，回到老爸的病房，这时护工已经离开，只剩下老爸一个人孤零零地躺在那里。她在病床前坐下，叫了一声："爸，我来看你了！"她爸爸自然没有反应。

她凑近床沿，细细端详着父亲的脸。在病床上躺了半年多时间，他的身体竟然长胖了，脸肉也松弛下来，不见了往日的严肃，竟有了几分慈祥的感觉。

她轻轻握住老爸的手，他的手掌有些发凉，她将另一只手覆盖在父亲手背上，像是要用两只手将父亲的手焐热一般。她上小学的时候，下雪天父亲送她上学，路上她手冷，当时他就是这样握着她的手，来到学校门口的时候，她的小手就已经被焐得热乎乎的了。

朱哲是在去年 10 月出的车祸。当时他受单位派遣，一个人下乡公干，开的是自己的小车，工作结束在返城的路上，经过龙湾乡石斗山边的一条省道时，出了车祸，连人带车翻下十几米高的陡峭山坡，他被卡在方向盘与驾驶座之间，全身多处受伤，因为失血过多，昏迷了过去。直到第二天清晨，才被附近早起下地干活的村民发现，随即被送到医院，经过医生抢救，虽然保住了性命，但最后还是没有苏醒过来，成了一个植物人。

后来，交警对车祸进行调查，发现朱哲是在省道上与一辆对向行驶的小车相撞，才翻下山坡的。但是，警方并没有在事故现场找到肇事车辆的痕迹。很显然，对方小车肇事之后逃离了现场。警方在朱哲小车被撞处提取到少量对方车辆留下的油漆，经过化验分析，判断出肇事车辆应该是一辆白色五菱面包车。可是由于事发段路处于乡村地带，位置偏僻，并没有安装监控摄像头，朱哲的马自达小车也没有安装行车记录仪，所以完全找不到事发当时的视频证据，再加上事发时间又是在傍晚时分，路上车少人稀，警方虽然做了大量走访调查，也没有找到一个目击证人。所以事到如今，这个车祸案还一直悬着，交警部门还在坚持不懈地追踪调查中。朱子冉当然也希望警方能早日找到肇事司机，还父亲一个公道。

离开父亲的病房时，她看见刚才那名女护工正坐在外面走廊的长凳上，一边揉着自己的后腰，一面稍作休息。她不由得放慢脚步，经过护工面前时，轻轻在她手里放下一个红包。女护工有点手足无措地站起身来，朱子冉朝她微微一笑，很快就从走廊里走出来。

回到碧桂园的家里，已经是晚上8点多。朱子冉一进门就听到客厅里传来"砰砰叭叭"的枪炮声，好像家里在上演战争大片一样。探头看一下，原来是朱子豪正穿着睡衣坐在沙发上，将手机投屏到客厅电视上打游戏。电视大屏幕上除了纷飞的子弹，就是满屏飞溅的鲜血，看得人心惊胆战。

她知道他是带病之身，本想叫他不要沉迷游戏，早点休息养足精神，病才能好得快，但是转念一想，这孩子从小就被家里人宠坏了，就连老爸老妈的话他都当成耳旁风，更何况她这个一向关系淡漠的姐姐？摇了摇头，也就作罢了。书房的灯正亮着，估计孟老师又在加班批改学生作业，她虽然对朱子冉不怎么样，但对自己的学生，还是十分尽心尽力的。

她朝厨房里望一眼，里面已经收拾得干干净净，估计这对母子已经吃罢了晚饭，好在自己已经在外面吃过了，如果指望回家吃饭，那就要饿肚子了。

她素知孟玉文的脾性，未作多想，打开自己房间的门，准备进屋休息，揿亮电灯，却不由吓了一跳，自己的房间本就不大，这时却堆放了很多杂物，好像半个仓库一样。

孟玉文听到开门声从书房走出来，往她屋里瞧一眼，说："你这不是没在家住嘛，这房间一直空着，家里有些东西没处放，所以就扔在这里了，你暂时克服一下，我明天再给你收拾收拾。"朱子冉道："谢谢二妈，不用那么麻烦，我估计住几天时间就走了。"

她挽起衣袖，把自己房间简单收拾一下，换了张新床单，这才上床躺下。这个房间也算是她的闺房了。家里买新房的那年，她正读高三，住在学校宿舍，后来考上大学去北京上学，再到在省城参加工作，回来住的日子就更是屈指可数。这个家，反倒成了她人生旅途的客栈，她的闺房被二妈当成杂物房，便也不觉得奇怪了。

靠在床头，打开手提电脑，处理了一下工作上的事情，这时孟玉文又推门进来说："对了，刚才吃晚饭的时候，你爷爷奶奶打电话过来，他们听说你回来了，让你明天过去看看他们，老两口想你了！"

朱子冉听到这话，不觉一愣，爷爷奶奶想她了，还主动打电话过来叫她过去看他们？这可是破天荒的事儿。

14

她爷爷朱权贵和奶奶刘芹，都是顽固守旧之人，她父亲朱哲是三代单传，所以，爷爷奶奶生怕在他这里断了香火，打从朱哲跟朱子冉的亲妈卢艳艳结婚起，就盼着他们能生个儿子传宗接代。结果，卢艳艳第一胎就给家里生了个女儿。朱权贵老两口不由大失所望，还听信韭菜街算命先生胡金牙的话，给孙女取了个男孩名字叫朱子男，说是这样可以给家里引来男丁。谁知过了好几年，卢艳艳也没能再生育，在老两口的撺掇下，朱哲跟卢艳艳离了婚。直到上中学的时候，朱子冉觉得自己的名字不好听，才拖着老爸去派出所，把自己的名字改成了"朱子冉"这三个字。

她这个孙女从小就不受老两口待见，父母离婚的时候，老人就不想要她这个女孩。不过，法院把朱子冉判给了朱家，他们虽然不乐意，却也只能接受。后来二妈孟玉文跟爸爸结婚，弟弟朱子豪出生，她在这个家里就更没有存在感。正是因为小时候那段噩梦般的经历，长大之后她跟爷爷奶奶，甚至连同这个家，都没有多少亲近的感觉。

而这一回，从来对她没有什么好脸色的爷爷奶奶，居然主动打电话向她示好，这倒是有些出乎她的意料。她冲着二妈孟玉文点头答应一声："行，我明天就去韭菜街看他们！"

第二天上午，朱子冉驾车来到旧城区。韭菜街就在旧城区，因为街道狭长，像一片躺在地上的韭菜叶子，所以得名"韭菜街"。这里原本处在市区边缘，基本属于城郊地界了，后来城市扩张，四周都建起高楼大厦和商品房住宅小区，这里被逐渐繁荣起来的新城区包围着，反而成了城区的中心地带。

韭菜街上住的都是一些老居民，那时还不时兴商品房，街

15

坊们大多是自己买地建房。所以，街道两边多是平房和两三层高的小楼。朱子冉的小车沿着窄窄的韭菜街一路开进去，发现这么多年过去，这里跟她小时候相比，几乎没有什么变化，就连瞎子胡金牙摆摊算命的位置，也没有半点挪动，只是他身后那个"铁板神算"的木招牌，显得陈旧了许多，上面的字迹都模糊得快看不清了。小时候，她每次经过这里，都要朝他的摊位上吐一口口水，谁叫他当初叫她爷爷给她取那么难听的名字呢。

爷爷奶奶家住的是一栋两层小楼，她小的时候，这栋楼是韭菜街上最气派的房子，白色的外墙和绿色的窗户每年都会刷新一次，门前屋檐下搭着一个葡萄架，种着一些很好看的花木，大门两边的石墩上摆放着两只石狮子，看起来很威严的样子。在她的印象里，小时候家里常常有一些大小官员提着礼物来找爷爷，门口经常停满了高级轿车。

十年前爷爷退休，本想着这下有时间了，正好在家里好好侍弄他那些花花草草，结果城管的人却找上门说，沿街居民家门口一律不准搭建花棚，毫不客气地把爷爷的葡萄架给拆了，还说街道太窄门口的石狮子会给过往车辆造成不便，硬是将那两只汉白玉的石狮子给挪走了。爷爷当时气得不行，到处找人投诉也没有人理他，他这才明白人走茶凉的道理。

大约两年前，爷爷的身体出现了问题，冠心病发作，需要做心脏搭桥手术，可是老头子十分顽固，总觉得小城里的医生不行，非得指名要找省人民医院一位姓宋的教授来给他做手术。宋教授是著名的外科医生，一般人根本请不动他，爷爷托了很多人联系这个宋教授，其中很多是他一手提拔起来现在已经官居要职的老部下，结果这些人都对他敷衍了事，根本没有一个人真心为他这个老领导办事。最后，还是已经在报社工作的朱子冉托一个家里有人在省人民医院工作的大学同学帮忙，辗转联系上了这位名医，挂到了他的号，请他主刀为爷爷做了手术。从那以后，朱权贵就变得沉默起来，再也不向人炫耀自己曾经在官场上的辉煌时刻了。

朱子冉提着一袋水果走进小楼，看见爷爷正坐在门口的躺椅上，一边晒太阳，一边拿着手机刷抖音，手机视频里正在播放着"中美关系大变局"之类的时政新闻。

朱子冉喊了一声："爷爷！"朱权贵的反应有点迟钝，目光从老花镜上边抬起来，瞅了她两眼，这才认出她来，也不回答她的话，只是扭头朝屋里喊一声："老婆子，子男来了！"时至今日，他对孙女自己改名一事仍然耿耿于怀，一直还喊着她原来的名字。然后，又低头去翻下一条抖音。

奶奶刘芹答应着从屋里迎出来，看见孙女，脸上竟然难得地有了些笑意，把她迎进屋里，接过她手里的水果，还给她倒了杯水。朱子冉在旧沙发上坐下，在屋里环视一眼，在她读高三之前，都是跟老爸二妈和弟弟一起生活在这栋小楼里，虽然他们已经搬出去很多年，但屋里的一切都还保留着原来的样子，只是变得老旧了许多，墙壁不再像以前一样每年刷新一次，看起来灰乎乎的，还留着一些黑色的污渍。

奶奶坐在旁边，从朱子冉刚才提来的水果里拿出一个苹果，削了皮递到她手里。这可是以前弟弟才能享受的待遇！朱子冉急忙站起身来，双手接过，刹那间，对于奶奶这种热情的转变，她感觉到很不适应。

"我也是昨天给你二妈打电话，听她说了，才知道你回来了。"奶奶放下手里的水果刀说。

朱子冉知道二妈肯定没有将子豪生病的事情告诉两位老人，当下也不好细说自己回家的真正原因，只是点点头："是啊，这段时间正好工作不怎么忙，所以就请假回来看看爸爸！"她随口撒了个谎。

"唉！"一提到儿子，刘芹的眼圈就红了，"你说你爸吧，好好的，怎么就出了这么一场车祸呢？都在医院里躺半年多了，也不知道啥时候能醒过来。那个肇事司机也太黑心了，要是当时就把你爸送去医院，他肯定就不会变成植物人了……"说着，就撩起衣角去擦眼泪。

"你放心，我已经给交警大队打过招呼，叫他们一定要竭尽全力抓到那个肇事司机。"爷爷坐在躺椅上背对着她们说，"他们大队长是我以前的一个部下，咱们家的事，他一定会尽心尽力办好的！"

奶奶不敢出言反驳，只是小声嘀咕道："你就只会放空炮，你早就不在位了，现在谁还会听你一个糟老头子的话？"

朱子冉咬一口苹果，却没有心思品尝水果的味道，她心里隐隐有些不安，知道爷爷奶奶叫自己过来，肯定不是真的想念她这个从小就不受他们待见的孙女儿，想问问他们叫自己过来到底所为何事，又不好开口，只好坐在那里，静待下文。

果不其然，奶奶很快就把屁股往她这边挪了挪，拍着她的膝盖说："子冉啊，这次爷爷奶奶叫你过来，一个是好久没见，想看看你，二个嘛，是有件事情，想请你帮个忙。"

朱子冉心里一声冷笑：果然被我猜对了！她放下送到嘴边的苹果，问："您二老有什么事？"

奶奶朝爷爷那边看了一眼，说："上次你爷爷做心脏搭桥手术，多亏了你在省城找了宋教授主刀，省城名医的医术就是高超，你爷爷做完手术后，身体一直恢复得不错。只是最近一段时间，一到晚上你爷爷又胸痛得厉害，就好像有人拿脚踩在他胸口一样，常常一整晚一整晚的睡不着觉，找咱们市医院的医生开了药也不管用。你爷爷现在只信得过省城那个宋大夫，按他以前留下的电话号码打过去几次，对方都没有接听，正好你回来了，咱们就想请你帮个忙，看能不能再跟那个宋教授联系一下，把你爷爷的身体情况跟他说说，请他帮忙给开点儿药……唉，咱们本地的这些医生，可真是指望不上了！"

原来又是想找她去求人家宋大夫啊！她朝爷爷那边看了一眼，爷爷没有回头，只给了她一个背影。她心里虽然有点不舒服，但毕竟是为长辈帮忙办事，也不好当面拒绝，尽管她知道那个省城名医宋教授架子很大，不怎么好打交道，但还是点头勉强应承下来，说："行，回头我找宋大夫说说爷爷的情况，不过，他肯不肯帮这个忙，那我就不知道了。"

奶奶像是松了口气似的笑着说："那就辛苦你了！"

爷爷却忽然仰天发出一声叹息："唉，现在老喽，不中用了，求孙辈办点儿事，还得看人家有没有时间。"

朱子冉不由得脸红了一下，爷爷是在怪她当面推托，没有立即去办理他交代的事情，心里虽然有些恼火，但也只好当着他们的面，拨通了那个大学同学的电话，请那个同学帮忙，终于联系上了省人民医院的宋大夫。她在电话里详细说了爷爷现在的情况，宋大夫说患者现在的情况不算严重，暂时不用舟车劳顿跑到省城找他复诊，他先开些药给患者吃一下，如果情况没有缓解，再去省人民医院找他。他很快就发了一张电子处方过来，朱子冉用纸和笔将上面的药名抄下来，拿给奶奶。老两口脸上这才露出满意的笑容。

朱子冉不觉有些厌恶，其实，爷爷找她帮忙请宋大夫开处方，给她打个电话就行了，根本用不着在她面前上演这一出变脸游戏。她忽然感觉到自己虽然离开这栋小楼已经八年了，但这屋里那种令她感觉非常不舒服的压抑气氛，仍然无处不在。

她将没有吃完的苹果扔进垃圾桶，起身告别。奶奶也跟着站起身，说："这都已经快中午了，留在家里吃了午饭再走吧。"

朱子冉摇头说："不用了，我还有点儿事，先走了，等有空了再来看您和爷爷！"

走到大门口时，爷爷仍然在看着手机屏幕上变幻的画面，并没有多抬头看她一眼。

第二章

韭菜街 F4

朱子冉逃也似的从爷爷奶奶的小楼里走出来，回到自己的小车里，感觉有些胸闷气短，启动小车后，将车窗玻璃放下，微微有些风吹进来，她做了几下深呼吸，才感觉好受一些。小车缓慢地在狭窄的街道上行驶，街道两边都是她熟悉的带着满面烟火色的旧房子。街上有三三两两的行人走过，大多是街坊老人，这个时间段，年轻人应该都出门上班去了吧。

　　"哎呀，这不是子冉吗？"一个正在街边晒衣服的白发阿婆从车窗里看她一眼，先是愣了一下，然后又多看了一眼，忽然认出她来，扯着嗓子叫一声。朱子冉只得停下车子跟她打招呼："是啊，张奶奶好！"

　　这位白发老婆婆姓张叫张群英，是韭菜街上的老街坊，寡居多年，今年应该有六十多岁了。说起来，她的命也挺苦的，年轻时死了老公守了一辈子寡，儿子又不争气整日不着家在外面鬼混，只剩下她跟孙女两个相依为命。她孙女名叫肖三妹，比朱子冉大一岁，是个脑瘫儿，整张脸都是歪着的，还不住地流口水，小时候经常跟在朱子冉他们这帮小伙伴屁股后面玩耍。这孩子在十五岁那年突然失踪了，听说是被人贩子给拐走了。这件事对张奶奶打击很大，一夜之间就白了头发，现在看起来背也驼了，人也变得枯瘦，就越发显得苍老了。

　　"呵呵，回韭菜街看你爷爷奶奶啊？"张奶奶一边在铁丝上晾着衣服，一边问。

　　朱子冉说："是啊。"张奶奶说："这孩子真有孝心！"说这话的时候，她眼圈有点发红。朱子冉知道她看见自己，肯定又想起了失踪的孙女儿，虽然三妹是个脑瘫儿，十几岁了也没有办法进学校读书，但当年张奶奶可是把她当宝贝一样带着。

她本想问问这些年有没有三妹的什么消息，但看到张奶奶这副触景生情的模样，结果已经不问而知。她心里有些难受，跟张奶奶在街边聊了几句家常，就开车走了。

时间已近中午，韭菜街上也渐渐热闹起来，摩托车自行车在街道上往来穿梭，不时有一辆辆小车从对面驶来，街道狭窄，会车的时候，就不得不加倍小心了。好不容易才从逼仄的老街里驶出来，朱子冉总算松了口气，小车拐弯的时候，她忽然发现街口不知什么时候开了一家小饭馆，店名就叫"大圣餐馆"。看到招牌上的"大圣"两个字，她的心像是被触动了一下，缓缓将车停在路边，对着饭馆认真瞧了两眼。

饭馆不大，只占着一个小门面，屋里摆放着七八张小桌，三两个顾客正在里面吃饭。一个胡子拉碴的男人，腰里系着一条围裙，正坐在台阶边抽烟。她往男人脸上看了一眼，那是一张黝黑的棱角分明的脸，她心里猛地一跳。

这时那围裙男人看到她的小车停在餐馆门口，也起身迎上两步，面带笑容，热情地道："美女，要吃饭吗？咱们店里菜式丰富，价格公道，干净卫生，欢迎光临！"他一开口，朱子冉就觉得这声音无比熟悉。她从车窗里探出头来："大胜哥！"

对方被她叫得一愣，眯着眼睛往车里瞅瞅。朱子冉急忙打开车门走下来，对方上下打量她一眼，这才认出她来，犹疑着问："是子冉吧？"朱子冉大笑："可不就是我嘛！"

对方搓着手呵呵直乐："原来真是你啊！女大十八变，越变越漂亮，我都快认不出你了！"

23

这个男人叫蒋大胜，也是在韭菜街长大的孩子，年纪比朱子冉大两岁，小时候他是韭菜街上这帮小屁孩的"老大"，经常带着朱子冉他们一起玩耍，是朱子冉小时候为数不多的几个好朋友之一。只不过后来他犯了点事，被警察抓去判了几年刑，从那以后就再没见过他。后来听说他刑满出狱后，到南方打工去了，却没想到还能在韭菜街见到这位儿时的好哥哥。

"这餐馆是你开的呀？"

"你怎么知道？"

"招牌上不是写了嘛，大圣餐馆，这韭菜街上敢自称'大圣'的，也只有你了。"

蒋大胜不由得挠挠后脑勺，憨厚地笑起来。因为他的名字"大胜"和"大圣"谐音，所以小时候大家都叫他"大圣哥"，后来他在道上混出了点儿名声，大家都叫他"齐天大圣"。所以朱子冉看到这个餐馆的招牌，立即就想起了小时候的这位"大圣哥"。

"你还没吃午饭吧？"故友相逢，蒋大胜很是高兴，"我请客，到我店里去，我亲自给你下厨！"

"好啊，正好肚子有点饿了！"朱子冉在路边停好车，跟他走进店里，找了张小桌坐下。环顾四周，店面虽然不大，但收拾得还挺干净。蒋大胜问她想吃什么，她想了一下说："就给我来一份扬州炒饭吧。"蒋大胜一听，不由得笑起来，小时候大家手头都不宽裕，但凡他挣了点儿钱，就带着她和另外两个好朋友一起去学校前面小街上的那家小饭馆吃扬州炒饭，虽然是最便宜的一种炒饭，却也是他们当时能吃到的最好吃的东西了。

24

"好，请稍等！"蒋大胜紧了紧身上的围裙，钻进后面的厨房，没过多久，就端了一盘热腾腾香喷喷的炒饭出来。朱子冉吃了一口，又烫又香，而且里面放的火腿特别多，她想起小时候自己特别喜欢吃炒饭里面的火腿，每次蒋大胜都会把自己盘子里的火腿挑出来，悄悄夹到她碗里，看来这家伙还记得自己的口味啊！看她吃得这么香，蒋大胜不禁有些得意，在她对面坐下来，点燃一支烟，一边抽着，一边看着她吃饭。

"真没想到，你竟然会在咱们韭菜街上开起了餐馆。"

"唉，这个说来话长，也算是生活所迫吧。"蒋大胜脸上的表情暗了一下，"你也知道，我初中时就被学校开除了，从小在社会上混，而且又坐过牢，名声不好，几年前从牢里出来，曾经到广东佛山、福建泉州打工，钱没赚到还老是受人欺负，加上家里的老爹年纪又大了，让他一个人在家我也不放心，所以就干脆回到了韭菜街，盘下这间门店，开了这家餐馆。我算是老板兼主厨，还请了一个年轻人在厨房做学徒，我爹当跑堂，店里总共就三个人。"

朱子冉问："生意还好吧？"

蒋大胜摇头叹气："以前生意还行，我这里虽然只是家小店，但菜式丰富，价格实在，所以回头客还挺多，但是今年不是闹新冠疫情嘛，生意就淡了许多，你看这都大中午了，店里也没几个顾客。"

"你居然还有这么好的厨艺？"朱子冉抬起头朝他眨眨眼，"小时候，可是一点儿也看不出来啊。"

"其实，我这点厨师手艺，都是在监狱里学的，我在少管所待了两年，18 岁之后又转去监狱服刑五年，七年时间就学会了这么一门手艺。"蒋大胜不好意思地笑了，朝她望一眼，"对了，别光顾着说我呀，也说说你自己吧。"他把烟头摁灭在烟灰缸里，"听说你到北京上了名牌大学，现在已经是省城大记者了？那可是无冕之王啊！小时候咱们这一伙人，就数你最爱学习，成绩也好，现在果然有出息了。"

"也说不上多有出息吧，记者嘛，也不是什么光鲜的职业，就是一份普通的工作而已。而且，当年我去北京读的也不是什么名牌大学，就是一所普通的本科学校而已。当时我们家的情况你也知道，除了我爸，其他人都不怎么待见我这个女孩子，我那个亲妈在外面又不管我，我生活得很压抑，只想早点离开这个家，躲得越远越好，最好永远也别回来，所以填高考志愿的时候，我全部都填报了北京的学校，没想到，最后还真去了北京念书。大学毕业后，按我爸的意思，是想叫我回来考公务员，但我最后还是选择了在省城找工作。"

蒋大胜钦佩地道："你一个女孩子，能够在省城站稳脚跟，也很不容易啊！"

朱子冉苦笑一声："再不容易，也总比待在家里强吧。"

"这次是回来看你爸爸的吗？"蒋大胜叹息一声，"你爸的事情我也听说了，好像到现在还没醒过来吧？"

"是的，他车祸之后变成了植物人，现在还一直躺在医院里。不过，我这次回来，倒也不全是为了探望我爸，家里还有一些别的事情，需要我回来处理一下。"

朱子冉吃完饭，蒋大胜又给她倒了杯水，她说声"谢谢"，接过水杯喝了口，像是忽然想起什么似的："对了，夏米和陆笙他们两个现在怎么样了？我很少回韭菜街，已经很久没有他们的消息了。"

小时候，朱子冉、蒋大胜和夏米、陆笙，四个好朋友自称"韭菜街 F4"，经常一起结伴上学，一起在韭菜街调皮捣蛋。四人之中，朱子冉与夏米两个女孩同岁，男生陆笙则比两人大一岁，而蒋大胜又比陆笙大一岁，是四人中年纪最大的。朱子冉比夏米晚出生几个月，是四人中年纪最小的，所以其他三个人都一直把她当妹妹一样照顾。

在玉德中学上学的时候，蒋大胜和陆笙同在一个班级，而朱子冉和夏米两人同班，正好比他们低一个年级。虽然两个男生和两个女生分属不同班级，但这并不妨碍他们"韭菜街 F4"之间的友谊。因为家庭原因，朱子冉从小就是一个孤僻内向胆小怯弱之人，只有跟这些小伙伴一起，才会变得高兴起来，也正是在三个好朋友的影响下，她的性格才逐渐变得开朗起来。即便是后来蒋大胜因为打架被勒令退学，混成了一个社会青年，他们也仍然是快乐的"韭菜街 F4"。只是蒋大胜十六岁那年，因为犯了事，被关进少管所，韭菜街 F4 没有了带头大哥，才渐渐散了。

陆笙在玉德中学念完高中，就去外地读书了，第二年朱子冉高考后去了北京，夏米则去武汉上大学，大家就慢慢地断了联系。

"欢迎光临，请问您想吃点儿什么？"正好这时有一个顾客走进店来，蒋大胜急忙起身招呼，等客人点餐之后，他跑到厨房忙了一会儿，才重新走出来，在朱子冉面前坐下之后，一边在围裙上擦着手，一边说："夏米啊，她高中毕业后考上了师范学院，这个你应该知道的吧？"

"这个我知道，我跟她是同一年参加高考的。其实以她的高考成绩，完全可以选择更好的大学，但是她父亲不在了，家里经济条件不好，没有钱供她上大学，所以选择了报读免费教育师范生，条件是大学毕业后必须回光明市从事中小学教育十年以上。"

"是啊，她大学毕业后回到光明市，分配到母校当老师，现在正好跟你二妈是同事。"

"那陆笙哥呢？当年他比我和夏米早一年参加高考，听说上了一个二本大学，是吧？"

"陆笙这个家伙嘛，真让人有点搞不懂，高考考上大学，都已经去读了一年，第二年突然就退学了，跑到咱们邻近的南华县读了一所大专卫校，学的是中医，毕业后在一家乡镇卫生院工作一年，考了中医执业医师证后，就在咱们韭菜街开了一个中医诊所，听说生意还不错的。"

听说陆笙成了中医，朱子冉倒也不觉得奇怪，这家伙在上中学的时候，就喜欢研究这些，为了练习针灸，还经常把自己身上扎得满是针眼。她有些感慨地说："自从出去上大学之后，我回来的次数就屈指可数，就算回家也是来去匆匆，也没有再跟他们联系过。"

"可以理解，你是省城大记者，忙嘛！"

"你现在还跟他们常联系？"

"很少，只是偶尔打个电话问候一下，毕竟不像小时候，大家都是大人了，要过各自的生活。"蒋大胜摇摇头，"不过他们俩

28

之间，倒是天天见面。"

"他们为什么天天见面？"

"你真不知道？"

"我真不知道啊。"朱子冉两手一摊。

蒋大胜又点燃一支烟，狠狠抽一口："因为他们俩结婚了呀！"

朱子冉"哦"了一声，禁不住笑起来："这倒也是意料中的事，上中学的时候，我就看见他们两个悄悄牵手了。"

"就你机灵，"蒋大胜朝她翻翻眼睛，"我怎么没看到？"

朱子冉嘻嘻一笑："都说了是悄悄的嘛，你怎么会看到？"

"那倒也是！"蒋大胜又抽了一口烟，脸上的表情便有些落寞。

"这么多年过去，你可真是一点都没有变啊！"朱子冉看着他的脸道，"样子看起来，还跟上中学时差不多，要不然我也不会一眼就认出你来了。"

"是吧？"蒋大胜摸着自己满是胡子拉碴的脸，不由得笑起来，"还是和以前一样帅，对吧？"

"那可不，"朱子冉点头道，"如果把脸上的胡子刮干净，那就更帅了。"

"可是，你跟小时候就完全不一样了，我都差点认不出你来了。"

"有什么不一样？"朱子冉故意歪着头问。蒋大胜一本正经地说："我记得小时候，在咱们韭菜街 F4 里面，你是长得最丑的一个，现在可真是丑小鸭变白天鹅了，漂亮得我都不敢相认了。"

"什么意思嘛,"朱子冉下意识地摸摸自己的脸,"我小时候真的很丑吗?"

蒋大胜哈哈一笑:"逗你玩呢,小时候你长得可漂亮了,像个瓷娃娃一样。"

"跟夏米相比呢?是我漂亮,还是她漂亮?"

蒋大胜明显犹豫了一下:"你们俩都很漂亮啊,是咱们韭菜街 F4 里面的颜值担当!"

"谁最漂亮呢?"

"这个可不好说……"蒋大胜脸上显出为难的表情,"夏米毕竟比你早出生几个月,显得成熟一些,你嘛眉宇间总有些忧郁,好像总藏着什么心事一样。"

"那倒也是,夏米总像个大姐姐一样善解人意,会照顾人,我在家里过得不开心,只有跟你们几个在一起的时候,才会自由自在无忧无虑,所以我很珍惜跟你们在一起的时光。"

蒋大胜见她眼圈有些发红,忙岔开话题道:"对了,你这次回来,打算住多久?什么时候回省城?"

"我跟报社请了几天假,把家里的事情处理好,就回单位上班了。"

"那行,我跟那两个家伙联系一下,趁你还在老家,咱们韭菜街 F4 找个机会聚一下。"

朱子冉高兴地道:"行啊,我一定到!"

这时候,店里又三三两两进来几个顾客,蒋大胜急忙起身招呼。朱子冉见他忙起来了,就起身向他告别。

走出门口的时候,蒋大胜又从后面追上她,掏出手机说:

"刚才只顾着聊天叙旧，都忘记加微信，咱们加一个，这样就再也不会断了联系。"朱子冉拿起手机，两人互加微信好友，又记下了对方的电话号码。

小车从韭菜街拐出来，就到了东郊大道，眼前的街景也为之一变，再也找不到在韭菜街上的那种熟悉感。街道两边都是新起的楼房和五花八门的商铺，跟朱子冉印象中的东郊大道已经完全不一样。那时候这里已经处在市区东面的城郊地带，所以这条路才叫东郊大道，街道倒是挺宽敞，但两边却是空荡荡的，看不到几栋房子，而现在这里已经变成了热闹的大街。

在东郊大道行驶了十多分钟，天上浓云密布，忽然下起雨来，路上行人纷纷加快脚步，在街上匆匆走过。朱子冉也打开了雨刮器，一下一下地刷着前挡风玻璃上的水珠。

前面不远的街道边，一个穿红裙子的小女孩，忽然摔倒在人行道上，地面湿滑，估计是摔疼了，就坐在地上哭起来。旁边一个年纪略大的男孩，不知是她哥哥还是玩伴，见状急忙跑过来将她从地上抱起，还细心地帮她拍打身上的泥土。

看到这个场景，朱子冉脑子深处的某个记忆像是被激活了一般，脑海里突然跳出一个相似的画面来。

那应该是四岁时候发生的事情吧——因为她那时年纪还小，所以四岁之前的记忆，几乎是一片空白——那时她爸妈刚离婚，奶奶本想将她和妈妈一起赶出朱家，可是，法院把她判给了爸爸，她仍然得住在这个家里，奶奶的阴谋没有得逞，自然很不高兴。

那天中午，她趁着奶奶在家午睡，自己一个人悄悄跑到家门口的街道边玩耍。刚刚下过一场雨，地上到处都是积水。一辆小车从后面开过来，朝她鸣了一下喇叭，她吓得脚下一滑，跌倒在旁边一摊积水里，因为地上太滑，爬了几下都没有爬起来。就在这时，一个正在街边滚铁圈的男孩跑过来，将她从积水里扶起来，看到她脸上脏了，又拿出一块手绢给她擦脸。

朱子冉本来一直咬牙忍着，当低头看到自己身上的裙子全都被脏水打湿了时，再也忍不住，"哇"的一声哭起来。男孩问她怎么了，她边哭边说裙子弄脏了，回家奶奶肯定会打她的。男孩想了一下说："没事，我有办法。"就拉着她在街上跑出几十米远，把她带进一间平房里。屋里有一个与她差不多大小的女孩，正坐在凳子上看漫画书。男孩显然跟这个女孩已经很熟悉，叫她拿出一件衣服，让朱子冉去里面房里把身上的脏衣服换下来。朱子冉穿着那女孩的衣服出来后，男孩很快就将她脱下的脏裙子洗干净，晾在竹竿上。她在女孩家跟女孩和男孩一起玩了半天的游戏，裙子被风一吹，很快就干了。天黑的时候，男孩让她换上自己的衣服，然后把她送到家门口。

这个看起来大大咧咧，心思却颇为细腻的男孩，就是蒋大胜，那个女孩叫夏米，后来经他俩介绍，朱大冉又认识了同住在这条街上的小男孩陆笙，四个好朋友经常在一起玩耍，渐渐地，就成了"韭菜街F4"。

朱子冉在玉德中学念书时，正好与夏米同班，而蒋大胜和陆笙则比她俩高一个年级。十三岁那一年，朱子冉念初中二年级，一天放晚学的时候，她和夏米结伴回家，经过东郊大道一段无人的路段时，忽然被两个高中部的男生拦住去路。两个男生学着电视里古惑仔的模样，对着她们流里流气地说："小妹妹，做我俩的女朋友吧，以后在学校里就没有人敢欺负你们了。"朱子冉和夏米脸都吓白了，一面摇头拒绝，一面躲闪避开。

那两个男生哪里肯放过她们，上来强行搂住她们的肩膀，作势要亲她们的嘴。朱子冉和夏米都吓得哭起来。就在这时，只听得一阵自行车铃铛声响起，骑着破自行车放学的蒋大胜正好路过，看到这个场景，鼻子都气歪了："敢动我妹妹，你们想死啊？"骑着自行车就朝那两个高年级男生撞过去，一个男生躲闪不及，被撞倒在地。蒋大胜飞身跳下车，一拳砸在另一个男生脸上，那个家伙顿时满脸开花，流出鼻血来。

两个男生反应过来之后，一齐朝蒋大胜扑过来。蒋大胜被他们压在地上，一时动弹不得，看见旁边有一根木棍，顺手操起，用力捅在一个男生大腿上，竟捅进去半寸多深，鲜血染红了那个家伙的裤脚。那个男孩也不甘示弱，拾起旁边一块砖头，狠狠朝蒋大胜砸过去。

朱子冉和夏米在旁边看得心惊胆战，想上去帮忙却又不敢，只好站在那里跺足大叫："大胜哥小心！"

蒋大胜得到提醒，往旁边闪一下，砖头没有打中他的身体，却砸在他脚踝上。他"哎哟"一声，站立不稳，又跌倒在地。两个男生还想趁机围攻他，没承想他竟忍着剧痛从地上一瘸一拐站起来，手里握着那根棍子，露出一脸凶相说："谁敢过来，老子今天就捅死谁！"两个高年级男生被他的气势镇住，很快就落荒而逃。

直到这两个家伙跑得看不见影子，蒋大胜才丢下棍子坐在地上抱着自己的一条腿痛得哇哇大叫。后来他被送到医院，经过医生检查，发现左边脚踝被砖头砸脱臼了。看了骨科，打上石膏后，医生让他住院一个星期，其间不可下地走动。在他住院的时候，朱子冉和夏米轮流去医院照顾他。也就是从那时候开始，朱子冉才真切地感受到，对于这个一直爱护着她的"大圣哥哥"，自己心底竟然还潜藏着一种超乎友谊的温暖的情愫！

蒋大胜出院后回到学校，才知道自己那天打架竟然惹下了大麻烦。被他用木棍捅伤大腿的那名高二学生姓姚，他爸是街道办的一个副主任，这位姚副主任找到学校来，说蒋大胜欺负他儿子，不但用尖木棍捅伤他儿子的大腿，还伤及了他儿子会阴部，医生说可能会影响孩子今后的生育能力。非得要学校给个说法。

校长是个胆小怕事的主儿，开会研究了一下，为了息事宁人，就对初三学生蒋大胜作出了勒令退学的处分。蒋大胜他们班主任程老师跟校领导据理力争，说义务教育阶段开除学生，这是违法行为。校长辩解道："这不是开除，是劝退。"朱子冉和夏米也站出来做证，说那两个高年级男生在放学路上欺负她们，是蒋大胜及时出手救了她们，蒋大胜的行为是见义勇为，应该得到学校的表扬，而不是处分。但是，那个姚副主任带着他儿子三天两头到学校来闹事，还要学校赔偿他儿子的医药费、精神损失费及以后不能生育的补偿金共计一百万元。学校实在顶不住压力，为了平息这场风波，最终还是对蒋大胜作出了勒令退学的处分。

看到朱子冉他们三个小伙伴都很难过，蒋大胜反倒跟没事人似的，说："开除就开除吧，反正我成绩这么差，就算读完初中肯定也考不上高中，而且我爸他们单位倒闭了，他现在在外面打零工，也挺辛苦的，我正好可以回家帮他一下。"他家是单亲家庭，家里只有他跟他父亲两个人，他父亲在机械厂当钳工，因为厂子效益越来越差，今年干脆彻底倒闭了，他父亲就成了下岗工人，家里的生活一下就变得困难起来。

蒋大胜退学之后，一边跟着父亲在外面做些零活，一面在街上当起了混混。他虽然才十五六岁年纪，但个子比同龄人高出一大截，不但好狠斗勇，而且为人仗义，很快就成了附近几条街上的"老大"，还得了一个"齐天大圣"的外号，提起韭菜街"大圣哥"，也颇有些知名度。

蒋大胜虽然成了社会青年，却仍然是"韭菜街F4"中的一员，手头有了点钱，就在玉德中学门口等朱子冉他们三个放学，然后请他们去吃饭。朱子冉最喜欢吃的是学校前面小街上那家小饭馆的扬州炒饭。后来，有一次蒋大胜因为盗窃未遂被派出所抓去，朱子冉才知道他手里那些用来请客吃饭的钱，都是这么来的，心里很不是滋味。后来悄悄央求她爸爸托关系找到派出所，让警察对蒋大胜从轻发落，将他放了出来。那是她人生中第一次求父亲，也是唯一的一次。但是，站在好朋友的角度来说，朱子冉也不知道自己这次到底是帮了蒋大胜，还是害了他，因为他刚从派出所出来没多久，便又犯了一件更大的案子，很快就被关进了少管所。如果当初不去派出所保他出来，让他吃点儿教训，也许就不会有后来的事情了。

想到这里，朱子冉心里不由得生出一丝愧疚，也许当初自己不帮他，他现在应该会过得好一点吧，至少不会坐七八年牢再出来。她握着方向盘，小车在雨过天晴的街道上行驶着，她心里却因为时隔十年之后再见到昔日的"大圣哥哥"而久久难以平静。

第二章

血缘关系

这天早上，朱子冉正在自己房间睡觉，忽然被一阵敲门声惊醒。穿着睡衣，起床开门，一股中药味儿就飘了过来，估计是厨房里又在煎中药了。她二妈孟玉文有抑郁症，身体也不太好，常常喝中药调理。

孟玉文站在她房间门口，脸色有些苍白。朱子冉怔了一下，忙问："怎么了二妈，你身体又不舒服了吗？"她看到厨房里正在煎药，以为她的老毛病又犯了。

孟玉文摇了摇头，神情不安地道："刚才人民医院给我打电话了。"

"医生怎么说？"

"还是那个赵医生，他什么也没有说，只是叫咱们带着子豪马上去一趟医院。"

朱子冉心里也沉了一下："那咱们就赶紧过去看看吧。"

孟玉文又去将儿子叫起床。朱子豪熬夜玩游戏直到后半夜才睡，这时被早早叫起，一脸的不高兴，顶着一双熊猫眼，气呼呼坐进了朱子冉的车里。

三人来到人民医院，找到上次那个血液科赵医生的办公室。赵医生一见他们，脸色就有些凝重，先是让护士带朱子豪下去做个检查，待他们离开之后，赵医生才关上办公室的门，对孟玉文和朱子冉道："朱子豪的诊断结果出来了，是急性淋巴细胞白血病！"

虽然孟玉文已经有了些心理准备，但听到这个确诊结果，还是两腿打战，踉跄后退一步，差点瘫倒在地。

朱子冉急忙将她扶到旁边沙发上坐下。孟玉文的屁股刚挨着沙发，马上又站起来，抓住医生的白大褂急切地道："医、医生，会不会是搞错了？我儿子好好的，怎么会得白血病呢？他只不过是摔了一跤，就得了白血病，这、这也太……"

赵医生道："我们已经对患者进行了骨髓细胞学检查、细胞组织化学染色和流式细胞学检查，这个结果肯定不会错的，我们医院会对作出的诊断结论负责。"

"不行，我不相信你们，不相信你们的诊断结果，我、我要去省城的大医院检查……"孟玉文的情绪有些激动，回身抓住朱子冉的胳膊，"子冉，你、你不是在省城大医院有熟人吗？咱们把子豪带去省城看看！"

赵医生显然是见惯了这种场面，淡淡地道："当然，无论去哪个医院检查，都是患者的自由。不过，咱们医院血液科有好几位医生都是省城大医院知名专家教授退休后返聘过来的，他们也都看过检查报告，认同这个诊断结论，所以我认为就算是去省城大医院，也不会改变这个结果，而且还很有可能因为耽搁时间而延误患者的病情。你们做家属的，最好要好好考虑一下！"

"赵医生，"朱子冉的情绪自然要比她二妈冷静得多，"我们相信医院的诊断结果，那接下来我弟弟该怎么办呢？"

"立即住院，进行进一步检查和积极治疗。"

"能彻底治好吗？"

"从临床角度来说，急性白血病如果不马上进行有效治疗，很短时间内就会恶化，到时候就非常棘手了。"赵医生向她们讲解道，"对于患者目前这种情况，我们一般都会建议进行化疗、放疗或诱导治疗，但总的来说，如果想彻底治好，最好的办法还是进行骨髓造血干细胞移植，就是将正常的干细胞移植给患者，让患者恢复正常造血功能，从而达到根治白血病的目的。"

朱子冉追问了一句："您的意思是说，我弟弟目前这种情况，最好是进行骨髓移植，对吧？"

"是的。我们会先对患者进行白血病诱导化疗，等病情缓解后，再进行干细胞移植。同时，我们也会在中国造血干细胞捐献者资料库，也就是人们俗称的'中华骨髓库'，寻找配型相合的供者，不过说老实话，从我们临床经验来看，非血缘关系配型成功率并不高，你们家属要有心理准备。但如果是在近亲属之中，尤其是在亲兄弟姐妹之间寻找，找到全相合配型的概率就会大很多。"赵医生的目光在她和孟玉文脸上移动着，"不管怎么样，你们先给患者办好住院手续，我这边再请相关科室的医生会诊一下，争取尽快拿出一个最优治疗方案。"

从医生办公室出来，在外面走廊里，孟玉文忽然扑通一声跪在朱子冉面前。朱子冉吓了一跳："二妈，你这是干什么？"急忙弯腰扶她。孟玉文抓住她的手道："子冉，二妈求你一件事，如果你不答应，二妈就跪在这里不起来！"

朱子冉问："什么事？"

孟玉文泣声道："你刚才也听到了，咱们家子豪这个病，最有效的治愈办法，就是进行骨髓移植，而且有血缘关系的人特别是亲兄弟姐妹之间配型成功的概率最高。你跟子豪，虽然不是一母所生，但毕竟都是你爸的孩子，血浓于水，所以二妈求求你，求求你救救子豪……"

朱子冉明白她的意思，扶住她说："二妈，你放心，我跟子豪毕竟是亲姐弟，我不会见死不救的。只要我能跟弟弟配型成功，我一定会捐出骨髓救他，这个不用您说，我也会做的！"孟玉文听罢，这才一边擦着眼泪，一边颤颤巍巍站起身。

朱子冉见她脸色苍白，神情有些恍惚，怕她焦急之下又犯起病来，急忙将她扶到旁边长凳上坐下，自己下楼去，给弟弟办了入院手续。再上楼的时候，看见朱子豪已经换上病号服，住进了双人病房，一个年轻护士正在向他宣传血液病知识。

孟玉文见状，急忙将护士拉到一边，小声道："护士，我儿子还不知道自己的病情，有什么需要注意的地方，你就跟我说吧……"

没承想朱子豪早已听见，从手机屏幕上抬起头来，满不在乎地道："妈，你就别藏着掖着了，我早就知道了，不就是一个白血病嘛，换一下骨髓就能治好，别搞得跟天塌下来一样。"孟玉文听罢，竟一时说不出话来。朱子冉见弟弟把自己的病情看得如此轻巧，也不由暗自摇头，轻叹一声，心想这孩子真是不知死活啊！

将弟弟在病房安置好，朱子冉又来到医生办公室，找到那位赵医生，告诉他说自己想给弟弟捐献骨髓，不知道要如何操作？

赵医生放下手里正在写医嘱的笔，抬头上下打量她一眼，像是在评估她的身体状况似的："如果你想给患者捐献造血干细胞，首先你自己得去做一个全面体检，如果你身体各项体征良好，适合捐献，我们再采集的干细胞跟你弟弟的去做配型。之所以要先进行体检，是因为如果你身体本身有问题，不适合捐献，就算配型成功也没有用。如果你身体状况良好，而且又能配型成功的话，等你弟弟经过诱导化疗症状得到缓解后，就可以进行干细胞移植。"

朱子冉点了点头，表示自己听懂了，然后又问："抽取骨髓需要多长时间？我可能要赶回省城上班，所以要提前把时间安排好。"

"现在我们一般不再对捐献者抽取骨髓，而是应用血细胞分离机经静脉血管从外周采集干细胞，方法更简便、安全，当然，费用也最少。"赵医生一边向她科普医学知识，一边道，"采集过程一天就可以完成，然后休息一两天时间，你就可以去上班工作了。理论上来说，对捐献者的身体健康不会造成影响，这点请你放心。"

"那就好。"朱子冉点了点头。

"如果你决定了，我就叫护士带你去做体检，视体检结果再决定做不做配型。配型的时候，需要抽取你和患者的静脉血，送去做 DNA 检查，提取两个人血液中白细胞的 DNA，进行扩增电泳，比较两份 DNA 有多少是相同的，相同的越多，配型越合，成功的概率就越大。"

"好的，我明白了！"

按照医生的安排，朱子冉做完体检，确认身体无碍之后，很快就抽了血样，拿去跟弟弟进行配型。

几天后，赵医生把她叫到办公室，将一张打印的报告单递给她："你跟你弟弟 HLA 配型报告出来了，你自己看看吧。"

朱子冉低头看看，报告单上除了写有"受者：朱子豪""供者：朱子冉"等字样，其他的都是一些英文标识和检测数字，作为一个外行，完全看不懂。"医生，这个配型结果是……"她看着医生疑惑地问。

赵医生摇摇头："你跟患者没有配型成功。"

朱子冉不由一愣："我跟我弟弟是亲姐弟，怎么会……"

"即使是亲兄弟姐妹，能否配型成功，也有个概率问题，这个并不奇怪。"赵医生直视着她，脸上的表情渐渐变得严肃起来，"你确认朱子豪真是你亲弟弟？"

朱子冉答道："当然，虽然我们是同父异母，但也是有血缘关系的亲姐弟啊。"

赵医生不由得皱眉道："这就奇怪了，从 DNA 检测结果来看，其实你跟他之间，并不存在任何血缘关系，你跟他并不是亲姐弟。"

"这、这怎么可能？"朱子冉完全愣住，"会不会是你们搞错了？"

赵医生的目光垂下来，落在她手中的那两张打印纸上："鉴定报告在你手里，这个是肯定不会搞错的。"

"那这个结论是什么意思？"朱子冉有点不知所措地低头去看手里的报告，"是说我不是我爸亲生的孩子吗？"

"也有可能是你弟弟不是你父亲亲生的，还有可能你们两个都不是你爸亲生的，在没有跟你爸做 DNA 比对之前，咱们还不能下任何结论。"

朱子冉道："可是，我爸去年出了一场车祸，变成了植物人，现在还躺在华济医院，这种情况下可以跟我们姐弟俩做 DNA 比对吗？"

"当然可以，只要从你爸身上采集一些 DNA 样本，比如说头发、皮屑、分泌物等，拿过来跟你们姐弟俩的 DNA 比对一下，很快就能出结果。"

朱子冉说："好！"她把手里的检测报告折叠起来，放进包里，然后立即驱车赶到华济医院，从父亲病床枕头上拿了几根老爸掉落的头发，用纸巾包好，交给赵医生，并叮嘱他无论 DNA 比对结果如何，都希望他能够保密，暂时不要告诉自己的二妈和弟弟。赵医生点头说："这个当然，医院本来就有义务替委托人保密。"

第二天下午，朱子冉再次来到赵医生办公室，赵医生告诉她最终的 DNA 比对结果出来了。他从抽屉里拿出一份 DNA 鉴定报告递给她。朱子冉无心看前面的内容，直接翻到最后的鉴定结论，只见最后一行写着：支持朱子冉与朱哲之间存在亲子关系；排除朱哲是朱子豪的生物学父亲。

"这个鉴定结果已经写得很清楚了，"赵医生从办公桌后面站起身，走到她跟前，"你弟弟朱子豪跟你父亲并无血缘关系，他不是你的亲弟弟。"

"怎么会这样？"朱子冉手拿鉴定报告，向后退一步，一屁股坐在沙发上。

"你没事吧？"赵医生弯下腰来，问。

"我、我没事，只是没有想到会是这样一个结果。"朱子冉朝他摆摆手，在沙发上坐了几分钟，然后神思恍惚地从医生办公室走出来，等到她停住脚步的时候，才发现自己已经来到弟弟的病房门口。

这时候朱子豪已经开始做化疗，头发剃光了，因为药物反应，呕吐得厉害，护士正在给他做镇吐护理。孟玉文从家里煮了些营养粥带过来喂给儿子吃，本想让他补充一下营养，谁知刚吃几口，就全都吐了出来，心疼得她站在床前直抹眼泪。她请了一个护工在医院看护儿子，但是只要有空，自己还是会亲自过来照顾孩子。

朱子冉站在病房门口，心里有些犹豫，一时之间不知道自己要不要进去，呆立了一会儿，看到孟玉文起身朝病房门口走来，她猛然一惊，自己手里还拿着那份 DNA 鉴定报告呢，生怕被对方看见，急忙转身，一边把鉴定报告往自己单肩包里塞，一边快步往电梯方向走去。

她离开医院，回到家时，天色已经晚下来，她像是全身力气都被抽走了一样，瘫软在沙发上，既不想做晚饭，也没有开灯，就那么在客厅里一动不动地呆坐着。

不知道过了多久，外面传来钥匙插进锁孔的声音，是她二妈回来了。孟玉文推开门，随手打开电灯，看见屋里坐着一个人，不由吓了一跳，待看清是朱子冉，连忙拍拍胸口："你在家呀？怎么连灯都不开？"

"有点累，想休息一下，感觉开灯有点刺眼，所以就……"朱子冉随口撒了个谎。

孟玉文一边换拖鞋一边问："今天下午你去哪里了？我正一直找你呢！"

"有事吗？"

"哦，是这样的，"孟玉文在她身边坐下，从包里掏出一张打印纸递到她面前，"我今天找护士要了一张捐献造血干细胞承诺书，你在上面签个名吧。"

朱子冉把那张纸往她这边推了一下："这个……我、我现在还不能签！"

孟玉文有些意外："为什么？你后悔了？"

"我……"

"那可是你亲弟弟，难道你真的想见死不救？"

"我不是这个意思。"

"你是担心做这个捐献，会对身体有影响？"

"赵医生说了，捐献造血干细胞很简单，不会对捐献者身体造成损害。"

"既然这样，那你为什么不肯签字？"

"我、我……"朱子冉一时之间不知道该怎么解释，"我就是有些犹豫，想再考虑一下。"

"这都什么时候了，你还要考虑？你弟弟现在可是等着你去救命呢！"孟玉文重新打量着她，像是突然间不认识她了一样，"你该不会真的对自己的亲弟弟都见死不救吧？那可是你亲弟弟啊！"

"二妈，这个我……真不能签！"朱子冉把目光从那张承诺书上移开，看着别处。

"你……你真是个白眼狼！"孟玉文一时气急，就有些口不择言，"难怪你奶奶跟我说，你是养不亲的孩子喂不熟的狗！"

朱子冉一听这话，脸都气白了，虽然心里难受，但还是绷着脸，没有说话。孟玉文见她不为所动，忽然"扑通"一声，跪在她面前，泣声道："子冉，二妈只有子豪这么一个儿子，你一定要救救他……那天在医院的时候，你不是已经答应二妈了吗？怎么现在又反悔了呢？那可是你亲弟弟啊，你就真的忍心眼睁睁看着他被这个病折磨死？"

朱子冉将她扶起来说："二妈，你误会了，我不是不想救子豪，只是……"

"只是什么？"孟玉文见她欲言又止，像是明白了什么，"你是要钱吗？你放心，咱们家还有些存款，你想要多少钱，尽管说。"

"不是钱的问题，是、是配型的问题……"朱子冉说，"其实，我已经找赵医生做过配型，我跟子豪没有配型成功。"

"不可能，你跟他都是你爸的孩子，是有血缘关系的亲姐弟，怎么可能会配型不成功呢？"孟玉文狐疑地看着她，"你是不想捐骨髓，所以故意这么骗我的吧？"

朱子冉感觉自己已经没有退路，犹豫一下，就咬牙道："就算是亲姐弟，能否配型成功也有个概率问题，而且……"

"而且什么？"

"而且医生说，我跟子豪根本不是亲姐弟。"

"他放屁！"孟玉文怒声道，"同父异母，难道就不是亲姐弟了？还不一样是有血缘关系的！"

"我跟子豪之间……没有血缘关系，而且我拿我爸的DNA跟我和弟弟的DNA比对过，结果……"朱子冉一面从自己的单肩包里拿出那张DNA鉴定报告，一面将事情的前后经过跟二妈说了。

孟玉文接过鉴定报告，快速地看了一遍，当看到最后的鉴定结论时，身子一晃，差点摔倒："子豪不是你爸亲生的？这、这怎么可能？"

朱子冉说："我也觉得不可思议！"

孟玉文又把那份鉴定报告认真看了一遍，在沙发上呆坐半晌，这才缓缓回过神来，像是忽然想起了什么，皱眉道："难道……"

"难道什么？"朱子冉抬头看着她。"没、没什么……"孟玉文慌忙摇头，避开她的目光，起身给自己倒了杯茶，没承想手一抖，杯子里的水却溅到了衣袖上。她拿起茶几上的纸巾，在手上擦几下，然后将那份鉴定报告放在茶几上，用手机将正反两面都拍下来。

朱子冉感到有些奇怪，正想问她为什么要拍照，她却站起身，快速走进书房，"砰"一声，关紧了房门。没过多久，书房里就传出她打电话的声音，声音不大，具体内容朱子冉听不大清楚，但能很明显感觉到她是带着一种焦躁的情绪在打电话。

大约十分钟后，孟玉文打完电话，从书房出来，换了件衣服，对朱子冉说："你早点休息，我还有点事，先出去一下。"不等朱子冉回答，她已经推开外面的防盗门，快步走了出去。

朱子冉心里越发奇怪起来，站在阳台向下张望，只见孟玉文下楼之后，沿着一条人行道匆匆走出小区，然后站在小区门口不断地朝着大街上招手，估计是在打出租车。但是晚上出租车生意火爆，她招手叫了很长时间，也没有招到一辆空车。

朱子冉犹豫一下，还是决定跟上去看看。她快步走出家门，乘电梯下到停车场，将自己的车开出来。来到小区门口时，正好看见孟玉文终于叫到一辆绿色的大众出租车，拉开车门坐了进去。司机问明她的目的地之后就掉转车头，往南开去。

朱子冉也把自己的小车从小区里开出来，悄悄跟在出租车后边。

这时已经是夜里9点多，城市里热闹喧嚣的夜生活正在上演，街道上行人和车辆竟比白天还多。出租车不住地鸣着喇叭，但还是走走停停，行驶得十分缓慢。朱子冉怕被孟玉文发现，落下几十米远的距离，不紧不慢地跟着那辆出租车。

用了十多分钟，出租车才从那条拥挤的街道上钻出来，转弯后，驶上了环城南路。又走了几公里，最终在一家闪着蓝色霓虹灯的咖啡馆门口停下。孟玉文下车后，匆匆往咖啡馆里走。"哎，你还没给钱呢！"出租车司机喊了一声。孟玉文这才想起自己走得太急，竟忘了付车资，只好又回过头将一张钞票从车窗里递进去，没等司机找零，就已经转身走了。

朱子冉知道自己这位二妈为人师表，行事一向稳重，再加上她身体不好，体质虚弱，平时说话做事都是一副慢吞吞的性子，从来没有见过她有行事如此着急匆忙的时候，心里越发觉得好奇，在外面停好车，也跟着走进了咖啡馆。

咖啡馆里灯光柔和，人影绰绰，光线显得有些昏暗。她在门边的吧台前站立了一会儿，眼睛才适应里面的光线，张望一下，很快就看到孟玉文已经在一张靠墙的空桌边坐下。

她犹豫一下，从包里拿出一顶帽子，拉低帽檐戴在头上，混在顾客中间走了过去，看到孟玉文身后有一株装饰用的绿萝长得十分茂盛，正好能给她做掩护，于是就在绿萝后面的一张小桌上坐下来，透过绿萝叶的缝隙，观察着二妈的一举一动。

孟玉文显然没有发现她这条尾巴，坐在那里一面喝着服务员送上来的咖啡，一面不住地看着手表，很显然，她是在这里等人。朱子冉不由得暗自皱眉，都这个时候了，她居然还有心思约了别人在这里喝咖啡，这可不是孟老师的作风呀！到底是怎么回事，她要等的是什么人呢？朱子冉按捺住心中好奇，招手叫来服务员，点了一杯咖啡，一边慢慢地喝着，一边继续暗中观察着二妈这边的动静。

大约十来分钟后，一个四十多岁年纪，长得胖头胖脑的男人走了过来，在孟玉文对面坐下，看来这就是孟老师等候的对象了。朱子冉躲在绿萝后边，不敢发出任何声音，侧耳偷听着两人的动静。

只听得孟玉文有些不高兴地问："你怎么现在才来，我都等你半天了！"胖男人一边在藤椅上晃动着屁股，似乎是想让自己坐得舒服些，一边解释道："路上堵车，所以来晚了。怎么，这么多年都不跟我联系，为什么今晚突然有闲工夫约我出来喝咖啡了呢？"

"我叫你来，不是请你喝咖啡，是有件事情，想跟你商量！"朱子冉听见孟玉文对那个胖男人说。

胖男人脸上带着似笑非笑的表情："咱们已经十几二十年没有联系过，咱俩之间还能有什么事？"孟玉文道："是我儿子的事。"

"你儿子？"胖男人愣了一下，"你是说你跟官二代朱哲生的那个儿子？"

"是的，"孟玉文点头，"他叫朱子豪，今年二十岁。"

胖男人招手叫了一杯咖啡，"哧溜"喝了一口，却烫得直咧嘴，但又不好当着孟玉文的面吐出来，只好硬着头皮咽下去。

"你跟那个官二代的儿子，为什么要跟我说？"他明显有些不高兴，"这跟我有半毛钱关系吗？"

"你先听我说完。"孟玉文打断他的话道，"子豪刚被查出得了白血病，需要换骨髓才能救他，按理来说，与他有血缘关系的人最容易跟他配型成功。但是他姐姐，也就是朱哲跟前妻生的那个孩子，跟子豪做配型的时候，居然没有配上，而且医生给两人做 DNA 检测的时候才发现两人根本没有血缘关系，后来又采集了朱哲的样本去做 DNA 比对，结果却发现，子豪根本不是朱哲的孩子。"

那个胖男人听到这里，不由得坐直了身子，抬头看着她："不是那个官二代的孩子，那是谁的孩子？"

"你说呢？"孟玉文放下手里的咖啡杯，抬头直视着他。男人在藤椅上扭动着身子，因为太胖，把藤椅压得吱嘎作响："你、你这么看着我是什么意思？"孟玉文身子前倾，像是要从咖啡桌上直接探身过去与他对视一样："在跟朱哲结婚之前，我只跟你发生过性关系，你说子豪不是朱哲的儿子，还会是谁的儿子？"

"这、这我哪知道……"男人明显坐不住了，从桌上的纸巾盒里扯出两张纸巾，用力揩着额头上的热汗，"谁知道你还跟谁好过？"

"曹庆军，你这么说是什么意思？"孟玉文把咖啡杯重重地往桌上一蹾，大声质问道。突然加大的声音，不但把在旁边偷听的朱子冉吓了一跳，也让孟玉文很快就意识到了自己的失态，她用纸巾擦一下从杯子里荡出来的咖啡，后面说话的声音，就渐渐低了下去。

朱子冉侧耳听了好久，才渐渐明白事情的来龙去脉。

原来那个叫曹庆军的胖男人，二十多年前跟孟玉文一样，也是玉德中学的一名老师，他年纪比孟玉文大两三岁。在学校的时候，两人谈起了恋爱，并且发生了性关系，但是后来孟玉文才发现曹庆军欺骗了她，他其实是个有妇之夫，妻子在乡下老家，家里还有两个孩子。她感觉到很伤心，正好这时朱哲陪同领导来他们学校检查工作，跟她接触过之后，很快就喜欢上了她，对她展开了热烈的追求。孟玉文觉得朱哲虽然离过婚，但为人不错，而且他父亲是市委常委，有权有势，嫁给他自己也算是有了一个很好的靠山，于是，就答应了他的追求。

曹庆军得知孟玉文喜欢上了别的男人，心里很不平衡，就经常到她宿舍来骚扰她，孟玉文被他逼得无路可走，只好答应跟他最后再发生一次关系，然后两人就彻底分手，永不来往，要不然，她就告到校长那里，跟他闹个鱼死网破。曹庆军同意了，于是，两人就在孟玉文的单人宿舍里发生了最后一次性关系。此后不久，孟玉文就跟朱哲结婚，并且很快就生下了儿子朱子豪。

而曹庆军呢，两年后参加公务员选拔考试，成了光明市自然资源局的一名科员。又经过十几年的努力，现在已经是局党组副书记，算是二把手吧，并且上面的局长年龄到了，马上就要退居二线，曹庆军年轻有为，很有可能在单位里再前进一步。今晚接到孟玉文的电话，他心里还起了小小的涟漪，以为是她看到自己现在飞黄腾达了，所以对自己旧情复燃，想跟自己再续前缘，谁知在咖啡馆见面之后，孟玉文不但对他冷口冷面，而且一见面就跟他谈她儿子的事情……

听到这里，朱子冉已经渐渐明白过来，如果弟弟不是爸爸亲生的，那就只剩下一种可能，子豪是这个曹副书记的孩子！同时，她也隐约明白孟玉文突然来找曹庆军的原因了。

"你什么意思啊？"只见曹庆军瞪着孟玉文道，"莫不是咱们分手二十年之后，你还跑来告诉我，咱们当年还留下了一个儿子，现在我突然就多了一个二十岁的白血病儿子？"

"你不承认也没有用，在跟朱哲结婚之前，我只跟你发生过关系，这一点你也很清楚，我并不是一个会乱来的女人。"

"那你想怎么样？"曹庆军有点心虚地道，"难不成叫我现在认下这个儿子？"

孟玉文道："我知道你现在是有身份的人了，如果不是子豪出了这样的事情，我也不会来打扰你。我也不是说要将这个儿子硬塞给你，只是想让你救救这孩子。"

"怎么救？是缺少医药费吗？你想要多少钱？"

"现在不是钱的问题。医生说子豪这个病，只有换骨髓，才最有可能彻底治愈，但难就难在这一时之间，去哪里找跟他配型相合的骨髓捐献者呢？但是你是他的亲生父亲，跟他有血缘关系，我查过了，亲生父母配型成功的概率是50%。我没有别的要求，只求你看在子豪是你亲生儿子的分上，就给他捐一次骨髓，救他一命！"

"既然父母跟孩子配型成功的概率这么大，那你为什么不去捐骨髓？他不也是你的亲生儿子吗？"

"这个不用你提醒，我早就想到了。"孟玉文叹口气道，"可是我问过主治医生，他说我身体太差，就算能配型成功，也无法成为合格的骨髓捐献者。所以现在就只有你，才能救咱们儿子一命了！"

"你疯了吗？"曹庆军终于原形毕露，脸上露出不耐烦的表情，瞪着她道，"我要是给他捐骨髓，全世界都会知道我二十年前出轨的事，都会知道我还有一个私生子，那我现在的家庭还要不要了？我还要不要在单位里混了？我这马上就要升局长了，这不是搬起石头砸自己的脚吗？你可别害我！"

"我、我没有要害你的意思……庆军，你是不是不相信我说的话？"孟玉文拿出手机，打开里面的照片递给他看，"你看我这都把子豪跟朱哲的 DNA 比对报告拍下来了，上面清清楚楚地写着他跟朱哲之间没有任何血缘关系。既然子豪不是我老公的儿子，那就只能是你的孩子了。庆军，念在咱们曾经好过一场的情分上，你就救救子豪吧！他是你的儿子，如果你不肯捐骨髓救他，他、他就真的很难活下去了，你总不能见死不救吧？还有，我问过医生，捐献骨髓，或者说捐献造血干细胞，对于捐献者并不会造成任何身体上的伤害……"

"管他是谁的孩子，都跟我没有半毛钱关系，我也绝不会为他捐出骨髓去救他，你就死了这条心吧！还有，二十年前是你绝情地提出要跟我分手，还警告我，叫我不要再跟你有任何往来，现在我把这句话还给你，"曹庆军脸上的表情渐渐变得狰狞起来，

"我警告你，以后不要再来打扰我，否则我就对你不客气，现在我可不是二十年前那个任你摆布的小教师了。"他指着孟玉文的鼻子放出这句狠话，拎起桌上的皮包，起身要走。

"庆军，你别走！求求你了，你救救咱们的孩子吧……"

孟玉文也顾不得这是在公共场合，跟着站起身，上前一把将他拽住，颤声哀求道。

曹庆军见周围已经有人朝自己这边张望过来，生怕引人生疑，急忙甩开她的手，像是要跟她彻底撇清关系似的："疯婆子，我都不认识你，你拉着我干什么？"

孟玉文还想再次伸手拉他，曹庆军猛地一甩手臂，从她手上挣脱开来。孟玉文被他带得一个趔趄，摔倒在桌子边。等她从地上爬起来的时候，曹庆军早已头也不回地走出了咖啡馆。她不由得绝望地坐在那里，伏在桌子上伤心恸哭起来。

养了二十年的弟弟居然不是父亲的亲生儿子，而是这个曹庆军的骨肉，这突如其来的变故虽然让朱子再感觉到十分震惊，但那毕竟是上一辈人的事，而且现在看来，显然也不全都是二妈的错，她也无暇探究，只是这个曹庆军如此绝情的行为，让她心里很是气愤，顾不得现身安慰二妈，就拿起放在绿萝里偷偷录音的手机，快速地从咖啡馆追赶出来，正好看见曹庆军打开停在路边的一辆黑色奥迪，一撅屁股坐进去，就在他要带上车门的时候，朱子再快步上前，一把将车门拉住。

曹庆军不由得愣了一下，侧过头看着她："你想干什么？"

朱子再没有说话，直接打开手机，将刚才的录音播放出来。虽然背景音有点嘈杂，但曹庆军与孟玉文刚才在咖啡馆的对话，还是勉强能够听得清楚。曹庆军刚听了几句，脸色就变了，盯着她问："你是谁？为什么要偷录我的话？你想干什么？"问完这几句，像是忽然明白过来，"是孟玉文指使你这么做的吧？"

"跟她没关系。"朱子冉掏出记者证，朝他亮了一下，"我是记者，刚才在里面喝咖啡，恰巧听到了你们的对话，觉得那个女人很可怜，想帮她而已。"

"记者？"曹庆军坐在小车驾驶位上，下意识地往里缩一下，"这事也归你们记者管？"

"只要是能引起公众关注的新闻事件，我们都可以报道。"朱子冉把身子靠在他车门边，嘴角边挑起一丝嘲弄的笑意，"曹副书记，如果我把你二十年前婚内出轨，二十年后又冷血拒绝挽救自己亲生儿子性命的事情写成一篇社会新闻发表出来，你说会引起怎样的反响？"

"嘿嘿，你可别吓我，"曹庆军有点色厉内荏地道，"现在的正规报纸，可不会发这样的花边新闻。"

朱子冉冷声笑道："就算主报不发，那也没关系，我有自己的微博账号，还有微信公众号，粉丝不多，也有大几十万，我写了在自己的自媒体发表，送你上网络热搜，那影响力可比在报纸上发表大多了。如果你的丑事在网络曝光，你觉得会有怎样的后果呢？"

曹庆军这才真正惊怕起来，四下里看看，见旁边正有人朝自己这边张望，他的声音很快就低下来："记者同志，那个……能否请你到车里借一步说话？"

"行啊，咱们一起坐在后排聊吧！"

朱子冉怕他故意使坏，如果自己坐进车里，他一脚油门把车开出去，自己就成他的人质了。

曹庆军点头说："行。"就从驾驶位走下来，两人坐进小车后排，他打开自己的手提包，从里面掏出一叠百元大钞，递到朱子冉面前："记者同志，其实我在新闻界也有很多朋友，大家都是相互关照……一点小意思，还请笑纳！"

朱子冉不由得笑起来，伸手将钞票挡回去，道："曹副书记，我估计你那些新闻界的朋友，都不是真正的记者。真正的记者，绝不是能用金钱收买的人！"

曹庆军以为她是嫌自己给钱太少，就说："我出门只带了这么多现金，要是你觉得不够，咱们可以加个微信，我微信转账给你。"

朱子冉正色道："你就别动这些歪心思了，就像孟玉文说的，这个事情已经不是钱的事，是人命关天的事，哪怕现在躺在医院的朱子豪是一个跟你没有任何关系的年轻人，你也不能见死不救，更何况他还是你儿子。"

"记者同志，你说错了，如果他真是一个跟我没有任何关系的普通人，需要我捐骨髓救命，我肯定会捐的，正因为他是我儿子，我跟他妈妈又是这么一个关系，而我又正处在即将升职的关键期，所以我才……"曹庆军脸上露出为难的表情，"按照孟玉文的说法，这孩子可能真的是我儿子。可是你刚才也听到了，我跟孟玉文二十年前谈恋爱的时候，我就已经有家庭了，那是属于婚内出轨，是严重的生活作风问题，现在又突然冒出一个这么大的私生子，如果我捐骨髓救他，那我跟他，跟他妈的关系，肯定就会随之曝光。对于一个在官场上混的人来说，这可是大忌，不但回到家里我老婆会跟我闹，在单位里我也算是干到头了。所以记者同志，你要明白，并不是我有多狠心有多绝情，对自己的儿子都见死不救，实在是我有我自己的难处啊！"他语气诚恳，一副掏心掏肺的样子。

"你的官位，就真的大得过你儿子的性命吗？"朱子冉朝他晃晃自己的手机，"如果你不肯捐出骨髓救朱子豪，我一定会将你的丑事曝光，到时候，你照样什么也捞不着。"

曹庆军一拍大腿："这不就对了！"

"什么对了？"

"我救他，是死路一条，不救他，也是死路一条，"他两手一摊，摆出一副死猪不怕开水烫的模样，"那我还折腾个啥？你是记者，反正笔在你手里，你爱怎么写就怎么写吧！"

他摆出一副无所谓的样子，反倒还真把朱子冉给难住了。如果他抱定无论自己救不救人，都是同一个下场的想法，那她还真拿他没有办法。

她低头想一下，忽然问："如果我有一个办法，既可以让你救朱子豪，又不会暴露你跟他们母子俩的关系，你愿意捐出自己的骨髓去救朱子豪吗？"

曹庆军不由一愣："如果真有这么两全其美的办法，我当然愿意了，毕竟救人一命，胜造七级浮屠嘛！而且我也知道，捐骨髓啊，捐造血干细胞啊，其实对捐献者的身体是没有多大影响的。"

朱子冉说："那就简单了，其实你完全可以不提跟朱子豪的血

58

缘关系，以一个陌生人的身份，把自己的骨髓捐给他。只要你不说，孟玉文不说，就没有人知道你是在救自己的亲生儿子啊。"

"事情可没你说的这么简单，我有个同事以前给别人捐过造血干细胞，我多少知道些情况，在捐献者和病人做配型检查的时候，医生要检测供受双方的 DNA，如果子豪是我儿子，只要一检测，很快就露馅了，想瞒是瞒不住的。"

"这个不难，我跟医院打个招呼，尽量将知晓结果的工作人员压缩到最小范围。另外，这个涉及患者及骨髓捐献者的隐私，如果他们泄露出去，那是要负法律责任的。我想应该没有哪个医生敢拿自己的职业生涯来作赌注，将这个事情外传出去。"

"这样啊……"

曹庆军一时低头不语，显然还是在心里犹豫着。

朱子冉坐在旁边，没有再出声，静静地等待着他最后的答复。

"那个……你真能保证这件事不会传出去吗？"

"当然，这个我肯定能保证。"

"那好吧，既然你能保证，那我就……"曹庆军摸着自己胖乎乎的下巴，像是最后下定决心似的，"那我就同意了，我愿意为那个孩子捐骨髓，如果我们能配型成功的话。"

朱子冉直到听到他最后一句话，才暗暗松下口气，说："那就好，现在你赶紧回咖啡馆，去告诉孟玉文，就说你自己想通了，愿意在保证隐私不外泄的情况下，捐出造血干细胞去救朱子豪，她会感激你一辈子的。当然，最好不要说是我这个正义感爆棚的女记者逼你这么做的。"

"好的，我明白，你是想做好事不留名嘛！"

　　曹庆军一副心领神会的样子。他从小车里走下来，没有多作犹豫，就快步朝咖啡馆里走去。

　　朱子冉站在门口，看着他走进咖啡馆，像是完成了一件大事似的，长长地舒了口气……

第四章

往事如烟

一道赤白的闪电，像利剑划破黑暗苍穹，紧接着便是"轰"的一声，巨雷响起，大地随之颤抖。

　　睡梦中的朱子冉猛然惊醒，这才发现窗户外面已经下起大雨，闪电像个拙劣的舞蹈演员，以黑暗天际为舞台，跳着杂乱无章的舞步，轰鸣的雷声比十万桶火药的爆炸声还大，她的心也跟随着雷声的节奏，好像要从胸腔里蹦出来，一时之间，只觉心慌心悸，胸口发闷，似乎连呼吸都不畅通了。

　　还在她很小的时候，有一天晚上，半夜里突然下起大雨，电闪雷鸣，好像要天崩地裂一般，她被惊醒之后，在闪电亮起的那一刹那，忽然发现有一个人影站在她床前，手里举着一把明晃晃的剪刀。她吓得"啊"的一声尖叫起来，叫声惊动了隔壁房间的爸爸，他跑到她的房间，抱住蜷缩在床边瑟缩发抖的她，问她怎么了？她说刚才有个人站在床前手拿剪刀要刺她。爸爸问她，是谁？她摇头说没看清楚那个人的脸。爸爸打开她房间里的灯，仔细查看一下，并没有发现任何异常，以为她是做了一个噩梦，就安慰她一阵，等到雷声停下之后，才离开她的房间。

　　虽然爸爸说是她做了一个噩梦，但她自己却坚信那不是梦，她是真切地看到床前有人朝她举起了剪刀，但因为闪电的光照太过短暂，她没有看清那个人的脸。也就是从那以后，她落下了一个对惊雷闪电的恐惧症，如果是在白天还好，一旦晚上下雨打雷，她就会惊怕得整夜整夜睡不着觉，好像只要一闭上眼睛，那把像噩梦一样纠缠着她的剪刀就会刺进她心脏一样。

　　"轰隆"一声，又是一个炸雷在头顶响起。她吓得浑身一颤，再也不敢躺下睡觉，干脆打开床头灯，抱着被子靠在床头，惊怕地睁大眼睛，好像她屋里真的潜藏着一个剪刀杀手一样。直到半个多小时后，外面风停雨住，雷声渐渐远去，她才稍稍安心下来，然后又躺下了，却再不敢关灯。

迷迷糊糊中，直到天亮时分才又重新睡着。也不知道睡了多久，忽然被电话铃声吵醒，睁开眼睛，拿起手机一看，是蒋大胜给她打过来的微信语音电话。

她忙靠床坐起，一边揉着惺忪睡眼，一边接听电话。蒋大胜在电话里问："大记者，你还没有回省城吧？"

朱子冉说："还没呢，家里的事情还没有处理完，不过应该也快了。"蒋大胜松了口气："那太好了，今天正好周末，夏米和陆笙都有空，我跟他们约好了，咱们韭菜街F4聚一聚吧。"

"好啊，"朱子冉立刻道，"在哪里碰头？"

蒋大胜说："春水河边，老地方吧。时间是今天下午3点。我们离得比较近，估计会先到，我们三个在那里等你。"

朱子冉一听他提到"春水河边，老地方"这几个字，就不由得嘴角上扬，露出一丝会心的笑意："行，那咱们就老地方见！"

接完电话，看看时间，居然已经是上午9点多。昨晚被惊雷闪电那么一折腾，大半夜都没有睡着，天亮的时候眯了一下，想不到却一觉睡到太阳老高了。

她翻身起床，看到二妈正在厨房里给子豪煮粥。孟玉文今天干活的动作明显轻快起来，眉头也舒展开了，显然是昨晚那个曹庆军已经答应她愿意捐献骨髓救子豪，她觉得儿子有救了，所以，她的心情才会明亮起来。朱子冉知道她是想在自己面前隐瞒她与曹庆军的故事，当下也不说破，只是坐在客厅里，静静地看着她在厨房忙碌的身影。

下午的时候，朱子冉换了一件衣服，化了个淡妆，又把短短的头发拢到脑后，用橡皮筋扎了一个马尾，这是她中学时代最喜欢的发型，然后开着自己的车，往春水河边行去。

春水河是流经光明市最大的一条河流，丰水期河面有二三十米宽，河道正好在韭菜街后面不远的地方拐个弯，就在那里冲积出一片很大的河滩。夏天的时候，那里是一个浅水滩，水性极好的蒋大胜就带着他们在那里扑腾玩水。秋冬枯水季节，河水退去，大片河床裸露出来，这里就成了一个可以玩各种游戏的好地方。在"韭菜街F4"眼里，所谓的"老地方"，指的就是这一处河滩了。

朱子冉来到韭菜街后面，将车停在河堤边，走下河滩时，看到蒋大胜、夏米和陆笙三个，都已经在那里等着她了。夏米和陆笙虽然跟她在同一所中学念书，但高考之后三人各奔东西，后来她虽然回过几次家，但都是来去匆匆，也没有再与他们联系。这是他们高中毕业各奔前程之后第一次见面，掰着手指头算一下，居然已经相隔七八个年头了。

夏米跟少女时代相比，身材明显大了一号，看上去自然比高中时代成熟了许多。而那个戴着黑框眼镜，一脸文静的男生陆笙，居然没有多少变化，连那个中分头，也跟高中时代一模一样，见到老朋友，脸上还是那副腼腆的笑容。夏米像个大姐姐一样，向来待人亲热，见到朱子冉，一边喊着她的名字，一边迎住她，给了她一个大大的拥抱。

四个人中，只有朱子冉的年龄最小，童心未泯的她抱起夏米在原地转了两圈，两人都咯咯大笑起来，好像刹那间又回到了无忧无虑的小时候。陆笙却是一脸紧张，站在旁边不住地喊："哎，小心，小心！"朱子冉朝他翻翻眼睛："小心什么，怕我摔着你老婆是吗？"

陆笙脸色有点发红，搔搔头，不好意思地笑了。夏米笑道："他不是紧张我，他是紧张我肚子里的孩子！"

朱子冉这才恍然大悟："呀，你怀上宝宝了？"夏米摸着自己的肚子点点头，一脸幸福的表情。朱子冉看她肚子微微有些凸起，一开始还以为是她身体发福了，原来是已经有了身孕。

"陆笙哥，你可真行啊！"朱子冉顺手一拳擂在陆笙胸口，陆笙不由得憨厚地笑起来。

"哎，我说你们几个，别光顾着叙旧，过来给我帮个手行不？"蒋大胜忽然在旁边吆喝了一声。

朱子冉转头看去，只见他高挽着衣袖，已经在旁边一株大树下垒起一个简易的土灶，上面还架着一口铁锅，地上铺着两张报纸，上面摆放着大米、青菜、排骨、鸡肉，还有油盐酱醋之类的调料。她一下就明白过来为什么蒋大胜要约他们到老地方聚一聚了。

小时候，他们韭菜街 F4 经常相约在这里进行野炊活动，有人负责从家里把煮饭的铁锅偷出来，有人负责带米带油带菜，还有人负责到河边树林里捡拾柴火，虽然每次熏得满脸发黑做出来的是夹生饭，但仍然吃得津津有味，十分开心。最好笑的是有一次，蒋大胜安排陆笙从家里带菜，结果那天他爸妈一直在家，他没办法从家里把菜偷出来，只好带了根钓竿，坐在河边钓鱼，一直等到天都黑了，才钓上来一条手掌大的小鱼，四个小伙伴最后喝了一碗鱼汤泡饭就回去了。

"算起来和你已经好些年没有见面了，本来我是提议咱们到酒店订个房间，好好庆祝一下咱们韭菜街 F4 重新聚首，谁知大胜哥非得说一切由他来安排，结果就给咱们安排到了这里。"夏米在一边笑着解释。

蒋大胜搓着手上的泥巴道："子冉是从大城市来的，再金碧辉煌的酒店对她也没有任何吸引力，还不如回到咱们童年的根据地，自己动手做一顿柴火饭，来得更香，更有意义。子冉你说是吧？"

"是的呢，"朱子冉故地重游，确实感到有些惊喜，"我现在还经常做梦梦到小时候在这里烧菜做饭的往事。"

"那你有没有梦到自己裙子着火的事？"陆笙这么一问，逗得大家都哈哈大笑起来。那一次朱子冉负责坐在灶台前烧火，一不小心，竟然把自己身上的裙子给点着了，烧出一个大窟窿，吓得她不敢回家。

朱子冉不好意思地笑了："当然记得啊，后来还是去到夏米家，她帮我把裙子烧烂的地方用一块花布补起来，我才敢回家。要不然被我奶奶瞧见，肯定又得挨打了。"

大家说笑着，很快又在旁边垒起一个小灶，大灶炒菜，小灶煮饭，这样做起饭来就会快很多。

"大胜哥，我们都听你安排，"朱子冉直起腰来问，"还有什么需要我们帮着干的？"

蒋大胜一边在身上系着围巾一边说："有我这个开餐馆的大

66

厨在，颠勺炒菜的活就不用你们干了，你跟夏米两个一起负责用小灶煮饭，陆笙你不是带了钓竿吗？赶紧去河里钓两条鱼上来，今晚大伙能不能喝上鲜鱼汤，就看你的本事了。"

陆笙笑着点头："行，如果没有钓到鱼，我就不回来吃饭了。"拿着钓竿，往河边去了。

蒋大胜支起砧板，开始叮当叮当地切菜。朱子冉在后边笑道："当年韭菜街的'一哥'，人送外号'齐天大圣'，现在居然成了一个专业的厨子，你这'一哥'混得可真惨啊！"

蒋大胜看看她，又看看夏米："请不要小瞧我'齐天大圣哥'，哥虽然已经不在江湖，可是江湖依然还留着哥的传说……我不做大哥好多年，我不爱冰冷的床沿，不要逼我想念不要逼我流泪，我会翻脸。我不做大哥好多年，我只想好好爱一回，时光不能倒退人生不能后悔爱你在明天……"说到最后，他竟然随口唱起了柯受良的那首《我不做大哥好多年》，一时间，空旷的河滩上到处都飘荡着他鬼哭狼嚎般的歌声。

天渐渐暗下来。夏米和朱子冉开始在旁边的小灶上煮饭，从树林里捡来的枯柴在灶膛里烧得噼啪作响，火光映红了两个女人的脸。朱子冉见夏米一边烧火煮饭，一边不时扭头往陆笙垂钓的河边张望，就打趣她道："你就别老盯着陆笙哥看了，你放心，他不会被河里的美人鱼拖走的。"夏米的脸微微一红，只好转过头专心往灶膛里添柴烧火。

"别光顾着说我，你怎么样了？"她用肩膀轻轻靠一下朱子冉，问。朱子冉道："什么怎么样了？"

夏米说："当然是男朋友啊，你看我这马上就要当妈了，你不会连个男朋友都没有找到吧？"

朱子冉点头道："还真被你说中了，还真没找着。而且这几年在省城当记者，每天都过得风风火火的，好像也没有时间和精力去考虑这个事情。"她就简单地把自己在省城的工作和生活情况说了。夏米有意无意地往蒋大胜那边瞧了一眼，说："该不是你这丫头心里早就有人了吧？"朱子冉打了她一下说："哪有啊，你以为每个人都像你一样，从小就有一个青梅竹马的男人在身边等着你啊。"夏米嘴角边挑起一丝笑意："那倒也是，陆笙虽然只比我大一岁，但确实从小就一直很照顾我。如果不是他资助我，我可能连大学都没有办法读完。"

如果说到家里的经济情况，夏米可能是四个小伙伴中最差的。夏米的妈妈年轻时被摩托车撞断了一条腿，落下终身残疾，平时干不了什么重活儿，家里的生活全靠她爸爸一个人操持，结果他爸爸积劳成疾，三十几岁就病倒了，需要做一场大手术才可能活命。朱子冉清楚地记得，那一年夏米才十四岁，正跟朱子冉一起念初中三年级，虽然夏米个子长得很高，但身子却很瘦弱，一副营养不良的样子。她爸爸的手术费至少需要四万块钱。他们家屋后还有一小块菜地，为了筹钱给她爸治病，她妈妈把那块地卖了，拿到了三万五千元现金，距离她爸爸的手术费还差五千块钱。因为实在想不到筹钱的办法了，她妈妈带着她，提着一袋廉价水果，找到朱子冉家里，想向她爷爷奶奶借钱。当时朱子冉家应该是这条老街上最有钱的人家了。但是，朱子冉那个生性刻薄的奶奶不但没有借钱给她们，还当着她们娘俩的面，把她们送的水果扔进了垃圾桶。

为了帮夏米筹钱救父，陆笙竟然把他妈妈的一枚戒指偷偷卖掉，想把钱借给夏米，谁知他妈很快就发现，不但把钱追了回来，还把他狠狠揍了一顿。后来也不知道夏米到底用什么办法，总算凑够了她爸的救命钱。谁知天有不测风云，她爸爸最后还是死在了手术台上，钱花光了，人也没有抢救过来。

这场突如其来的家庭变故，对少女夏米的打击很大，一向活泼开朗的她，渐渐变得沉默忧郁，常常一整天都不开口说一句话。这时候蒋大胜已经出事被关进了少管所，韭菜街F4没有了主心骨，朱子冉也不知道该怎样帮夏米，只能是经常去陪着她，看护着她，生怕她钻进死胡同出不来。后来有一次，还真发生了一件可怕的事情。

那天放晚学后，朱子冉在教学楼下等着夏米一起放学回家，左等右等不见她的人，找到教室也是空空如也，后来抬头看见她坐在对面教学楼五楼天台边，以为她要跳楼轻生，差点吓晕过去。幸好朱子冉上到天台，很快就将她劝下来了。

再后来校医给夏米检查了身体，说这孩子应该是得了抑郁症，必须得去大医院看看。要不然，以后还会有自杀倾向。可是，夏米她父亲去世后，母亲又无法工作，靠着在街边摆地摊卖小商品过活，哪里有钱让她去大医院看抑郁症呢？谁也想不到这时候，陆笙突然开始钻研起中医来，不但买回很多中医书自己学习，还自己给自己扎针灸，把自己扎得满身都是针眼，甚至亲自试药，搞得差点药物中毒。就是他这个土郎中一边摸索，一边开方子给夏米治病，再加上朱子冉的细心陪伴和开导，夏米才慢慢从抑郁症的阴霾中走出来。从那以后，夏米对陆笙除了感激，更是有了一种深深的依恋。

灶膛里的火渐渐小了，夏米又赶紧往里面添了一把柴火，火势渐旺，铁锅里的饭已经开始冒出沸腾的热气。她看着灶膛里闪闪的火光，回忆着道："当年如果不是陆笙，我很可能连读完中学的勇气都没有，即便后来我考上大学，如果没有他的资助，我也很可能没有办法顺利完成学业。"

朱子冉一边拨弄着灶膛里的柴火，一边道："我听大胜哥说过你的一些情况。你大学不是考上了免费师范生吗？在校期间的学费、食宿费应该都是免费的，而且还定期发放生活补贴，怎么还需要陆笙哥资助呢？"

夏米苦笑一声："这不是我一个人的事，而是我一家子的事。虽然我上大学不用掏学费，也不用担心生活费，可是我妈在家里得吃饭啊。当时她的腿病又犯了，痛得无法下地走路，自然也就没有办法出去摆地摊挣钱，家里几乎都要断粮了。其实，陆笙当年考上了浙江一所很不错的二本大学，都已经去学校读了一年，后来又自动退学，转而去读邻县的南华医专，那是一所大专院校。"

"他为什么要这么做呢？"朱子冉问，"是因为他想学医吗？我记得那时候他就已经是一个小有名气的小郎中了。"

夏米摇头："不是这个原因，如果他想学中医，完全可以去读中医大学。他去南华县读大专最主要的原因是那里离家近，他能经常回韭菜街照顾我妈。"

朱子冉"哦"一声，恍然大悟似的点点头。夏米道："有一段时间我家里完全没有经济来源，我妈不但要生活吃饭，还要去看病，陆笙就去学校附近一些小诊所打零工，挣了钱拿回家给我妈做生活费，又每个星期回来两次给我妈扎针灸做推拿，一直坚持了两年多时间，我妈的腿病才渐渐被他治好，最后能自己下地走路，还能重新去街边摆地摊，这才有了些经济来源，不至于饿死在家里。如果不是他，我妈在家里过得这么辛苦，我肯定很难安心在外面坚持把大学读完，很可能会退学回家照顾她……所以，我说他不但是我的恩人，也是我们家的恩人！"

"所以，后来你为了报恩，就嫁给他了，对吧？"

"倒也不完全是为了报恩吧，"夏米低头一笑，"大学毕业后，我被分配到母校玉德中学当老师，跟你二妈成了同事。这时候陆笙已经从医专毕业，在乡下镇卫生院当合同工，后来他考了中医执业医师证，就干脆辞职，在咱们韭菜街开了一间中医诊所。我参加工作后的第二年，就嫁给了他。其中固然有报恩的原因，但更重要的是，他确实是一个值得托付终身的男人！"

"真羡慕你们啊，青梅竹马，从校服到婚纱，从学校到家庭，真的比言情小说还要甜啊！"

"嗯，至少我觉得自己没有选错人吧！"夏米说这句话时，又垂下目光，看着自己微微隆起的肚子，脸上露出幸福的笑容。看看她跟陆笙的爱情，再想想自己的遭遇，朱子冉不由得沉默下来。

夏米看出了她的落寞，就换了个话题："哎，对了，你二妈的身体好些了吗？她以前一直找西医看病，感觉没什么效果，后来到韭菜街找陆笙看过几次，陆笙给她开了中药带回去吃。"

"咳，她那都是陈年旧疾，哪有那么容易好。"朱子冉摇头说，"她一直是那副弱不禁风的样子，先是精神抑郁，忘性奇大，有时候明明已经发生过的事情，她都完全不记得，我印象中她都去医院看过好几次精神科医生了。后来，身体也渐渐变差，稍一活动就脸色皖白，胸闷气短，现在正在煎中药吃，看起来似乎好些了。不过，最近我们家事多，去年我爸出车祸变成植物人，现在还躺在医院里，前几天我弟弟子豪又查出患了白血病，也够她这个当妈的受的了……"就简单把家里的情况跟她说了。最后说，"我就是为我弟弟生病的事回来的，我二妈是一个没什么主见的人，子豪一住院，她就乱了手脚，非得叫我回家看看，我只好跟单位领导请假赶了回来。"

夏米叹了口气："唉，真是家家都有本难念的经啊！"

"哎，有鲜鱼汤喝了，有鲜鱼汤喝了！"

她俩正说着话，就听得陆笙在河边喊起来，转头看时，只见他提着一条一尺多长的大鲤鱼兴冲冲地跑过来。等蒋大胜这个大厨接过他手里的鱼，夏米这才发现丈夫两条裤腿都湿了，就问："怎么你掉河里了？"

陆笙不好意思地笑了，说："我在河边坐了这么久也没见一条鱼咬钩，后来看见河边草丛里有一条大鱼浮头，就干脆跳下去把鱼抓起来了。"

朱子冉顿时哈哈大笑起来："陆笙哥，你可真实诚，竟然把钓鱼改成抓鱼了！"

"快过来，把裤子烤干，别着凉了！"夏米嗔怪地把陆笙拽到小灶前，让他坐在地上，将两条裤腿伸到灶口烤着。

天很快就暗下来，露营灯打开后，蒋大胜也做好了菜，朱子

72

冉支起简易餐桌，正好大家的肚子都有些饿了，就围在一起席地而坐，吃起野餐来。

晚风习习，从河面吹过来，让人感觉到了秋夜的凉意。韭菜街F4仿佛又回到了小时候，不停地举起饮料杯，高喊着"干杯、干杯"。

吃完饭，大家就在旁边草地上躺下来聊天说话。星星在夜空里眨着眼睛，河水轻拍堤岸，水边有一些不知名的虫子在啾啾地叫着。

蒋大胜感慨地道："我记得咱们韭菜街F4上次躺在这里说话，还是在十年前吧。那一年子冉和夏米十四岁，陆笙十五岁，我十六岁，我已经离开学校开始混社会了，夏米的爸爸住在医院等钱救命，咱们几个就躺在这里商量怎么给她筹钱，结果第二天陆笙就回家把他妈的戒指偷出来卖给了当铺，幸好他妈及时发现，从当铺里把戒指赎了回来，要不然，他妈那么宝贵的结婚戒指就真要被他偷偷卖掉了。然后没过多久，我就进了少管所，咱们韭菜街F4就算是彻底散伙了，之后就再也没有聚齐过……"

"是啊，那一年我十四岁，正跟子冉一起读初中三年级，"夏米的心情有些沉重，叹息一声道，"那一年发生了太多的事情！"

朱子冉知道她不想再忆起这段悲伤的过往岁月，就翻身坐起，大声道："今天是个高兴的日子，就别提这些不开心的往事了，不管怎么样，大家现在都还过得不错，不是吗？要不我提个建议！"

"就你鬼点子多，"蒋大胜笑道，"又打什么主意了？"

"今天是7月6日，咱们韭菜街F4重聚日，以后每年的7

月 6 日，咱们四个人都到这个老地方来聚一下，怎么样？"

"嗯，这个提议靠谱！"蒋大胜和夏米同时点头。只有陆笙有点犹豫："这个提议好是好，就是时间有点不对。"

"时间怎么不对了？"夏米问。陆笙说："今年 7 月 6 日正好是星期六，但并不代表每年的这一天都是周末，如果不是周末，你要在学校上课，哪里有时间出来参加聚会呢？不如把聚会时间改成每年 7 月的第一个周六，这样大家都有时间，不是更好？"

"哇，陆笙哥，你连这个都想到了，真是太细心了！"朱子冉故意朝着夏米瞟了两眼，"咱们中某些人真是好福气啊！"

夏米也不甘示弱，笑着推她一下："还有一个条件，明年聚会如果你不把男朋友带来，就罚你去钓鱼。"

"钓鱼就钓鱼呗，大不了我也跟陆笙哥一样跳进河里捞一条鱼上来。"朱子冉没心没肺地笑起来。

蒋大胜却道："不管明年你带不带男朋友来，咱们的队伍里，肯定会比现在多一个人。"

朱子冉一愣："怎么，你要带女朋友来吗？"

蒋大胜白她一眼："你净瞎想些什么？我说的是夏米肚子里的孩子，明年这个时候，肯定早就已经出生了呀。"朱子冉"哦"了一声，大家都笑起来。

夜里 8 点多的时候，满天星星忽然隐藏到了云层后面，气温下降得很快，让人有了凉飕飕的感觉。因为夏米有孕在身，大家怕她着凉，就开始收拾东西往回走。

从河滩沿着一条小路爬上大堤，朱子冉的小车和陆笙的那辆 SUV 都停在路边，走到车边朱子冉才发现两辆车的轮胎居然都被人用铁链锁上了。正自奇怪，一个满头黄毛的年轻人凑了过来，大声嚷嚷道："这里是我黄毛哥的地盘，在我的地盘停车是要收费的，每辆车交二百元停车费，否则，这车你们就别想开走。"

朱子冉知道这是遇上了讹钱的小流氓，顿时就气不打一处来，迎着那家伙道："哪条法律写了这条大堤是你们家的？谁说在这里停车要给你交停车费？你这摆明了就是讹诈钱财！赶紧把铁链打开，要不然，我就报警了！"

黄毛咧嘴一笑："你就报警吧，看看警察会不会管你这点儿破事！我黄毛哥是这里的老大，我说的话就是法律，今天你们不交停车费就休想把车开走。"

"我就不信警察还管不了你！"朱子冉干了这么久的记者，自然也不是怕事的主儿，她掏出手机就要报警。

蒋大胜上前拦了她一下，说："不用报警，在这种小地方，报警也不一定好使。交给我来处理吧！"他三摇两摆地晃到前面，上下打量那黄毛两眼，黄毛被他的气势镇住，下意识地往后退一步。谁知蒋大胜却从口袋里掏出一盒烟来，甩给他一支："哥们，我们在这里也没停多久，你收两百块，是不是有点太黑了？"

黄毛愣了一下神："那、那你说该收多少？"蒋大胜说："最多一百块。"黄毛爽快地点头说："那行，一台车一百块，两台车停车费一共二百块。"蒋大胜摇头说："不，我是说两台车总共一百块。"

"大哥你这也太会砍价了，"黄毛皱起眉头道，"一辆车才五十，我这连成本费都收不回啊。"

"你这要啥成本啊，我们在正规停车场停车，人家还帮着洗车呢，也才收五十。"蒋大胜将一张百元钞票塞进他手里，顺手掏出火机，帮他把叼在嘴里的烟给点着了。

黄毛吐了口烟圈说："行，一百就一百吧。"收了钱，麻利地打开铁链，吹一声口哨，扬长而去。

蒋大胜这一波操作，把朱子冉看得当场愣住，她原本以为以蒋大胜的火爆脾气，今天这黄毛小子肯定得吃不了兜着走，谁知最后竟然出现了一个这么和谐的场面，确实有点出乎她的意料。蒋大胜看出了她的心思，笑道："妹子，破财消灾嘛，哥已经不是十几年前的齐天大圣哥了，这江湖也不是十几年前的江湖了，一百元就能解决的事情，何必大动干戈呢？别愣着了，走吧，你载我一程，送我回韭菜街。"

朱子冉忍住笑道："好的，齐天大圣哥。"待他上车后，忍不住又在后视镜里看他一眼，这才真正感觉到在他身上发生的深刻变化，也许岁月真的是一块磨刀石，早已磨平了他身上的棱角。

她很快就把小车沿着一道长长的斜坡开下河堤，陆笙则开着自己的车带着夏米跟在后面。两辆车驶过东郊大道，拐进韭菜街时，忽然看见街口大圣餐馆门前围着许多人，人群里传来一些嘈杂的叫骂声。

朱子冉感觉到有些奇怪，急忙在路边停住车，下车去看时，只见餐馆门口的水泥地面上坐着一个满头白发的老阿婆，把自己弄得浑身灰扑扑的，正在一把鼻涕一把泪地哭骂着。

朱子冉很快就看清了她的脸，居然是韭菜街的老街坊张群英张奶奶。只见张奶奶左手拿着一个砧板，右手举着一把菜刀，一边哭一边骂，每骂出一句话，菜刀就在砧板上剁一下："……蒋大胜这个剁脑壳的人贩子，你把我孙女拐骗到哪里去了？你这个发猪瘟遭天杀的，快把我的乖孙女还给我……我的乖孙女，你在哪里啊？快回来看看奶奶吧，不把你找回来，奶奶死不瞑目啊……"哭声凄惨，一块砧板被她剁得咚咚作响。按照当地乡俗，这种剁砧板骂人的方式，是对仇人最恶毒的诅咒。闹出这么大动静，餐馆里的顾客早就被吓跑了，在店里帮厨的小伙计和跑堂的老人，正手足无措地站在门口。

蒋大胜很快就明白发生了什么事，脸上的表情变化了一下，对朱子冉和夏米他们说："没什么事，这是肖三妹她奶奶，她经常到这里来闹一闹，等过一阵没什么人理她，她自己就走的。忙了一下午，你们也都累了，先回去吧！"夏米犹豫一下，最后还是点点头，跟陆笙一起开车回家去了。朱子冉知道蒋大胜是不想让他们看到这一幕，当下假装点头答应，转身走出了围观人群，但并没有走远，很快就掉头回来，站在人群外边，默默地观察着事态的发展。

"蒋大胜，你这个遭天杀的人贩子，你把我孙女卖到哪里去了？快把三妹还给我！"看到蒋大胜出现在自己面前，张奶奶突然来了精神，上前一把揪住他的衣襟，朝他声嘶力竭地叫着，"你还我孙女，快还我孙女……"

蒋大胜阴沉着脸，挣脱开她的手，一言不发地走进自己店里，然后回身关上店门。

"遭天杀的人贩子，你拐卖我孙女，你不得好死……"张奶奶又坐在地上，剁起砧板诅咒起来。

朱子冉忽然心中一阵难受。张奶奶的孙女肖三妹，年纪比她大一岁，是一个脑瘫孩子，人家都叫她傻妹。因为嫌她傻，街上的孩子都不愿意跟她一起玩，只有朱子冉觉得她可怜，常常带着她一起玩，时间长了，傻妹就成了他们韭菜街F4的跟屁虫，经常跟在他们四个屁股后面疯跑。

后来在朱子冉十四岁那年夏季，有一天晚上，傻妹没有回家，就此失踪。与她相依为命的奶奶张群英一开始以为她是出了什么意外，发动一众街坊邻居到处寻找，未见其踪迹，还请了船工在春水河里查探，寻找了三天三夜，傻妹都是活不见人死不见尸。

就在张群英已经绝望的时候，有街坊悄悄告诉她说，在三妹失踪的那天晚上，他在韭菜街外面的东郊大道上，看见蒋大胜把三妹带上了一辆黑色面包车。蒋大胜当时辍学在家，已经是韭菜街小有名气的小混混。张群英立即报警。警察很快就找到了蒋大胜。刚好那段时间这一带有个人贩子团伙出没，警方怀疑蒋大胜可能已经把肖三妹带出去卖给了人贩子。没等警方细审，十六岁的蒋大胜就爽快地承认，是自己那天晚上把傻妹带上面包车，卖给了一个外地人贩子。

警方查问他上家是谁？把肖三妹卖到哪里去了？蒋大胜摇头说他也不知道上家是谁，反正一手交人一手给钱，自己根本没有打听过对方来历，而且人家坐在车里，黑乎乎的根本连对方样貌都看不清。警方问他记不记得面包车的车牌号码，蒋大胜说我记性不好，完全不记得了。

警方又回头去找那名目击证人，目击证人是一个五十多岁的老头儿，他说自己也只是远远地瞧见蒋大胜把傻妹带上面包车，当时路灯昏暗，他根本就看不清车牌号。那时的东郊大道还是一条荒路，根本没有现在这么繁华热闹，不但路上没有什么行人车辆，而且大路两边也没有什么住户，显得有些荒凉，就更不可能有监控摄像头之类的了，警方想要找到那辆面包车，再顺藤摸瓜寻回肖三妹，基本没有可能。

这个案子虽然还有些疑点，但因为蒋大胜已经亲口认罪，很快就结案，因犯拐卖妇女儿童罪，法院最后判了他七年有期徒刑。不过他当时只有十六岁，所以就先送到少管所，待年满十八岁之后，再转入监狱继续服刑。

朱子冉站在人群中听了街坊邻居的议论，才知道自从蒋大胜回韭菜街开餐馆之后，张奶奶就经常到他店门口来剁砧板咒骂他这个人贩子，叫他把自己的乖孙女还回来，常常闹得他无法开门做生意。面对老人无休止的咒骂和骚扰，蒋大胜一直高挂免战牌，并没有给出过任何回应，甚至连一句话都没有跟她说过。

朱子冉听了别人的议论，不禁有些心疼起蒋大胜来。如果依照他年轻时的脾气，只怕十个张奶奶也不是他的对手吧？

蒋大胜进到自己店里，先是关上大门，然后很快又熄了灯，完全没有要理会张奶奶的意思。四下围观的好事者见张群英翻来覆去就是那几句话，也骂不出什么新鲜词汇来，加上她唱的又是独角戏，蒋大胜躲在屋里完全没有回应，也就觉得索然无味，渐渐地散去了。张群英见围观的人都走了，也没有了兴头，自己拎着砧板和菜刀回家去了。

街道边只留下朱子冉一个人站在路灯照不到的黑暗地方，呆呆看着大圣餐馆，心情很是复杂。

　　十年前这个案子发生的时候，她就觉得蒋大胜不可能是一个拐卖傻妹的人贩子，他虽然小小年纪就在社会上混，小偷小摸打架斗殴的事情干过不少，但是他为人义气为先，大是大非还是分辨得非常清楚的，再说三妹虽然有点傻，但也傻得可爱，他们都很喜欢她，他怎么可能会将她卖给人贩子呢？但是既然蒋大胜已经在警方那里低头认罪，她自然也是无可奈何，只是在她心里，却埋下了一个深深的问号。

第五章

迷离身世

这天上午，朱子冉去医院探望弟弟，却看见孟玉文正坐在病房外面的走廊里抹眼泪，不觉有些奇怪，问她："二妈，怎么了？是子豪的病情起什么变化了吗？"朱子豪现在正在做化疗，身体消瘦得很快，各种药物副作用也开始出现，这两天就一直高烧不退，医生正在给他做血培养，想要尽快查明到底是哪一种病原菌导致他感染发热。

孟玉文一边擦着眼泪一边摇头说："不是子豪，是……"说到这里，又忍不住低声抽泣起来。朱子冉在她身边坐下，问："到底怎么了？"孟玉文哭了一阵，才开口道："本来有一个人已经答应要给子豪捐骨髓的，我觉得这一次很有可能配型成功，结果今天他跟子豪的配型结果出来，医生说没有配型成功……"

"是那个曹庆军吗？"朱子冉问，"怎么会没有配型成功呢？他不是……"

"你怎么知道他的名字？"孟玉文愣了一下，侧过头来奇怪地看着她。朱子冉这才醒悟过来，忙道："哦，我、我是听赵医生说的。"

孟玉文将信将疑地点点头："是的，就是这个人，我原本以为他跟咱们家子豪有血缘……"

"有血缘？"

孟玉文知道自己说漏了嘴，忙改口道："是有、有缘，我觉得他跟咱们家子豪很有缘，以为这次一定能配型成功，但是匹配结果出来后，赵医生说从检测报告来看，两人之间并没有亲缘关系，所以 HLA 配型不成功，也并不让人觉得奇怪。"

"哦，原来是这样啊！"朱子冉靠在椅背上，眉头就皱起来，心里想，子豪既不是爸爸的亲生骨肉，也不是二妈旧情人曹庆军的孩子，这到底是怎么回事呢？难道二妈除了爸爸和这个曹庆军之外，还跟第三个男人交往过？她侧过头来看着孟玉文，感觉又不太像，如果真的有这么一个人存在，孟玉文救子心切，早就找上门去央求人家捐献造血干细胞了。这其中到底有着怎样的蹊跷呢？一时之间，她也感觉到迷惑不解。

"另外，赵医生也跟我说了，在中华骨髓库里，也没有找到跟子豪相匹配的捐献者。"孟玉文用力抹干脸上的眼泪，咬咬牙，像是最后下定了某种决心似的说，"现在看来，能救咱们家子豪的，就只剩下一个人了！"

"谁？"

"就是我啊！"孟玉文道，"我是他妈妈，我上网查过，亲生父母跟孩子的配型成功率是50%，无论如何，我也得赌这一把！"

"可是医生已经说了，您这身体根本就不适合给子豪捐造血干细胞。"

"不适合捐，那也得捐啊，我是他亲妈，我不救他还指望谁来救他？"孟玉文蓦地站起身，"我这就去找赵医生！"快步往医生办公室走去。

朱子冉突然佩服起这个女人来，女本柔弱，为母则刚，想不到她这病恹恹的样子，为了孩子竟然能下定如此大的决心。她也站起身来，跟在了孟玉文后面。

来到医生办公室，孟玉文语速很快地把自己的决定跟赵医生说了，赵医生听完，不由吃了一惊，上下打量她一眼说："我不是早就告诉过你，你现在自身的健康状况很差，根本不适合捐献造血干细胞。"

"我现在正在吃药调养身体，很快就会把身体养好的，医生你就让我跟我儿子做个配型吧，只要能配型成功，我就是拼了这条命不要，也要捐骨髓救他。求求你了医生，现在能救他的人只有我了！"

"这个……"赵医生感到有些为难，看看她，又看看朱子冉，一时之间难以决断。

朱子冉想了一下，她二妈说的这个办法，确实是眼下唯一能救子豪的法子了，就冲着医生微一点头，说："赵医生，您就开个单子让我二妈去跟我弟弟做个配型吧，如果没有配型成功，也好让她死了这条心。"

"朱子冉，你这是什么意思？"孟玉文自从知道儿子不是朱哲的孩子，跟朱家的人没有任何血缘关系之后，就变得异常敏感起来，瞪着她道："他不是你亲弟弟，你就希望我跟他配型不成功是吧？想不到你小时候就冷血无情，长大了还是这么一副狠毒心肠。"

朱子冉被她骂得哭笑不得，知道她一向神经兮兮，尤其是现在子豪得了绝症，她就更是一心扑在儿子身上，越发变得不可理喻了，也就懒得跟她计较，退到一旁，只当没有见听她这句难听的话。

赵医生考虑了一下说："那也行吧，我现在开个单子，叫护士带你去抽血，先跟你儿子做个配型，如果真的能够配型成功，咱们再调整下一步的治疗方案。"孟玉文这才放心，一屁股坐在沙发上，好像她刚才在医生面前据理力争，已经耗尽她身体的全部力量，坐下来喘口气，又觉得不能让医生看到她身体虚弱的一面。于是，她马上又振作精神站起来。赵医生给她开好单子，很快就叫来护士，带她抽血去了。

朱子冉留在医生办公室，跟赵医生沟通了一下，赵医生连着摇了几次头，很显然，朱子豪的病情不容乐观。虽然现在通过DNA比对，知道子豪跟她这个姐姐没有半点血缘关系，但毕竟生在同一个家庭里，他仍然是她弟弟，这一点并不会因为两人没有血缘关系就会改变。而且现在情况紧急，子豪病情危殆，显然也不是追究他身世的时候，无论如何先让他活下来，其他事情，都可以留待以后慢慢解决。

两天后，孟玉文跟朱子豪的造血干细胞配型结果出来了，在医生办公室，赵医生手里拿着检测报告，面无表情地通知孟玉文说："根据医学检测，你跟朱子豪的造血干细胞没有匹配成功，而且从现在的DNA检测结果来看，你跟他之间，并不存在任何血缘关系。"

"没有匹配成功？并不存在血缘关系？"孟玉文呆了一下，扯着医生的白大褂问，"这、这是什么意思？"

"意思就是说，患者不是你的亲生儿子，你也不是他亲妈。"赵医生看看孟玉文，又看看朱子冉，有点不高兴地道，"怎么患者是你们抱养的孩子吗？你们自己难道不知情吗？居然三番几次浪费咱们的医疗资源。"

"对不起，赵医生，其实，我们一开始也并不知情。如果不是我弟弟这次生病住院要做配型所以检测了一下DNA，我们一家人也都一直还蒙在鼓里。"朱子冉忙道,"而且这件事也太过蹊跷,我们也不知道到底是怎么回事,真是不好意思,麻烦您了!"

她从医生手里接过检查报告,搀扶着孟玉文从医生办公室走出来。来到外面走廊时,孟玉文才彻底意识到这份检查报告对于她来说意味着什么,再也忍受不住心中委屈,转身抱着她放声大哭起来。

朱子冉将她扶到旁边长凳上坐下,等到在走廊里散步的两个病人都离开了之后,才问道:"二妈,这到底是怎么回事?""什么怎么回事?"孟玉文一边擦着泪眼,一边瞪着她。朱子冉道:"就是子豪的身世啊,到底是怎么回事?上次检查出他跟爸爸没有血缘关系,我就已经觉得奇怪。这次又查出他也不是您亲生的,这么说来,他跟你和爸爸都没有任何血缘关系,说白了就是别人家的孩子。可是,别人家的孩子在咱们家养了二十年,咱们竟然还被蒙在鼓里,这、这也太不可思议了!"

孟玉文似乎还没有想过这个问题,被她一问,也是一脸莫名其妙的表情:"对哦,别人家的孩子,怎么会到咱们家里来的呢?还有,子豪明明是我生出来的孩子,怎么就跟我没有血缘关系,一下就变成别人家的孩子了呢?既然子豪不是我的孩子,那我自己的孩子去哪儿了呢?"

朱子冉见她一脸惊愕的表情不像是伪装出来的,顿时心头一沉,越发觉得这件事不像表面上看那么简单:"二妈,你真的确定子豪是你生出来的孩子?"

"当然啊,这个还能有假吗?"孟玉文回忆着道,"那还是二十年前吧，那时我刚满二十五岁，大学毕业后一直在玉德中学教书。有一次你爸爸跟教育局的领导一起下来咱们学校检查工作，校长让我和另外一个老师陪同检查，就这样认识了你爸爸。那时候他刚刚跟你妈妈离婚，跟我接触过一次之后，就开始追求我，我觉得他人很稳重，正是我喜欢的类型，所以就答应了他的追求……"

孟玉文跟朱哲确定恋爱关系不久，两人就发生了关系，然后她就发现自己已经怀上了身孕，跟朱哲说了之后，朱哲十分高兴，立即跟她结婚。孟玉文嫁进朱家几个月后，就从学校请了产假回家待产。当时光明市妇幼保健院有全市最好的妇产科，所以，朱哲一直带着她在那家医院做产检。最后，也是在这家医院把孩子生下来的。

孩子是顺产，孟玉文在生孩子的过程中一直都保持着清醒状态，她记得当时产房里有一个产科医生，还有两个护士，孩子出生后，除了由护士抱出门口给家属看过，其他时间都一直待在她身边。离开产房住进病房后，孩子也一直没有离开过她的视线。因为是顺产，她的身体恢复得很快，只在医院住了三天，就带着孩子回家了。

孟玉文将自己在妇幼保健院生产的经过，都跟朱子冉说了。朱子冉不由得皱眉道："这么说来，孩子出生之后，就一直在你身边，是吧？"孟玉文点头说："是的，一直都在我视线范围内。"

"那回家之后呢？"

"回到家里，我就开始坐月子，为了方便喂奶，你弟弟也跟

87

我住在一起，我们就住在你奶奶家一楼的那间卧室里。我坐月子期间，因为怕孩子吹到外面的冷风，所以也一直没有抱出去过。后来……"

"后来怎么样了？"

"后来，我得了产后抑郁症，常常没来由地感觉到紧张、焦虑和恐惧，甚至还有健忘，常常是刚刚才给孩子喂过奶，一转身又忘记了，于是马上抱起孩子又给他喂奶，害得孩子经常呛奶，因为情况越来越严重，你爸爸不得不带我去看医生。因为我有这个病，不方便再照顾孩子，你奶奶又天天在外面打麻将，很少帮我照看孩子，所以你爸爸就在外面请了个保姆回家帮着带孩子，这样就减轻了我不少负担。"

"咱们家还请过保姆？"朱子冉感觉到有些意外，"我怎么不知道？"

"那时你才四岁多，肯定不记得了。请来的这个保姆叫金丽芸，是你爷爷在乡下老家的一个远房表妹，我跟你爸爸都叫她芸姑。这个芸姑带孩子很细心，把你弟弟照顾得很好，但是她有个坏毛病，就是喜欢买地下六合彩，挣的那点儿工资，全都拿去'买码'了。"

朱子冉听到这里，顿时警惕起来，会不会是这个保姆在孩子身上动了手脚？她忙问："这个保姆，她是什么时候离开咱们家的？"

孟玉文说："子豪一岁多的时候，我的病情有所好转，已经能够自己带孩子，她就回老家去了。"

"那她现在还跟咱们家有联系吗？"

"咱们跟他们家基本上算是八竿子打不着的亲戚，所以后来也很少联系。"

朱子冉正有些失望，孟玉文又道："不过，去年我还看见她来着。应该是在你爸爸出车祸的前一段时间吧，我们班的一个女生校服裤子被撕开了一个大口子，我带她去学校附近的补衣摊补衣服，结果发现那个摆摊帮人补衣服的老女人，竟然就是芸姑。当时简单跟她聊了会儿天，她说她儿子在城里买了房，所以让她搬进城来一起住，顺便帮忙带带孙子，现在孙子上学去了，她闲着没事干，就趁着年纪不大，买了一台旧缝纫机，在街边摆了一个专门帮人缝补衣服的小地摊，好挣点儿零花钱拿去'买码'。"

"到现在了，她居然还买六合彩啊？"

孟玉文苦笑一声，点头道："我也问过她，她说她也就这点爱好了。"

朱子冉想了一下，说："二妈，这个芸姑摆摊的位置在哪里？我想找她去问问情况。"

"难道你是怀疑她……？"孟玉文不由吃了一惊。朱子冉说："现在一切还很难说，我只是想把事情的真相调查清楚。"

"她就在玉德中学南门外的竹马街小商品市场门口摆档，你到那里应该就能看到，那条街就她一个补衣摊，档口放着一台旧缝纫机，她大约五十多岁年纪，你见了应该叫芸姑奶奶才对。"

"好，我这就去找找她。"

"还有，子冉，"孟玉文叫住她，往病房那边看看，迟疑着道，"在事情没有彻底搞清楚之前，希望你不要在你弟弟面前提起这件事，毕竟他……"说话间，她的眼圈又红了，想必心里也是十分矛盾，养了二十年的孩子竟然不是自己亲生的，可是既然已经在一起生活了二十年，就算不是亲生，那份感情也胜似亲生了。

朱子冉道："我明白，我不会在子豪面前提这些的，一切等真相调查清楚之后再说。"

她离开医院，开车来到母校玉德中学南门，拐进竹马街后，前行不远，就看见小商品市场门口的街道边，果然撑着一把破遮阳伞，伞下摆放着一台旧缝纫机，一个系着围裙戴着老花镜的老女人正低头缝补一条裙子，缝纫机前站着两个中年妇女，像是她的顾客。

朱子冉站在旁边等了一会儿，直到芸姑把那条裙子补好，将那两个顾客打发走，她才走上前去，芸姑脸上带着和气的笑容，问她："姑娘你想补什么衣衫？"

朱子冉说："您是芸姑吧？"对方说："是的，这附近几条街上的人都认识我。"

朱子冉道："其实，我得叫您芸姑奶奶。"

"哎哟，这我可受不起，"芸姑忙起身打量着她，"姑娘是哪家的闺女啊？"朱子冉说："我爸爸叫朱哲，我爷爷叫朱权贵，我们家以前住在韭菜街。""哎哟，你是子男吧？"芸姑很快就明白过来。朱子冉听到她这么称呼自己，不由得愣了一下神，但很快就反应过来，"朱子男"是小时候她爷爷给她取的名字，芸姑在自己家做保姆的时候，她还没有改名，所以现在仍然叫她"子男"，于是就点头说："是的呢。"

芸姑就有点激动起来，转身给她搬来一个小凳子请她坐下，然后又不住地打量着她，笑呵呵地说："哎呀，时间过得可真快啊，一转眼就长这么大了，小时候我还抱过你呢。"

朱子冉说："是吗？那时候我还太小，很多事情都不记得了。"芸姑说："可不是真的，小时候啊，你奶奶经常骂你，还拿衣架打你，我上去劝她，也被她连带着骂过好多次呢。"

朱子冉虽然不太记得她说的这些往事，但她还是起身说："谢谢芸姑奶奶！"

"不用谢不用谢，那时候，我也是看你这闺女在那个家里总是被人呼来喝去，也挺可怜的嘛！想不到，那么小的一个小姑娘，一转眼就长成一个这么漂亮的大闺女了。"芸姑看着她问，"你是恰巧路过这里，还是来找我有事？"

朱子冉说："我是特意来找您打听点儿事的。"

芸姑倒是很热情，把自己的凳子往她前面挪了挪，问她："你想打听什么事情，尽管说。"

"是我弟弟小时候的事情。"

芸姑愣了一下："是子豪吗？"见到朱子冉点头，她很快就拉开了话匣子，"那差不多是二十年前的事了，那时候你弟弟刚满三个月，你二妈精神不好，要去看医生，没有精力带孩子。所以，你爸爸就把我从乡下请过来，到你们家做保姆，专门负责照顾你弟弟。"

"那您在我们家做了多久的保姆？"

"其实也不太久吧，前后不到一年时间，子豪满一岁的时候，我家里有事得回去了，正好这时候你二妈病情好转，可以自己带孩子了，所以我就走了。"

"那时候，您应该经常带我弟弟出去玩吧？"

"可不是这样，你弟弟生性好动，不愿意待在家里，常常哭闹着要去外面玩。所以，我就经常用婴儿车推着他到外面街道上去转悠。"

朱子冉看着她问："您带他出去玩的时候，有没有发生过什么危险，或者说遇上过什么奇怪的事情？"

"有什么危险？"芸姑皱眉摇头，"没有啊，我做事一向很细心，肯定不会让孩子遇上什么危险的事情。"

朱子冉换了一种更直接的问法："那有没有可能您带他出去玩的时候，他被什么人抱走，或者有人偷偷把婴儿车里的孩子调包了？"

芸姑一愣："调包？什么意思？"她终于觉察到什么，看着她问，"是不是你弟弟子豪出什么事了？"

朱子冉犹豫片刻，但最后还是跟她说了："事情是这样的，我弟弟最近做了 DNA 检测，结果却发现他不是我二妈跟我爸生的孩子，他跟我二妈和我爸都没有血缘关系。"

"不是他俩的孩子，那是谁的孩子？"芸姑显然一时之间还不太明白她这句话的意思。

朱子冉说："这个目前还不清楚，我们也都觉得很奇怪。"

芸姑看到了她脸上怀疑的表情，很快明白过来："你是怀疑我当保姆带他出去玩的时候，不小心被人把孩子调包了？或者干脆是我把他跟别的孩子调换了？"

"我并没有要针对您的意思，"朱子冉声音平静地道，"我们也只是想排除每一种可能，只有这样，才能找到最后的真相。"

"不可能，不可能，这是不可能的！"芸姑把头摇得像拨浪鼓似的，"我到你们家做保姆的时候，子豪已经出生三个月，长得胖嘟嘟的，十分可爱，家里人都已经认得他了，如果随便换另外一个孩子抱回家去，你们家的人马上就会发现的，那我还不得被警察抓起来啊？闺女，你想得太多了！"

朱子冉仔细想想，觉得她说得很有道理，她来到朱家做保姆的时候，弟弟已经三个多月大，声音样貌都已被家里人记熟，如果贸然换成另外一个孩子，立马就会被识破。看来弟弟在她手里被调包的可能性不大。

告别芸姑，离开竹马街之后，朱子冉又考虑了一下，当年了解弟弟出生及幼时情况的人，除了二妈和躺在医院里的老爸、保姆芸姑，剩下的就只有爷爷奶奶了。她看看表，时间还早，于是，就决定再去向爷爷奶奶了解一下情况。

她在路边一家新开张的蛋糕店买了一盒爷爷最爱吃的蛋角酥，就开着小车往韭菜街方向驶去。

来到那栋熟悉的二层小楼前，爷爷仍然坐在门口的躺椅上看着手机短视频，好像自从她上次来过之后，他就坐在这里没有挪动过。她看见爷爷今天气色不错，就问："爷爷，上次宋医生给您开的药，还管用吧？"爷爷点头说："嗯，挺管用的。"

朱子冉说："那就好，回头我叫宋医生再给您开一点儿。我刚在路上买了您最爱吃的蛋角酥，还热着呢，您尝尝！"她把手里的蛋糕盒递给爷爷，这时奶奶从屋里走出来，脸上的表情有些难看："医生怕他尿糖上升，给他下了医嘱，不让他吃这些甜食，你这是想害他吗？"伸手夺过这一盒蛋角酥，"叭"一声，扔到桌子上。

朱子冉没想到自己给爷爷买一盒蛋角酥，也能惹她生气，心里很是委屈，真想掉头就走，但想到自己此行的目的，还是按住心头不快，顺着奶奶的话说："哦，原来是这样啊，那我下次给爷爷买点儿无糖食品。"

"你弟弟好些了吗？"刘芹很快就问起了孙子的病情。朱子豪得白血病的消息，孟玉文知道不可能瞒过这两个一向疼爱孙子的老人，所以前几天还是打电话跟他们说了。朱权贵和刘芹也去医院看过孙子，但朱子豪不是朱家亲生孩子这个事情，孟玉文却没有说过，两个老人还一直蒙在鼓里。

"医生正在给他做化疗，情况已经有所好转，就是药物反应有点大，人都已经瘦了一大圈。"朱子冉正好顺着她的话题说，"奶奶，我刚从人民医院过来，医生准备给子豪调整治疗方案，想了解一下弟弟出生时的情况，还有小时候的一些事情，托我来问问您。"

"连这个也要问？"刘芹有些生疑。朱子冉说："是的，医生说了解这些情况，可以作为诊断依据，对判断弟弟的病情走向和拟定后续治疗方案都有帮助。"

刘芹一向疼爱这个孙子，一听对孙子治病有帮助，就马上在椅子上坐下来："那医生想了解什么情况？"

朱子冉拿出笔记本，摆出一副要当场做好笔记拿回去给医生作参考的样子："先说说弟弟出生前后的一些情况吧。"

"这个啊，说来话就长了。二十年前啊，你爸爸跟你妈妈，也就是卢艳艳那个女人离了婚，咱们家这么好的条件，你爸爸当然不愁找不到好老婆，是不是？"见到朱子冉点头，刘芹又接着道，"后来，我和你爷爷挑中了一个女孩，是你爷爷单位一个女同事的女儿，这个女同事的丈夫来头可不小，是上面地级市市委副书记，这个女孩是副书记的独生女儿。如果她跟你爸爸结婚，你爷爷就跟这个副书记成了亲家，很可能借着这次联姻，职务还能往上再升一级。但是这个时候，你爸却已经有了喜欢的人，就是在玉德中学当教师的孟玉文，也就是你现在的二妈。我和你爷爷都极力反对，孟玉文怎么能和地级市市委副书记的女儿相比呢？但是你爸爸这个人啊，就是一根筋，认定了孟玉文这个女人，非她不娶，而且还说孟玉文已经怀上他的孩子，现在很喜欢吃酸的东西，有道是酸儿辣女，很可能怀上的是个男孩。我和你爷爷一心想抱孙子，听说孟玉文怀上了男孩，就心软了，勉强同意你爸跟你二妈登记结婚，但是跟你爸约定，如果孟玉文生下一个儿子，让朱家有了继承香火的后人，咱们就承认她这个儿媳妇。要不然，就算他们已经去民政局登记了，也得马上给我离婚，去娶那个副书记的女儿。也许是天意吧，结果你二妈还真给咱们朱家生了个男孩，我跟你爷爷无奈之下，也只得接受了。"

朱子冉知道爷爷奶奶一向重男轻女，做梦都想要个孙子，孟玉文给他们生了个男丁，在这个家里的地位自然就变了，爷爷奶奶不但接受了她，同时也把子豪这个四代单传的独苗当宝贝一样宠着。她这个孙女，自然就越来越被他们所厌弃了。她按下心头千般想法，接着问："子豪是在咱们光明市妇幼保健院出生的吧？他出生的时候，您在医院吗？"

刘芹点头说："在啊，我跟你爸爸都在妇产科外面等着呢。

95

你二妈是顺产，进去产房后，很快就把孩子生出来了，当时护士还把孩子抱到门口给我们看了一下，等于是通知家属说生的是个男孩。"

"护士把孩子抱出门了吗？"

刘芹摇头说："没有，只是在门口给咱们看了一下，我看见孩子手臂上系着一根红绳，吊着一块小塑料牌，上面写着产妇——也就是你二妈的名字。然后，很快就把孩子抱进去了。后来我们再看到孩子时，是跟他妈妈一起躺在移动病床上被推出来，安排到病房住院休息。"

"我二妈说当时她跟孩子在医院一共住了三天，是吧？"

"是的，医生本来想让他们在医院住一周，可是，你二妈嫌医院总有一股药水味儿，又说那里空气不好，太憋闷了，只住了三天，就叫你爸把她和孩子给接回来了。回家后她就在咱们家一楼那个大卧室里坐月子，孩子的婴儿床也放在里面，方便她给孩子喂奶。"

"二妈带着孩子回家后，家里发生过什么异常情况，或者说让您觉得奇怪的事情吗？"

"奇怪的事情？这个好像没有啊！"刘芹回忆一下，很快又想起来了，"哦，对了，有一个情况，就是你二妈在医院待着好好的一点儿事没有，但是一回到家就得了产后抑郁症，时哭时笑，痴痴呆呆，还乱发脾气，很是闹腾，你爸一直在家安抚她，后来情况越来越严重，你爸才不得不带她去看医生，好在那时家里已经请了个保姆，就把孩子交给保姆带了。"

关于孟玉文生完孩子后得了产后抑郁症的事情，朱子冉已经从二妈和芸姑那里都了解过，也就没再详细问，换了一个问题道："奶奶，我二妈坐月子的时候，有什么人进卧室将弟弟抱出来过吗？"

刘芹摇头说："这倒没有。按照咱们这里的规矩，坐月子期间产妇不能出房门，不能洗澡，更不能将孩子抱出去，主要是怕孩子受风，从小落下病根，我和你爸爸想逗孩子玩，也只能抱着他在房间里转。只有等孩子满月的时候，摆满月酒，才能将孩子抱出来见亲戚。怎么，医生连这个也要问啊？"她终于生出了疑心。

朱子冉不好说自己是在调查弟弟被人调包的事，只好敷衍道："是的吧，医生主要是想了解一下弟弟刚出生的时候有没有落下什么病根之类的。"她怕再问下去奶奶会起疑，只好就此打住，说了几句闲话，就起身要走。

她转过身来，却看见爷爷不知什么时候已经从躺椅上起身，正站在大门口，黑着一张老脸，满脸不高兴地看着她。朱子冉不觉一怔，下意识地叫了声："爷爷！"

朱权贵语气生硬地道："子男啊，子豪虽然跟你不是一母所生，但身上也都流着咱们老朱家的血，你说你跟他之间，算不算是亲姐弟呢？"

朱子冉心头一跳，爷爷为什么突然这么发问？难道他已经知道子豪不是二妈和爸爸亲生孩子这个事情了？但看爷爷一脸愠怒的表情，似乎是冲着自己来的，不觉心里有些发虚，吃吃地道："当、当然算啊，我跟子豪就是亲姐弟呢！"

"既然你是他亲姐姐，子豪现在躺在医院里等着救命，你这个亲姐姐为什么还不去给他捐骨髓？"朱权贵有些气急败坏地道，"子豪这个病，并非绝症，只要有人给他捐骨髓，很快就能治好。他的病好了，咱们朱家四代单传的这点血脉，也就保住了。你说你这孩子，养你这么大，怎么到了关键时刻，一点报恩的心思都没有呢？你的良心是不是被狗吃了？"

朱子冉知道他是误会自己不肯给弟弟捐骨髓，就解释道："爷爷，我没有不救弟弟的意思，知道他得了这个病之后，我第一时间就跟他做了造血干细胞配型，但是没有配型成功。"

"你是他亲姐姐，你们之间是有血缘关系的，怎么可能配型不成功？"朱权贵显然不信。朱子冉心里烦躁起来，很想告诉他，子豪非但不是她的亲弟弟，而且跟朱家没有任何血缘关系，是一个不折不扣的"外人"，但话到嘴边，最后还是忍住了。心里想，等我找到当年孩子被调包的真相，你们就会知道这二十年你们疼错人了！当下不再说话，低着头从屋里走出来。走了很远，还能听到爷爷在后面跺足骂她："咱们朱家怎么就养了这么一个白眼狼呢！"

朱子冉坐进自己车里，委屈的眼泪就不由自主掉下来，就因为我是个女孩，就不配成为你们朱家的人了吗？这个念头刚一闪过，心里忽然想到了另一件事。

刚才奶奶说，二十年前曾跟父亲约法三章，只有二妈生下男孩，才会承认她是朱家儿媳妇。否则，就要逼爸爸再次离婚，去娶那个什么副书记的女儿。会不会当时二妈根本就没有怀孕，但爸爸为了能跟自己心爱的女人在一起，就让她假装怀孕，最后抱养了一个别人家的婴儿冒充自己的孩子，借此骗过爷爷奶奶，成全了他跟二妈之间的爱情和婚姻呢？后来，二妈因为入戏太深，导致患上了严重的抑郁症，精神出现问题，最后假戏真做，竟然忘记了事情的来龙去脉，一直把子豪当成了自己的亲生儿子。按理说，现在唯一了解内情的人，只有老爸，可是爸爸现在变成植物人一直躺在医院里，这个谜团就更没有人能解开了。

朱子冉越想越觉得是这么回事，听奶奶说二妈怀孕期间，一直都是爸爸带她去做产检，原因就是怕别人陪同二妈去的话，她假装怀孕的真相很快就会被人揭穿。想到这里，她立马来了精神，擦干眼泪，马上掏出手机往奶奶家打电话，接电话的正是她奶奶刘芹。

她问："奶奶，还有一个问题医生让我问您一下，当年我二妈怀上子豪的时候，不是每个月都要去妇幼保健院做产检吗？每次做产检，都是我爸陪她去的，对吧？"

"是啊，每次都是你爸陪着她去的。"刘芹说完，又在电话里小声嘀咕了一句，"怎么医生连这个也要打听啊？"

朱子冉随口回了一句："是呢。"心中越发坚定了自己的想法。正想挂断电话的时候，刘芹又补充了一句："但是有一次，应该是你二妈怀孕七个月的时候吧，那次产检我也去了。"

朱子冉不由大感意外，"啊"了一声："您也去了？"

"是的，我主要是想看看她是不是真的怀上了儿子嘛，所以就跟着他们去了，照 B 超的时候，我悄悄给医生塞个红包，问了一下肚子里孩子的性别，医生告诉我说是个男孩，还特意让我在 B 超电脑里看了，孩子正在你二妈肚子里动着呢。"

朱子冉"哦"一声，顿时有些泄气，如果真是这样，那她刚才的假设就完全不能成立，真是白高兴一场。也没再跟奶奶多聊，就挂断了电话。

这时候天已经渐渐黑下来，她心情低落地在车里长吐一口气，将小车缓缓从韭菜街开出来，正好感觉到肚子饿了，就在街口的大圣餐馆吃了一碗面，却看见蒋大胜脸上似乎少了什么东西，仔细一看才发现原来是满脸的胡子已经剃得干干净净，想起上次跟他开玩笑说，如果把脸上的胡子刮干净会更帅一些，不觉一呆。

今天餐馆的生意似乎不错，蒋大胜在后面厨房忙完之后，才瞅个空，到她桌子上坐一会儿。

"今天怎么了，怎么一脸心事的样子？"他叼了一根烟在嘴里，却没有点燃，而是很认真地往她脸上瞧着。

朱子冉道："还不是为了我弟弟的事。"蒋大胜"哦"了一声："上次在春水河边就听你说了，你弟弟子豪得了急性白血病，是吧？既然你跟他配型不合，那也是没有办法的事，现在这个情况，只能求老天保佑，希望尽快找到能跟他配型成功的人。"得到他的安慰，朱子冉"嗯"了一声，心里这才好受一点儿。

第六章

产房疑云

朱子冉回到家时，已经是晚上 9 点多，孟玉文已经从医院回来，连晚饭也没有做，正坐在客厅的沙发上，对着电视柜上一张朱子豪的照片抹眼泪。朱子冉看着二妈瘦小的背影，忽然有点可怜起她来，好不容易养大个儿子，先是被查出得了白血病，然后又被告知这孩子并不是自己的亲生儿子，真是屋漏偏逢连夜雨，更让人感到揪心的是，自己帮别人家养大了孩子，自己的亲生儿子却不知身在何方……失望与绝望交织在一起，个中苦楚，也许只有她自己才能明白。

朱子冉把冰箱里的剩饭剩菜拿到厨房热了，让她多少吃一点儿，千万别把自己的身体给累垮了。孟玉文坐在饭桌前，勉强吃了几口，忽然想起她去找芸姑的事，就问她有没有什么线索？

朱子冉摇头说："暂时还没有。"简单地把芸姑说的话，向她复述一遍，然后又说了自己去找爷爷奶奶了解情况的事，最后总结说："从目前掌握的情况来看，你带着孩子回家坐月子的这一个月时间里，子豪根本没有被人抱出过房间，所以，他在家里被人调换的可能性不大。而满月之后，尤其是保姆芸姑来了之后，他虽然常常被人抱出来玩耍，但这时候孩子与家人已经相互熟悉，如果被人悄悄换个别家的孩子回来，肯定立马就能被识破。所以总的来说，孩子在家里被人调包的可能性不大。"

"你的意思是说，咱们家子豪是在医院的时候，就已经被人调包了？"

"现在看来，只有这个可能了。但到底是被人故意替换，还是被医生错换，目前还不得而知。"

孟玉文回想着道："这不可能啊，子豪出生之后，就一直在我旁边的婴儿床上躺着，即便是在产房里，我也是一直清醒着的啊，怎么可能孩子被人换掉我还不知道？"

朱子冉道："这个很难说，孩子刚出生，你也只匆匆看了两眼，而且刚出生的孩子，乍一看其实长得都差不多，医生护士辨别刚出生的孩子，也都是靠系在孩子身上的手环，如果有人把孩子身上的手环搞混，导致孩子被错抱，就很容易了。你看现在不是常有孩子在医院被错抱的新闻曝光出来吗？"

孟玉文点头道："那倒也是，前段时间那个闹得沸沸扬扬的'错换人生 28 年'的案子，不就是因为两家孩子刚出生时在医院被错抱而引发的悲剧吗？难道咱们家子豪也……"

"现在下结论还为时过早，"朱子冉道，"二妈，这事您别担心，明天我去妇幼保健院看一下，如果问题真的出在医院，我一定会想办法查出真相的。您也别想太多，先照顾好子豪，还有，子豪现在身体很虚弱，您可千万别在他面前露出什么蛛丝马迹来，无论他是不是咱们家的孩子，这病总该还是得治的。"

孟玉文的眼泪忍不住又流下来，拉住她的手道："子冉，二妈以前对你不怎么好，毕竟不是亲生的，跟你之间总觉得隔着点儿什么，想不到这次子豪的事，你竟然如此用心帮忙，二妈真的很感激你！"

"咱们都是一家人，哪怕是子豪，也终究是在咱们家长大的，出了这样的事，爸爸还躺在医院里，我当然不能坐视不管。"

安抚好二妈的情绪之后，朱子冉回到自己的房间，给省城的胡总编打了个电话。她刚开始请假回家，以为很快就可以回省城上班，所以只请了三天事假，谁知回家之后才发现时间不够，于是又向报社请了假，但是现在看来，弟弟的身世还没有彻底搞清楚，估计很难按时回去销假，所以最后还是决定向胡总编请个长假。

胡总编在电话里犹豫片刻，问她："家里的事情很棘手吗？"她知道胡总编平时待她不错，是一个值得信赖的好领导，于是就把家里发生的事情，包括弟弟的身世之谜，都简单跟他作了汇报。

胡总编在电话那头沉吟了一下，说："其实，你弟弟被错换的这个事情，是一条很有价值的新闻线索，他到底是怎么被错换的？你那个真正的弟弟，现在又在哪里？无论最后的调查结果如何，都可以写出一篇很好的深度报道来，说不定轰动程度还不亚于'错换人生 28 年案'呢。要不这样吧，你也甭请假了，我批准你以咱们《新都市报》记者的身份去调查跟进这条新闻线索，等有了结果，你再给我好好写一篇报道出来就行。"

"行，那就谢谢胡总编了！"

第二天一早，朱子冉就来到了妇幼保健院。她已经问过二妈孟玉文，当年为子豪接生的妇产科医生姓梅，叫梅金婷，是爸爸高中时的同班同学。

其实这个梅医生，朱子冉以前是见过的。她读初中三年级的时候，有一次痛经特别厉害，爸爸带她到妇幼保健院检查身体，看完病抓完药后，在医院电梯间正好碰见了梅医生，当时她已经是医院副院长了。梅院长还请朱子冉和她爸爸到自己办公室坐了一下。听说朱子冉是为痛经的问题来看医生，就给她推荐了一个中成药，朱子冉吃了这个药，痛经的毛病果然改善了不少。当时

104

她对梅医生的印象，一是长得漂亮，长头发白皮肤，穿着白大褂，化着淡妆，显得十分年轻，完全看不出是跟老爸同一个时代的人；二是说话特别温和，对谁都像对自己的病人一样，轻言细语，态度和蔼。

朱子冉来到医院，找人打听一下，才知道以前的梅副院长，几年前就已经升职做了院长，现在早已不用亲自下科室工作。问了梅院长的办公室在哪里，说是在医院行政大楼四楼。

她乘行政大楼的电梯上到四楼，很快就找到了院长办公室，门是开着的，当年的梅医生、现在的梅院长正坐在沙发上打电话，见到有人进来找她，用手示意朱子冉稍等，然后对着电话说了几句话，很快就挂断了，她抬头看着来访者："你是……"

朱子冉赶忙上前两步，道："梅院长，打扰了，我姓朱，我爸是朱哲。"梅金婷立即站起身说："哦，你是子冉吧？好多年没见，我都快认不出你了！"请她坐下之后，梅金婷又转身从饮水机上给她倒了杯温水，"我记得你有痛经的毛病，对吧？平时不要喝凉的，喝点儿温水对身体好。"

朱子冉顿时心生感激，想不到十年前的一面之缘，这位梅医生至今不但能叫出她的名字，居然还记得自己痛经的老毛病。在沙发上坐下后，抬头看看她，只见这么多年过去，梅医生除了比以前略显成熟之外，脸上居然没有任何岁月留下的痕迹，漂亮精致的容颜跟年轻时相比，一点儿都没有改变。

"梅院长，您可真是越来越年轻，越来越漂亮了！"她由衷地赞叹了一句。梅金婷不由得笑起来："你这孩子，嘴可真甜，别叫我梅院长，叫我梅姨就行了，我跟你爸的关系你又不是不知道。"朱子冉就放下水杯，叫了一声"梅姨"，梅院长问："你爸现在好点子了吗？"

朱子冉叹口气说："还是老样子，一直躺在医院里，也不知道什么时候能苏醒过来。"

"想不到你爸那么好的一个人，居然会……"梅金婷安慰她说，"不过，你也不用太着急，他还是有醒转的希望的。"

"谢谢梅姨！"

"对了，你找我有事吧？"梅金婷看着她问。朱子冉点头说："是的，梅姨，当年我二妈，也就是我继母生我弟弟的时候，是您接生的吧？"梅金婷点头道："是啊，我跟你爸是老同学了，他比较信任我，你二妈来这里产检，就是我介绍的比较负责任的同事帮她做的，生产的时候，你爸指定叫我给你二妈接生，呵呵！"说完，她自己也笑起来。

"我弟弟出生时的情况，您还记得吗？"

"多少记得一点儿吧。你弟弟出生的时候有七斤多，身体很健康。可是，孩子落地后一直没有发出声音，我在他屁股上拍了一巴掌，这小子'哇'一声哭出声来，我们医生护士才松口气。"

"后来呢？"

"后来嘛，因为产房里还有别的产妇要分娩，我又去接生另一个孩子去了。我是产科医生，只负责让孩子安全顺利出生，后面的事情，马上会有护士接手去做。"梅金婷疑惑地看着她，"怎么现在突然问起这个事来了呢？"

朱子冉犹豫一下，最后还是把弟弟得了白血病，自己和二妈给他捐造血干细胞，最后却发现他跟爸妈都没有血缘关系的情况说了出来。

梅金婷听完，不由得皱眉道："哦，怎么会有这样的事？难道你是怀疑问题出在我们医院？"

朱子冉摇头说："我并没有怀疑谁的意思，问题到底出在哪个环节，现在谁都不知道，我就是想尽快把这个事情调查清楚，我现在的弟弟子豪到底是谁家的孩子，而我二妈生的那个孩子，又去了哪里？这些都是眼下亟待搞清楚的问题。"

"那你想怎么查？"梅金婷问。朱子冉说："我想先看看档案，也就是我弟弟出生时的相关病历记录，还有当天跟他在同一个产房出生的其他孩子的情况，可以吗？"

梅金婷犹豫了一下，说："新生儿出生记录，一般都会附录在其生母分娩记录后面，所以，如果你想看你弟弟出生时的档案，只须拿着你二妈和你自己的身份证，到我们病案室去查就行了，但如果你想查阅产房里当天出生的其他孩子的情况，就必须得有当事人，也就是孩子母亲的委托才行。"

"也就是说，我只可以查看我二妈生孩子时的情况记录，当天其他孩子的出生记录，我无权查阅，是吧？"

"确实是这样。"梅金婷点头说，"要么有当事人的委托，或者有执法机关出具的调阅档案申请也行。"

朱子冉说："目前我还没有掌握到我弟弟被人无意错抱，或者故意调包的任何线索或证据，估计现在报警，警察也不会受理这个案件，至于去找当事人写委托书，就更不可能了，我都不知道那天到底有哪些孩子在同一个产房出生，怎么去找人家出具委托书呢？"

梅金婷眉头微皱，说："这个确实有点麻烦，不过，我们医院就是这么规定的，那也没有办法。"她看看朱子冉，温言道，"不过，我觉得这个事嘛，也不必先惊动警察，我们这里毕竟是医院，这么多年一直没有出过什么重大医疗事故，如果突然莫名其妙遭到警方调查，肯定会给医院带来一些负面影响。要不这样吧，我给病案室杨主任打声招呼，让你进去查阅一下你二妈当年的病历档案，其他的事情，你自己见机行事就行了，好吧？"

朱子冉自然明白她说的"见机行事"是什么意思，忙道："那就太好了，谢谢梅姨！"梅金婷拿起桌上的办公电话，找病案室的杨主任简单交代几句，放下电话冲着朱子冉微一点头："我已经跟杨主任说好了，你过去病案室，他会让你自己进去查阅档案的。我们医院病案室在门诊大楼后面那栋老房子二楼。"

朱子冉起身谢过梅院长，从医院行政大楼走出来，穿过门诊大厅，果然看见一栋没有挂任何牌子的三层小楼，上到二楼，才看到墙壁上钉着"病案室"的门牌，门边是一个小小的办公室，里面坐着一个戴眼镜的老头，还有一个年轻小伙子正在敲着电脑录入资料。

朱子冉探身进去，叫一声"杨主任"，眼镜老头站起身问："是朱小姐吧？刚才梅院长已经跟我打过招呼，你想查谁的病历档案？"

朱子冉说："是我继母的医疗档案，她叫孟玉文，二十年前在这里住院生产。"杨主任点点头，一副公事公办的样子："请提供患者本人的身份证，及你自己的身份证件。"

朱子冉出门的时候，已经预估到查询医疗档案时可能会用到患者本人的身份证，所以早就把二妈的身份证带在身上，这时连同自己的身份证一起拿了出来，杨主任接过身份证看了一下，然后递给那个年轻小伙子，小伙子在登记簿上做好登记后，又在电脑里输入孟玉文的名字，进行目录检索，很快就在档案编目里找到了她的条目，然后扯过一张小纸条，将档案编号和具体放置写在上面，交给朱子冉，让她自己进去查阅。

"对了，病案室不准拍照，请把手机放在外面。"杨主任伸手拦了她一下。朱子冉只好掏出手机，放在门口的手机寄放柜里。

进到病案室，只见里面一格一格的档案架上，密密麻麻地摆满了各种已经泛黄的档案，如果不是那个小伙子提前把自己要查阅的档案序号写在了纸条上，自己一个档案架一个档案架地找过去，不知道要找到猴年马月才能找到自己想看的档案。

朱子冉一边感慨着，一边按照纸条的指引往前走，快要走到档案架的最后一排了，才找到与纸条上的排序号相对应的档案架，然后再沿着档案架慢慢看过去，没费多少工夫，就找到了二妈当年留在医院的分娩记录。因为年深日久，档案袋上早已落下厚厚的灰尘。她打开档案袋，里面有二妈从产检到分娩所有病历记录。她蹲下来，一页一页地认真看着。

二十年前，11月21日下午3时10分，二妈在这家医院产房生下一个男婴，顺产，母子平安，男婴出生时体重3.6千克，各项身体指标正常。当时负责给孩子接生的产科医生正是梅金婷，另有两名护士在场协助，一个叫吴娟，一个叫周洁群。新生儿出生后，护士立即对他进行了全身清洁，然后包上包被，送回到产妇身边。下午4点左右，孟玉文和孩子一起被推出产房，送入妇产科病房休息。三天后产妇和孩子一同出院。从档案里的记录来看，并没有发生任何异常情况。

她将二妈的病历档案仔细看了两遍，并无可疑之处。将档案袋放回原处后，四下里看看，杨主任并没有跟进来，偌大的病案室里只有她一个人，她想起梅金婷说的"见机行事"四个字，心头一跳，再次确认周围没有别人之后，又小心地翻阅了二妈旁边的几个档案袋，可以看得出来，当天下午几乎是在二妈分娩的同时，产房里还有二男一女三名婴儿出生，而且负责接生的大夫都是梅金婷，护士也还是吴娟和周洁群。她不由得多留了一个心眼，掏出随身携带的笔和纸，将这三名产妇的姓名和住址都记录下来。

离开病案室后，朱子冉再次来到行政大楼四楼院长办公室，梅金婷正好从办公室带上门走出来，看到她后，站在走廊里问："怎么样，有什么收获吗？"朱子冉摇头说："没有，从档案上看，一切正常，看不出有孩子被错抱或调换的迹象。"

梅金婷眉头一扬，好像一切都已经在意料之中："看我说得没错吧，我们医院一向管理严格，绝不可能犯这种低级错误，就算你弟弟真的是跟别人家的孩子调换了，那问题也应该不是出在我们医院，我建议你好好查一查你二妈出院后的情况，毕竟她只在这里住三天就出院了，那时孩子还很小，在家里被人调包的可能性也不是没有。"

"您说得没错，各方面的情况我都会查一查的。"朱子冉点了点头，然后又问，"我看到当年跟您一起在产房里工作的还有两名护士，一个叫吴娟，一个叫周洁群，不知道她们是否还在医院上班？我想找她们问一下当时的情况。"

"这样啊，"梅金婷告诉她说，"她们两个都是医院的老员工，吴娟年纪大些，几年前已经因为肾衰竭去世了，周洁群两年前退休，已经不在医院上班。"看到朱子冉脸上露出失望的表情，她又补充说，"不过，周洁群还一直住在医院的家属小区里，因为我在医院的家属小区也还有一套旧房子，现在主要是用来出租，上次回去收租金的时候，我还在小区里碰见她来着。"

"您有她的手机号码吗？"

"这个倒没有，不过，我记得他们家的门牌号码，就在中江路妇幼保健院家属小区 C 幢 409 房。那些房子都是很早以前医院建的集资房，现在已经挺旧的了，你沿着中江路走过去，很容易就能看到那个小区。"

朱子冉还想问她点儿什么，她却看看表说："我还有个会要开，就先聊到这里吧，如果还有什么其他问题，或者你弟弟的事情有什么进展，可以随时来找我。"说完，她掏出手机一边打电话，一边匆匆下楼去了。

等到她橐橐的高跟鞋声渐渐远去，空旷的走廊里就只剩下了朱子冉一个人。她怕自己忘记梅金婷刚刚说出的那个地址，急忙掏出笔记本记下来。

从医院大门出来之后，她开着小车拐个弯，来到了几条街之外的中江路。中江路两边多是新建的高楼大厦，小车一路开进去，没过多久，就看到一个老旧小区，生了锈的大铁门早已经被卸下扔在一边，门口连个看门的保安也没有，与这条街道上的繁华景象很不协调，一看门牌，果然就是妇幼保健院家属小区。

她把小车直接开进去，在 C 幢住宿楼下停好，然后沿着逼仄的楼道走上四楼，找到 409 号房后，轻轻敲了几下门，出来开门的是一个五十多岁的圆脸女人。

　　朱子冉问："您好，请问周洁群是住在这里吗？"对方愣了一下，隔着防盗门打量着她，见她是个年轻女子，且身边并无他人，才犹豫着点头说："我就是，你是谁？找我有什么事？"

　　"我叫朱子冉，是梅院长把您家地址告诉我的，我想找您打听一点儿情况。"

　　"打听什么情况？"周洁群听她提到梅院长，稍稍放下心来，但还是没有打开防盗门让她进屋的意思。

　　朱子冉只好站在门外说："是这样的，我继母孟玉文二十年前在妇幼保健院生了个孩子，当时负责接生的是梅医生，协助护理的是您和另一个名叫吴娟的护士，吴娟已经过世了，我来是想找您打听一下这个孩子出生时的一些情况。"

　　"哦，原来你是孟老师家的孩子啊？"周洁群听她提起孟玉文，脸上的表情顿时缓和下来，"那请进来吧，我女儿以前在玉德中学上学，孟老师当过她的班主任。"

　　朱子冉不由有些意外，想不到竟能在这里遇上二妈的学生家长，看来孟老师还真是桃李满天下啊！

　　周洁群将她让进屋，请她在沙发上坐下。朱子冉抬头看看，屋里的家具有点简陋，但收拾得倒还干净，里面房间不时传出一阵阵剧烈的咳嗽声。周洁群见她正朝里面望，就解释说："是我老伴，他得了肺病，一直躺在家里需要人照顾，要不然，我退休也还可以留在医院当个护工挣点儿钱，不用像现在这样天天窝在

112

家里了。"

朱子冉点了点头，不知该怎么接她的话。

周洁群问："你刚才说你姓朱是吧？"见到朱子冉点头，她又说，"不知道朱姑娘具体想打听什么情况？"

朱子冉说："是这样的，我二妈二十年前在妇幼保健院生下了我弟弟，当时梅院长是负责接生的产科医生，您跟吴娟是产科护士，对吧？"周洁群有点拘谨地搓着手说："是的，我是产科护士，工作这么多年，经我之手护理过的新生儿没有一万也有八千，本来我是不太记得的，不过，因为那时我女儿刚转学到玉德中学，孟老师是她的班主任，开家长会时我见过一次孟老师，所以，我认识她，对于她在我们医院生孩子的事，我还有点印象。"

"那就太好了。"朱子冉知道她当了一辈子产科护士，经她之手护理过的新生儿一定不计其数，贸然问起二十年前某个婴儿出生时的情况，估计她很难回忆起来，听她这么一说，顿时松了口气，"我主要是想了解一下我弟弟在医院出生时的情况，您能跟我说说吗？"

周洁群点了点头，想了一下才道："那应该是二十年前的事了吧？我记得那是一个下午，我和同事吴娟，跟着梅医生负责第二产房的工作——当时我们医院一共有两个产房，第二产房里共有六张产床，每个床位之间是用布帘隔开的。那天下午，我们先是接生了一个男婴，我记得孟老师是第二个从待产区送进产房的产妇，她是顺产，再加上梅医生又是经验特别丰富的产科医生，所以并没有费多大工夫，她就把孩子顺利接生出来，然后交给护士进行后续护理，紧接着，梅医生又去忙下一个产妇了……"

朱子冉轻轻点一下头，她说的这个情况，跟梅金婷说的基本吻合，产科医生只负责让孩子出生，后面的工作交给护士来做，这个应该是医院的正常操作流程。

周洁群接着说："孟老师的孩子出生后，梅医生转身把孩子交给吴娟，吴娟立即给孩子戴上手环，这个手环是棉质的，上面写着产妇的名字，再用包单将新生儿简单包裹一下，就交到了我手里。我把孩子抱到门口，给守在产房外的家属看一下，还特意向他们展示了孩子手上系着的手环，然后再抱回来，给孩子洗澡、清洁、护理，再换上干净的包单将孩子包裹好，送回到产妇身边吃奶。然后我又去忙下一个孩子了——当然，这是正常的健康的孩子出生后的处理方式，如果孩子有问题，就会放进新生儿保温箱，或者再进行其他紧急处理。"

"这么说来，您对当时的情形记得很清楚啊！"朱子冉不由得感觉到有些意外。

"这个不需要特别去记吧，因为医院的工作流程就是这么规定的，我们医护人员只要按部就班去做好自己分内工作就行了。"

"您给孩子洗澡、护理的工作平台，在哪里？"

"就在产房里，与产床之间隔着一道帘子。"

"也就是说，如果拉起帘子的话，产妇其实是看不到医护人员给自己孩子洗澡时的情况的，对吧？"

"是的，但是大部分时间，这道帘子只是一个摆设，一般不会拉上，如果产妇清醒的话，是能够亲眼看到我们给她的孩子洗澡和做其他护理工作的。"

"那您给我弟弟洗澡的时候，这个帘子有没有拉上？"

周洁群皱眉想了一下，摇头说："时间隔得太久，这个确实不太记得了，帘子有可能拉上了，也有可能没有拉上。"

朱子冉点了点头，表示理解。时隔二十年，当事人不记得这样的细节，也很正常。但是搞清楚这个细节，对她来说，却是十分重要。二妈在生孩子的整个过程中，人都是清醒的，弟弟出生之后，并没有被护士抱出过产房，一直都在她视线范围内活动。但是，如果护士在给刚出生的弟弟洗澡时拉上了布帘，就等于隔断了二妈的视线，护士在帘子后边除了给孩子洗澡和护理，是否还做过其他什么小动作，就让人不得而知了。

她又盯着周洁群追问了两句，但这位退休老护士确实对拉没拉窗帘这个细节，完全记不起来了，她也只得作罢，换了个问题问道："我二妈生完孩子，后面紧接着又有两个孩子出生，是吧？"

"是的，"周洁群犹豫了一下，以不太肯定的语气说，"后面生的，好像是一个男孩和一个女孩吧，这几个孩子都差不多是挨着时间出生的，可把三个医护给忙坏了。不过，好在四个孩子都是顺产，而且孩子出生后也没有什么毛病，所以，也省了我们不少事。"

"除了我二妈孟玉文，其他三个产妇你们认识吗？"

"不认识，我只认识孟老师，其他三个产妇都跟我不熟。"

"那另一个护士呢，她认识这些产妇吗？"

周洁群想了一下说："应该也不认识吧，我看她好像也没有跟这些产妇有过工作以外的交流。"

"可惜这位吴护士已经去世，要不然，我还可以找她问一下情况。"朱子冉叹了口气，话锋一转，"周护士，我听人说孩子刚生下来的时候，其实都长得差不多，对吧？"

"是的，除非生下来体质特别，比如有些早产儿出生的时候特别小，才三四斤重，而有些大胖小子，一出生体重就超过了八九斤，其他刚出生的正常孩子，乍一看其实都长得差不多，尤其是包裹上医院统一的包布之后，不要说别人，即便是专业的产科护士，也很难区别出来，不过孩子手上不是还有手环吗？刚开始几天，我们也是靠手环来辨别每个孩子的，但过了一段时间，最多也就一个星期或者十来天吧，孩子慢慢长大，相貌和声音都开始有自己的特点了，就很容易被人记住，即使不看手环，我们也能大概分辨得出来。"

"也就是说，刚从娘胎里生出来的孩子，手环几乎是唯一能辨别他们身份的东西，对吧？"

"差不多是这样吧。"周洁群有点奇怪地看着她，不知道她为什么把婴儿手环的事情问得这么细致。

朱子冉道："那也就是说，如果我想把两个产妇生下来的孩子调包的话，其实只要把他们手上的手环调换一下就行了，对吧？"

"理论上来说，是这样的。"

朱子冉忽然坐直了身子，盯着她问："那您说有没有医护人员故意把两个孩子的手环调换，故意调包人家的孩子呢？"

周洁群不由得变了脸色："这是不可能的，这对产科医护人

116

员来说，绝对是重大事故，那是要挨处分丢工作，甚至是要坐牢的。"

"即便不是故意，那有没有可能是无心之失呢？一不小心，就把两个孩子的手环给弄混了，把这个产妇的孩子抱给了那个妈妈，把那个产妇的孩子抱给了这个妈妈？"

"这种事情发生的概率几乎为零。为了杜绝这种意外发生，我们医院早就做了防范措施，新生儿手环在制作过程中使用了特殊材料，系上去很容易，但如果想取下来，仅靠两只手是无法完成的，必须得在出院时用剪刀剪断，而且剪断了之后，就没有办法再继续戴回去了。"

"那不可以悄悄剪断之后，再换上一个新手环吗？反正只需在手环上写上产妇姓名就行了。"

"手环领取都是有记录可查的，如果平白无故多用掉一个，很快就会被人发现。"周洁群朝她翻翻眼睛，忽然间变得警惕起来，"姑娘，我说你打听这些，到底有什么用啊？"

"没什么没什么，我二妈，也就是孟玉文老师最近抑郁症的老毛病又犯了，她这个是生孩子时落下的病根，所以，我就想了解一下她生孩子时的情况，看能不能帮她解开一些心结，让她尽快好起来。"

朱子冉犹豫一下，觉得没必要将弟弟的事情如实相告，于是就随口撒了个谎。

"哎哟，孟老师有抑郁症啊？那真是太……"周洁群刚说到这里，里面卧室又传出一阵急促的咳嗽声，她有些紧张地站起来。朱子冉见情况已经了解得差不多，再问下去，估计也不会有什么新线索，也就跟着站起身说："今天就多谢您了，您先忙，我就不打扰了！"

第七章

肇事逃逸

从周洁群家里告辞出来，朱子冉下楼后，坐在自己的小车里，把刚才从周护士那里了解到的情况，在脑海里回想一遍，但似乎正如梅院长和周洁群所言，医护人员当天在产房里的所有工作，都是按照医院规定的流程办事，似乎并没有什么疏漏之处。

但是，事情显然不是表面看来的这么简单。据她从二妈和奶奶那里了解到的情况来看，在二妈回家后坐月子的那一个月时间里，弟弟并没有被人抱出过家门，如果子豪真的是被人错抱，或者调包，事情只能是发生在医院里。

而弟弟作为新生儿在医院住院的时间只有短短三天，且一直都在二妈身边，还有爸爸也一直请假日夜在病房里陪护，孩子被人调包的可能性非常小。排除住进病房和回到家里的这两个时间段，那剩下最有可能发生错抱事故的，就只能是在产房里了，也就是弟弟刚出生到被跟二妈一起推出产房的那一个小时左右的时间里。

当时产房里除了弟弟，还有其他三个孩子相继出生，虽然二妈现在回忆说当时她一直保持清醒，一直看着护士手中的弟弟，孩子一刻也没有离开过她的视线，但是周洁群刚才也说了，给新生儿洗澡的时候，有可能拉上了布帘，那在这个帘子后边，弟弟被错抱，或者被人调换的可能性，就不能被排除了。但从这位周护士刚才的表情神态来看，她故意调换两个孩子的可能性很小，却也不能排除她犯下无心之过，在她自己都没有留意到的时候，将两个孩子的手环搞混。还有另外一个护士吴娟，很难说她就没有故意使坏之心，可惜这个吴护士已经去世，没有办法找她当面询问了。

从现在的情况来看，这毕竟已经是发生在二十年前的事了，从病历档案和当事医护人员那里，已经很难彻底将事情真相搞清楚。如果弟弟真的是在产房里被错抱或者调包的，那么被调换的对象，只能是与他同时出生的其他孩子，尤其是另外两个男婴的可能性最大。既然从医护人员这里找不到突破口，那现在最有效的办法，就是直接去找另外几个孩子，拿到他们的DNA样本跟自己的样本比对一下，就知道是不是自己的亲弟弟了。好在她已经将当天下午在同产房生孩子的产妇的姓名地址都抄了下来，一个一个找上门去，倒也不算困难。

　　她拿出笔记本，将在医院病案室偷偷记录下的信息翻开，排在最前面的，当天下午在产房里第一个生产的产妇名叫郑红珠，住在长康路330号。长康路原来在郊区，后来城区扩建的时候，被划进了新城区，离她现在的位置并不太远。她决定就先从这个郑红珠的孩子查起。

　　她把小车开出妇幼保健院家属小区，往新城区方向开去，半个小时后，就来到了长康路，沿路寻过去，很快就找到了330号，那是一栋独门独院的旧楼房，大门敞开着，一个老头戴着老花镜正坐在门口，捧着一本《三国演义》看得津津有味。

　　朱子冉上前问："大爷，请问郑红珠住在这里吗？"

　　"是住在这儿，她是我儿媳妇，不过，她现在不在家。"老头头也不抬地说，"如果你想找她买肉，就去长康菜市场的肉菜摊，这会儿她跟我儿子正在那里守摊子呢，咱们这里可不是杀猪的，家里没有肉卖，怎么老有人找上门来买肉呢。"

　　老头嘀咕了一大堆，朱子冉很快就听明白了，郑红珠确实是住在这里，不过现在不在家，她是在长康菜市场开猪肉档的，这儿会两口子都在菜市场里。看来这两口子生意还不错，经常有人跑到家里来找他们做生意，所以这老头才会把她当成上门来买肉的主顾。

她本想跟老头说声谢谢，但见他抱着书看得那么入迷，估计说了他也听不见，就笑一笑，从台阶上退下来。这一带她不熟，回到车里后，打开手机导航，才发现长康菜市场就在前面不远，正是长康路与建设七路交叉的地方，于是就启动小车，跟着导航一路开过去。

来到长康菜市场，才发现这个市场并不大，中间一条走廊将市场分成两半，一边是蔬菜摊档，另一边是肉菜市场。她沿着走廊走进去，穿过卖活鸡和宰生鱼的档口，就看见有四五个卖猪肉的摊位连在一起。这时已经过了人们早上逛菜市场的高峰期，前来买菜的顾客并不多，肉案上也只剩下几块零星碎肉，几个摊主正围在一起"斗地主"。

朱子冉上前打听郑红珠郑老板娘在哪里？一个打牌输了满脸贴着纸条的男人往旁边摊位上指了指，朱子冉走过去，看见那个摊位果然是一家夫妻档，丈夫大约四十多岁年纪，正蹲在地上嚓嚓地磨刀，女人看上去比男人稍显年轻，身上系着一块油腻腻的围裙，正坐在那里看着手机里的电视剧。见到朱子冉停留在自己摊档前，女人立即站起身来笑脸相迎："美女，要买肉吧？剩下最后一点儿，便宜卖给你，我们也准备收摊回家了。"

朱子冉摇摇头，说："您是郑红珠吗？"对方愣了一下："我就是，你有什么事？"朱子冉说："二十年前，您是不是在咱们光明市妇幼保健院生过一个孩子？"郑红珠点了点头："是啊，那是我儿子。"朱子冉问："您儿子现在在哪里？"

郑红珠的脸色忽然变了一下，没有说话，只回头看了丈夫一眼。男人从磨刀石旁边站起身，手里仍然拎着那把已经被他磨得明晃晃的剔骨刀，走过来狐疑地上下打量她一眼："我儿子不在家，出远门了。你是谁？找我儿子有什么事？"说话之间，突然手起刀落，将手里的剔骨刀狠狠插在肉案上。

朱子冉吓了一跳，不由自主往后退一步，说："大叔大婶，是这样的，我姓朱叫朱子冉，我继母二十年前跟您家在同一天的同一时间段，也在妇幼保健院第二产房生下了一个男孩，也就是我弟弟。我弟弟现在已经二十岁，但就在前几天做身体检查时，却查出他并不是我继母和我爸爸的亲生孩子。"

郑红珠的丈夫翻着白眼道："你弟弟不是你爹妈亲生的，关我们什么事？"

"现在我们怀疑我弟弟是在产房里被护士错抱了，或者说是跟当时出生的其他孩子调换了。"

郑红珠夫妻俩这才明白她的意思，试探着问："你的意思是说，我们儿子和你弟弟出生的时候，在产房里被医生护士给搞混了？"

朱子冉点头道："很有这个可能，所以，我现在正在调查这个事情。"

郑红珠夫妻俩对望一眼，两人脸上忽然现出"哦，原来是这么回事"的表情。

男人小声嘀咕道："我就说嘛，我儿子怎么跟咱俩一点儿也不像，不但长得不像，而且性子也完全不同，你看我俩这么老实本分，那小子却……"说到这里，郑红珠狠狠瞪他一眼，他才止住话头。

"大叔，您也觉得您家儿子跟您两个不太像吗？"

"可不是嘛，"郑红珠白了自己老公一眼，"我老公常常跟我抱怨说这孩子不是他亲生的，我就骂他作死。难不成还真被他说中了？"

郑红珠的丈夫问："如果真的是跟你们家的孩子调换了，那咱们现在能换回来吗？"朱子冉点头说："当然能啊，而且如果真的是在医院错抱的，那责任就在医院，现在虽然已经过了法律规定的追诉期，已经不能追究当事人的刑事责任，但咱们还是可以联合起来找医院索要赔偿金的。"

男人苦笑一声："赔不赔钱倒无所谓，只要能把亲生儿子换回来就行。"

郑红珠又问："那要怎么才能证明咱们两家的孩子被调换了呢？"

"这个并不难，只要让你家儿子跟我做个 DNA 比对就行了，如果能证明我跟他之间有血缘关系，那这个事情就基本清楚明了了。"

郑红珠的丈夫犹豫了一下说："可是，我儿子现在不在家，我们也不知道他跑到哪里去了，怎么来做检查呢？"朱子冉说："如果实在找不到本人也没关系，可以拿你儿子用过的梳子牙刷，甚至抽过的烟头，都可以从上面提取到他的 DNA 样本。"

郑红珠想了一下说："他用的梳子倒是有，不过放在家里，我得回去拿才行。"

朱子冉没有料到这对夫妻竟然这么好说话，忙道："那行，我在这里等您，麻烦您回去拿过来给我。"

郑红珠于是就骑着摩托车回去家里，将儿子用过的梳子拿了过来。朱子冉看到梳子上附着有一些头发和头屑，足以用来做DNA样本，就将梳子用一个透明干净的白色塑料袋装好。又简单拟写一份DNA鉴定委托书，让两人在上面签上自己的名字。

临别的时候，郑红珠两口子还一再跟她声明，如果两个孩子真的抱错了，可一定要换回来啊，我们家不追究医院的责任，只要能换回孩子就行。

朱子冉拿着郑红珠儿子的DNA样本和那份已经签好字的委托书，还有自己的DNA样本，直接去到了司法鉴定中心。两天后，DNA比对结果出来，结论是她跟郑红珠的儿子，并不存在任何血缘关系。朱子冉不由大失所望。

她再次来到长康菜市场，将鉴定结果拿给郑红珠夫妇俩看了。郑红珠和她丈夫脸上都明显露出失望的表情。朱子冉不觉暗自奇怪，一般来说，自己家养了二十年的孩子如果真的跟别人家的孩子抱错了，家长应该感到很难过，非常不希望这种事情发生才对，为什么这对夫妻却给人一种好像希望自己的孩子真的被人错抱，巴不得二十年后再换回来的感觉呢？

后来她找菜市场里的其他摊主打听了一下，才知道郑红珠的儿子从小就不学好，天天在外面惹是生非，已经被派出所拘留好几次，去年又在KTV因为抢女朋友跟人家打架，直接偷了他老爸的一把剔骨刀，把人家给捅成了重伤，现在正被公安机关通缉，不知道逃到哪里去了。郑红珠夫妻俩一直嚷着要跟这个畜生断绝关系。如果真的是二十年前抱错了孩子，那他们夫妻俩自然巴不得赶紧跟别人家的孩子换过来呢。

朱子冉这才明白过来，难怪自己一开口打听郑红珠的儿子去了哪里，这夫妻俩就十分紧张，一说可能抱错了，两人就立即要换回来，原来是这么回事。

中午回到家，正好孟玉文也在家。

朱子冉就把自己这几天调查到的情况，都跟二妈说了。孟玉文说："我确实记得我生子豪时，当时产房里还有其他几个孩子出生，如果咱们家子豪真的是那个时候被错抱的，那被错抱的对象，肯定就在其他几个孩子中间，也就是说我生的孩子，现在正跟着其他产妇中的某一个一起生活，不知道他现在过得好不好？还有，就算找到了你亲弟弟，咱们家子豪得了白血病，已经变成这个样子了，那对方家庭会怎么想？他们会愿意跟咱们把孩子换回来吗？"她本就是一个情绪抑郁多愁善感之人，这时虽然还没有找到孩子被调换的线索，却已经流着眼泪替两个孩子、两个家庭担忧起来。

朱子冉只好安慰她说："二妈，您别担心，无论如何咱们先把孩子被调包的真相调查清楚，其他的事情，只能留待以后再说。"孟玉文这才擦干眼泪点点头。

两人正说着话，门铃忽然被人按响，朱子冉起身开门，只见门口站着两个警察，她认得是负责处理父亲交通事故的两名交警，一个姓于叫于德成，一个姓庞叫庞东。

她忙把两人让进屋，请他们在沙发上坐下后问："两位警官，是不是我爸车祸的调查，有什么进展了？"

于德成点头说："是的，关于朱哲，也就是你父亲车祸情况的调查，确实有了些进展，我们就是专门来向家属通报最新情况的。"他把头转向身边的同伴，"小庞，你跟她们详细说一下吧。"

庞东说："好。"就从公文包里掏出一个笔记本摊开放在膝盖上，一边看着一边对朱子冉和孟玉文说，"事发当日，朱哲开的马自达小车是与一辆白色五菱面包车相撞后失控翻下山坡的，这个你们应该都已经知道了，对吧？"看到两人点头，他又接着说，"因为事发路段没有安装监控，所以找不到事故发生时的视频资料，再加上那一段路又比较偏僻，两边都是荒山野地，也没什么人家，路上也没有其他车辆行人，所以也没找到目击者，总的来说，就是很难找到有用的线索。不过，咱们交警大队并没有放弃调查……"

朱哲发生车祸的地点，是从龙湾乡回市区的一条省道上，那里正好位于石斗山半山腰，路基下就是陡峭的山坡，山坡下是一片杂草丛生的荒地，再往下面走，才有一些农田，距离农田两三里路开外，才是乡村人家。

据警方推测，事发当时应该是将近傍晚，朱哲的海南马自达跟对向驶来的一辆白色面包车相撞，翻下了山坡，直到第二天早上才被人发现。而白色面包车在肇事之后很快就从现场逃逸。虽然事发路段没有安装监控，但在省道前面十多公里处的出口和后面十多公里外的入口处，都安装有交通监控探头。警方查看了这两个地方的监控，在事发时间段，并没有发现可疑的面包车。也就是说，肇事车辆极有可能是附近村庄里的小车，他们走小路上下省道都很方便，根本不用经过出入路口。交警根据这条线索，走访了石斗山附近的几个村子，但并没有找任何线索。这个案子就一直悬着。

就在两天前，龙湾乡乡街道上一家汽车维修店店主打电话到交警大队报警，说他发现了一台可疑车辆，想请交警过去看看。于德成和庞东去到这家汽车维修店，发现店主所指的可疑车辆正是一台白色五菱面包车，车身看上去很新，应该是近两年买的新车，但左前方大灯被撞掉了，半边车头都凹进去了，撞损十分严重。而且凭肉眼就可以看得出，被撞部位裸露出的铁皮已经生锈，说明车子被撞击的时间应该很久，至少在半年以上。店主说这是附近村里一个名叫冯二马的人开来店里维修的车辆，说是昨天下乡拉货时不小心撞到路边的电线杆子，所以今天一早就开过来维修。店主想起去年交警曾到店里要求他留意有撞损痕迹的白色面包车，看这车也不太像是昨天才撞的，就立即警惕起来，很快就打电话报警。

于德成和庞东根据店主提供的线索，很快就在村子里找到了这个冯二马。一开始，冯二马只说车子是昨天撞的，于德成他们自然不信，看这车损情况，至少得有半年以上了。庞东喝问他："警察都找上门来了，你还不老实？去年10月附近省道上一辆马自达小车被撞下山坡，肇事逃逸的就是一辆白色五菱面包车，当时开车的就是你吧？"冯二马做贼心虚，禁不起警方的盘问，很快就低头承认，他确实就是那个肇事逃逸的司机。

冯二马向警方坦白说，这辆新面包车，其实并不是他的，而是他姐夫去年年初买的，本来准备改装一下，专门用来接送附近

128

乡下的孩子到城里上下学，谁知交警大队正好在搞"黑校车"专项整治，这门生意就做不成了。他姐姐姐夫就把面包车放在家里，跑到浙江打工去了。冯二马觉得这么好的车放在家里有点浪费，于是，就私自开出来帮自己拉点儿货进城什么的，他虽然没有驾照，但以前在村里开过农用拖拉机，所以开车对他来说并不是什么难事。刚开始几次都是小心翼翼，生怕路上遇到交警查证，但开了一段时间，一次都没有被查过，这胆子就越来越大了。

去年10月的时候，他在附近村子里拉货，从小路跑上省道，谁知经过石斗山路段时，跟一辆迎面开来的小车撞在了一起，小车被撞得翻下山坡，司机也不知是死是活。他当时就吓得尿了裤子，一个是怕撞死人要赔钱，二个是自己无证驾驶，被交警抓到那可是要去坐牢的，所以不敢多作停留，看看四周无人，就一脚油门，把这辆左边车头已经被撞变形的面包车从小路开下省道，先是在树林里躲了一阵，等天黑之后才开回姐夫家。

他知道自己闯祸了，就把车锁在姐夫家里，不敢让别人知道。直到上个星期，他得到信说姐姐姐夫准备下个月回家，他知道如果被姐夫看到车子被他撞成这样，那就麻烦了，加上事情已经过去半年多时间，他觉得风头应该过去了，所以就大着胆子把车开出来，到乡上找了家维修店，想把车子修好，好向姐夫交差。谁知却遇上了一个有心的店主，很快就向警方报了警……

朱子冉和孟玉文听庞东说到警方已经抓到了那个肇事司机，都松了一口气，孟玉文感激地道："交警同志，辛苦你们了，无论如何，这个事情总算有了个交代！"

"但是，这里面还有一些令人奇怪的地方！"于德成皱起眉头说，"经过我们审讯，冯二马对自己肇事逃逸的罪行供认不讳，但同时又大声喊冤，说当时根本不是自己撞人，而是对方车辆故意偏离自己的车道，像疯了一样迎面撞向他，他躲避不及，才跟对方车辆撞在一起的。还说这个车祸说到底，其实跟他半毛钱关系都没有，他真是冤死了。"

"我爸的驾龄超过二十年，也算是老司机了，怎么可能会犯这么低级的错误？"朱子冉气愤地道，"这个冯二马摆明了是在撒谎！"

于德成说："一开始，我们也是这么想的，但是后来……"

"后来怎么了？"

"你父亲的车里没有安装行车记录仪，但是，冯二马开的面包车里，却正好装了一个，因为冯二马跟你爸撞车后，就一直没再把面包车开出去，所以当时的行车记录并没有被覆盖，而是完整地保存了下来。我们警方看了事发当时的视频资料，确实发现了一些疑点。"

这时候庞东拿出手机，在手机里打开一段视频说："这个就是面包车行车记录仪拍到的事发当时的画面，你们看一下。"

朱子冉和孟玉立即凑过去，低头看起手机视频来。从视频画面可以看出，当时天色已近傍晚，太阳从西边天际照过来，省道上车辆稀少，道路两边的树木杂草都在往后退，看起来视频车的车速并不太快。大约半分钟后，对面车道有一辆银灰色的小车相向开过来，正是朱哲的马自达小车。就在两车即将会车时，马自达小车突然猛打方向盘，快速地向视频车撞过来。视频车闪避不及，被撞到左边车头，朱哲的马自达小车向旁边翻滚几圈，掉下视频车右边的山坡。视频车稍微停了一下，然后很快又开走了。

朱子冉把这段视频仔细地看了两三遍，都没有找到父亲突然向对向车道猛打方向盘的原因，当时路况良好，路面上只有这两台车，并没有别的车辆通行，会车时马自达只要正常通行就可以，完全用不着猛打方向。她怀疑是不是父亲的小车突然失控，才导致了这一场车祸，又将视频以 0.5 倍慢速播放一遍，除了看到车辆相撞前父亲脸上露出的惊恐表情，仍然没有其他任何发现。

于德成说："根据《道路交通安全法实施条例》第九十二条规定，发生交通事故后当事人逃逸的，逃逸的当事人承担全部责任。但是，有证据表明对方当事人也有过错的，可以减轻责任。本来我们要判定冯二马对这起交通事故负全责，但因为他提供的视频资料能够证明朱哲在驾驶机动车过程中也存在过错，所以警方会重新对这起交通事故划分责任，这个你们要有心理准备。"

朱子冉和孟玉文都点点头，表示理解交警的工作。庞东说："但是，朱哲的小车为什么会突然失控撞向对面车道的面包车，这个也是我们需要调查清楚的。对于这个事情，不知道你们家属方面有没有什么线索？"

朱子冉摇摇头："我爸身体一向健康，并没有心脏病之类的，怎么会突然开车失控呢？我也觉得奇怪！"

孟玉文犹疑着道："会不会是车子出了问题？"庞东说："我们调查过，朱哲的马自达小车在出事前一周才做过全面保养，车况良好，在行驶途中突然失控，确实令人费解。"

于德成抬头看着孟玉文："朱哲平时有什么仇人之类的吗？"

孟玉文一愣："你的意思是说，有人故意在他车上动手脚，想要置他于死地？"

于德成道："这也是我们的一个侦查方向，从目前情况来看，并不能排除这个可能。我们目前也在进一步检查他的车辆。"

"我丈夫是个公务员，他一向信奉'身在公门好修行'的名言，平时很少得罪人，至于说结下什么致命的仇家，那就更没有可能了。"

两个交警又问了一些其他问题，但显然朱子冉和孟玉文都无法再为警方提供更多有用的线索，于德成只好站起身说："那咱们就先聊到这里吧，这个事情我们还会深入调查下去，有什么进展会随时向你们家属通报，如果你们想到什么线索，也可以打电话告诉我们，另外如果当事人朱哲在医院苏醒过来，也请在第一时间通知，我们还需要找他当面了解一下情况。"

朱子冉点头说："行，我们知道了，辛苦两位警官了！"起身将他们送到门口。

第八章

阳光男孩

向荣荣，23 岁，东坑乐兴里 47 号。

这是朱子冉笔记本上记下的第二名产妇的信息。乐兴里这个地方她知道，原本在东坑村，后来东坑村改名叫东坑大道，乐兴里就成了一个被东坑大道上的高楼大厦团团包围着的城中村。

她开车来到乐兴里，发现路边每栋房子的外墙上都用白灰写了一个大大的"拆"字，然后外面再画一个圈，表示这个城中村也终于要开始拆迁了。村里的街道非常狭窄，几条没有拴绳的土狗在路边窜来窜去。

她找到乐兴里 47 号，那是一栋旧平房，房子前一株高高的梧桐树已经开始掉落黄叶，一个少女正在门前打扫落叶。朱子冉把车停在路边，走过去问："小妹，请问一下，向荣荣是住在这里吗？"

"向荣荣？"少女拿着扫帚歪着头看着她，"不是啊，这里是我家，我家里没有叫向荣荣的人。"

朱子冉见她只有十五六岁年纪，估计不大知道二十年前的事情，就说："这个向荣荣，二十年前曾经住在这里。"

"难怪了，二十年前啊，我还没有出生呢，这我可不知道了。"少女恍然明白过来，回头冲着屋里喊了两声，"妈，妈！"屋里有人应一声，走出来一个五十来岁的短发女人，估计是正在家里洗衣服，手背上还沾着许多洗衣粉泡沫，她一边擦着手一边问："咋了？"

没等少女回话，朱子冉就迎上去说："大婶，是这样的，我想找您打听一个女人，她叫向荣荣。"

"什么向荣荣，我不认识啊。"

短发女人显得有点莫名其妙。

朱子冉以为自己记错地址了，翻看笔记本看一下，乐兴里47号，没错啊！就看着短发女人身后的门牌号码问："您这里是乐兴里47号，没错吧？"短发女人点头说："是啊，这是我家。"

"您一直住在这里吗？"

"都说了这是我家，我不住这里住哪里？"女人显得有点不耐烦。

朱子冉心里就有点奇怪，难道自己在医院病案室里抄来的是个假地址？她还是不死心，又追问了一句："那请问二十年前，您家里有没有一个名叫向荣荣的女人？"

"我家里就我和老公，再加我女儿，哪有什么向荣荣。你是不是搞错了？"

朱子冉不由大失所望，低头说声："抱歉，打扰了！"转身走到路边，拉开自己的车门，正要坐进去，那个短发女人忽然在后面道："哦，你该不是问那个平开女人吧？"

"平开女人？"

"对，就是平开县的女人。"

朱子冉不由得愣了一下，平开县就在光明市旁边，她回头看着短发女人，等着她往下说。

短发女人说："是这样的，我们家这个平房是老房子了，二十年前我和我老公在城里做生意，家里的老房子就租给了别人住。当时租住在这里的是一对年轻夫妻，老公在一家什么单位上班，女人具体叫什么名字我不知道，因为他们是从平开县过来的，所以我们都叫她平开女人，不过我确实好像听见她老公叫她荣荣，至于她是不是姓向，那就不知道了。"

朱子冉不由大喜，道："那肯定就是了。她在这里租房的时候，是不是生了个儿子？"女人说："是的，她儿子确实是在这里出生的。他们家在这里住了几年，后来她老公调回老家平开县工作，他们自然也就退租，一起搬回平开县了。后来我们家做生意也没赚到什么钱，这房子就拿回来自己住了，我女儿就是我们搬回来后在这里出生的。因为时间太久远，你乍一打听什么向荣荣，我还真想不起是谁。不过，如果真的是问二十年前在这里住过的一个女人，那肯定就是她了。"

"那您有她在平开县的具体地址吗？我想找她打听点儿事情。"

"她具体住在平开县什么地方，这个我倒不清楚。"女人摇摇头，但很快又说，"不过去年我送我女儿去平开县参加艺术考试的时候，倒是在考场碰见过她，当时她也送她女儿来考试，我们在教室外面聊了一会儿，离开考场的时候，还互加了微信。"

"那太好了，您能把她的微信号给我吗？"

短发女人回屋拿出手机，打开微信，把这个平开女人的微信号码跟她说了，朱子冉立即添加对方为好友，一直等了十来分钟，直到她与短发女人告别，坐回到自己车里，对方才通过她的好友请求，然后发过来一个带问号的表情。

朱子冉看到对方的微信名是"欣欣向荣"，就知道她应该就是自己要找的那个向荣荣了，但还是确认了一句："您好，请问您是向荣荣吗？"对方显然有点犹豫，过了很久才回过来一条信息："你是谁？有事吗？"她这么一说，就等于默认自己是朱子冉要找的人了。

朱子冉立即给她打了个语音电话过去，接通后，她告诉对方说自己姓朱叫朱子冉，是从她二十年前的乐兴里房东这里打听到她微信号码的，二十年前自己的继母跟她同一天在光明市妇幼保健院第二产房生下了一个孩子，自己想找她当面了解一下当时产房里的一些情况，不知道她方不方便把在平开县的地址告诉自己，自己这就过去找她。

向荣荣显然对她心怀警惕，犹豫了一下说："你是要现在从光明市过来吗？要不这样吧，中午11点半，我在平开大道的左岸咖啡等你，我穿着一件绿色外套，有什么事咱们见面再说，好吧？"

"那就多谢了，我一定准时到。"

挂断语音电话后，朱子冉看看时间，已经是上午9点多，从光明市到平开县，也就不到两个小时的车程，应该还来得及。于是就启动小车，出了乐兴里，然后再转头向东，往平开县方向驶去。

上午11点的时候，就来到了平开县城区。平开县县城比光明市城区要小很多，街道也没有那么复杂，朱子冉连手机导航都没有用，很容易就找到了平开大道，再一路开过去，很快就看到了街道边左岸咖啡的招牌。

她停好车走进咖啡馆，看看时间，才11点15分，本以为向荣荣还没有到，谁知进去后，发现咖啡馆里的顾客并不多，一个穿绿色外套、大约四十多岁年纪的长发女人正坐在靠近窗户的一张桌子边，一边静静地看书，一边悠闲地喝着咖啡，这应该就是向荣荣了。

朱子冉朝她走过去，向荣荣很默契地抬起头，指着对面的椅子朝她做了一个请坐的手势。

朱子冉坐下后道："向阿姨，不好意思，打扰您了。"向荣荣淡淡地道："没关系，我是个家庭主妇，反正在家里闲着也是闲着，正好出来喝杯咖啡看看书，顺便等你。我已经给你叫了咖啡，咱们边喝边聊吧。"

她向服务员招招手，服务员很快就把朱子冉的咖啡端了上来。朱子冉一边搅拌着咖啡里的白糖，一边道："向阿姨，二十年前您在咱们光明市居住的时候，曾在光明市妇幼保健院生过一个孩子，对吧？"

向荣荣道："是啊，我儿子就是那个时候出生的，当时我老公在光明市工作，我们全家都租住在那里，我儿子三岁的时候，我们才搬回平开县。搬回来没多久，我女儿才出生。"

"您儿子今年正好二十岁了吧？"见到向荣荣点头，朱子冉又问，"不知道他现在在哪里？"

"他两年前考上了南京大学，现在读大学去了。"向荣荣狐疑地打量着她，"你找我到底有什么事？"

朱子冉见她脸上露出不快的表情，这才醒悟过来，是自己太过心急，刚一见面就问这问那，竟然忘了跟她说明自己的来意，难怪她会起疑心，当下就放下手里的咖啡杯，向她解释道："向阿姨，事情是这样的，二十年前的那天下午，我继母跟您一样，也在光明市妇幼保健院第二产房生下了一个男婴，不知道您对当时的情况还有没有印象？"

138

向荣荣摇头："当时分娩的阵痛差点让我昏过去，我整个人都晕乎乎的，根本没有注意过产房里其他产妇的情况，只记得当时那间产房确实还有其他产妇在生孩子，但具体是谁，生下的是男孩还是女孩，我根本不知道。"

朱子冉点了点头，表示理解，又接着道："我继母生下的这个男孩，也就是我弟弟，今年也已经二十岁，但是就在前不久的一次身体检查中，他被查出跟我继母和我爸爸并没有血缘关系，也就是说，他并不是我继母和我爸爸的亲生孩子。"

向荣荣眉头一挑，很快就明白过来："你现在是怀疑你弟弟在产房的时候，被医生护士给错抱了，是吧？"

"我们确实有这个疑虑。"朱子冉点了点头，"我已经调查过，我继母回家坐月子，孩子一个月都没有出过门，所以孩子被错抱的地点，只可能是在产房里。那天下午同一时间段在第二产房出生的孩子，除了我弟弟，还有另外两个男婴和一个女孩，我已经调查过另一名男孩，经 DNA 比对，他跟我没有血缘关系，所以……"

"所以，你现在就怀疑你弟弟是跟我儿子错换了，对吧？"向荣荣明白她的来意，脸色就冷淡下来。

"我知道我直接来找您，确实有些冒昧，但是这是事关两个孩子两个家庭的大事情，无论如何咱们也得把事情真相调查清楚，您说对吧？"

"你想怎么调查？"

"其实很简单，就是想拿一个您儿子的 DNA 样本和一份您签字的司法鉴定委托书，我拿去做一个 DNA 比对，到底两个孩子是不是真的被错抱，很快就能化验出来。"

"对不起，这个我帮不了你。"向荣荣喝了一口咖啡，然后把杯子放在桌子上，"我儿子现在在南京上大学，这一时半会儿，也没有办法从他身上拿到什么DNA样本。"

"您误会了，其实不一定要找到他本人，他留在家里的梳子牙刷之类的，上面都能够提取到他的DNA样本，都是可以拿来做鉴定的。"

"他上大学之后，我已经把他的房间收拾得干干净净，旧梳子旧牙刷之类的，早就扔掉了，根本不可能在家里找到他的什么DNA样本。对不起，这件事情我真的帮不了你！"向荣荣冷着脸，喝完杯子里的咖啡，拾起桌上的书本，"抱歉，时间不早了，我还得回家给我女儿做午饭，先走了！"

"向阿姨，请等一下……"朱子冉还想央求她同意，但向荣荣已经站起身："对了，咖啡钱我已经付了，你慢慢喝，不用着急。"说完就踩着高跟鞋，甩一甩披在肩上的头发，快步从咖啡馆走了出去。

看着她消失在咖啡馆门口的背影，朱子冉怔愣了好一会儿。虽然觉得向荣荣的反应有点过大，但似乎也可以理解。她养了二十年的儿子，而且能考上南京大学，说明这孩子很优秀，家长肯定也付出了很多心血。现在突然有一个人找上门来，说她儿子可能是别人家的孩子，二十年前在产房里就被人错抱了，换了谁的反应都不会太友好。

朱子冉不觉有些气馁，从向荣荣刚才的态度来看，显然再去找她拿她儿子的DNA样本已经不太可能。这下该怎么办才好呢？她突然有点为自己的冒失感到后悔，也许自己刚才应该先好好跟她沟通一下，再提出要拿她儿子DNA样本的事。现在她已经排除前面郑红珠的儿子是她弟弟的可能性，剩下这个孩子就是寻找真相的唯一线索了。想到这里，她忽然心里一动，会不会向荣荣正是因为心里明白这一点，感觉到有些害怕，所以才摆出一副拒人于千里之外的样子，不肯让自己的儿子去做DNA检测？

她一边在心里揣度着向荣荣的想法，一边在手机里点开对方微信，本想再跟她发几条信息聊一下，但是想起她刚才离开时的表情，估计不会再理会自己，说不定她刚出咖啡馆的门，就已经把自己的微信好友给删除了。想到这里，她随手点开向荣荣的微信朋友圈，还好能显示出来，至少证明自己还是对方好友。

她一边翻看着向荣荣的朋友圈，一边想着心里的事。向荣荣的朋友圈发布出来的，多是她女儿上高中的照片，还有一些她自己的读书心得，看得出来她读了不少书，而且文笔也不错，有些随感而发的朋友圈篇幅很长，读起来像是一篇散文。朱子冉是干记者的，对会写文章的人有着天生的好感。

她在向荣荣的朋友圈里翻看了一会儿，正准备放下手机，忽然在手机屏幕里看到了一张向荣荣与一个年轻男孩的合影，那男孩大约二十来岁年纪，戴着眼镜，高高的个子，显得文质彬彬，向荣荣站在他旁边竟然比他矮了半个头。朱子冉心头一跳，仔细看了这张朋友圈图片所配的文字，果不其然，男孩正是向荣荣的儿子。向荣荣在朋友圈说：儿子放暑假回家也不肯闲着，顺利应聘到海韵琴行做音乐助教，他现在可是大忙人了，好不容易才抓住他跟老母亲拍个照。加油，少年！

朱子冉很快就明白过来，照片上的这个男生，正是向荣荣的儿子，只不过他并没有像刚才向荣荣说的那样在南京上大学，而是已经放暑假回家，并且还在海韵琴行做暑期助教。所以刚才向荣荣是在自己面前撒了一个弥天大谎。不过，自己这也算是踏破铁鞋无觅处，得来全不费工夫了，她决定绕开向荣荣，直接去见见照片上的这个年轻小伙子。

她喝完咖啡，向店里的服务员打听了一下，海韵琴行是县城里最大的一家钢琴培训学校，地址就在县文化宫二楼。

她按照服务员指点的路径，把车开到文化宫，上到二楼，一出楼梯间就看到了"海韵琴行"的招牌，玻璃大门里边站着一个身穿制服的前台小姐。她因为并不知道那男孩的名字，冒昧上前打听怕引人怀疑，犹豫了一下，最后还是装成前来接孩子放学的家长，推门进去问前台小姐，今天中午几点下课放学？

前台小姐一边在电脑前敲着键盘，一边说："放学时间是中午12点。"朱子冉看看表，只有十分钟时间了，就退出玻璃大门，站在外面等着。没过多久，就看到一些下了钢琴课的孩子，从里面打闹着跑出来。学生们放学离开后，一些老师和工作人员也陆陆续续从琴行里下班出来。但是等候在门口的朱子冉却并没有看到向荣荣的儿子，心里不禁有些着急，又耐着性子等待了一会儿，就看见一个高个子男生背着一个双肩包，一边跟前台服务员打招呼，一边从琴行里走出来。

她赶紧掏出手机打开从向荣荣朋友圈里下载保存的照片对比一下，没错，这个帅气男生，就是向荣荣的儿子。

"哎！"她急忙追上去，在对方即将下楼梯的时候，叫住了他。男生以为她是哪个学生的家长，就停住脚步说："不好意思，我刚下班，准备去吃午饭，如果您是想咨询报名，可以去里面问一下前台小姐。"

朱子冉笑道："我不是学生家长，也不是来报钢琴班的，我是专门来找你的。"

"找我？"

男生感到有些意外，转过身站在楼梯口表情错愕地看着她。

"对啊，我就是特意来找你的，正好我也还没有吃饭，走吧，我请客，这里我不熟，地点你选，我来买单。"

"请我吃饭？"男生上下打量她一眼，确定自己并不认识她之后，才犹疑着问，"您有什么事吗？"

朱子冉点了点头："我确实找你有点事，走吧，咱们找个地方边吃边聊。"男生还在犹豫，正好有几个同事从楼梯间经过，一边跟他打着招呼，一边用猜度的目光看着他和朱子冉。男生脸色微红，好像怕人误会似的，忙领着朱子冉下了楼，走进了文化宫旁边的一家"真功夫"店。

"真的是你请客？"男生向她确认道。朱子冉点了点头："当然。"男生便点了一份最便宜的排骨饭，朱子冉不由笑道："你可真会替我省钱。"自己也点了一份跟他一样的套餐。

男生笑一下，露出一口洁白整齐的牙齿："我都还不认识你呢，可不想欠你一个大人情。说吧，你找我到底有什么事？"

朱子冉一边吃饭一边道："向荣荣是你母亲，对吧？"男生一愣："对啊，是我妈，怎么了，是她叫你来跟我相亲的吗？"最后这一句话，问得朱子冉也不禁脸色发红，哈哈笑道："怎么，

143

你这才二十岁，就已经被你妈逼婚了？"男生点了一下头："我妈就是觉得我现在还没有女朋友好像有点不太正常，所以到处张罗给我介绍女朋友。"

朱子冉忍住笑道："你放心，我不是来找你相亲的。对了，我叫朱子冉，是从光明市过来的，还没请教尊姓大名？"男生听到她这么一问，也就松了口气，如果她真是老妈派来相亲的对象，没有可能连自己的名字也不知道。当下就道："我姓葛，叫葛立扬。你从光明市这么大老远跑过来找我，到底有什么事啊？"他一脸狐疑地看着朱子冉。

朱子冉就放下筷子，将自己弟弟二十年前在医院产房被错抱的事情，跟他说了。

葛立扬一听，就皱眉道："你的意思是说，这又是一起'二十八年错换人生案'？"朱子冉点头说："我就是这么怀疑的。二十年前的那个下午，在我二妈生我弟弟的同一时间段，医院产房里还有其他两男一女三个孩子同时出生。我已经调查过第一个男孩，他并不是被错换的对象。而我在医院病历档案里查到，当时在产房里生下另一个男孩的产妇，名字就叫向荣荣。"

"那是我妈呀！"葛立扬很快就明白过来，指指自己道，"所以，剩下的另一个最值得怀疑的男孩，就是我了，对吧？"

"是的。其实，我曾找过你妈妈，咱们刚刚在咖啡馆里见了一面，我本想找她拿到你的 DNA 样本，跟我做个 DNA 比对，很快就可以把这个事情搞清楚。可惜你妈妈好像心存顾虑，并没有同意，还跟我说你现在在南京上大学，无法提供 DNA 样本。后来我在你妈妈的微信朋友圈看到你跟她的合影，才知道其实你已经放暑假回家，并且在这里做音乐助教，所以我才冒昧直接上门来找你。"

"这很符合我妈的性格。我从小就体弱多病，她为我操了不少心，才把我养大，所以，她把我看得很重，现在你突然找上门来，说我有可能不是我们家的孩子，她心里肯定是非常排斥的。不过她脾气好，没有当场朝你发火就算不错了。"

"那倒也是，"朱子冉有些自责地道，"是我没有提前跟她沟通好，就贸然地跟她说这个事，可能让她感觉太突然了，一时难以接受。"

葛立扬抬起头看着她："那你希望我怎么帮你？"

"需要你提供一份 DNA 样本，其实几根头发就行，然后再帮我签一份鉴定委托书。"

"行啊，这个完全没问题。"

朱子冉见他答应得如此爽快，不觉有些意外："你不用好好考虑一下，或者征求一下家长的意见？"

"你都已经见过我妈了，知道如果跟我妈说，肯定没戏，还会害得她担心。我现在已经成年，这个事情我自己完全可以作主啊。你为了你弟弟的身世四处奔波辛苦调查，让我很感动，而且听你这么一说，如果你弟弟当时真的是在产房里被错抱的，那被调换的对象，只能是产房里同时出生的其他孩子。既然有了这个疑问，咱们当然就得彻底搞清楚，要不然，我这心里也会一直有一个没有过去的坎，可能让我随时随地都会怀疑我到底是不是我爸妈亲生的。与其这样一直怀疑人生，倒不如尽快把真相调查清楚，逃避问题可不是我的风格。"

"那你就不怕……"

"怕什么？怕万一真的化验出来我就是跟你弟弟错换的那个孩子？"葛立扬哈哈一笑，"其实这也没什么啊，就算果真如此，我肯定不会离开我现在的父母，但也会认下亲生父母，不就等于自己多了一个爸妈吗？还有，说不定还能多一个姐姐呢！"

朱子冉不由得笑起来，心里没来由地对他生出许多亲近之感，暗想假如自己真有这么一个阳光帅气的弟弟，这倒是一件好事。

吃完饭后，葛立扬从头上扯下几根头发，用纸巾包好交给朱子冉，又在朱子冉拟定的鉴定委托书上签上了自己的名字。

朱子冉掏出手机说："咱俩加个微信吧，好方便联系。"葛立扬说："行，鉴定结果出来，请第一时间通知我。"

两人又坐在餐桌边聊了一会儿天，葛立扬看看手机说："时间差不多了，我得先回去准备上课了。我在大学里学的是音乐，这次出来打暑期工当钢琴助教，就是想积累一点儿经验，丰富一下自己的人生阅历。"

"祝你成功！"

朱子冉与他挥手告别。

回到光明市后，她将 DNA 样本送到了司法鉴定中心。正准备回家的时候，手机响了，孟玉文在电话里带着哭腔道："子冉，快来医院，你弟弟快不行了！"朱子冉的心猛地提起来，她知道白血病是绝症，但也没有想到弟弟的病情会恶化得这么快，她前两天去医院看子豪，他的精神都还不错。当下应了一声："我马上到！"立即掉转车头，往人民医院方向赶去。

来到医院住院大楼，却看见赵医生和另一个大夫正在弟弟病床前忙碌着，几个护士进进出出，气氛十分紧张。再看弟弟，躺在床上紧闭双眼，已经没有任何反应。

她心里一沉，拉住正在门边垂泪的二妈问子豪现在什么情况？孟玉文说："下午的时候，子豪突然晕死过去，现在医生仍然在抢救！"朱子冉的心一下子就揪紧了。

经过医生及时抢救，十多分钟后，朱子豪的情况才渐渐稳定下来，虽然仍在昏睡之中，但各项生命体征已经趋向平稳，医护人员也都松了一口气。

朱子冉来到医生办公室，问赵医生弟弟的病情为什么会突然恶化？赵医生说："经过这段时间的反复化疗，导致患者细胞及体液免疫功能缺陷，大大地增加了患者对病原菌的易感性，现在你弟弟就是出现了肺部感染，我们刚才对他进行了紧急抗感染处理，已经基本控制住，应该没什么大碍了。"朱子冉听了，这才放下心来。

她回到病房，看到弟弟仍然在昏沉沉地睡着，但脸上已经有了一丝血色，护士正忙着给他打点滴，二妈坐在病床前，双手合十，像是在默默感谢老天爷让子豪安然渡过这一劫。

朱子冉将医生的话，转述给二妈听，孟玉文听罢，这才稍稍安心。又问她今天去哪里了，怎么一整天都不见人？刚才子豪那个样子，真是把她吓坏了，身边连个拿主意的人都没有。

朱子冉说："我查到二十年前跟子豪同时在产房出生的另一个男孩的线索，他们家现在已经搬到平开县去了。我上午去了一趟平开县，拿到了他的DNA样本。"就将今天去平开县找葛立扬

147

的前后经过，都跟二妈说了。

孟玉文听她说到感觉自己跟那孩子挺有缘的，眼睛立即亮起来："怎么样，据你观察，那孩子长得像你爸爸吗？"

朱子冉摇摇头："这个倒没有留意。"孟玉文道："难道这个葛立扬真的就是咱们家的孩子？"

朱子冉道："这个现在还不能完全确定，必须得等DNA鉴定结果出来才能知晓。"

第九章

苦命女子

这一次朱子冉在司法鉴定中心申请了加急鉴定，速度快了许多，第二天下午鉴定中心就打过来电话，告诉她说鉴定结果已经出来，叫她过去领取鉴定报告。她匆匆赶到鉴定中心，拿到报告后，立即拆开看了，最后的鉴定结论那一栏仍然写着"两名被鉴定人之间没有血缘关系"之类的字眼。她以为自己看错了，擦擦眼睛又看了一遍，没错，就是这几个字。

她整个人都像泄了气的皮球，靠着墙坐在一张长条凳上，看着手里的鉴定报告，竟然有种欲哭无泪的感觉。当天在同一间产房里出生的另外三个孩子中，那个女孩基本能被排除在外，两名男婴最有可能是被调换的对象。但是，现在两个男孩都已经跟她做过 DNA 比对，证明跟她没有任何血缘关系，并不是她弟弟。所有的可能性都已经被排除，难道自己一开始就推断错了，弟弟被错抱，并不是发生在医院产房里？她又把整个事情的来龙去脉在自己脑海里复盘一遍，实在找不出除了医院产房，还会有哪个地方的哪些情况下，会导致弟弟被别人错抱，或者是调包。

在鉴定中心走廊的长凳上一直坐到天都快黑了，鉴定中心的工作人员已经陆续下班，朱子冉才疲惫地站起身，慢慢地走出来。下了台阶，忽然想起应该把鉴定结果告诉葛立扬一声。于是，就将鉴定报告用手机拍下来，从微信里发给葛立扬。

葛立扬看了报告后，很快给她回过来语音电话，安慰她说虽然结果没有能如她所愿，但总算又多排除了一个人，距离真相又近了一步。还说看来自己是没有缘分当她的弟弟了。

朱子冉的眼泪就流了出来，说："我不是失望，我是感觉到绝望，二十年前跟我弟弟一同在产房里出生的，就只有这两个男婴，现在都已经被我排除掉了，我也不知道下一步该怎么办了。"

葛立扬想了一下说："我觉得也许从一开始，你就步入了一个盲区。"

"什么盲区？"

"你昨天不是告诉我说，二十年前那个下午，在同一个产房里跟你弟弟同时出生的，一共有三个孩子，除了我们两名男婴，还有一个女孩吗？你为什么一开始就将那名女婴排除在外了呢？"

"这是非常显而易见的事情啊，虽然孩子调换了，但总不能连性别也一起换掉了吧？我二妈给我生的是一个弟弟，又不是妹妹。"

"唉，你没有明白我的意思。"葛立扬在电话里叹了口气。朱子冉道："那你就说得明白一点儿啊。"

"那好吧，我今天就跟你好好说道说道。"葛立扬摆出一副要发表高谈阔论的样子，"昨天中午吃完饭坐在'真功夫'闲聊的时候，你不是跟我稍稍提了一下你家的情况吗？你们家历来有重男轻女的传统，二十年前你奶奶曾威胁你爸和你继母，如果生下的不是男孩，就让你继母滚蛋，让你爸另娶，对吧？"

"确实是这样。"朱子冉点一下头，脑子里忽然灵光一闪，很快就明白他意何所指，"你是怀疑我二妈当初生下来的，本就是一个女孩？"

"完全有这种可能啊。"葛立扬分析道，"你二妈生下的是一个女孩，但是，你爸爸为了在你奶奶面前瞒天过海，暗中买通接生的医生——你不是说当时的产科大夫是你爸的同学吗？然后让医生将接生下来的女婴换成了男孩，只有这样，你爷爷奶奶才会承认你二妈这个儿媳妇，不是吗？"

朱子冉不由得皱起了眉头："这个我倒没有想过。因为我听我二妈说，孩子生下来后，医生第一时间抱给她看了，确实是个男孩。所以，我才认定我二妈生下的是个男孩，却没有想过她有可能生下的是一个女婴，只是医生在抱给她看之前，悄悄跟另一个产床上的男婴调包了，将我二妈生的女孩抱给了别人，将别人生的男孩当成了我二妈生的孩子。"

"所以，我觉得这其实也是一个很重要的调查方向。"

"对，那个女婴确实也值得好好调查一下，说不定她就是我妹妹呢。"朱子冉感激地道，"多谢你了立扬，你不但在我调查受阻的时候安慰我，还给我指明了下一步的调查方向。"

"不用客气，你是当局者迷，无论如何，我也算是被牵扯进这件事里来了，当然也不能置身事外。"葛立扬在电话里道，"如果调查有什么进展，你方便的时候，也请告诉我一声吧。"

"行，没问题。"

有了新的调查方向之后，第二天一早，朱子冉就开着小车往南州镇方向赶去。根据她笔记本上的记录，二十年前在妇幼保健院第二产房生下女婴的那名产妇名叫李俊女，住在南州镇南红村。南州镇是光明市下面的一个乡镇，距离市区大约三四十公里路程。

她驾着小车出了市区，一路往南开去，半个多小时后，就来到了南洲镇，又沿着乡村公路往前走了半个小时，终于来到南红村，这是一个依山傍水的小村庄。沿着村道一路打听，很快就找到了李俊女家。到了门口，却又呆住。那是一栋青砖瓦房，大门紧锁，门上的挂锁已经生锈，台阶上长满青草，屋檐上瓦片掉落，墙角已经开始坍塌，显得既荒凉又破败，一看就知道已经很久没有人居住。

找到旁边邻居家一打听，才知道李俊女早在十年前就已经死了。

邻居大妈告诉她说，李俊女命中缺子，头胎二胎都是生的闺女，她老公逼着她接着往下生，一定要生出一个带把的才罢休。结果第三胎仍然是个女儿，而且生三胎的时候遇上难产，孩子虽然保住了，但大人却因为难产而死。她老公在家里待了几年，就扔下三个女儿，跑到外面打工去了，后来听说在广东中山找了个女人，就再也没有回过家。他出去打工那一年，他大女儿才十五岁。

"他们家三个女儿呢？现在去哪里了？"

"家里没有大人，他大女儿带着两个妹妹在乡下实在活不下去，就带着妹妹们到城里打工去了。要说他家大女儿，还真是个好孩子，亲娘死了，当爹的又遗弃了她们三姊妹，这个大姐硬是把两个妹妹给拉扯起来了。"

"您知道李俊女的大女儿在城里什么地方打工吗？"

"这我可不知道，只听说是在光明市的一个什么工厂吧，这么些年也没有见她们三姐妹回来过，你看房子都烂成这样，估计再一刮风下雨，很快就要倒了，我还怕她家的墙壁会压到我们家猪圈呢。"邻居大妈开始抱怨起来。

朱子冉还不死心，又问："您有她们三姐妹的电话号码吗？"

邻居大妈摇头道："没有，我也好几年没见过她们了，要不你去找她婶娘问问吧，她婶娘叫胡三元，就住在前面不远，门口有两棵柚子树的那一家就是。"

朱子冉只好点头说："那行，我再去问问。"向这位邻居大妈道谢后，沿着村道往前走不远，果然看见有一户人家门口种着两棵柚子树，树上结满了半大的柚子，隐约有一些柚子的香味飘散出来。一个中年女人正蹲在门口的台阶上择菜。

她走过去问："大婶，请问您是胡三元吗？"女人吓了一跳，起身瞧着她："我就是，你有什么事？"朱子冉说："是这样的，我想打听一下李俊女三个女儿的情况。"

"你是谁？打听这些干什么？"胡三元有些警惕。

朱子冉撒了个谎说："我是民政局的，听说她们三姐妹现在被生父遗弃，生活比较困难，我们民政部门想来了解一下相关情况。"

胡三元顿时来了兴趣："你们应该不光是下来了解情况吧？是不是以后还会给她们发放救济金？"朱子冉说："如果情况属实，咱们民政部门肯定不会坐视不管的。"

"那就太好了！"胡三元脸上的表情立即变得生动起来，给她搬来凳子，很客气地请她坐下，自己也毕恭毕敬地在她面前的小板凳上坐下，"你想了解什么情况，尽管问我，我是她们的亲婶娘，这村子里再也找不到比我更了解她们情况的人了。"

朱子冉掏出笔记本，摆出一副要作现场记录的样子："首先我想了解一下这三姐姐叫什么名字，现在有多大年纪？"胡三元道："她们三姐妹啊，老大叫彭大妞，今年二十岁，老二叫彭二

154

妞，今年十八岁，老三叫彭三妞，今年十五岁。"

朱子冉一听这三个女孩的名字，就知道当初父母是怎么潦草对待她们的了，生儿子才是他们所期待的，至于女儿嘛，连给她们取个好名字的心思都没有。她用笔将这些情况快速地在笔记本上记下来，然后又问："听说她们三姐妹现在都在光明市里打工，是吧？"

胡三元摇摇头："其实不是，只有老大在打工，老二考上大学，已经去外地上学，老三现在在上初中。"

朱子冉不觉有些意外："你的意思是说，老大一个人打工挣钱，养活了两个妹妹，还供她们上学，是吧？"

胡三元一拍大腿说："可不就是嘛，我以前就劝过大妞，叫她不用一个人那么辛苦，二妞也成年了，完全可以出去打工挣钱，分担一下她肩上的担子。但是大妞不听，说二妹聪明好学，既然她有能力考上大学，就一定要送她去念书。她自己读书少，没什么知识，在社会上吃了不少亏，绝不能再让两个妹妹也当文盲。"

这个姐姐三观很正啊！朱子冉不由得有些佩服起这个大姐来，又问："那你知道彭大妞现在在城里什么地方打工吗？"

"这个嘛……"胡三元看了她一眼，脸上的表情有点犹豫。朱子冉放下手里的笔说："怎么，这个不能说吗？"

胡三元支吾了一阵，才道："其实，她现在已经不在工厂打工，而是在一个叫什么帝豪夜总会的地方上班，我听别人说，就是在里面当按摩小姐，还给客人提供特殊服务的那种。"

"在夜总会上班？"朱子冉轻轻皱了一下眉头。胡三元看到

155

她脸上的表情，知道自己说漏了嘴，忙道："你们该不会因为她是做这个的，就取消她的救济金吧？其实，大妞这孩子也挺命苦的，因为是女孩，一生下来就不被家里人待见，十岁的时候死了妈，十五岁那年她爸又跑到外面打工不要她们了，大妞没有办法，才带着两个妹妹到城里去讨生活，靠在工厂打工养活两个妹妹，还送她们去读书。去年的时候，二妞考上了大学，三妞也上了初中，负担一下就重了很多，为了给二妞筹钱上大学，她还跟我们借过钱，可是我们家日子也不好过，也帮不了她多大的忙。后来，她靠在工厂打工的工资实在是负担不起两个妹妹的学费和生活费了，就只好去夜总会上班，不管怎么样，在那种地方上班虽然有点委屈，但工资肯定要比在工厂上班时高一些。我们怕这事被村里人知道会影响她的名声，所以，一直对别人说她在城里打工，没有人知道她在夜总会做按摩小姐。"

朱子冉点了点头，生活艰难，这个完全可以理解，这女孩一个人要养活两个妹妹，还立志要供她们念书上大学，可真是太不容易了。"你不用担心，她目前的这个情况不更能说明她们生活困难，亟须帮助吗，我们会酌情考虑的。"她说。

"那就太感谢了！"胡三元像是松下口气似的，"这孩子借了我们家的钱一直没还上，如果政府能给她们一点儿救济，她可能也就有能力还钱给我们了。"

"我还想找彭大姐再具体了解一下她家里的困难情况，您有她的联系电话吗？"

"有的，我有她的手机号码。"胡三元进屋拿出手机，从通信录里翻出彭大姐的电话号码，一个数字一个数字地念给她听。朱子冉将号码快速记录下来。胡三元又补充说："这孩子每天凌晨才下班，白天一般都是关了手机在睡觉，电话很难打通的。"

下午的时候，朱子冉回到城里，给彭大妞打了个电话，果然显示对方已经关机，看来胡三元说得没错，对方晚上上班，白天应该是关了手机在休息中。

等到晚上7点多，她再把电话打过去，这次很快就接通了。"谁呀？"一个年轻女人的声音在电话那头问。

朱子冉道："请问你是彭大妞吗？"对方显然愣了一下："什么彭大妞？她已经死了！"说完，就挂断了电话。朱子冉一脸错愕：死了？这是什么意思？心里疑惑着，再次把电话打过去，却听到一阵"嘟嘟嘟"的忙音，显然是对方已经将她拉黑。

朱子冉感到有点莫名其妙，但仔细一想，对方在夜总会上班，从事的本就是灰色行业，对陌生来电心怀警惕，似乎也说得过去。不过，她干记者这么多年，这种事情早已见惯不惊，她手机里安装了两张电话卡，很快就用另一个号码给彭大妞发过去一条短信：美女，晚上想找你按摩一下，可以订个房吗？果不其然，对方很快就回过来短信：加我微信。然后又发过来一个微信号。

朱子冉加了彭大妞的微信后，对方问："你大概什么时候到？我给你预留个房间。"朱子冉看看时间，说："我大约8点到。"彭大妞说："行，我们服务费是800元一个钟，先预付一半，我给你留个好一点儿的房间。"朱子冉爽快地转了400元过去。彭大妞说："你把手机尾号告诉我，到时你直接到前台报手机尾号，会有人带你去房间。"朱子冉随便报了一组数字过去，对方回了一个 OK 的手势。

快到晚上 8 点的时候，朱子冉开着自己的小车，来到了位于城区商业街中心位置的帝豪夜总会。这家夜总会，算是市区最豪华最上档次的休闲娱乐场所了，上一任老板姓雷，曾经是光明市商界只手遮天的人物，后来出事被警察抓了，夜总会关门歇业一段时间，换了个新老板，装修过后，很快又重新开业，生意仍然火爆得一塌糊涂。

她从门口进去，在前台报上与彭大妞约定的手机尾号，立即就有服务员将她领进按摩房，房间里除了沙发电视，中间还摆着一张宽大柔软的按摩床。

她打开电视看了几分钟，就听见外面走廊里响起一阵高跟鞋的脚步声，一个穿着紧身套装的年轻女孩敲门进来，向她弯腰鞠了一躬，说："老板您好，88 号技师为您服务！"

朱子冉听对方称呼自己为"老板"，略略显得有些尴尬，轻咳一声，正要开口说话，对方抬头看见她是一个女人，脸上的表情变了一下："你就是晚上给我打电话的那个女人吧？"朱子冉说："是的。"对方转身要走，朱子冉急忙上前按住房门说："等一下，没有人规定只有男人才可以来按摩，女人就不行吧？再说你这服务还没有开始做呢，怎么就急着走人？就不怕我找你们经理投诉吗？"对方犹豫一下，虽然满脸不情愿，但也只得留下来，表情木然地问："请问您是要做泰式服务，还是日式服务？"

朱子冉坐在沙发上，拍拍身边的位置说："你先坐下，我今天不是来按摩的。"技师站着没动，一脸不高兴的表情："您不按摩，点我的服务干什么？这不是浪费我的时间吗？"

朱子冉说:"其实我是想找你打听点事情,因为你不肯接我的电话,那我只好找上门来了,我不用你做服务,但等下结账的时候,钱我会照付,只当我花钱买你一个小时的时间,这总可以吧?"

对方看她一眼,这才勉强在她身边坐下。朱子冉侧头看着她,问:"你叫彭大妞,今年二十岁,你妈妈叫李俊女,是吧?"

对方点了点头:"彭大妞是我爸胡乱给我起的名字,我在这里叫美美,工号是88号。我妈妈确实是叫李俊女。"

"我只是想找你问一点儿事情,你为什么要拉黑我电话呢?"

"问什么事情?还不是想方设法跑来找我要债。"彭大妞气愤地说。

朱子冉一怔:"你欠了很多债吗?"

"你是真不知道,还是假不知道?"

"我知道什么?"朱子冉感到有些莫名其妙。

彭大妞面带愠色,道:"不是我欠债,是我爸,他在外面借了很多人的钱,然后跟人家玩失踪,别人就顺着他的身份证地址找到我家来,向我讨债。今天上午我婶娘跟我说,有民政局的领导上门调查我们家的情况,可能会给咱们发放救济金,她还把我的电话号码和工作场所告诉了人家,我就知道要坏事了。我们家穷了这么多年,哪有什么民政部门来过问过?这摆明了是有人套她的话,想从她这里打听我的电话地址,所以我一接到你的电话,就知道是麻烦找上门,立即拉黑了你,却没有想到最后还是被你找过来了。我不知道我爸欠你们多少钱,但我跟我爸早就断绝关系了,他是他我是我,他欠你们的债你们找他要去,别在我这里要钱，而且我也没有钱。"

朱子冉听到这里，已经大概明白了这个女孩的遭遇，心里不禁有些可怜起她来，向她解释道："你想错了，我真不是上门来找你讨债的，我上午确实骗了你婶娘，我冒充政府部门的人，从她嘴里问出了你的电话和工作场所，主要是想当面向你打听一些事情。其实我本来是想去找你妈妈李俊女的，后来听说她已经去世，现在能找到的人，也就只有你了。"

"找我妈？"彭大妞愣了一下神，"到底是什么事情，竟然跟我妈有关系？"提到她妈妈的名字时，她的表情有点恍惚，也许妈妈的名字十年前就已经在她记忆里沉睡，现在听一个陌生人提起，感觉到有点突然。

朱子冉道："事情是这样的，二十年前的 11 月 21 日下午，我继母在妇幼保健院第二产房生下一个男孩，也就是我弟弟，现在我弟弟已经二十岁，却突然被检查出他跟我继母和我爸爸没有血缘关系，不是他们亲生的孩子。我们怀疑他是刚出生的时候，在产房里被医护人员有意或者无意间抱错了，也就是把别人家的孩子抱给了我继母，把我继母的孩子抱给了别人。当天下午同一时间段，在这个产房里，还有另外两名男婴和一个女孩出生，那两个男孩我已经调查过，并不是被错换的对象。所以，现在剩下最有可能跟我弟弟错换的，就只有当天在产房里出生的那个女婴了。"

"11 月 21 日？"彭大妞像是明白了什么，"那不正是我阳历生日吗？难道你说的那个女婴就是……"

"对，我调查过了，当时在产房里生下这名女婴的产妇名叫李俊女，住在南州镇南红村，这个人也就是你母亲。"朱子冉说，"我顺着这条线索找到你位于南红村的老家，却发现家里没有人，问了你们邻居才知道你妈妈十年前就已经去世。我自然不可能再去找她打听当时产房里的情况，所以只能转过头来寻找她当时生下的那个女孩，也就是你了。"

彭大妞听她说完，不由深感愕然，这些只有在网上才能看到的医生护士错抱孩子的新闻，居然真的会在现实生活中发生，而且很可能还跟自己扯上了关系，这个确实大大出乎她的意料。她在沙发上呆坐了一会儿，这才缓过神来，说："可、可是就算你说的这事是真的，我妈都已经过世那么久，我当时在产房里只是一个刚出娘胎的女婴，总不可能还记得当时产房的情况啊？所以就算你来找我，又有什么用呢？"

朱子冉不由得被她逗笑了："我来找你，并不是要向你打听你出生时的情况，我只想找你拿个 DNA 样本，回去跟我做个比对，就可以知道你到底是不是当年跟我弟弟一起被错抱的孩子了。"

"哦，原来这么简单。"彭大妞抬头看着她，"如果真像你说的这样，那我岂不是就多了一个姐姐？"

朱子冉嘴角边扬起一丝微笑："确实是这样！"

"唉，假如我真有一个姐姐就好了……"彭大妞也许是想起了自己的身世，眼圈儿就红了。如果真有一个姐姐，也许她就不用活得这么累了吧？她把身体往朱子冉这边挪了挪，朱子冉以为她是想坐得离自己近一些，谁知她却忽然轻轻抱住了她。朱子冉正有些意外，却忽然感觉到肩膀上一凉，才明白她已经流泪了。

她犹豫一下，也伸出手来，将这女孩轻轻搂住。

彭大妞很快就意识到自己有些失态，急忙坐直身子，一边用纸巾擦着眼泪一边道："不好意思，我就是突然很想找个可以依靠的人抱着哭一场，这些年我过得实在是太辛苦了，尤其是我大妹考上大学后，学费加生活费，家里的开支翻了好几倍，然后我小妹上了初中，读的是私立中学，因为她是超生的孩子，一出生就没有户口，上不了公办学校，只能上民办中学，学费特别贵，靠我一个人打工实在撑不住，所以才不得不到夜总会来做这种丢人的工作。"

"这些年，真是苦了你了！"朱子冉叹息一声，"你大妹上学的事，你有向银行申请过助学贷款吗？"彭大妞愣了一下："上大学还可以贷款的吗？"朱子冉点头说："当然能的，就是上学期间向银行贷款，用于学费和住宿费，不用支付利息，等毕业参加工作后，再给银行还款。我有个朋友在银行上班，他们银行就能办理这项业务，要不我把她的微信号推荐给你，晚上回去我再打电话跟她介绍一下你大妹的情况，明天你再直接去银行找她问问，如果贷款成功，也就能解你的燃眉之急了。"

"真的吗？那就太好了！如果我大妹上大学的钱不用我负担，那我就轻松多了。"彭大妞的目光闪动一下，"我也就不用再打这份工了，我想到时候在我出租屋楼下的市场边摆个小摊，卖点儿衣服什么的，也比去工厂打工强。"

"你能这样安排，那当然最好，在夜总会做这种工作，总归不是长久之计。"

"行，我听你的，姐！"

她这一声"姐"，把朱子冉叫得一愣。

彭大妞又问："你刚才说要拿我的什么 DNA 样本，是要去医院抽血吗？"

"这倒不用，我看你的手提包里不是带着口香糖吗？其实你嚼过的口香糖，就可以拿去做 DNA 样本。"

"哦，那我马上吃一个口香糖。"彭大妞从手提包里拿出一颗口香糖，放在嘴里咀嚼起来。朱子冉又伏在旁边的电视柜上，拟写了一份鉴定委托书，将彭大妞的身份证号码写了上去，又让她在上面签了个名。

彭大妞将自己嚼过的口香糖用一个小塑料袋装好，交给了朱子冉。这时候，墙壁上的电话响了，前台提示说已经到钟，彭大妞似乎还有些话要对朱子冉说，但时间已到，也不得不收拾起自己的手提包，下钟离开。朱子冉也没有久留，很快就到前台结账，走出了夜总会。

第二天，她把 DNA 样本送到司法鉴定中心，两天后结果出来，鉴定结论仍然是两个被鉴定人之间没有血缘关系。虽然这一次朱子冉已经有了心理准备，但看到这个鉴定结果还是感觉有些意外，毕竟彭大妞已经是当时产房里出生的三个孩子中的最后一个了，如果跟弟弟错抱的对象不是她，那就再也找不出其他人了。

她把这个结果告诉了彭大妞，彭大妞也显得有些失落，但她很快又说："子冉姐，不管怎样，我还是要感谢你的，你给我推荐的那个银行朋友，我前天已经去找过她，她说我大妹符合大学生助学贷款要求，只要我把资料准备齐全，贷款很快就可以办下来。我准备在夜总会上完这个星期的班，就辞职回去做小生意了。"

"那挺好的呀！"朱子冉也衷心为这个命运多舛的姑娘感到高兴，"对了，关于你小妹户口的事，我已经查过相关资料，原来国家早就有政策下来，即便是超生的孩子，派出所也必须无条件为孩子上户口，所以你有时间的话，再去派出所问一下，你小妹户口的事情，应该不难解决。"

"真的吗？那我明天就去镇派出所打听一下情况。"彭大妞高兴地说，"如果我小妹有了户口，就可以去公办初中上学，也就不用再多交一笔学费了。"

"是的，只要你努力奋斗，并且保持乐观的生活态度，日子就会越过越美好，不是吗？"

"谢谢你，姐姐！"

听到这亲切的叫声，朱子冉嘴角边不禁露出一丝微笑。她为这个走出生活阴霾的女孩感到欣慰，但是，转念想到自己已经将跟弟弟一起在医院出生的三个孩子都排除掉了，真相却仍然没有浮出水面，不知道下一步该怎么去调查，顿时又觉得眼前一片迷茫！

第十章

一封情书

这天中午，朱子冉接到夏米的电话。夏米说："程一诚程老师前几天在学校摔了一跤，把腿给摔伤了，下午我准备和陆笙一起回学校看看程老师，顺便让陆笙给他看一下腿。你要不要一起去？"朱子冉忙道："好啊，我也想去看看程老师。要不把大胜哥也叫上吧，当年在学校上学的时候，程老师可没少为他操心。"夏米说："那行，咱们下午就在大胜哥的餐馆门口集中，然后一起去学校。"

这个程一诚老师，是陆笙和蒋大胜他们初中时期的班主任，朱子冉和夏米比他们低一个年级，程老师也兼任过他们班两个学期的数学老师。

程老师个子很高，模样清瘦，眼睛高度近视，戴着一副比啤酒瓶底还厚的黑框眼镜，走路的时候略微低着头，一副若有所思的样子，好像随时都在思考复杂的数学题。程老师给朱子冉留有两个最深刻的印象。

第一个是痴迷数学。他订了很多数学方面的报纸杂志，上面经常会刊登一些特别难的数学题向读者征集答案，程老师教学之余的唯一爱好，就是研究这些数学难题，他寄去参赛的解题方法和答案，常常获奖。但与获奖相比，他似乎更看重研究数学给自己带来的乐趣。同时，他还是学校奥数教研组组长，经常辅导学生参加奥数竞赛，夏米就是他的得意弟子，即使后来她升学到高中部，也仍然在程老师的带领下，参加过好几次奥数竞赛，还拿过两次冠军。那时参加奥数比赛获奖在高考时是会有加分的，夏米也正是凭借这多加的20分，才成功考上大学的。

第二个是程老师对待学生特别负责。蒋大胜在程老师班上念书时，算得上是全校出了名的调皮捣蛋鬼，有一次为了不上晚自习，居然用弹弓把教室里的日光灯管全都打坏，学校让他照价赔偿他不肯，说自己去五金店买几根灯管换上就行了。第二天晚上他买来日光灯管安装上去，居然全都是坏的，一根灯管都不亮。就这样，第二天晚上教室里一片黑暗，连着两个晚上都没有上晚自习。为了这事，蒋大胜被学校罚去站旗杆，而程老师也陪着他在旗杆下站了两节课，说是要陪他一起深刻反省。后来朱子冉和夏米在放学路上被两个高年级男生欺负，蒋大胜把那两个男生给打了，一个男生的父亲找到学校来闹事，威胁学校说如果不开除打人的学生，就要抓他去坐牢，而且还要追究学校方面的责任。校长怕事情闹大影响学校的声誉，所以决定开除蒋大胜。一向老实巴交的程老师，这次却站出来反对学校的决定，说蒋大胜这孩子平时在学校调皮捣蛋，这个确实不假，但是一码归一码。为了这个事情，他特意跑到教育局去反映情况。但是校长并没有尊重他这个班主任的意见，最后还是对蒋大胜作出了勒令退学的决定。这已经是十多年前的事情，按照年龄来推算，程老师现在应该已经退休了。

下午的时候，朱子冉开车来到韭菜街，夏米他们三个已经在大圣餐馆等着她。韭菜街 F4 聚在一起，准备好探望老师的礼物之后，一齐去往玉德中学。

玉德中学是初高中一体制学校，在光明市也算是一所重点学校了，校址就在东郊大道的那一头，距离韭菜街并不太远，小时候，朱子冉经常跟夏米他们一起步行上学，也就十五六分钟的路程，如果骑自行车，那就更快了。

四人来到学校，这时学校刚刚开始放暑假，校园里已经没有学生上课，大门口只有两名保安守着，显得有些冷清。因为夏米是本校老师，跟保安员早已熟识，上前打个招呼，就领着几个同伴走进了学校。

　　朱子冉自从高中毕业之后，就没再回过母校，七八年时间过去，这里除了操场四周的丁香树长高了不少，其他的好像也没什么变化。

　　篮球场上，几个返校的男同学正在打球，旁边丁香树下坐着两个短发女生，正一边吃着零食，一边看着男生打球，遇上精彩的进球，就用力拍几下手掌。有风吹过，几片丁香花从树上飘下，落在一个女孩头上，女孩用手拈下花瓣，放在嘴边轻轻一吹，紫色的丁香花就飘远了。两个女孩像是做了什么开心的事，发出咯咯的笑声。

　　朱子冉的神思不由有些恍惚，眼前的一幕竟是如此熟悉。十多年前，她和夏米正是像这两个女生一样，坐在丁香树下等着在球场上打球的蒋大胜和陆笙一起放学回家。有时候，夏米还会伏在花坛边一边等着两个男生，一边帮蒋大胜写被老师罚抄的古文。

　　她站在球场边，正回忆着校园往事，一只篮球从球场上滚了过来。"看我的！"蒋大胜来了兴趣，弯腰拾起篮球，紧跑几步，站在三分线外，用力投了出去。篮球被抛得老远，连篮板都没碰到，直接掉在地上，弹了几下，跳到那两个女生前面，给人家吓了一跳。球场上的几个男生发出揶揄的笑声。

　　"哎哟喂……"篮球出手，蒋大胜却扶着自己的后腰一叠声叫起来。朱子冉问："怎么了？"蒋大胜脸上露出痛苦的表情，说："闪到老腰了。"陆笙上前给他推拿几下，说："没有闪到腰，是你老人家久未活动，突然来这么一下，扯到筋骨了。"蒋大胜不由尴尬地笑了。

从篮球场走过去，穿过三排教学楼，就到了生活区，教职工大楼就在生活区最后面，与学生宿舍楼中间隔着两排高大的法国梧桐。

走到梧桐树下时，陆笙一扭头，看见蒋大胜正犹犹豫豫地落在最后面，以为他的腰还痛着，就问："该不是真的伤到腰了吧？我身上带了毫针，要不要给你扎几下？"

朱子冉早已看出蒋大胜的心思，笑道："陆笙哥你不用理他，他哪里是腰痛，分明是胆怯，还跟在学校时一样，最怕见老师。"夏米和陆笙这才想起，在学校的时候，一向性情温和的程老师唯独对这个全校出了名的调皮大王甚是严厉，难怪他这一路上都磨磨蹭蹭的，原来是要回学校见老师了，所以心里发虚，不由得哈哈大笑起来。

蒋大胜被他们看穿了心思，脸就有些红了，气短心虚地说："我才不怕老师呢！"气咻咻走到了最前面。

学校的教职工大楼建于 20 世纪 80 年代，虽然样式老旧，水泥墙面已经有些斑驳，但五层高的楼房掩映在一片树影里，却也显出别样的古朴和宁静。程一诚老师大学毕业后分配到这里当教师，正赶上学校福利分房，在教职工大楼三楼分得一套五十多平方米的房子，跟他爱人一起，一直住到现在。

来到三楼程老师家，大门是敞开着的，太阳从门口照进去，屋里一片光亮，程老师正坐在阳光里，伏在一张饭桌前，戴着老花镜，在稿纸上写写画画。大家进屋后，齐齐喊一声："程老师！"

程老师抬起头，因为夏米跟他是学校同事，陆笙也经常到学校来，所以认得他们俩，一面起身跟他们打招呼，一面用疑惑的目光看着后面的朱子冉："这位是……"

朱子冉道："我是朱子冉，比陆笙哥小一届，当年您教过我们两个学期的数学课。"程老师"哦"一声，点点头，似乎对这孩子有点印象："是不是跟夏米一起在放学路上被高年级男生欺负的那个朱同学？"

朱子冉点头说："是的，那次多亏大胜哥救了我们。"她一回头，看见蒋大胜正缩着脖子站在后面，就将他推到老师跟前说："程老师，您怎么不问问这位同学是谁啊？"

程老师推了推老花镜，道："我认得他啊，这不是蒋大胜嘛，他是我教过的最顽皮的学生，我教书几十年，只陪他站过一回旗杆，可谓印象深刻啊。"蒋大胜不由耳红面赤，站出来朝着老师郑重鞠了一躬，说："谢谢程老师，想不到您还记得我。"

"废话，好学生老师不一定记得，但像你这样的人物，咱们玉德中学也没出过几个，当然记得的。"程老师看见蒋大胜满脸羞愧，不由得哈哈一笑，说，"老师跟你开玩笑的，你别当真，我记得你是因为你为了学校女生见义勇为的事。"蒋大胜这才舒了一口气。

夏米把提来的礼物放在茶几上，程老师从桌子后面有点艰难地走出来，想要给他们沏茶。朱子冉这才发现他左边膝盖不能弯曲，走路一瘸一拐的，忙起身将他扶得坐下，说："您别动，我们不喝茶。"程老师抱歉一笑，说："真没办法，你师母去省城给女儿带孩子去了，家里就我一个人，刚巧赶上我这腿又摔伤了，实在是有些怠慢了。"

夏米看着桌子上的稿纸和钢笔问程老师："您这是写什么呢？"

程老师说："咱们市电视台准备找我录制一档'趣说数学'的电视节目，我正在写讲稿。"夏米道："那真是太好了，我们以后就可以在电视上看到老师讲课了。"

程老师面露忧色，轻轻捶打着自己的左腿说："可惜时运不济，好不容易赶上这么个机会，谁知前几天我又把腿给摔骨折了，虽然去医院把骨头给接上了，但是现在走路还一瘸一拐的，也不知道什么时候能好，下个月就要上电视，我总不能拖着一条瘸腿出现在电视镜头前吧？"

夏米安慰他说："您别着急，让陆笙帮您看看吧。"程老师呵呵一笑："我倒忘了陆笙现在是医生了。"就卷起左边裤腿，让陆笙瞧了。陆笙说："老师，您这腿已经没什么大碍，只是还有些红肿血瘀，我给您针灸一下，先把痛镇住。然后，我这里正好带了一些跌打损伤药来，晚上临睡觉前，您把这个药捣烂后用黄酒调拌一下，外敷在骨折处，这个药有接骨复位，散瘀消肿和促进骨折愈合的功效，估计三四天后，您这腿就能恢复如初了。"

他将程老师扶到沙发上躺下，将左腿平伸，在脚内侧的太白穴、膝盖边的足三里等穴位上扎了几针，留针十多分钟后将针取下，程老师放下裤管在地上走几步，果然感觉到腿上疼痛减轻了不少，不由得对着陆笙连声感谢。

因为程老师有腿疾，屋里估计没人打扫，显得有些凌乱，趁着陆笙给老师扎针的时间，夏米和朱子冉也没有闲着，帮着把老师屋里打扫了一遍。转到屋角时，看见垃圾桶里丢着好几个方便面盒子，就感到有些奇怪，朱子冉问："程老师，怎么师娘不在，您就靠吃方便面过日子啊？"

程老师一面在屋里试着走了几步，一面摇头道："那倒不是，原本是我自己煮饭，只是这几天家里的电饭锅坏了，我因为急着赶写讲稿拿去电视台审核，没顾得上修理，所以只好先委屈一下自己，吃几天方便面了。"

夏米说："您腿脚也不方便，要不我们帮您把电饭锅拿去修一修吧。"程老师说："不用，等我写完讲稿，自己动手修好就行了。"朱子冉不由奇道："您还会修电器啊？"

程老师呵呵直笑："数学物理不分家，电路也属于物理范畴嘛，一个电饭锅难不倒我的。不信你问问蒋大胜，他上学的时候，为了不上晚自习，经常把教室里的电灯弄坏，哪次不是我自己动手修好的？"蒋大胜不由得挠着头不好意思地笑起来："程老师，您老人家就别再揭我的短了，那时候年纪小不懂事，给您添了不少麻烦。"

"唉，你离开学校后的情况，我也听夏米跟我说了一些。"程老师叹口气说，"这都怪我啊，如果我当初能阻止学校开除你，让你继续在学校念书，也许在你身上就不会发生后来的事情了，至少不用去坐牢，浪费好几年时光啊。"

蒋大胜倒是心态坦然，说："老师这个不能怪您，当时我确

172

实是闯祸了，学校开除我，我也没有什么怨言。虽然后来我犯了事，坐了牢，但塞翁失马，正好在监狱里专心学了一门厨师手艺，现在开了一家小餐馆，也算是有口饭吃了。如果没有这段经历，也许我早就混成了黑社会老大，那现在就不是被抓去坐牢这么简单，说不定还要吃枪子儿呢。"

"无论如何，看到你现在过得还算不错，老师也就放心了。"程老师被陆笙扎了几针之后，腿上疼痛大减，走路也利索许多，不由心情大好，忽然朝蒋大胜招招手，"哦，对了，你过来，我这里有个东西要交还给你！"

"有东西交还给我？"蒋大胜不由愣了一下。程老师点点头，将他领进旁边的书房，跟他在屋里小声说了几句话，不多时两人又从书房走了出来，朱子冉看到蒋大胜走在后面，脸上明显带着不自然的表情，走到门口时，顺手将一个什么东西揣进了口袋。正是这个小动作，顿时勾起了朱子冉的好奇心，不知道老师到底交还给了他一个什么东西，竟然能让一向大大咧咧的他现出如此扭捏的表情。

从程老师家告别出来，已近傍晚时分。穿过学校操场时，朱子冉用手肘碰一下蒋大胜："大胜哥，程老师叫你去书房，把什么好东西交还给你呀？快拿出来让大伙瞧瞧呗！"蒋大胜看看夏米和陆笙，只见他们两个也正盯着自己，显然也想知道他揣在口袋里的到底是什么东西，不觉脸色微红，支吾道："没、没什么东西，就是我上学的时候老师没收我的东西，他正好一直保留着，这次看见我，所以就还给了我。"朱子冉与夏米相视一笑，明知他是在说谎，却也无可奈何。

快到学校门口时，蒋大胜忽然捂着肚子说："你们先走，我去上个厕所。"掉头就往篮球场旁边的厕所跑去。

朱子冉记得他从程老师家出来之前，已经上过厕所，怎么这才一会儿时间，又要上厕所了？朝夏米和陆笙看看，两人都朝她挤挤眼，觉得蒋大胜必有蹊跷，示意她跟上去看看。

朱子冉也觉得奇怪，就悄悄跟在了蒋大胜身后，却见他从篮球场边拐个弯，来到厕所门口，却没有进去，只是蹲在墙边，从左边口袋掏出打火机，又从右边口袋掏出程老师刚才交还给他的东西，原来是一个有点泛黄的旧信封。他用打火机将信封点燃，连同里面的信纸一齐烧了。

朱子冉不由得疑心大起，咳嗽一声，从大树后面走出来，蒋大胜吓了一跳，急忙起身，将几片灰烬踩在脚下："你、你怎么来了？"朱子冉见他一脸紧张的样子，不觉暗自好笑，说："你能来上厕所，难道我就不能吗？"蒋大胜忙道："能能能，那你上厕所吧，我先走了。"等他走后，朱子冉走到墙边看了，地上只留下一小堆被踩进泥土里的黑灰。她不由得皱起了眉头：不就是一封信嘛，干吗搞得这么神秘兮兮的？心中却越发好奇起来。

第二天上午，她到电器商城买了一个新电饭锅，提在手里，再次回到学校，来到程老师家。

程老师仍然坐在桌子边写着讲稿，抬头看见朱子冉一个人来了，不觉有些意外。

朱子冉忙将手里的电饭锅放到桌子上，解释道："昨天我见您家里的电饭锅坏了，每天都要泡方便面吃，今天正好路过电器商城，所以，干脆就给您买了个新的送过来。这样您就可以自己煮饭，不用再每顿都吃方便面了。"

程老师搓着手说："哎哟，那可真是太感谢你了！"掏出钱包来要给她付钱。朱子冉急忙挡了回去，说："这个是老式电饭煲，一点儿都不贵，是我送您的。您的腿好些了吗？"程老师见她不肯收钱，只得把钱包收了回去，很高兴地说："我这腿啊，昨天被陆笙扎了几针，晚上又用他给的中药敷了一下，还真的好多了，你看现在走路也不怎么疼了。"就在她面前来回走了几步，果然比昨天好多了。

朱子冉边看边点头："您这条腿估计再过几天就能恢复过来，一点儿都不会影响您上电视时的光辉形象。"

程老师呵呵一笑："那就好，那就好！"

朱子冉在沙发上坐下，陪老师说了一会儿话，就故意把话题引到蒋大胜身上，问："程老师，昨天您把蒋大胜叫进书房，给了他一个什么东西啊？"程老师摆手纠正她说："那不是我给他的东西，是我交还给他的，那件东西本来就是他的，只不过我代为保管了十多年。你猜是什么？"

"是一封信吧！"朱子冉笑笑道。

"是一封情书！"程老师一脸认真地道。朱子冉不觉有些意外："情书？"

"是的，是蒋大胜亲笔写的情书。"程老师回忆着说，"那已经是十多年前的事了，当时蒋大胜还没有因为打架被学校开除，那时我除了是蒋大胜和陆笙他们班的班主任，还兼着你和夏米班上的数学老师。有一天蒋大胜写了这封情书，夹在你们班一个女生的数学作业里。数学作业就放在教师办公室，本来我已经全部批改完了，只等你们班数学课代表拿去班里发给各个同学就行了。可是，后来我感觉有道题批改错了，所以又将全部作业都重新翻了一遍，结果就翻到了这封夹在作业本里的情书。蒋大胜应该是以为老师已经批改完作业，不会再翻看了，把情书夹在那个女生的作业本里，很快就可以通过数学课代表之手将作业本连同情书一起交到那个女生手里，却没有想到人算不如天算，这封情书最后还是被我看到。你也知道，咱们学校是不准学生谈恋爱的，所以这封信就被我悄悄扣下了。我有保留老物件的习惯。昨天见到蒋大胜，忽然想起这个事来，正好他当年那封没有寄出的情书还在我这里，所以就顺便还给了他。估计他拿到这封信时自己也蒙了吧！"说到最后，程老师像个老顽童似的哈哈大笑起来。

"想不到大胜哥那么一个大大咧咧的人，竟然也会给女生写情书啊！"朱子冉淡淡地感慨了一句。

"哪个少男不钟情，哪个少女不怀春呢？在青春年少的时光里，谁都难免会生出些懵懂的情愫来。"

朱子冉犹豫一下，还是问出了自己最想问的那个问题："程老师，大胜哥的那封情书，到底是写给咱们班哪个女生的啊？"

"你猜！"

程老师故意卖了个关子。

朱子冉见他似乎在朝自己眨着眼睛，心中一动，脸就红了，小声说："我、我猜不出来！"心里却已然明白过来。

程老师有些语重心长地道："只有到了一定的年纪才会明白，年少时的那份情感，才是最单纯美好的，也是弥足珍贵。不过，当时站在老师的角度来说，学校不允许学生早恋，我扣下蒋大胜的这封情书，当然是没有问题的。不过，现在回过头来看，还是觉得当时的处理方式有些欠妥，如果当时我没有没收这封情书，而是让它送到蒋大胜想要送达的人手里，也许今天你们韭菜街 F4 的关系，就不是现在这个样子了。"

朱子冉自然听得出来他老人家话里有话，不觉脸上有些发烫，岔开话题说："程老师，您也知道韭菜街 F4 啊？"

程老师爽朗地笑起来："其实是我陪蒋大胜站旗杆时，他告诉我的。"

第十一章

窒息身亡

这天早上，孟玉文身体有些不舒服，不能去医院看儿子，朱子冉就说："二妈，让我去吧，我也好几天没去医院看子豪了。"孟玉文点头说："那行，顺便把我给你弟弟煎的中药带过去。"最近一段时间，朱子豪因为化疗，身体十分虚弱，朱子冉将他的情况跟陆笙说了。陆笙就去医院看了朱子豪的舌苔，又为他把了脉，最后给他开了一个益气养阴的方子，以黄芪为君药，党参为臣药，再辅以玄参、天冬、当归等。孟玉文每天早上把药煎好给他送过去。据说朱子豪吃了几剂中药之后，整个人都舒服了很多。

朱子冉提着中药来到医院，只见弟弟的病床上并没有人，问一下旁边的病友，才知道弟弟出去了。她顺着走廊找过去，看见穿着病号服的弟弟正坐在拐角处靠墙边的一把长凳上，半仰着头，透过对面半开着的窗户，看着窗外蓝色的天空出神。因为化疗的副作用太大，他眼窝深陷，整个人已经瘦了好几圈。但是，医院的治疗也有了些效果，血、尿、便等各项常规检查的指标都逐渐向好，医院已经给他停用抗生素，加上喝了陆笙给他开的中药，人也有了些精神，比上次来看他时的状态好了许多。

她在拐角处站了一会儿，朱子豪才看见她，忙起身说："姐，你来了！"朱子冉快步走近过来，让他别起身，扶着他坐下，问他今天感觉怎么样？朱子豪淡淡地笑一下，说："今天感觉好多了，头也不昏了，所以就出来走走。怎么，妈没过来吗？"他往走廊里看看。

"二妈今天身体有点不舒服，我让她在家里休息。"

朱子豪"哦"了一声。因为有次医生在他面前说漏了嘴，他已经知道自己跟父母亲之间没有血缘关系的内情。当初得知自己得了白血病时，他还吊儿郎当满不在乎，觉得不就是换个骨髓就能治好的病嘛，但得知自己身世的那一刹，他受到的触动还是挺大的，仿佛就在顷刻之间，整个人就长大了，懂事了。再见到朱子冉这个跟自己并没有血缘关系的姐姐时，就对她客气了许多，也生分了许多。这让朱子冉感到十分难过。以前他是自己亲弟弟时，总是嫌他不懂事，一天到晚只知道玩手机，现在他忽然间成熟懂事了，却又那么令人心疼。

"前几天爷爷奶奶打电话给我，说要过来看我，我没让他们过来，他们年纪大了，还是让他们少出门比较好。"朱子豪说。朱子冉自然听得出，这并非他本意，爷爷奶奶异常疼爱他，他跟爷爷奶奶的关系也非常亲热，他拒绝爷爷奶奶过来看他，只是因为知道自己不是朱家亲生的孩子，打心里不敢直面他们罢了。可是，这并不是这孩子的错啊！朱子冉看着突然懂事的弟弟，在心底里叹了口气。

"这是二妈早上给你煎的药，你赶紧趁热喝了吧。"她把汤药从保温杯里倒出来。朱子豪接过之后，用力喝了两口，眉头就皱起来。朱子冉问："怎么了，这药很苦吗？"

朱子豪摇摇头："还行，就算再苦，也苦不过我的命吧！"朱子冉没想到他年纪轻轻，竟然说出这样的话来，不由鼻子一酸，轻轻揽住他肩膀，将他拥抱了一下。

"姐，你干什么，人家已经是大人了呢！"朱子豪嗔怪地叫起来。朱子冉不由得也笑了，放开他道："臭小子，你就算到了八十岁，在姐姐眼里也是个小屁孩！"

朱子豪本来明亮起来的眼睛又忽然暗下去，叹口气说："我能不能活到过年都是个未知数，就别提八十岁了。"

朱子冉心里一沉，竟然一时接不上话来。朱子豪偏着头，轻轻靠在姐姐的肩膀上，眼泪流了下来："姐，你说我会不会真的要死了？"朱子冉心头发酸，抱住他说："弟，别说傻话，你这么年轻，一定不会有事的，虽然咱们没有血缘关系，但咱们也跟亲姐弟没有任何区别，二妈、爸爸、我和爷爷奶奶，都是你至亲的人，我们一定会想办法帮你渡过这个难关。"

"可是怎么渡过啊？"朱子豪喘口气说，"我都快坚持不下去了，化疗虽然痛苦，但看不到希望更让人绝望啊，有时候我真想从这扇窗户跳下去一了百了。"

朱子冉吓了一跳，这才知道他呆坐在这里看着对面那扇窗户出神的原因，忙将他的身体扳过来，直视着他道："子豪，你千万不能有这么丧气的想法，咱们这么多人都在为你想办法呢。"

朱子豪低头道："还能有什么办法？找不到可以跟我配型成功的人，任何办法都没有用啊。"朱子冉拍拍他的头道："傻孩子，咱们一定可以找到的，医院正在通过骨髓库积极寻找，姐姐也正在调查你的身世，只要找到你的亲生父母，找到跟你真正有血缘关系的人，那配型成功的概率就非常高了。你不要气馁，好好配合医生治疗，把身体养好，其他事情都不用你操心，姐姐一定会帮你渡过这个难关的，相信我！"

"嗯，姐，谢谢你了！"朱子豪又流下泪来。朱子冉擦干他脸上的眼泪说："咱们是亲姐弟，永远都是，所以不要说这么生分的话。"看到她脸上关切而坚毅的表情，朱子豪仿佛又重新看到了希望，眼睛亮了起来，点了点头，一口气将剩下的中药喝完。朱子冉看看表，已经快到医生查房的时间，就将他扶进了病房。

等医生查过房后，朱子冉来到赵医生的办公室问了一下，赵医生说："现在患者的情况已经稳定下来，已经达到造血干细胞移植条件，只要找到配型相符的供血者，我们这边很快就可以进行移植手术。我们医院也正在向中华骨髓库那边寻求帮助，当然，如果你们能尽快找到患者的血亲，那配型成功的可能性就更大了。"

"谢谢医生，"朱子冉点头说，"我们一定会尽全力去查找我弟弟的亲生父母的。"

回到病房，看到护士正在给朱子豪打针，也许是药物的作用，他脸色苍白，额头上冒出了细密的汗珠，眉头皱得紧紧的，看起来应该非常难受，但还是咬牙忍受着。看到弟弟被病魔折磨成这样，朱子冉只觉得心头堵得慌，背转身去，在心里暗暗叮嘱自己，一定要赶紧找到他的亲生父母，只有这样，才有配型成功的希望。以前她为子豪的事情到处奔走，说到底，只是想找到弟弟被人调换的真相，现在却觉得那些所谓的真相，反倒没有那么重要，找到他的亲人，想办法救活这孩子，才是眼下最重要的事情。

正想着弟弟的事情，她的手机忽然响了，一看来电显示，居然是她的亲生母亲卢艳艳打来的电话。

二十多年前，卢艳艳跟朱子冉的父亲朱哲离婚后，又结过两次婚。但是，因为不能给男方生下一男半女，这两段婚姻都没有维持多久就结束了。后来，卢艳艳索性破罐子破摔，成天跟着一些不三不四的男人一起混日子。及至后来年纪大了，没有什么男人愿意跟她混在一起，日子就越发难过起来。两年前，朱子冉把自己工作以来攒下的钱都给她，让她在街边开了一间服装店，也算是有了一个能养活自己的营生。朱子冉四岁时父母就离婚了，卢艳艳几乎没有到家里来看过她，母女间的感情已经非常淡薄，平时也少有联系，只有在过年过节的时候，才会相互发几条微信，询问一下对方的近况。

朱子冉看到母亲来电，不觉有些意外，拿着手机走到外面接听电话。卢艳艳在电话里问："子冉，听说你回来了？也不晓得过来看看妈妈。"朱子冉说："确实回家有一段时间了，只是家里事情太多，还没处理完，所以也没有时间过去看你。"

卢艳艳说："那你现在过来一趟吧，我有话要对你说。"朱子冉一愣："有什么事？不可以在电话里说吗？"

卢艳艳说："怎么，让你过来看看妈妈也不愿意吗？"朱子冉只好说："那行吧，我等下就过去。"

打完电话回到病房，朱子豪从昏睡中睁开眼睛说："姐，是不是有人找你？"显然，他已经隐约听见她在外面走廊打电话的声音。朱子冉犹豫一下，点头说："是的，是我妈，我那个亲妈，叫我过去她那边一趟。"

朱子豪懂事地道："那你去吧，不用在这里陪我了，我想睡一会儿，我一打这个针，就想睡觉。"朱子冉在病床前站了一会儿才道："那行，你先休息，我有时间再过来看你。"

从医院出来，朱子冉在红绿灯路口拐个弯，穿过几条街道，来到南城区，在南城公园旁边的停车场停好车。她妈妈卢艳艳开的艳艳时装店，就在南城公园对面。

她穿过街道，走进时装店，店里并没有什么顾客，显得有些冷清，柜台后面传出男女调笑的声音，她走过去一看，柜台后面的椅子上坐着一个四十多岁年纪，梳着大背头，打扮得油头粉面的中年男人，她妈妈卢艳艳正坐在男人大腿上，男人抱着她，两人拿着一部手机不知在看着什么，显得很亲热的样子。

听到店门口感应门铃里传出"欢迎光临"的声音，卢艳艳还以为是顾客上门，两人连眼皮也没有抬一下，直到朱子冉走过去，叫了一声"妈"，卢艳艳抬头看看，才知道是女儿来了，略显尴尬地从男人怀里站起来，一边用手整理着凌乱的头发，一边笑着说："呀，你这么快就过来了啊！"朱子冉说："正好有时间，所以接到你的电话就过来了。"那个男人也不跟朱子冉搭话，拍了一下卢艳艳的屁股笑嘻嘻地说："你先忙着，晚上有空我再过来。"

朱子冉退后一步，侧身让那男人从柜台里面走出来。就在这时，她往那个男人脸上盯了一眼，忽然觉得这个男人看起来有些眼熟，直到他那走路时一摇三晃的背影消失在门外，她才想起来，这个男人不就是前几天伙同他人找她碰瓷的那个家伙吗？

那是一个多星期前，她开着小车从南洲镇办事回来，路过桔园街时，因为那段路比较狭窄，加上两边占道经营的小商小贩特别多，街上人流量大，她把车开得很慢。就在小车即将开出拥堵路段时，突然"咚"的一声，一个穿红衣服的中年女人从人群里冲出来，一头撞在她车上，然后顺势倒在小车前，抱着头"哎哟哎哟"直叫唤。她心里一咯噔，急忙下车一看，只见那女人额头上果然被撞出一道伤口，正往外渗着血水。她非常确定刚才自己的小车并没有撞到人，是这女人自己一头撞上来的，很显然，她遇上碰瓷的了。中年女人躺在她车子前，一面痛苦呻吟，一边大叫着要她赔钱。

朱子冉顿时就气不打一处来，怒声道："刚才我根本就没有碰到你，是你自己扑上来的，你这明明就是想讹人钱财。"她向旁边围观的人群道，"大伙刚刚也都看到了，请大家给我评评理！"路边几个老人点着头，正要站出来为她说几句公道话，却突然从人群中跳出一个穿夹克衫的男人，指着她的鼻子就骂上了："你这个女人，是眼瞎了还是怎么着，明明开车撞到人了还不承认，我刚刚亲眼看见是你的小车撞到她的，人家额头都被撞出血了，难道还能有假？你不想赔钱是吧？不赔钱你就走不了！今天这个闲事我还管定了！"他一副抱打不平的样子，一屁股坐在她车头上。

在旁边围观的一些不明真相的群众见有人站出来指责她，也都附和着点头，纷纷指责她开车撞人还想肇事逃逸。这时后面已经堵了好几辆小车，催促的喇叭声响成了一片。

朱子冉虽然心头有火，却也无计可施，自己小车上没有安装行车记录仪，就算报警，也很难把这个事情说清楚，而且自己赶着去办事，不想耽搁时间，最后只好自认倒霉，给那个女人赔了一千块钱了结此事。后来，她开着小车转过街角，只见那个夹克男和红衣女正坐在街边吃麻辣烫，两人你喂我一口，我亲你一下，显得关系不一般。她这才明白刚才这对男女是在自己面前演了一出双簧。她当时气得不行，差点就要冲上去找两人算账。

今天她在妈妈店里遇见的这个男人，乍一看有点眼熟，想了一下才明白过来，这不就是那天在大街上伙同红衣女人碰瓷她的那个男人吗？只是那天他穿着夹克衫，留着汉奸似的中分头，今天西装革履配上大背头，她一时间竟没有认出来。

她顿时就气不打一处来，问："妈，这人是谁呀？怎么在你店里？"卢艳艳往外瞧一眼："他是你妈新交的男朋友，怎么样，感觉还不错吧？他这人挺好的，对我也很不错哦！"

"妈，"朱子冉想起上次看到的这个男人跟那个红衣碰瓷女一边在街边吃麻辣烫，一面亲嘴的事，就说，"这个男人不是什么好人，你不要被人家给骗了！"

"你这丫头，怎么说话的？"卢艳艳白了她一眼，"人家怎么是骗子了？他也是住在咱们韭菜街知根知底的老熟人啊，你小的时候，他还抱过你呢，你不认得他了？"

"他是韭菜街的街坊？我小时候他还抱过我？"朱子冉不由一愣，"我怎么一点儿印象也没有？"

卢艳艳道："你那时候还小，不记得他也不奇怪，不过他女儿你一定认识吧？就是肖三妹，咱们韭菜街上的那个傻妹呀。"

"啊，他是傻妹的爸爸？"朱子冉不由张大了嘴巴，"我一直以为傻妹没有爸爸妈妈，只跟她奶奶相依为命呢！"

"傻瓜，傻妹没有爸爸妈妈，那怎么能出生呢？"卢艳艳不由得笑起来。

原来这个男人叫肖长顺，是韭菜街老街坊张群英的儿子，年轻时跟一个广西女人结婚生下了肖三妹，广西女人嫌弃女儿是个傻子，说自己命不好，天天跟丈夫吵架，有一次被肖长顺打了，一气之下离家出走，此后就再也没有回来。肖长顺也嫌脑瘫女儿是个累赘，交给自己的老娘带着，自己就在外面游手好闲地混日子，几乎不怎么着家，所以连朱子冉都不知道当年的傻妹居然还有一个这么不靠谱的老爸。

"不管他是谁的老爸，我看他都不像个好人。"朱子冉说，"妈，你可要小心点，千万别被人家给骗了。"

卢艳艳满脸不高兴地道："你妈什么人没见过，怎么会被人骗呢？告诉你，你肖叔叔年轻时确实没个正形，歪门邪道的事干了不少，不过现在年纪大了，也渐渐收心了，最近正在做大生意，我看他倒是一个蛮值得托付的踏实人呢。"

朱子冉一听她这语气，似乎是想要跟人家长相厮守的意思，就不由得着急起来："妈，你可千万别……"

"你这孩子，怎么管起大人的事来了？"卢艳艳板着脸道，"我叫你过来，是有话要交代给你，不是来听你数落我的。"

"那好吧，"朱子冉只好在她面前坐下来，摆出一副洗耳恭听的样子，"您叫我过来，到底有什么事？"

卢艳艳脸上的表情顿时丰富起来，把屁股下面的凳子往她跟前挪了挪，声音也放低下来："哎，子冉，我听说你二妈生的那个儿子，也就是你弟弟朱子豪，好像得了绝症，住进了医院，是吧？"

朱子冉看她脸上带着幸灾乐祸的表情，心里虽然有些不舒服，但还是点头说："是的，子豪最近被检查出得了急性白血病，现在正在医院化疗，我就是为了这个事情，才从省城请假赶回来的。"

"那真是太好了！"卢艳艳一拍巴掌，嘴里恨恨然道，"想当年，就因为你是个女孩子，他们朱家可没少给咱们娘俩脸色看啊，尤其是有了这个可以传宗接代的男孩之后，全家人都把他宠得像个宝贝，把你这女娃看得连根草都不如，现在想不到这个宝贝疙瘩竟然得了绝症，哼，想不到他们也会有今天！"她拉住朱子冉的手道，"我听说治白血病，必须得有人给他捐骨髓才行，而且有血缘关系的人配型成功的概率很高，他们没有让你给朱子豪捐骨髓治病吧？"

朱子冉犹豫了一下，说："我跟他做过配型，但是没有成功，所以没法给他捐骨髓。"她迟疑片刻，只说了跟弟弟没有配型成功的经过，到底还是没有把子豪最后被检查出不是朱家亲生孩子的事情说出来。

"这就对了，就算配型成功，咱们也绝不能给他捐骨髓。"

"为什么？他是我弟弟，我救他是理所应当的啊！"

卢艳艳在她手背上重重拍一下："你傻呀，朱家老头子一直把这个宝贝孙子当成他们朱家传宗接代的人，等他百年之后，朱家所有的家产都会传给朱子豪，如果他得血癌死了，那么他们家的家产，最后就只能由你这个亲孙女来继承了。"

"妈，你说到哪里去了，无论他们家人以前怎么对待咱们，可是子豪是无辜的，只要有办法，咱们肯定得救他。"朱子冉说，"再说了，咱们也不是什么大富大贵之家，老爸变成植物人现在还在医院躺着呢，就算没有这个弟弟，家里也没有多少值钱的东西留给我吧？"

"你呀，只知其一不知其二，"卢艳艳嗔怪地瞧她一眼，"你老爸只是一个小公务员，自然没什么家产，可是你爷爷就不同了。他以前可是在市里当大官的，在职的时候表面清正廉洁得很，实际上可没少捞好处，十年前纪委接到举报曾对他进行过一次调查，他暗中退了一部分贪污受贿得来的赃款，然后主动提出提前退休，才算是惊险过关。可是我知道，他贪污的钱可不止退还给人家的那一点点，我估计他手里至少还有上千万呢，据说都兑换成黄金找地方给藏起来了。如果朱子豪死了，老头子百年之后，朱家这些钱还不都得由你这个唯一的孙女来继承吗？"

朱子冉不由得皱眉道："不会吧，爷爷平时生活也蛮简朴的，看起来不像是个贪官啊！"

卢艳艳嘿嘿一笑："看不出来吧？他们家的人都是这样，从表面上看道貌岸然，实际上一肚子坏水，就拿你爸来说，当初跟我结婚的时候对我可好看呢，还发誓说这辈子绝不会再爱上第二个女人，结果怎么样？就因为我给他生了个女儿，在他妈的撺掇下，立马就跟我离婚了。我前脚刚跨出朱家大门，他后脚就给你娶了个二妈回来……"

朱子冉知道她对朱家积怨颇深，这话匣子一旦打开，后面数落起朱家的各种不是来，可就没完没了了，赶紧打住说："妈，我看你对子豪生病的事情这么上心，并不单单是为我操心吧？"

"你这孩子，我不是为你操心还为谁操心呢？"

知母莫若女，朱子冉早已看穿她的心思："说到底，还不是为了你自己的利益打算？就算爷爷真的有你说的这么有钱，就算我真的继承了家产，最后这些钱肯定都会被你忽悠走的。"

卢艳艳不由尴尬一笑："你这孩子，干吗把话说得这么难听，你有钱了，照顾照顾你亲妈，又怎么了？"

朱子冉正色道："如果我真有钱了，能帮到你的地方肯定会帮你的。但是，弟弟生病这个事情，我也不可能袖手旁观，无论如何那也是一条命。"

"我说你这孩子，怎么这么不开窍呢？以前他们家的人，尤其是你爷爷奶奶是怎么对咱们的，你又不是不知道。如果子豪这孩子活过来，那朱家的钱还有你的份吗？所以，朱子豪的事情，你千万不要瞎掺和，反正他是自己得病死的，又不是咱们谋杀的，咱们心安理得……"

朱子冉一听她越说越不像话，眉头就皱了起来，正要发火，手机又响起来，一接听，居然是奶奶打来的。她对着电话叫了一声"奶奶"，卢艳艳生怕被电话那头的人听见自己说的话，立即噤声不语。

"子冉啊，你赶紧到爷爷奶奶家来一趟，爷爷奶奶有事情要问你！"奶奶刘芹的语气显得有些焦急。

朱子冉不由一怔，忙问："是什么事？""你先过来再说！"这是爷爷在电话里的声音。朱子冉的心不由得悬了起来，不知道发生了什么事情，急忙跟妈妈道别，开着小车直奔韭菜街。

来到爷爷奶奶家，却见老两口正坐在客厅沙发上，爷爷破天荒地没有看手机，但面沉似水，两个老人都显出一副气呼呼的样子。朱子冉不由得心里发怵，问："爷爷奶奶，这么急着叫我过来有什么事吗？"

刘芹说："我跟你爷爷都很挂念子豪，想去医院看他，几回给他打电话，他都拒绝，叫我们不要过去，我们觉得很奇怪，以为他的病情加重了，于是就直接打电话给他的主治医生，那位赵医生说经过这段时间的化疗，子豪的病情已经有所缓解，但是因为一直没有找到跟他配型成功的人，所以还没有办法给他做干细胞移植。我们就说，不是说有血缘关系的人配型成功的概率很高吗？他姐姐跟他配型没有成功，可以试试他妈妈呀，他爸现在变成了一个植物人躺在医院里跟孩子做不了配型，实在不行，抽咱们老两口的血也行啊，怎么着也得把我孙子给救活吧！谁知这位赵医生却说，这孩子跟咱们朱家没有血缘关系，所以就算家里所有亲人都来做检测，也很难配型成功。啥叫跟咱们朱家没有血缘关系啊？我们当时听了很气愤，想找这个医生问个清楚明白，他却说自己很忙，挂断了电话，我们再打过去，他也不接听。我们又给你二妈打电话，她在电话里支支吾吾，也说不出个所以然来。所以，我们就给你打电话，马上叫你过来问问，这到底是怎么回事？什么叫子豪跟咱们没有血缘关系？"

朱子冉听罢，不由暗暗叫苦，她跟二妈已经商量过，本来决定暂时不要将子豪的身世告诉两位老人，却不料还是在赵医生这里露了馅。事已至此，她看到爷爷奶奶一脸"不搞清楚真相绝不罢休"的表情，深知再也没有办法隐瞒下去，于是就在爷爷奶奶面前老老实实坐下，将弟弟因白血病住院，在骨髓配型过程中发现他跟自己、爸爸和二妈都没有血缘关系的前后经过，详详细细跟两位老人说了。

朱权贵和刘芹听完，不由面面相觑。怔愣了半晌，刘芹才道："这、这怎么可能，咱们家养了二十年的孩子，居然不是咱们朱家的血脉?"朱权贵抬头看着孙女:"子男,这到底是怎么回事?是不是赵医生他们搞错了?"朱子冉摇摇头:"这是医院经过再三检测才得出的结论,绝不会错的。"

"如果子豪不是咱们家的孩子,那当年你二妈生下的那个咱们家的孩子,又到哪里去了呢?"朱权贵一拍大腿,发出哀号般的声音,"那可是咱们老朱家的孩子啊!"

"是啊,子豪明明是你二妈生的孩子,怎么又变成别人家的孩子了呢?"刘芹也道,"如果说孩子不是你爸亲生的,这个倒还好理解,可是竟然跟你二妈也没有血缘关系,那就说不通了,这孩子明明是你二妈生下来的啊!"

朱子冉道:"这个也正是我不明白的地方。目前我初步怀疑是有人把二妈生的孩子给调包了,跟弟弟同一时间段在妇幼保健院出生的还有另外二男一女三个孩子,我都已经详细调查过,通过 DNA 比对,他们都不是咱们朱家的孩子。"

朱权贵问:"所以你的意思是说,咱们家子豪不是在医院被人调包的?"

"现在看来,确实如此。"

"如果不是在医院,那就只能是在咱们家里了。"

朱子冉点了点头,但很快又摇头道:"这个我也向奶奶打听过了。弟弟在二妈坐月子的这一个月时间里,根本就没有出过门,怎么可能会被别人调包?"

"那倒也是,"朱权贵皱眉道,"我记得子豪小时候是请过保姆的,会不会是那个保姆把他抱出去跟别的孩子调换了?"

"这个我也调查过,这种可能性不大。保姆芸姑来到咱们家的时候，弟弟已经出生三个月，家里人已经记得他的模样，如果突然换上另一个孩子，立刻就会被看出来。"

刘芹道："这可就奇怪了，子豪从医院出生回家之后，就跟他妈妈一起坐月子，一个月时间都没有出过门，除了有他妈妈天天跟他在一起，还有他爸一下了班，就在家里照顾着他们娘儿俩，咱们家的子豪到底是怎么被人换成别人家孩子的呢？"

"子男啊，你一定要查清楚，看看这到底是怎么回事，一定要把我孙子给我找回来，"朱权贵痛心疾首地说，"绝不能让咱们朱家断后啊！"

朱子冉见他都这个时候了，还想着朱家传宗接代的问题，心里虽然有些不舒服，但还是点头说："爷爷奶奶你们请放心，我已经在调查了。"

从爷爷奶奶家出来，离开韭菜街的时候，朱子冉脑子里仍然在想着奶奶刚才说的那句话：子豪从医院出生回家之后，就跟他妈妈一起坐月子，除了有他妈妈天天跟他在一起，还有他爸一下了班，就在家里照顾着他们娘儿俩。

从目前她调查到的情况来看，已经排除了弟弟出生时在医院被调包的可能性，也就是说问题只能是出在他被从医院抱回家的这几天时间里，因为在家里待的时间越长，小孩子跟家里人就会越熟悉，被调包之后也就很容易被看出来，所以弟弟被调包的时间，最有可能是刚刚回到家的那几天。刚出生的婴儿乍看之下都长得差不多，如果没有明显特征，很难让人一眼认出来，这个时候如果有人将孩子悄悄替换而不被人发现，并非没有可能。而弟弟从医院抱回家后的这段日子，一直都跟二妈在一起。除此之外，陪在孩子身边时间最多的人，就只有老爸了。

朱子冉忽然心里一震，会不会老爸对弟弟被调包的事情，知道些什么呢？这个念头在心中闪过之后，她很快就摇摇头，他可是弟弟的亲生父亲，没有可能知道自己的亲生儿子被人调包，却完全没有反应的。可是，如果他和二妈都对这个事情毫不知情，那弟弟到底又是怎么样被人抱走替换掉的呢？这其中的问题，到底出在哪个环节呢？

她一手靠在车窗边撑着头，一手扶着方向盘，一面想着这些令人头疼的问题，一面开着车，等到缓过神来的时候，才发现自己已经把小车开到了东方大道。老爸所住的华济医院，就在这条路上，看来自己潜意识里还是想到这里来找老爸问问当时的情况啊。她索性加快车速，往前开了一段，在华济医院门口停好车，在护士站做好登记，就到了父亲的病房。

正有两个护士手里拿着仪器，在给老爸做身体检查。她静静地站在一边，等到两个护士忙完之后，才上前问："我爸他现在情况怎么样了？"一个护士摇头说："从现在的情况来看，还是没有要醒转过来的迹象。"

等护士离开后，她在父亲病床前坐下，轻轻握住他的手，父亲的手竟然透着些暖意，就像小时候他牵着她送她去上幼儿园，她的小手在他掌心里能感觉到无比温暖一样。爸，您到底什么时候能醒过来啊？你知道吗？在你昏睡的这段时间，家里发生了很多事情，我都快撑不住了，如果有您在，您肯定会有办法来应对这么多糟糕的事情的，对吧？

她握着父亲的手，把弟弟的事情跟他说了一遍，然后又问：

爸，子豪居然不是咱们家的孩子，我的亲弟弟在二十年前就被人调包了，咱们家养了二十年的孩子竟然是别人家的，而我弟弟现在很可能也在别人家里养着。这个事情，您知道吗？如果您知道什么，就请睁开眼睛告诉我，子豪现在还躺在医院里等着有人给他捐骨髓救命，而我却查不到他到底是谁家的孩子，无法找到他的亲人来给他捐骨髓，更无法找到我的亲弟弟。我已经去医院把跟他同时出生的几个孩子都调查了一遍，现在完全不知道下一步该怎么办了。爸，您能告诉我，这到底是怎么回事吗？或者给我一点儿指引，告诉我该朝着哪个方向去调查也行啊！爸，您听到我说话了吗？爸……

她叫了两声"爸爸"，眼泪不知不觉就流了下来，"叭叭"地滴落在父亲的手背上，泪眼蒙眬中，她忽然感觉到父亲的手指微微动了一下，她心里一跳，急忙擦擦眼睛仔细一看，才知道这只是自己的错觉，父亲的手虽然带着体温，但却并没有任何动作，整个人都睡得沉沉的，一切都显得那么平静，并没有任何改变。

她幽幽地叹口气，就那样握着父亲的手，一面跟父亲说着心里话，一面陪着他，直到下午时分，才从医院里出来。

回家的时候，刚到小区门口，发现前面停着一辆 SUV，看车牌号有些眼熟，就在旁边把车停下，放下车窗探头看一下，一个人从 SUV 的驾驶位上跳下来，招手跟她打着招呼，原来是陆笙。她不觉有些意外，道："陆笙哥，你怎么来了？"

陆笙说："上次给你弟弟开的药，我估摸着他快吃完了，我把药方调整了一下，又给他抓了几剂，正好过来这边办事，就顺道带过来了，正准备送去你家呢，没想到在这里碰见你，正好让你带回去。"他从车里拿出一大包用塑料袋装好的中药。

朱子冉下车接过后说："谢谢你了，我弟弟吃了你开的药，精神好多了，化疗产生的副作用也小了许多。"

陆笙道："其实也没什么，他主要就是气虚比较严重，我给他开了些补气养血的药，把气血补足了，身体的抵抗力也就增加了，外面的邪气无法侵袭肌体，身体情况自然就会好转……"他见朱子冉眼睛睁得大大的，忙笑道："不好意思，我这是职业病，见到谁都想科普一下中医知识。"他看看她的车，"你这是从外边回来吗？"见到朱子冉点头，他犹豫了一下，"那个……你现在有时间吗？有件事情我想跟你说一下！"

"什么事情？"朱子冉扭头看看，小区门口不远的地方有一个花坛，花坛边摆放着几张石凳，因为距离外面的街道比较远，这里也算是个安静之所了，就说，"咱们停好车，去那边坐一下吧。"两人各自将小车在路边停好，走到花坛边坐下来。

"最近你挺忙的吧？"陆笙问。朱子冉说："是啊，都是为了我弟弟的事，这段时间我都忙得像个无头苍蝇了。"陆笙沉默了一下，说："你弟弟的事情，我都听说了。"

"你都听说了？"朱子冉有些奇怪地看着他，弟弟得了白血病的事情，他不是早就已经知道了吗？

"我不是说你弟弟的病情，这个我都已经去医院给他把过脉，早就知道了。我说的是他的身世的事。我昨天碰见大胜哥，他跟我说了你弟弟子豪被检查出跟你们全家都没有血缘关系的事情。"

朱子冉不由得"哦"了一声，几天前她跟蒋大胜在手机里语音聊天时，确实跟他把弟弟小时候被莫名其妙调包，自己现在正在调查他身世的情况说了一下。她抬头看着陆笙，等着他往下说，她知道他忽然拉住自己聊天，肯定不只是想告诉她他从大胜哥那里听说了弟弟的事。

"我听大胜说，一开始你怀疑你弟弟是刚出生时在产房里被人调包的，对吧？"

朱子冉点头说："是的，但是经过这段时间的调查，这种可能性已经被排除了。从目前的情况来看，他很可能是在我们家里，在我二妈坐月子期间被人调包的。可是当时一个月时间之内，他都没有被人抱出过家门，而且还有我二妈一直守在他身边，调包事件到底是怎么发生的，我到现在都想不明白，就算想去调查，也根本不知道从何查起。"

陆笙挠挠头说："我听大胜说了你弟弟被调包的事后，晚上回到家里，忽然想起一件事情来，不知道跟你弟弟的身世有没有关系。"

"什么事情？"朱子冉问。

陆笙回忆着道："这已经是二十年前的事了，那时候咱们韭菜街 F4 刚认识不久，有一天，我们听说你们家新添了一个小弟弟，都觉得好玩，所以，等你弟弟从医院抱回家的那天，我们都跑去你家找你玩，其实是想顺便看一下你们家的小弟弟。那时候我和大胜也才五六岁年纪，正是贪玩的时候。谁知到你家的时候，你奶奶正坐在门口打麻将，知道你奶奶脾气不好，咱们都很憷她，所以也不敢进屋去叫你，只能是在你家周围溜达着，最后悄悄转到了你们家侧墙边，透过窗户往屋里偷偷瞧了一下。当时你二妈正好在那间屋里坐月子。窗户玻璃是茶色的，从外面很难

198

瞧见室内的情况。不过，这也难不倒咱们，我跑在最前面，凑近窗户玻璃用手挡住眼睛周围的光线，很容易就瞧见了屋内情形。当时你弟弟还是个小婴儿，正躺在窗户边的婴儿床上。我看了一下你弟弟，发现他脸上盖着一块小毛巾，双手双脚正不住地划动着，像是在划船一样。我当时觉得很好玩，还特意站在外面多看了一会儿，直到他手脚渐渐软下去，像是睡着了一般躺在婴儿床上不动了，才跑开了。"

朱子冉奇道："我弟弟脸上怎么会盖着毛巾呢？难道是我二妈怕他睡不着，所以用毛巾为他挡住外面的光线？"陆笙点了点头，但很快又摇头说："我当时也是这么以为，所以也没往心里去，但是现在想来，总觉得在刚刚出生的婴儿脸上盖上毛巾，还是有些怪怪的，而且……"

"而且什么？"

"而且我当时能感觉到，那毛巾应该是湿的，好像还从毛巾角边滴着水珠呢。"陆笙闭上眼睛，像是在使劲回忆当时的情景，他很快就睁开了眼睛，"对，我可以肯定，那是一块正往下滴着水珠的湿毛巾！"

朱子冉不由吓了一跳："你真的确认我弟弟当时脸上盖的是一块湿毛巾？"

"我可以确定！"

朱子冉蓦地站起身，脸上带着不可思议的表情："即便是成年人，睡觉时脸上盖着一块湿毛巾，也很容易窒息，就更别说刚刚出生的婴儿了。"

"是的，现在想来当时你弟弟手脚并用乱蹬乱踢，并不是在划船，而像是在……拼命挣扎。因为孩子那么小，根本没有能力把毛巾从自己脸上拿开，所以只能发出这种毫无意义的挣扎。"

朱子冉看着他，他脸上显出少有的沉重表情，她很快就明白他心里隐藏的想法："你的意思是说，我弟弟很可能当时就被这条湿毛巾给捂死了？"

陆笙点头："我觉得不能排除这种可能。"

"当时屋里还有其他人吗？"

"除了你弟弟，还有你二妈，她当时就躺在旁边的床铺上。不过因为床铺是靠墙摆放的，我只能看见她躺在那里，但看不见她上半身，所以她当时是睡着了，还是躺在床上在干其他事情，我并不知道。"

"除了你，还有其他人看到这个情景吗？"

陆笙想了一下说："当时我是跟大胜还有夏米他们一起去的，只不过我跑在最前面，所以先看到了这个，后来我很快又掉头跑开，到别处玩耍去了，至于他们跟在后面有没有看到这些，我就不知道了。"

"不对呀，"朱子冉在花坛边来回踱了几步，很快又对陆笙刚才的推断提出了疑问，"如果我弟弟当时真的出了事，家里人肯定会将他送医抢救的，我怎么从来没有听我二妈和我奶奶说起过这个事情呢？"

"那时候你应该有四岁了吧？"陆笙看着她问，"难道你自己对当天家里发生的事情没有印象吗？"

朱子冉摇头道："我这人懂事比较迟，现在回想起来，四五岁之前发生的事情，基本上都已经没有任何记忆了。不行，这事我得问一下我奶奶！"她掏出手机，给奶奶打了个电话，问她弟弟出生后抱回家的那天，有没有因为身体不舒服，或者什么突发情况，送到医院去看过医生？奶奶在电话里说："没有啊，这孩子一直挺健康的，月子里并没有去看过医生。只不过你二妈可就没这么省心了，那几天她突然犯了产后抑郁症，可把你爸折腾得够呛。"

奶奶这句不经意的话，就像一只无形的手，轻轻将一直萦绕在朱子冉心间的那团迷雾拨开，让她看到事情的真相已经隐约浮现出来。

"谢谢啦，陆笙哥，你告诉我的这件事，对于我来说十分重要！"她向陆笙道了谢，显然陆笙心里也是疑窦丛生，还想问她一些什么，但她心里已经有了些想法，需要立即回去一一证实，没待多言，就向他匆匆告别，开着自己的小车，进入了小区。

她回到家时，孟玉文正系着围裙，在厨房里忙碌着。

一直以来，孟玉文饱受抑郁症的折磨，身体状况本就不好，这段时间为了儿子的事情上下奔忙，更是累得身体发虚，强撑到今天早上，终于病倒了，不得不在家卧床休息。朱子冉走进家门，就闻到了一股香浓的鸡汤味儿，看起来二妈的身体似乎已经恢复过来，正在厨房里炖乌鸡汤，准备晚上给子豪送过去。虽然孟玉文已经知道躺在医院病床上的这个孩子，并不是自己的亲生儿子，但毕竟养育了二十年，实在难以忍心弃之不顾，所以，仍然一直尽心尽力地照顾着他，与之前并无两样。倒也真是难为她了！

朱子冉站在厨房门口，看着二妈带病忙碌的背影，虽然有些

201

心中不忍，但是为了追查二十年前弟弟被调包的真相，还是不得不狠下心来，按照自己既定的计划行事。

她拿来一块毛巾，打湿之后，躺倒在客厅沙发上，将湿淋淋的毛巾覆盖在脸上，然后手足乱舞，全身抽动，作出窒息濒死之状。孟玉文在厨房听见响动，出来一看，惊得咣当一声，手里拿着的一只准备用来盛鸡汤的碗掉到地上，摔得粉碎。

她尖叫一声，猛地扑到沙发前，将朱子冉脸上的湿毛巾拿开，用手轻轻试一下她的鼻息。朱子冉憋着一口气没有呼出来。孟玉文脸色煞白，精神恍惚了一下，就扑到她身上绝望地哭喊起来："儿子，怎么会这样？你不能死，你才刚刚来到这个世界，怎么就丢下妈妈走了呢？都怪妈妈不好！儿子，快醒醒，你不能死……我不能让你死，我不能让你死……"

她突然俯下身来，似乎是想给朱子冉做人工呼吸。朱子冉一口气再也憋不住，只得吐出来，眼睛也随即睁开，叫了一声"二妈"，从沙发上坐起来。孟玉文显然还没有从刚才的惊吓中清醒过来，见她死而复生，先是惊退一步，随即又冲上前去，一把将她抱住，两只瘦小的胳膊竟然异常有力，几乎要将朱子冉勒晕过去："儿子，原来你没死，你是在吓唬妈妈，原来你没死，你是在吓唬妈妈……"她顿时破涕为笑，已经完全认不出怀里抱着的是朱子冉还是朱子豪。

朱子冉没有挣扎，也没有再说话，任由她抱着，心却渐渐往下沉去，经过刚刚这个小试验，她想知道的事情已经有了答案。

二十年前，弟弟在医院出生，回到家后，跟二妈孟玉文一起坐月子。可是，就在从医院回家的第一天，二妈产后抑郁症突然

202

病发，整个人都处在一种精神恍惚的状态，看到弟弟睡在窗户边的婴儿床里，为了给他挡住光线让他睡得安稳，顺手将一块毛巾盖在了他脸上，却全然没有觉察到那是一块湿毛巾。也正是这块湿毛巾，竟然将还是婴儿的弟弟给活生生捂死了。

"二妈，你醒醒，我不是子豪，我是子冉啊！"朱子冉从二妈怀里挣脱出来。

"你是子冉？"孟玉文呆怔地看着她，目光显得有些迷离。朱子冉点头说："对，我是子冉。"

孟玉文摸着她的脸，仔细端详了半天，才点头道："哦，对，你是子冉。那我儿子呢，我的子豪呢？"朱子冉说："子豪他生病了，现在在医院住院呢。"孟玉文又点头说："哦，原来在医院里啊，他没事就好。"她捂着自己的头说，"子冉啊，我头痛得很，要去睡一下，灶上炖着给你弟弟熬的鸡汤，你帮我看一下。"没等朱子冉回答，她就一边揉着自己的额头，一边走进卧室，"砰"一声关上了房门。

朱子冉知道她这个时候神思并不清醒，此时想找她打听二十年前弟弟出事时的详情，显然是不太可能了。不过，即便她不说，她也能将当天发生的事情推测出一个大概来。

那一天，直到爸爸下班回家，到二妈房里探看孩子时，才发现异常，而这个时候婴儿已经被湿毛巾捂得窒息身亡，甚至身体都已经凉了。再看看与孩子同处一室的二妈，精神恍惚，举止异常，他很快就明白过来，是妻子犯病失手将孩子给捂死了。发生这样的事情，正常情况下，爸爸应该立即将婴儿送院抢救才对，但这个时候孩子的尸体都已经凉了，就算神仙下凡也救他不活

203

了。老爸在最初的惊恐过去之后，不得不作出更长远的打算。

因为爷爷奶奶一直都不喜欢二妈，一心想让老爸娶那个副书记的女儿，还跟老爸约法三章，如果二妈没有生下一个可以为朱家传宗接代的儿子，就立即让老爸离婚另娶。老爸好不容易才突破重重障碍跟二妈在一起，这时候孩子突然夭折，此事一旦被爷爷奶奶知晓，二妈在朱家自然就再也没有容身之地，老爸也很可能要被父母逼着去娶那个自己并不喜欢的副书记的女儿。所以为了能跟二妈在一起，为了兑现两人对爱的承诺，老爸决定将孩子夭折的事情隐瞒下来。他很快就将死掉的婴儿悄悄带出去，从外面另换了一个新生儿抱回家。都说婴儿刚出生的时候都长得差不多，加上二妈这时候又正犯癔症，所以，孩子被调换了，却完全没有人看出来。

朱子冉想到这里，连自己都被自己这大胆的推理吓了一跳。重新细想一遍，再结合二十年后的今天突然发现弟弟朱子豪并非朱家亲生的孩子这件事，还是觉得这个推测虽然有些离奇，但也并没有什么突兀之处。

但是，现在还有一个很大的问题，就算老爸悄悄将死去的婴儿抱了出去，他又是怎么能很快就找到另外的孩子抱回家的呢？为人父母者，谁会愿意用一个死孩子，换走自己的亲生骨肉呢？

这个时候，朱子冉脑海里又跳出一个人来，对，就是妇幼保健院的梅金婷梅医生。她既是老爸关系要好的老同学，又是妇产科医生，每天都要在产房里接生很多孩子，如果老爸想很快换回一个健康的孩子，只有去找她帮忙才能做到。很显然，正是在这位梅医生的暗箱操作下，老爸当天就用死去的婴孩从产房里换回了一个刚刚出生的男婴。然后老爸又请假在家照顾二妈和孩子好长一段时间，直到一切风平浪静地过去，连从产后抑郁症中好转过来的二妈都没有看出破绽，他才放下心来。

但是，二妈为什么会对当天的事情毫不知情，或者说完全没有印象呢？唯一合理的解释只能是，她当时的产后抑郁症已经非常严重，发病时自己说过些什么话做过些什么事，在病愈之后，已经完全不记得。只有当朱子冉用这种情景再现的特殊方式来试探她时，才唤醒了她那段已经被深埋的记忆。

自己一直以为弟弟是出生时在医院产房被调包的，所以围绕当天在同一间产房出生的几个孩子去调查，自然不会有任何结果。如果自己刚才那一番推理没有错，那么孩子被调包的时间，并不是弟弟出生当日，而是他出生后的第四天，因为他跟二妈一起在医院产科病房住院三天后，直到第四天才被从医院接回家。也就是说，自己应该去医院调查弟弟出生之后第四天出生的那些孩子的情况，才有可能找到这个婴儿调包事件的蛛丝马迹。

她推算了一下日期，弟弟出生的时间是二十年前的 11 月 21 日，出生之后的第四天，也即 11 月 25 日。想到这里，她立即从手机里翻出梅金婷的电话，打了过去，说："梅姨，上次去医院查看档案，真是麻烦您了。现在我还想去看一下我弟弟出院时的档案，您看行吗？"她生怕引起梅金婷的警觉，所以只说要去医院看一下弟弟出院时的档案，并没有言及其他。当然，如果进入档案室之后，根据她上次的经验，想要查阅当天其他产妇在医院生孩子的情况，也就不是什么难事了。

出乎她意料的是，梅金婷竟然一口应承："行啊，不过，我现在在北京开一个学术会议，估计很快就可以回光明市了，等我回去给病案室打声招呼，你再过去查吧。"

朱子冉说："好的，那就多谢了，我等您的电话！"

第十二章

白骨命案

在韭菜街的街尾，有一个电力公司修建的二百二十千伏公用开关站，占地约有二十多平方米，已经投入使用十来年，最近因为供电部门对电网进行重新规划，这个公用开关站要进行拆迁，施工队很快就把整个开关站都用铁马围了起来。

地面建筑拆除之后，挖土机又开始挖掘地下设施。这天上午，一台挖土机从开关站基座下面的泥土中挖出了几根白骨，司机是个年轻小伙子，一开始以为是动物骨头，也没有往心里去，直到后来突然从挖斗里滚出一个骷髅头来，才知道是挖到了人体尸骨，这才停了工，慌忙打电话报警。

接到警情后，最先赶到现场的是辖区派出所民警，紧接着又有两辆市局的警车呼啸着开进了韭菜街，市公安局刑警大队探长毛乂宁带着徒弟邓钊，还有法医等技侦人员，也赶到了事发现场。

毛乂宁看了一下，地上已经被挖土机挖出一个两二米深的大坑，旁边还有几个水泥基座，现场堆满了泥巴石块和水泥疙瘩，显得一片狼藉。几根白骨散落在挖土机前，一个骷髅头正龇着牙对着他，看起来有点触目惊心。

法医姜一尺上前查看一下，证实这些确实是人体骨骼，然后就带着助手小萌一起跳进泥坑，手持小铁铲，将掩埋在泥坑深处的其他骨头一根一根清理出来。

邓钊则跟派出所民警一起，在工地周围拉起了警戒线，将闻讯赶来看热闹的街坊群众挡在十几米开外。

姜一尺将从泥坑里挖出的人骨拣出来，很快就在地上拼出一个完整的人体形象。毛乂宁凑过去问："老姜，怎么样，能看出有什么可疑吗？"

姜一尺摇摇头说："太具体的情况，目前还不清楚。我只能推测出，这应该是一具女性骸骨，身高大约一米五左右，是一个未成年人，年龄肯定没有超过十八岁，看她左腿胫骨有点弯曲，很明显左腿是有残疾的，走路应该不是很利索。"

毛乂宁点了点头："能看出死亡时间有多久了吗？"姜一尺皱眉道："这都已经完全白骨化了，短时间内很难推测出准确的死亡时间，我估摸着至少也有十年左右的时间了吧。更准确的数据，得等我把尸骨拉回去检测之后，才能给你们。"

"那行，你忙你的，我再到周围转一下。"

姜一尺朝他做了一个 OK 的手势，又跟几个技侦员一起跳进泥坑，想要寻找除了尸骨以外的线索。毛乂宁蹲在地上，对着用一根根骨头拼起来的人形轮廓，也瞧不出什么来，就起身到周围转了一下。

这里处在小街最尾端，略略显得有些偏僻，地上有被挖土机挖出的公用开关站的四四方方的痕迹，旁边有一排柳树，已经长得十分高大，正好将这个开关站与旁边的居民楼隔开。毛乂宁找旁边围观的群众问了一下，得知这一处电力设施是十年前建的，建成之前这里是一个被柳树团团围住的小湖。他又问当年建这个开关站的时候，工地上可有发生过什么奇怪的事情，大家都摇头说没听说过有什么奇怪的事情发生呀。

毛乂宁见打听不出什么线索，只好作罢。邓钊凑过来问："师父，这事您怎么看？"

毛乂宁背着双手站在柳树下，瞧着他反问道："你觉得呢？"

邓钊说："其实，建筑工地上挖出尸骨并不少见，我在想会不会这里之前是个坟地，有人死后被埋在这里，然后地上又建起开关站，现在拆掉这个开关站的时候，因为挖土机挖得太深，正好把尸体给翻出来了。"

毛乂宁说："刚到现场时，我也是这么怀疑的，但刚才打听过，十年前这里其实是一个小湖，后来才被人填起来建了这个开关站。你觉得会有人把自己亲人的尸体掩埋在湖底吗？"

"这倒不会。难道这具尸体是在开关站建好之后，再埋进来的？"

"这就更不可能了。尸骨发现的地点，正处在开关站下面。开关站建好后，地面已经铺了厚厚一层水泥，除非把挖土机开进来拆掉整个开关站，否则根本没有办法把尸体埋在开关站底下。"

邓钊不由睁大了眼睛："尸体既不是在建这个开关站之前埋进地底下的，也不是建成之后埋进去的，那您的意思，难道是说这具尸体是在建这个开关站时，被人借机埋进地基下的？"

毛乂宁回头往白骨尸骸那边看了一眼，点点头道："尸体就埋在开关站下面一处电力设施的水泥基座旁边，目前咱们也只能往这个方向推测了。"

"这也太不可思议了吧？当初建开关站的时候，竟然有人顺便把一具少女尸体给埋了进去，如果不是现在拆迁，这个秘密可就永远被埋在地底下了！"

"这个事情确实有点蹊跷。"毛乂宁皱眉道，"现在有两个问题急需搞清楚，第一，这具骸骨的身份，第二是当时建这个开关站时的一些具体情况。我看这样吧，咱俩分一下工，你先到附近走访一下，问问看十年前这一带有没有什么未成年女性突然失踪，老姜说这女孩左腿有点残疾，特征还是很明显的，她的身份应该不难打听出来。我这边看能不能找到电力公司当年负责这个开关站建设项目的员工了解一下情况。"

"行，我到这附近转一下，就当是故地重游了。"邓钊说完这句话，一抬头看见师父正不解地盯着他瞧，就忙笑着解释说，"我高中时就在这附近的玉德中学念书，当时我们班上有个女生住在韭菜街，有一次她生病了，老师让我和另一个女生用自行车把她送回家，后来又因为她的关系，我到这条街上来过几次，也算是对这一带有点熟悉了。"

毛乂宁"哦"了一声，说："那你赶紧去吧，有什么消息随时向我汇报。"等邓钊离开后，他又掏出手机，给电力公司打了个电话，接听电话的办公室人员辗转问了好几个人，才帮他打听清楚，当年韭菜街这个公用开关站基建项目的具体负责人名叫周斌，现在已经是下面一个镇供电所的所长了。

毛乂宁就把这个开关站拆迁工地挖出女尸的案情简单说了，然后说想找这个周斌了解一下十年前这个开关站建设时的一些情况，不知道要怎么样才能联系上他？对方说："周所长今天正好在公司开会，要不您在韭菜街等一会儿，我给他打电话，让他过去找您。"

"那就太好了！"毛乂宁连声道谢。挂断电话后，在现场等了二十多分钟，就见一辆印着"供电"字样的黄色皮卡车沿着韭菜街开了过来，从车上走下来一个中年男人，身形矮胖，脸膛紫黑，一眼就能看出是经常出外勤晒黑的。

他迎上去问："是周斌周所长吗？"对方点了点头，伸手跟他握了一下："是的。我刚才在公司开会，听说有警察在这边找我，所以就赶紧赶过来了。"他一边说话，一边朝拆迁工地上张望着，"怎么，这边出什么事了吗？"

毛乂宁说："是这样的，有人在这个工地上挖出了一具骸骨，我们看了一下，怀疑是十年前建这个开关站时埋进地里去的，所以想找当时的工地负责人问下情况。"

"挖出了一具骸骨？"周斌很快就看见了摆在地上的那具人形尸骨，不由吓了一跳，"就、就是挖出了一具尸体的意思吗？"

"也可以这么说，只是这具尸体在开关站下面埋得太久，早已经白骨化，所以现在挖出来的只是一具骸骨。"毛乂宁拉着他在旁边找了一个石墩坐下，"能给我们说说当年建这个开关站时的情况吗？"

周斌又往工地上看了两眼，点头说："好的。这个开关站是十年前建的，当时这里还是一个小湖，后来，我们把湖里的水抽开，往湖底挖了几米深，将里面的淤泥全部清理干净，然后再做硬底化。大概是那年春节刚过不久吧，二三月份就开始填湖了，然后又用了两个多月时间，到夏天的时候，才完全把这个开关站建设好。"

"当时，你一直在工地上吗？"

"是的，我被公司安排负责监督这个项目的工程质量，基本上从开工到结束，我都一直待在这里。"

"在施工过程中，工地上可有什么异常的事情发生？"

周斌皱了一下眉头说："这个倒没有，施工一直很顺利啊，再说这是一具人尸，不是什么小猫小狗的尸体，如果真有人在咱们施工过程中将这个埋在地底下，我肯定能看见的，就算我一时大意没看到，工地上那么多人，也很难不被其他人发现。"

毛乂宁见他的情绪有点激动，忙安抚他道："周所，你误会了，我们警方并没有怀疑你，或者说怀疑当时工地上某个人的意思，我们只是想了解一下当时工地上的一些情况。"

周斌这才松下一口气来。

毛乂宁又问："白天你一直守在施工现场，那晚上呢？晚上工地上有人守夜吗？"

周斌摇摇头道："这个倒没有。工地上的建材和电力设备，都堆放在旁边的活动板房里，晚上将门锁上就行了，工地上只停着几台工程车，也不怕有人来偷，所以就没有安排人员守夜。"

"当时，工地上应该也没有围栏之类的东西吧？"毛乂宁见对方点头，于是又问，"如果夜里有人偷偷把一具尸体扛到工地上埋起来，应该不是什么难事，对吧？"

周斌点头道："这倒是有可能。"

"除了夜里工地上没有人之外，其他时间工地上都一直有人驻守吗？"

周斌点了点头，但很快又摇一下头："这倒也不一定，因为施工期间停过两次工，一次是因为下大雨，停了两天时间，还有一次是浇注水泥基座……"他用手指一指泥坑里那几个数米高的水泥墩子，"就是这几个电力配套设施，因为要让浇注的水泥完全干透才能在此基础上进行下一道工序，所以浇注完水泥后整个工地都停工了一天。"

毛乂宁又问了一些其他情况，因为时间久远，有些事情周斌实在不太记得，能记起来的，都一一作答。毛乂宁见问不出什么具体线索，只好记下他的联系电话后，让他离开了。

这时候，法医姜一尺已经勘查完现场，烟瘾上来了，正站在一边抽烟，毛乂宁走了过去，隔着一团烟圈问他："怎么样，老姜，有什么线索吗？"姜一尺摇头说："现在只发现了死者的尸骨，再没有其他任何东西。"毛乂宁听罢点点头，这也算是意料中的事了，毕竟已经过去十年时间，尸体都变成了白骨，就算有其他痕迹也早已化为乌有。

"能看出死因吗？正常死亡，或者非正常死亡？"他用下巴朝骸骨那边指一下。

姜一尺朝他翻翻眼睛："你以为我是神仙啊，对着一堆白骨就能判断出她的死因？不过，从现场情况来看，非正常死亡的可能性比较大。"

"为什么这么说？"

"很简单啊，如果是正常死亡，谁家会把自己孩子的尸体悄悄埋在一个在建的电力开关站下面？这个举动本身就已经不正常啊！"

"确是如此。"毛乂宁点头说，"我已经问过周围群众，大家都不知道有人埋在这里。如此看来，此事大有可疑啊！"

姜一尺抽完一根烟，把烟屁股丢到地上踩灭，拍拍他的肩膀道："看来你们又有得忙了！"

"没办法，我生来就是一个劳碌命！"毛乂宁一脸苦相地叹口气。"师父，"这时邓钊忽然从人群外使劲钻进来，有些兴奋地说，"我查到死者的身份了！"毛乂宁感到有些意外："这么快？"

"是啊，"邓钊喘口气说，"因为姜法医说了，死者是一名未成年少女，且左腿残疾，特征已经十分明显，再加上死亡时间又基本确定在了十年前，所以打听起来，也算是有的放矢，自然事半功倍。我沿着这条韭菜街一路走访过去，很快就打听到有一名失踪者的情况，跟刚才姜法医对死者作出的推测高度吻合。"

"这名失踪者是谁？"

"肖三妹！"邓钊说，"也就是住在韭菜街的老街坊张群英的孙女儿！"

"哦？"毛乂宁看着他，示意他继续往下说。

"情况是这样的，张群英有一个儿子叫肖长顺，肖长顺生了个女儿叫肖三妹，肖三妹是个脑瘫儿，不但智力低下，而且左腿有点残疾，走路的时候稍微有点瘸。肖三妹的妈妈是广西人，本就嫌弃女儿是个傻子，后来跟丈夫吵架离家出走也没有回来。肖长顺长期在外鬼混很少着家，所以，这个肖三妹就跟奶奶一起住在韭菜街相依为命。十年前的夏天，那时肖三妹正好十五岁，有一天跑去外面玩，一晚上都没有回家，第二天张群英求人到处寻找，也没有找到，后来有人悄悄告诉她说，肖三妹失踪当晚自己看见蒋大胜把肖三妹推进路边一辆面包车拉走了。这个蒋大胜，正是韭菜街出了名的小混混。张群英立即报警。警方找到蒋大胜，他很快就承认是自己把肖三妹卖给了人贩子，但是因为他跟人贩子之间是一手交人一手给钱，并没有留下人贩子的任何联系方式，所以尽管这个蒋大胜最后因为犯下拐卖妇女儿童罪被判刑七年，但这个失踪的十五岁脑瘫少女肖三妹却一直没有找回来。"

毛乂宁有些疑惑："既然这个肖三妹已经被人贩子拐走，那又怎么会……"

"我觉得事情没有这么简单。"邓钊意味深长地道，"我听说事发当时，蒋大胜跟派出所民警一接触，很快就承认是自己拐卖了肖三妹，而且后来被判了几年刑，却一点怨言也没有……"

毛乂宁很快就明白了他的想法："你的意思是说，其实真相是当年蒋大胜拐卖肖三妹不成，最后怕事情败露，干脆将肖三妹给杀死，并且把肖三妹的尸体悄悄埋在了在建的电力开关站下面，对吧？"

"是的，这小子当年才十六岁，是这一带有名的小混混，要不然，他怎么会那么爽快地在警察面前承认拐卖肖三妹这件事呢？因为他知道拐卖罪比杀人罪要轻得多，最多坐几年牢就能出来，要是警方深入调查，最后查出他杀了肖三妹，那可就不是坐几年牢这么简单了。"

"你的怀疑确实有些道理。"毛乂宁点头道，"现在能找到肖三妹的家里人吗？"

邓钊说："我在韭菜街找到了她奶奶张群英，她就在外面。"他转身抬起警戒线，从场外带进来一个白发老婆婆。

毛乂宁见到张群英看着现场那堆白骨浑身直打战，怕她出什么意外，忙叫人拿过来一把凳子，请她在树荫下坐下，等她平静下来之后，才向她问了十年前她孙女肖三妹失踪时的情况，大致上跟邓钊刚才汇报的差不多。只是说到拐卖孙女的人贩子蒋大胜时，老人的情绪又突然激动起来，骂道："这个畜生，拐卖了我

216

孙女，不，是害死了我孙女，坐了牢出来，居然又大摇大摆回到咱们韭菜街开起了餐馆，每次我从街口走过，心里就一阵一阵地痛，我说他当年怎么死也不肯交代我孙女的下落，原来是我们家三妹已经遭了他的毒手……三妹啊，你死得好惨啊……"说到伤心处，她就扯着衣角抹起眼泪来。

邓钊在旁边有些按捺不住，搓着手说："师父，既然那个人贩子蒋大胜已经坐完牢，又回到了韭菜街，那就好办了，咱们直接上门把他拘起来，我相信只要咱们审一审，他肯定就会招了。"

"事情哪有那么简单，你确认过这具骸骨就是十年前被拐的肖三妹吗？"

"这倒没有。"邓钊搔搔头，"那怎么办？"

毛乂宁想了一下，转头问张群英："你儿子肖长顺，也就是肖三妹的父亲，现在还在咱们光明市吧？"张群英点头道："在的，只是他一直在外面混着，很少回韭菜街。"

"只要还在咱们市里就好办。"毛乂宁交代徒弟道，"你先想办法找到这个肖长顺，提取他身上的 DNA 样本，跟这具骸骨做个 DNA 比对，如果确认死者就是他女儿肖三妹，那时咱们再对蒋大胜采取进一步行动。"

"不用先将那个蒋大胜拘起来吗？"邓钊有些担心地道，"万一他听到风声，提前逃走了怎么办？"

毛乂宁皱眉道："你说得也对，可是，咱们不能仅凭一个猜疑就把人家抓起来啊。要不这样吧，他不是在街口开餐馆吗，咱们派人暗中盯一下，以防他闻风逃跑。下一步该如何行动，咱们等明天鉴定结果出来再做决定。"

"好的！"邓钊这才领命而去。

这时法医姜一尺已经将地上的骸骨收拾好，用法医车拉回去，准备做进一步检验。痕检人员在现场忙了好久，也没有发现什么有用的线索。

现场勘查结束，离开韭菜街时，毛乂宁特意在街口放慢车速看了一下，只见路边果然开着一家餐馆。邓钊指着"大圣餐馆"的大门说："我已经打听过，那个拐卖肖三妹的蒋大胜就是这家餐馆的老板。"毛乂宁点头说："回头叫两名兄弟过来暗中盯一下，如果蒋大胜有什么风吹草动，咱们就先将他拘起来再说。"

第二天中午的时候，DNA 比对结果出来了，证实在韭菜街电力开关站下面挖出的那具少女骸骨，就是肖长顺的女儿肖三妹。

邓钊显得有些兴奋，说："师父，我没说错吧，尸体果然就是十年前失踪的被拐少女肖三妹，凶手自然也就是那个蒋大胜了。咱们赶紧抓人去吧！"毛乂宁道："咱们不是有两个同事已经在他餐馆外面蹲守着了吗？你再过去一下，跟他们俩一起将蒋大胜带过来。"

邓钊一挺胸脯道："是，我这就过去！"

没过多久，他就跟两名刑警大队的同事一起，把上了手铐的蒋大胜带到了市局。

审讯工作旋即展开。

毛乂宁直接问："知道我们为什么把你带到公安局来吗？"

毕竟已经是二进宫了，蒋大胜坐在审讯椅上，神态坦然，并没有多少惊惶之色："知道，就是为了肖三妹的事嘛。我昨天一听说有人在电力开关站下面挖出了她的尸体，就知道纸包不住火，你们终究还是会找上我的。"

"你倒还有些自知之明嘛！"毛乂宁盯着他道，"这么说来，你是承认自己在十年前杀害了肖三妹，是吧？"

"是的，我承认，"蒋大胜低下头去，"她是我杀的，也是我亲手埋掉的！"

毛乂宁看看旁边的邓钊，邓钊正低头在笔记本电脑上认真地做着审讯记录。他端起茶杯喝口水，见蒋大胜说完这一句之后又没有了下文，就放下杯子说："既然这样，那咱们就别藏着掖着了，都说出来吧，十年前，你到底是怎么杀害肖三妹的？"

"这个还用得着我说吗？"蒋大胜抬头看他一眼，冷笑道，"你们把我抓到这里，不就证明警察已经什么都知道了吗？"

"我们什么都知道，和你自己说出来，那是两码事。"

"那好吧，其实十年前发生的事情，跟你们想象的差不多。"蒋大胜叹了口气，就将自己十年前的作案经过说了一遍。

十年前，他才十六岁，已经在韭菜街一带混出了些名声。那段时间因为手头有点紧，就想着怎么能挣点快钱，正好刚认识了一个做人口买卖的大哥，于是就寻思着怎么样拐骗个人出来卖给他挣点钱花。可是正常人都不容易上他的当，想来想去，最后只好朝韭菜街上的傻妹下手了。

那天晚上，他以给肖三妹买肉包吃为由，将她骗到外面的东郊大道，把她推上了人贩子的面包车。本来他以为自己发了笔横财，谁知高兴劲儿还没过，那个大哥的面包车又掉头开了回来，原来他们很快就发现肖三妹是个傻子，卖不上好价钱，觉得蒋大胜骗了他们，所以立即回头退货，把肖三妹还给蒋大胜，将刚刚付给他的那笔钱又要了回去。

蒋大胜忙活半天，一分钱没赚到，不由得暗叫倒霉。然而更棘手的是，肖三妹虽然是个弱智少女，却也已经意识到这个经常带自己出去玩的大胜哥想要将自己卖给坏人，就哭闹着要回去告诉奶奶。

蒋大胜自然知道她奶奶是韭菜街上出了名的难缠的妇女，如果被她知道他曾想把肖三妹骗去卖给人贩子，肯定没有他的好果子吃。心里正想着怎么在张群英面前把这个事情交代过去，不想肖三妹哭闹的声音越来越大，怎么也安抚不了，他生怕被别人听到生出疑心，情急之下就用手死死捂住她的嘴巴，让她发不出声音。过了一会儿，他见肖三妹消停下来，放开手才发现自己刚才惊慌之下用力过猛，竟然将她嘴巴鼻子同时捂住了，这时松开手，肖三妹就整个人都瘫软在了地上。他突然意识到什么，伸手轻轻探一下她的鼻息，这才发现她已经被自己捂死了。

蒋大胜吓得直哆嗦，将她的尸体丢弃在路边草丛里，掉头就跑。后来一想，将尸体丢弃在路边很快就会被人发现，要想掩盖住自己的罪行，必须得把她埋起来才行。可是，把尸体埋在哪里好呢？他忽然想起韭菜街上在建的那个电力开关站，当时正在打地基，如果将肖三妹的尸体埋进地基下，等以后在上面铺上水泥，建起开关站，她的尸体就会永远埋在地底下不会被人发现了。于是，他又跑回家找了个大行李箱，将肖三妹的尸体蜷缩着装进箱子里，放在自己那辆无牌摩托车后座上，一路开到韭菜街街尾。

这时已经快到半夜时分，街上一个人都没有。他在电力开关站的地基上挖了个深坑，把肖三妹的尸体埋进去，再将地面踏平，直到完全看不出泥土有被人翻动过的痕迹，才开着摩托车离开。后来发生的事情，就跟他推想的完全一样，建筑工人根本没有发现工地上有什么异样，直接在地面上填上土渣，夯实地基，然后再铺上水泥，盖上房子，建起了开关站。地底下埋着的那具尸体，再也没有人翻出来。

蒋大胜原本以为自己这一切做得神不知鬼不觉，张群英后来请人帮忙寻找失踪孙女的时候，他还充当好人，混在人群里卖力地四处查找肖三妹的下落。可是没过两三天，就有人向警方举报说亲眼看见肖三妹在失踪当晚被蒋大胜推上了停在东郊大道上的一辆面包车，怀疑是蒋大胜将肖三妹卖给了外面的人贩子。

派出所的民警很快就找到蒋大胜，调查他将肖三妹推进人贩子面包车的事。他怕警方深入调查下去，会将他杀人埋尸的事情牵扯出来，所以干脆避重就轻，爽快地承认了自己将肖三妹拐卖给了人贩子的事，但却在警方面前撒谎说自己跟开面包车的人贩子并不熟悉，也没有他们的联系方式，所以就算抓到他，他也没有办法将肖三妹从人贩子手中追回来。

警方无奈之下，只好以拐卖妇女儿童罪草草结案。蒋大胜老老实实坐了几年牢之后就被放了出来。他原本以为这件事就这么过去了，所以后来就算肖三妹的奶奶经常到他餐馆门口闹事，他也一直隐忍着，既不敢朝老人动手，更不敢报警，生怕事情闹大引起警方的注意，对他重新展开调查，将当年他杀人埋尸的旧案翻出来。

但是，让蒋大胜做梦也没有想到的是，事情过去十年之后，韭菜街那个电力开关站突然要拆迁，施工队在地基下挖出了肖三妹的白骨。他知道自己这下真的完了，当年杀人埋尸的事情再也瞒不住了，他本想连夜逃走，可是却发现在餐馆对面蹲守着两个陌生人，估计是警察已经暗中盯上了他。他就知道，自己这一次再也逃不掉了……

　　说到最后这一句，蒋大胜用力抽一下鼻子，尽管身子仍然僵直地坐在审讯椅上，但头却低了下去，脸上现出万念俱灰的表情。毛乂宁见他主动招供，也暗暗松了一口气，毕竟已经是十年前的案子，如果他抵死不认，那对于警方来说也是一件很棘手的事情。

　　他又补充问了几个问题，然后让邓钊将审讯记录打印出来，给蒋大胜看过，没有异议，才让他在后面签名确认。

　　韭菜街白骨案，就此告破！

第十三章

痛苦记忆

"盖上去，盖上去，不要怕，对，就像这样盖上去，快去快去……"一个声音在耳边催促着朱子冉。她犹犹豫豫不敢往前走，有人在背后重重推她一把，她站立不稳，向前一个趔趄，"扑通"一声摔倒在地上。眼前顿时一片黑暗，什么也看不见。

她跌跌撞撞爬起身，却突然看见面前站着一个人，手里举着一把明晃晃的剪刀，似乎就要朝她扎下来。她吓得"啊"的一声，猛地睁开眼睛，从床上翻身坐起，原来又做噩梦了，一摸身上，已经惊出一身冷汗。

这时天已大亮，抬头看时，只见自己卧室的门不知什么时候已经打开，床前站着一个人，穿着睡衣，披头散发，看不清面目。"谁？"她吓得往床里边滚去。"嘘——"那人竖起一根手指放在唇边，朝她做了一个噤声的手势。

朱子冉定睛一看，才发现这人原来是她二妈孟玉文。孟玉文怀里抱着一个枕头，一副小心翼翼的样子。

"二妈，你干什么？吓我一跳！"朱子冉说。孟玉文又朝她"嘘"了一声："别那么大声，小心吵醒你弟弟！"她一边拍着枕头，一边哼着儿歌在屋里踱着步子，屋子里的气氛一下就变得诡异起来。

朱子冉急忙穿衣下床，想要跟她搭话，孟玉文却完全不理会她，只顾哄着怀里的"孩子"。朱子冉心里一沉，暗暗后悔自己昨天太过冒失，原本只是想把毛巾盖在脸上试探她一下，却不想让她大受刺激，精神错乱，整个人都变得不太正常了。她昨天还想着等二妈休息一晚，精神安定下来，就再向她问问二十年前发生的那件让人细思极恐的事，却做梦也没有想到，事情竟然会变成这样。只好赶紧带着她去人民医院精神心理科看医生。经过检查后，医生诊断她是抑郁症发作，而且精神有些躁狂，建议住院治疗。朱子冉只得给她办了住院手续。

忙完二妈的事，时间已经到了下午，朱子冉正准备去医院另一栋住院大楼看看弟弟，手机突然响了，看一下来电显示，居然是夏米。按下接听键后，就听得夏米在电话里带着哭腔道："子冉，不好了，大胜哥被警察抓走了，说是他杀了人！"

对方语速太快，朱子冉一时间没有听太清楚，不由得在电话里"啊"了一声。夏米又重复道："咱们韭菜街那个电力开关站下面挖出了一具白骨，说是十年前被埋下去的肖三妹的尸体，警察认定大胜哥十年前杀了肖三妹并将她的尸体埋在这里，已经把人抓走了。"

"什么，怎么会有这样的事？"朱子冉愣了一下，"大胜哥怎么可能去杀人呢？傻妹不是被拐卖了吗？怎么又……这到底是怎么回事？"

夏米焦急地道："这事在电话里一时半会儿也说不清楚，我现在在东郊大道七喜奶茶店等你，你赶紧过来一趟，咱们见面再聊。"

朱子冉道："好，你等我，我很快就到！"她立即将自己的小车从医院开出来，往东郊大道方向驶去，二十多分钟后，经过玉德中学门口，拐上东郊大道，再往前没走多远，就到了七喜奶茶东郊大道店。停好车走进去，奶茶店里只有三三两两几个客人，夏米穿着一条白色裙子，身上披着披肩，正坐在一个靠窗位置等她。见她出现在门口，急忙起身朝她招招手。

朱子冉走过去，见她的肚子已经隆起得十分明显，急忙让她坐下，自己还来不及在她对面坐下就开口问道："到底是怎么回事，平白无故的，大胜哥怎么又成杀人凶手了？"

夏米道："事情是这样的，咱们韭菜街街尾那儿，不是有一个电力开关站吗？"朱子冉点头道："这个我知道，那里原本是个小湖，后来才建了那个开关站，这应该是十年前的事情了吧。"夏米道："是的，那个电力开关站就是十年前建的，那时候我们才十四岁，正读初中三年级。现在那个开关站要拆迁，结果施工队在开关站的地底下挖出了一具少女白骨，经过警方确认，正是肖三妹的尸体。"

"啊，是傻妹的尸体？"朱子冉不由得吃了一惊，"傻妹当年不是被人贩子拐走了吗？怎么又……"

"是啊，傻妹的事情，确实很蹊跷。"夏米说，"警方觉得这事肯定跟十年前拐卖傻妹的大胜哥脱不了干系，今天中午就把他给抓走了。刚才我到他店里找他爸打听了一下，说是警察现在认定大胜哥是在十年前拐卖傻妹不成，怕罪行败露，所以干脆将她给捂死，埋在了当时在建的电力开关站下面。"

"怎么会这样？大胜哥当年虽然是个街头小混混，可是我们都知道他不是个坏人，绝不会做出这样的事情来。"朱子冉皱眉道，"当年说他是拐卖肖三妹的人贩子，我就不相信，现在说他是杀人犯，那就更离谱了。"

夏米点了点头："是的，大胜哥根本就不是这样的人，可是我听说他现在却已经在警察面前认罪了。"

"这个大胜哥，怎么这么糊涂，他都没有做过这样的事，为什么要认罪？"朱子冉像是忽然想到了什么，"该不会是他在公安局遭到警方刑讯逼供，屈打成招，不得不低头认罪吧？不行，这事咱们得帮帮他，我马上就去一趟公安局，无论如何也要见到大胜哥，当面把事情问清楚，如果警方为了破案真的对他上了什么手段，我一定要曝光他们。"

她一拍桌子，气愤地站起身，就要赶到公安局问个究竟。

"等一下，"夏米急忙站起来，伸手拉住她，"子冉，你、你别去公安局了，我、我知道大胜哥没有拐卖过肖三妹，更没有杀过人，却为什么要在警察面前认罪。"

"你知道？"朱子冉不由大感意外，回头看看她，却见她眼圈发红，表情痛苦，一副欲言又止的模样，不由得心里一沉，复又在她面前坐下来，盯着她道，"夏米，你是不是有什么事情瞒着我？"

夏米默默地点一下头，"我……"她刚说出这一个字，却又停住。朱子冉是个急性子，不由得催促道："到底是什么事情，你倒是说啊，你想急死我吗？"夏米沉默片刻，再抬起头时，她的脸上竟然已经挂满泪痕。

朱子冉不由吃了一惊，知道她是个孕妇，不能情绪太过激动，忙把手从桌子上伸过去，握住她的手道："你、你别哭，我不催你了，你慢慢说，慢慢说！"

夏米拿起桌上的奶茶喝了一口，侧转身擦干脸上的眼泪，呼出一口气，平复一下自己的情绪，才道："子冉，你刚才问，大胜哥肯定没有做过那些坏事，不知道他为什么要在警察面前承认自己有罪，十年前他承认自己拐卖了肖三妹，最后被判刑七年，

227

这次他承认自己杀人，法院一旦给他定罪，估计他这一辈子都不可能从监狱里出来了……其实我、我知道他这么做的原因。"

朱子冉手捧着奶茶却没有喝，只是睁大眼睛看着她，静静地等待着她继续往下说。

"还记得我爸生病的事情吗？"夏米忽然问。朱子冉愣了一下，似乎是没有料到正说着蒋大胜，她却突然又跳到了她爸生病的事情上。但还是点一下头说："记得的，那也是十年前的事情吧？当时你和我都是十四岁，正在读初中三年级，你爸得了重病躺在医院要动手术，医生说手术费至少需要四万块，但是你们家那块地只卖了三万五千块，手术费还差五千块钱。当时你妈妈还找我奶奶借过钱，结果我奶奶太刻薄了没有同意。陆笙哥为了帮你还悄悄把他妈的结婚戒指拿去卖掉，最后被他妈发现，挨了一顿打。"

"是的，你说得一点儿没错，那一次是我人生中遇到的最大的困难，我爸躺在医院等钱救命，而我却无论如何也凑不齐这笔手术费。后来大胜哥为了帮我，竟然翻墙进入别人家，想偷东西换钱给我，结果反而被警察抓住。记得还是你央求你爸帮忙找了熟人，才把他从派出所'捞'出来。"

"这个事情我还记得的。"朱子冉恍然大悟似的点点头，"原来大胜哥那次偷东西，是为了给你筹钱啊？我都没有听他说起过原因，一直以为他是自己手头紧，所以才会去做小偷的。"

"那是你误会他了。他这个人虽然表面看来有些痞气，打架斗殴也是家常便饭，但是，大是大非还是分辨得十分清楚。那一次为了帮我，他却跑去别人家里偷东西，实在是我没有想到的。

我知道后跟他谈过一次,说非常感谢他这个好朋友如此帮我,但以后再也不能做这样的事情了,要不然非但帮不到我,还会把他自己给害了。"

朱子冉听到这里,心中忽然闪过一个念头:"当年他把肖三妹拐去卖给人贩子,难道就是为了筹钱给你去治你爸的病?"

"那倒不是,肖三妹并没有遭人拐卖,当年那个举报者看见大胜哥在路边将一个女孩推上面包车拉走,其实是他在半夜里看错了,那个被大胜哥送上面包车的少女不是肖三妹。"

"不是肖三妹?"朱子冉吃了一惊,"那是谁?"

"是我!"

"是你?"

夏米点头道:"是的。"她往旁边看一下,看到奶茶店里顾客很少,并没有人注意到她们这边,才低下声音道,"是的,那个女孩不是别人,就是我。这件事我从来没有对别人说起过,包括陆笙在内,但现在为了帮大胜哥洗脱杀人罪名,也不得不跟你说了。"

夏米告诉她说,当年为了筹钱给父亲治病,他们家能想的办法都想了,可是,最后还是有几千元钱的缺口。正在绝望无助之际,夏米听到一个信息,说有些男人到城里的夜总会玩,特别喜欢叫那些学生妹,尤其是处女,一个学生妹的"破处费"至少有五千至八千块。当时她听了,心里就有了些想法,觉得要想凑齐父亲的手术费,也只有这条路可走了。可是她只是听说过这种事情,并不认识夜总会的人,根本没有办法跟他们接上头,所以想来想去,最后只好去找蒋大胜帮忙,他是在街道上混的小混混,应该会有这方面的人脉。

蒋大胜听了她的想法，不由大感震惊，自然极力反对，但禁不住她再三央求，而且知道她眼下确实是被逼无奈，再也没有其他法子可想。于是，就只好帮她牵线搭桥，找到了在城里最有名气的帝豪夜总会做保安的一个哥们帮忙，联系上了夜总会的经理，双方谈好条件之后，经理就在那天半夜里，开车来接夏米去夜总会。当时蒋大胜将她带到东郊大道边，亲自把她送上了面包车。

她被拉到帝豪夜总会，经理带她去洗澡，然后给她换上一套十分暴露的衣服，再把她推到那些不怀好意的客人面前。很快就有一个中年男人看中了她，花一万块钱买下了她的"开处权"。这笔钱夜总会扣掉四千块，最后她得到了六千块。当她拿着这笔钱，忍着下身剧痛回到韭菜街时，天色还没大亮，蒋大胜为了等她回来已经在街口坐了一个晚上。他给她披上一件外套，趁着天色未明，将她送回了家。正因为有了这笔钱，她才凑够了父亲的手术费。

但是让夏米没有料到的是，就在她去夜总会"卖处"的同一天，韭菜街上的傻妹肖三妹突然失踪了。她原本以为这事跟自己没什么关系，可是却不料突然有人站出来举报说肖三妹失踪当晚，他亲眼看见蒋大胜在东郊大道将她推上了一辆停在路边的面包车。因此，所有人都有理由怀疑是蒋大胜将傻妹卖给了人贩子。派出所的警察很快就将蒋大胜抓了起来。

夏米心里知道，那个举报者当时看错了，被蒋大胜送上面包车的人是她，而不是肖三妹。可是一旦她站出来为蒋大胜做证，自己去夜总会"卖处"的事情就会曝光出来，弄得人尽皆知，她以后的人生也就完了，说不定她会连活下去的勇气都没有了。正因为有了这个自私的想法，她才没有在蒋大胜被人误会时第一时间站出来为他澄清事实。

　　而让夏米更没有想到的是，蒋大胜被警察抓走之后，居然并没有在警察面前提及当晚送她上面包车去往夜总会的事，反而在警方面前承认自己拐卖了肖三妹，承认举报者看到的那个被他推进面包车的少女就是肖三妹。夏米这才明白过来，他是拼着自己顶着拐卖罪被判刑坐牢，也要保守住她的秘密。从此以后，她心里对这位像亲哥哥一样保护着自己的大男孩，就有了一份深深的感激之情！

　　蒋大胜为她隐瞒了当天晚上发生的事情，却给自己换来了数年牢狱之灾。后来，夏米虽然凑够了父亲的手术费，却还是没有能把父亲救活，加上那天晚上在夜总会里的遭遇像噩梦一样折磨着她，还有心底里那份挥之不去的对蒋大胜的愧疚自责之情，让才十几岁的她整个人都崩溃了，罹患了抑郁症，差点自杀。幸亏有陆笙一直在身边帮助她照顾她，才让她渐渐从那个噩梦中走出来，过上正常人的生活。她跟陆笙之间的感情也逐渐升温，大学毕业后，两人很快就结婚了。

　　后来蒋大胜服完刑，在外面打工艰难，只好又回到韭菜街。但他回来之后，却很少联系夏米和陆笙，陆笙以为是他们好朋友之间的感情渐渐生疏了，只有夏米心里明白，蒋大胜是怕唤起她曾经有过的痛苦回忆，所以，故意少跟他们来往。直到这次朱子冉回来，蒋大胜才重新燃起些热情，让昔日的韭菜街 F4 重新聚拢起来。

"但是，让我做梦也没有想到的是，这些噩梦般的过往，竟然会在十年之后再次被翻出来。"夏米一口气说了这么多话，显得有点累了，喘口气停顿一会儿，才接着道，"昨天施工队在韭菜街电力开关站下面挖出了肖三妹的尸骨，今天警察就以涉嫌杀人的罪名将大胜哥抓走，而且听说大胜哥已经在警察面前承认自己就是杀人凶手。杀人可是要判死刑的。我知道这一次自己不能再像十年前那样自私，不能为了保守自己的秘密而对大胜哥不管不顾，我必须得找警察把情况说清楚，将十年前那个夜晚发生的事情原原本本告诉他们，只有这样，才能帮助大胜哥洗脱身上的杀人罪名。"

"你能这么想，那就对了，大胜哥的杀人罪名一旦被认定，很可能会被法院判处死刑，如果你再不站出来说明真相，那可就真的没有机会了。"

"可是……"

"可是什么？"

夏米犹豫一下说："我担心警察不会相信我说的话，毕竟事情都已经过去十年时间，我说的这些事已经很难再找到证据和证人。所以，我才把你找来。"

"可是，十年前的事情我也并不知情，也没有办法充当你的证人啊？"

"我不是这个意思。"夏米摇摇头，"子冉，我已经打听过，负责调查大胜哥这个案子的一共有两个警察，其中一个就是邓钊。"

"邓钊？"朱子冉愣了一下，"咱们高中时的同班同学？"夏米点头道："正是他。我记得念高中时，他跟你关系还不错，班里还传说他暗恋过你。有了这一层关系，我觉得可能会好说话一些。所以，我才把你叫过来，想让我陪我一起去公安局找邓钊把这件事情说清楚。"

"原来是他在主办大胜哥的案子啊！"这倒是有些出乎朱子冉的意料。邓钊是她们俩的高中同学，有一次她生病，还是他骑自行车送自己回家的，两人的关系自然也比跟别的同学亲近一些，但他暗恋自己这个事，她还真不知道。不过，无论是不是真的，这也已经是很多年前的青春往事，早已在记忆里风干了。

"我确实知道他大学毕业后从警了，但是，没有想到他会主办大胜哥的这个案子。"朱子冉道，"那咱们就一起去一趟公安局，直接找邓钊把情况说清楚，毕竟都是知根知底的老同学，我想他应该会相信咱们说的话。"

"我也是这么想的。"

朱子冉拿出手机，在自己的微信好友里翻了一下，看到自己确实很早就从高中同学群里单独加了邓钊为好友，但好像从来没有聊过，只是偶尔从他朋友圈里刷到他的一些消息，知道他当上了刑警，而且去年还跟同事一起侦破了那桩轰动一时的"光明高中操场埋尸案"，却没想到自己这回竟然也会跟他办的案子拐弯抹角扯上关系。

她点开邓钊的微信，给他发过去一条信息："老同学，你好啊！请问你在单位吗？我有点事情想找你！"邓钊很快回过来信息："我在单位，有什么事可以直接来单位找我。"

朱子冉给他回了一个 OK 的手势，开着小车，带着夏米一起，很快就来到了市公安局。

在刑警大队的接待室里见到邓钊时，她俩都快认不出眼前这个精神抖擞的高个子男生，就是以前自己班上那个性格腼腆，特别爱红脸的瘦个子男同学。

邓钊请她们坐下，打开冰箱给朱子冉拿了一罐饮料，居然正是她学生时代最爱喝的冰糖雪梨。他见夏米挺着肚子，知道她怀有身孕不能喝冷饮，又给她倒了杯热茶。老同学见面，寒暄几句后，他就问两个女生找警察叔叔有什么事？朱子冉和夏米对视一眼，夏米犹豫一下，示意让朱子冉先说。

朱子冉就道："我听说在我老家韭菜街那个电力开关站下面挖出了一具女尸，是吧？"

邓钊点头说："是的，现在已经证实这个女尸，就是十年前韭菜街失踪的十五岁女孩肖三妹。凶手也是韭菜街的居民，叫蒋大胜，我们已经将他抓获，他也已经低头认罪。"

"这个案子是你负责侦办的吗？"

"是我协助我师父侦办的案子。"邓钊腼腆一笑，"现在我还没有能力主办案子。"

朱子冉犹豫了一下，说："其实，我们这次来找你，就是想给你提供一条跟此案有关的线索，这个线索能证明十年前肖三妹的失踪，跟蒋大胜没有关系，他没有拐卖肖三妹，更不是杀害肖三妹的凶手。"

"是吗？"邓钊这才感觉到今天两位女同学找上门来竟然大有玄机，忙坐直身子道，"是什么线索，说来听听。"

夏米只好将手里的茶杯放下，声音也低了下去，道："其实这件事跟我有关。"于是，就将十年前那个夜晚发生的事情，跟这位老同学原原本本地说了。邓钊听完，立即皱起了眉头："所以，你的意思是说，十年前那个证人瞧见的，被蒋大胜推进路边面包车的女孩，其实是你，并不是肖三妹，对吧？"

夏米道："是的，是那个证人在黑夜里看花眼认错人了，结果就把拐卖肖三妹的罪名，强加到了蒋大胜头上，而大胜哥为了保护我，没有作出任何辩解，就承认了警方指证他的罪名。但是，这一次可是杀人大罪，我不能再让大胜哥重演十年前的悲剧，所以才……"

"你说被推进面包车里的人是你，那么，肖三妹又去哪里了？"邓钊打断她的话，问了一句。

夏米摇头道："这个我就不知道了。我只知道她正巧也是那一天出的事，但是她的事跟我的事，是两件完全不相关的事情，她是不是真的被拐卖，还是去了别的地方，或是被杀，我跟大胜哥都完全不知情，这事也跟咱们没有任何关系。"

"我明白你的意思，就是说这是两件不相干的事，只是恰好撞在同一天发生了，对吧？"邓钊见到对方点头，又问，"你说十年前被蒋大胜推进面包车的人其实是你，可有证据，或者证人？"夏米摇头说："这件事已经过去十年时间，不可能再找到当时的证人来给我做证了。"

邓钊迟疑着道："可是，如果没有证据能够证明你说的是真话，那就很难推翻目前警方已经掌握的线索。而且，这个蒋大胜已经亲口承认是他杀了肖三妹，可谓证据确凿，不容置疑啊！"

235

朱子冉道："老同学，我们也知道这个事情有点难，要不然，我们也不会来找你了。我可以保证夏米说的是真话，只是时间久远，现在已经很难找到当年的证人。"

邓钊抬头看她一眼，见她也正在看着自己，忽然脸红了一下，点头道："那行吧，虽然不能明确证明你们说的是真话，但至少也算是给我们警方提供了一条线索，我回头把情况跟我师父反映一下，针对蒋大胜的案子，我们不能草草结案，至少还得朝着你们说的这个方向做一些补充侦查。"

"那就太感谢了，等忙完了案子，我请你吃饭哈！"

"不用不用，"邓钊急忙摆手，"这个也不能算是我私下里给你们帮忙，毕竟作为我们警察来说，也是希望把案件彻底调查清楚，不能留下冤假错案，再说我们警队也有纪律，不能随便跟案件相关人员私下接触。"

朱子冉突然觉得这个男孩还是跟高中时一样单纯可爱，不由哈哈笑道："那我搞个高中同学聚会，顺便也邀请你邓大警官参加，这总可以吧？"

邓钊搓着手道："这个嘛，还是允许的。"

"那就这么定了，到时候，你可一定得来呀！"朱子冉见事已办完，便跟夏米一起起身告辞。

送走两位老同学后，邓钊立即找到毛乂宁，将两人提供的线索跟师父说了，毛乂宁也有些意外，侧头看着他："那你相信她们说的是真话吗？"

邓钊显然感到有些为难，犹疑着道："我觉得她们应该不会说谎话骗我吧……而且她们说的是十年前发生的事情，虽然时间久远，但如果花点儿工夫去调查，应该还是能查到一些痕迹的。"

"怎么查？"

"她们说的那家夜总会不是现在还在开着吗？我觉得咱们找上门去，问出当年接待过夏米的那个经理，应该不是什么难事。"

"然后呢？"毛义宁看着他追问道。邓钊道："然后，当然就是找到那个经理，去求证当年的事情啊。"

"能在夜总会混的人，个个都精明得很，介绍和容留未成年少女卖淫，那可是重罪，你觉得夜总会和那个经理会承认当年做过这样的事情吗？"

"这个我倒是没有想过。"邓钊挠挠后脑勺，不由得有些气馁。

"不过，你也不用丧气，毕竟你这两个女同学也算是为咱们提供了一个侦查方向，虽然短时间内无法查证她们说的是真话还是假话，但却完全可以从蒋大胜身上打开缺口。"

"从他身上打开缺口？"

"是的，"毛义宁点了点头，"你去准备一下，咱们得再提审蒋大胜一次。"

"好的。"邓钊领命而去。

两人很快就来到看守所，对蒋大胜再次进行了提审。

蒋大胜一看又是这两个警察，脸上就露出不耐烦的表情："警察同志，我已经承认肖三妹是我杀的，该说的我也都说了，你们还来回折腾我干什么，就不能让我在看守所睡个好觉吗？"

毛义宁用力敲一下桌子："蒋大胜，我现在只问你三件事情，你要老老实实回答，回答完就可以回去睡觉了。"

蒋大胜抬起一张睡意惺忪的脸，问："什、什么问题？"

"你说肖三妹的尸体是你亲手埋掉的对吧？埋在什么地方了，你给我们说说。"

"我早就说了，就埋在那个电力开关站下面，当时开关站还没有建成，刚挖出一个四四方方的地基在那里。"

"我是问你，你将肖三妹的尸体，具体埋在了电力开关站地基下的哪个位置？"

"这个……应该是中间位置吧。"

"当时开关站的地基上都有些什么？"

"什么都没有啊，就是一个刚挖出来的四四方方的深坑，面积的话，大约有二三十平方米的样子吧。"

"但是，我们了解到的情况，却跟你这个说法有些不同。"毛乂宁一边翻看着自己的调查笔记，一边告诉他道，"警方找电力公司的人调查过，从他们档案室的施工记录上可以清楚地看到，肖三妹失踪的那天下午，他们在地基中间用水泥浇灌了三个电力设施基座，因为要等水泥干透，所以当天下午很早就收工了，准备第二天休息一天，等浇灌下去的水泥完全凝固，再开始接着施工。所以，当天晚上你去到那里时，应该能在地基上看到三个排成'品'字形的水泥基座。"他的目光像电一样射向蒋大胜，"这些水泥基座，每一个的面积都有一米见方，你不可能看不到吧？"

"哦，原来那个就叫基座啊？"蒋大胜恍然大悟似的"哦"了一声，"我当然看见了，当时确实有几个水泥墩立在那里，一个在前面，两个在后面，排成一个三角形，但我不知道那个叫什

238

么东西，所以，刚才就没有提出来。"

"你刚才你把肖三妹的尸体埋在了开关站下面最中间位置，那也就是三个呈'品'字形排列的水泥基座中间，对吧？"

"对对，就是在那三个水泥墩中间，这个我记得很清楚。"

"你确定你没有记错？"

"错不了。"蒋大胜果断点头，"就是在那个位置。"

"哼，"毛乂宁忽然冷笑一声，"我实话告诉你，电力开关站下面确实有三个水泥基座，但它们根本不是呈'品'字形，也就是你所说的三角形排列，而是按顺序一字排开，肖三妹的尸体就埋在第三个水泥基座旁边的地底下。这个你怎么解释？"

蒋大胜一脸愕然，但很快就反应过来，讪笑道："哦，是是是，确实是这样的，是埋在了最后一个水泥墩旁边，因为时间隔得太久，我竟然记不得了。"

正对着笔记本电脑做审讯记录的邓钊不由得扭头望了师父一眼，很显然，连他都已经觉察到蒋大胜回答得颠三倒四，令人生疑。毛乂宁回了他一个眼神，示意他照实记录。

没有给蒋大胜更多思考的时间，毛乂宁又道："好，这件事就算你记忆有误，那我再问你第二件事。你说案发当晚，你在东郊大道边将肖三妹掐死，然后回家拿了一个大行李箱，将她的尸体装进去，用摩托车拉着她穿过整条韭菜街，最后把她埋在了韭菜街街尾在建的电力开关站下面，对吧？"

"这个有什么问题吗？"蒋大胜两手一摊，"我就是在韭菜街长大的，整条街上的人都认识我，我总不能直接扛着肖三妹的尸体穿街过巷，去到电力开关站那里吧？所以就先找了个皮箱，把她装起来。"

"这就是问题的症结所在。"毛乂宁抓住他口供中的漏洞道，"既然你知道整条韭菜街上的人都认识你蒋大胜，你背着一具尸体穿街过巷很可能会被人看见，那你为什么还要冒险把肖三妹的尸体埋在韭菜街街尾呢？你是在韭菜街街口的东郊大道边杀死肖三妹的，我们调查过，十年前东郊大道附近都是荒地，根本没有什么人家，你若将尸体就地掩埋，根本不会被人看见，风险也小得多，却为什么不这么做，非要大费周章，冒着有可能被韭菜街街坊熟人发现的危险，大老远将肖三妹的尸体运到韭菜街街尾去埋掉呢？"

"这你就不懂了吧？我这其实不叫舍近求远，而是叫最危险的地方最安全。"蒋大胜脸上露出诡秘的笑意，"当时东郊大道两边虽然都是荒地，但那时候已经打出广告要在道路两边搞开发建设了，我如果将肖三妹的尸体埋在那里，虽然省事，但相信很快就会被人挖出来。而那个在建的电力开关站，正处于夯实地基的阶段，我如果把尸体埋在那里，只要开关站一建成，就可以高枕无忧，再也不用担心尸体会被人挖出来。所以，这个埋尸地点对于我来说，反而是最安全的。"

"所以，你当时就在自己家里找了一个大皮箱，将肖三妹的尸体装进去，直接拉到了韭菜街，是吧？"

蒋大胜点头说："是的，我就是用一个大皮箱将她的尸体拉走的。"

旁边的邓钊听师父说到"大皮箱"这三个字时，特意停顿了一下，很快就意识到师父抛出这个问题的重点，其实是在"皮箱"上，就抬头问了一句："能将一个人装下来，那得多大的皮箱啊？"

蒋大胜用手比画一下，扯动得手上的铐子哗哗作响："当时肖三妹才十五岁，估计身高也就一米四五左右。所以，我那个皮箱也不是特别大，也就是 28 寸左右，将她的尸体拦腰折叠，正好装进去。"

"下面是我要问你的第三件事，"毛乂宁脸上的表情渐渐变得严肃起来："那个用来装载肖三妹尸体的皮箱，真的是你从自己家里拿出来的吗？"

"当然，当时已经是后半夜，我不可能去别人家借皮箱？只能是用自己家里的了。"

"那只皮箱呢，跟尸体一起埋进了地底下吗？"

"这倒没有，如果埋下去，肯定被你们跟尸体一起挖出来了。"蒋大胜摇了摇头，"我到工地后，把尸体从皮箱里搬出来，埋完尸体后，又把皮箱拿回家里了。"

"蒋大胜，都到这个时候了，你还睁着眼睛说瞎话！"毛乂宁猛地一拍桌子，审讯桌上的茶杯盖都被震得掉下来。蒋大胜吓了一跳："警官，我怎么睁眼说瞎话了？我说的就是真话啊，那只皮箱我拿回去洗干净后，家里又用了好几年才扔掉。"

"在这次提审你之前，我特意给你父亲打电话问过这只皮箱的事情，你爸告诉我说那时候你们很少出远门，家里根本就没有什么大皮箱，只有他当兵时用过的一只帆布包。"毛乂宁对他冷眼相看，"我问你，你装尸体用的那只皮箱，该不会是你自己变出来的吧？"

蒋大胜显然没料到他连这一点都调查清楚了，稍一愣神，急忙改口道："对对对，是我说错了，我不是用皮箱装尸体，我就是用的家里的帆布袋。"

"直到现在，你还鬼话连篇，"毛乂宁终于被他激怒了，从审讯桌后面猛地站起身，瞪视着他道："你爸告诉我说这个帆布袋现在还在，他还拍了照片给我看，那个袋子最多也只有五十厘米长，而且看起来并不算大，装一个读幼儿园的孩子还差不多，怎么可能装得下一个十五岁少女的尸体？"

"那我再想想，"蒋大胜用手敲敲脑袋，"我当时应该是用的家里的一只破麻袋，那麻袋挺大的，装一具少女的尸体正适合……"

这下连邓钊都沉不住气了，把目光从电脑屏幕上抬起来："蒋大胜，都到这份儿上了，你还不肯说实话吗？"

"我说的就是实话啊。"蒋大胜装出一脸委屈，"我一进公安局就痛痛快快地认罪，承认自己是杀人凶手，你们还想要我怎么样？要我说，你们只管把这个案子结了就行了，又何必在意这些细枝末节的事情呢？"

"你这叫什么话？"毛乂宁道，"破案并不是我们警方的唯一追求，我们要的是查明事实真相，你的口供漏洞百出，疑点重重，叫我们怎么结案？"他见蒋大胜低下头去，沉默不语，就起身走到他面前，近距离盯视着他，"蒋大胜，你自己想一想，就凭你刚才的这些口供，警方能认定你是凶手吗？"

蒋大胜抬头看他一眼，脸上的表情虽然故作镇静，但目光却已经开始发虚："我、我怎么就不是凶手了？"

"现在我只剩下最后一个问题，请你老老实实回答我！"毛乂宁在他面前弯下腰，声音虽然也低下来，却隐含着一种让人不容置疑的威严。

"什、什么问题？"

"既然肖三妹不是你杀的，尸体也不是你埋在电力开关站下面的，你为什么要承认自己是杀人凶手？难道你不知道，故意杀人可是重罪，很可能会判死刑。"

蒋大胜像是被人当胸打了一拳，身子佝偻下去，脸上露出痛苦的表情，但还是强撑着道："警、警官，你这是什么意思？如果我没有杀人，难道还会故意把杀人罪名往自己身上揽吗？就像你刚才说的，杀人可是要判死刑的，我难道就不怕死吗？"

"这也正是让我们警方疑惑的地方。"毛乂宁道，"刚开始你承认自己是杀人凶手时，因为我们手里掌握的线索不多，许多细节未及详问，所以差点让你蒙混过关。现在经过调查，我们已经掌握了一些线索，发现肖三妹这个案子疑点重重，现在你这个'杀人凶手'居然连埋尸地点和作案工具都说不清楚，你这是把警察都当成傻瓜了吗？"

"警察同志，我没跟你们开玩笑，"蒋大胜像是嗓子发干似的，连着吞咽了几口口水，"如果我没有杀人，我为什么要在你们面前认罪呢？难道我是活腻了吗？"

邓钊抬起头，目光从笔记本电脑屏幕上方直视着他："蒋大胜，我们已经知道，你之所以违心地承认自己杀死并掩埋了肖三妹，那是因为你在替别人隐瞒另一件事情的真相。"

"替别人隐瞒真相？"蒋大胜皱起眉头，似乎没太明白他的意思，目光从毛乂宁身上转移到他脸上，"警官，你这是什么意思？是说我知道肖三妹是别人杀的，我是在替别人顶罪吗？"

邓钊脾气虽好，这时也有些不耐烦了："你就别在我们面前装疯卖傻了，刚刚朱子冉和夏米已经到公安局找过我们，将十年前那个晚上发生的事情，都原原本本跟我们说了，顺便跟你说一声，她俩都是我高中时的同学，我对她们也算是知根知底。"

"夏米来找过你们？"蒋大胜脸色一变，"她、她都对你们说了些什么？"

"你觉得她会对我们说什么呢？"毛乂宁反问道。

"我……"蒋大胜的头又低了下去，脸上的表情渐渐变得复杂起来。毛乂宁道："我们都知道人不是你杀的，也不是你埋的，你到现在还不说实话，如果耽误警方办案，导致真正的命案凶手逍遥法外，你知道会是什么后果吗？"

"既然夏米都已经来找过你们，那我也没有什么好隐瞒的了。"蒋大胜忽然抬起头，看着面前的两个警察道，"不过在我说出实话之前，请你们答应我一个条件。"

"你可真行，竟然在审讯室里跟警察谈起条件来了。"毛乂宁师徒俩都被他逗笑了。

蒋大胜道："如果你们不答应我的条件，那我就坚持说人是我杀的，你们爱怎么着就怎么着吧。"他头往后一仰，摆出一副无所畏惧的样子。毛乂宁不想再跟他磨嘴皮子，就道："行，你先说说你有什么条件，能做到的警方一定答应。"

蒋大胜说："我确实没有杀肖三妹，也没有掩埋她的尸体，我之所以承认杀人罪行，确实跟我的一个朋友夏米有关，但是在

244

我说出真相之前，希望你们能答应我，这个案子中涉及到夏米的事情，希望警方能够替当事人保密。"

毛乂宁点头道："这个我可以答应你，警方只管调查跟肖三妹被杀案有关的线索，其他无关事情不予理会，就算牵涉进来，我们调查到的线索也只会用于办理案件，绝不会对警方之外的无关人员透露，更不会泄密，这点你大可以放心。"

蒋大胜这才放下心来，在审讯椅上坐直身子道："既然夏米来找过你们，想必她都已经对你们说了十年前那个晚上发生在她身上的事情。"见两个警察点头，他又接着道，"她说的都是真的，那天晚上被我送上东郊大道路边面包车的少女，确实就是十四岁的夏米，而不是咱们韭菜街的傻妹肖三妹。当时夏米的父亲得了重病，躺在医院等钱救命，夏米为了筹集父亲的手术费，无奈之下只好去夜总会挣钱，因为她没有门路，所以只好央求我帮忙从中牵线搭桥。我帮她联系上了城里一家夜总会。当天晚上，夜总会的人开着面包车来东郊大道边接她，我把她带过去，将她送上了车……但是让我没有想到的是，正好在这一天，韭菜街上的傻妹失踪了，反正她白天就不着家，一直在外面疯玩，到底是白天不见了人，还是晚上失踪的，并没有人说得清楚。这事本来跟我没有半毛钱关系，只是碰巧我送夏米上面包车的场景被别人看到，而且当时路边没有路灯，光线昏暗，这个人又误把夏米看成了肖三妹，结果就认定是我把傻妹推上了人贩子的面包车，将她给拐卖了。"

毛乂宁问："当派出所民警找到你时，你为什么不向他们解释清楚？"

蒋大胜苦笑一声："那又怎么样呢？只要我一出声，夏米当晚做过的事情就会被曝光，韭菜街上的人哪个不是长嘴妇？只要事情一传出来，夏米这辈子可就完了。当时她才十四岁，一个初中三年级学生，以后的路还长着呢。想必你们也已经知道，我跟夏米、朱子冉及夏米现在的丈夫陆笙在同一条街上长大，我们是关系十分要好的朋友，号称韭菜街F4。我又是一个十分讲义气的人，为朋友两肋插刀也在所不惜，所以直到最后被警方认定我就是拐卖肖三妹的人贩子，甚至被法院判刑七年，我也没有把当晚的真相说出来。"

"你从牢里出来，回到韭菜街开了这个餐馆，原本是以为这件事情就这么过去了，对吧？"

"是的，尽管后来肖三妹的奶奶经常到我店里闹事，我也拿她没有办法，虽然我也很想帮她找回孙女，可是我确实不知道傻妹去了哪里。"蒋大胜叹了口气说，"但是让我做梦也没有想到的是，傻妹根本没有被人拐卖，也没有失踪，而是被人杀死了，尸体竟然就埋在韭菜街的电力开关站下面。这次她的尸体被挖出来，我就知道自己的麻烦大了，果不其然，你们很快就找上了我……"

"但这一次，你仍然没有向警方说真话，而是违心地承认自己是杀人犯，这又是为什么？"

蒋大胜的目光渐渐变得柔和起来："原因还是跟上次一样吧。现在的夏米，上完大学当上了老师，跟陆笙结婚有了和谐幸福的家庭，而且怀有身孕，很快就要当妈妈了。如果十年前的事情一旦曝光，会给她带来怎样的打击，会给她平静幸福的生活带来怎

246

样的影响，这个是可想而知的。所以，为了继续替她保守十年前的秘密，我也只好硬着头皮，将肖三妹的命案扛了下来。"

"你为了夏米，真的可以连命都不要？"毛乂宁有些不可思议地看着他。蒋大胜的脸色忽然有些微微发红："是的，谁叫咱们是韭菜街 F4 呢！"

"你一定没有想到这一次夏米竟然会主动来找我们说明情况吧？"问话的是邓钊。蒋大胜点了一下头："是的，这个我确实没有想到，我没有想到她会有这么大的勇气。当然，就算她不来，我也不会怪她，这是我自己作出的选择，我不会责怪任何人。现在我只担心夏米的情况，如果万一这件事情被传出去，她该怎么办呢？"

邓钊道："你放心，这件事目前只有陪同她一同到公安局来的朱子冉知道，我们警方也不会将消息外泄，夏米以后的生活将不会受到任何影响。"

蒋大胜被铐在审讯椅上无法站起，就低下头，朝他们做了一个鞠躬的动作，说："那就多谢你们了！"

"你不用谢我们，"毛乂宁一脸严肃地道，"虽然肖三妹命案现在已经证实跟你无关，但你提供虚假口供，干扰警方办案，这事我们还是要追究的。今天就先放你回去，最近一段时间你最好不要离开光明市，随时等候警方的处理。"

蒋大胜说："行，这一段时间我哪儿也不去。"

审讯结束后，邓钊带他下去办好了解除拘留的手续，将他送出看守所大门。

蒋大胜往外走了几步，忽然又回头问："邓警官，能不能再请你帮我一个忙。"邓钊问:"什么忙?"

蒋大胜搓着手道:"能不能请公安局这边给我出一份证明,就说我跟肖三妹失踪案,或者说肖三妹命案,没有任何关系。"

"为什么一定要书面证明?"邓钊不解地道,"我们已经解除对你的临时羁押,这个就已经证明你无罪了呀。"

"我主要是想把证明拿去给肖三妹的奶奶看看,她一直以为是我拐卖了她孙女,经常跑到我店里来哭闹辱骂,搞得我也很无奈。但是,她一个老人家也挺可怜的,我又不可能对她动粗是吧?所以你看能不能给我出个证明,让她以后不要再来找我闹事,我那间小餐馆也就能安安心心开下去了。"

"这个你不用担心,我们会将情况通报给张群英,并且向她做好解释工作,她以后应该不会再找你的麻烦了。"

"那就太感谢了!"蒋大胜又弯下腰,朝着他鞠了一躬。

"大胜哥!"这时候停在路边的一辆小车的车窗放了下来,朱子冉正坐在驾驶位探出头来向他招手,"我来接你了,快上车吧!"

蒋大胜没有想到朱子冉竟然会来接自己,不由得咧嘴笑起来。这时候朱子冉也看见了邓钊,忙下了车,走过来,朝他说了不少感谢的话。邓钊的脸又红了,说:"老同学,你就别谢我了,如果没有你们提供的线索,我们差点就办了一件错案,应该是我谢谢你才对。"

"既然你要谢我,那就请我吃饭吧!"朱子冉哈哈一笑,"我请你吃饭,你说违反了你们的纪律,那反过来警务人员请提供线索的良好市民吃饭,这个总可以吧?"

“这个……好像是可以的，等忙完了案子，我跟领导报备一下，到时再打电话给你。”

“行啊，那我可就真等着你约我了哈！”朱子冉半开玩笑半认真地跟他约定了。挥手说“拜拜”之后，她回到车里，蒋大胜也跟着上了车，在副驾驶位坐下来。

朱子冉将小车掉头，往韭菜街方向开去。行出好远，她往倒车镜里看一下，只见邓钊还站在看守所门口的台阶上，望着她小车离开的方向发呆。

过完一个红绿灯路口，拐了一个弯，直到在倒车镜里看不见后边看守所的轮廓，她才道：“大胜哥，我直接送你回餐馆吧。”

“行，谢谢你了！”蒋大胜朝她道谢道。朱子冉笑道：“举手之劳嘛，我估摸着这会儿你也该出来了，这条路有点偏僻，不太好打车，所以就把车开过来停在路边等着你。”蒋大胜转头看她一眼：“我不是谢谢你来接我。”朱子冉一怔：“那你谢我什么？”蒋大胜说：“我听警察说，是你陪夏米一起去公安局的，对吧？”

“哦，你说这个啊，”朱子冉点头说，“是的，夏米一个人腆着个大肚子，出门不方便，这种事她又不能跟陆笙说，所以就拉着我陪她走了一趟。”

“谢谢你们了！”蒋大胜又说。

朱子冉从后视镜里看着他，忽然道：“大胜哥，其实你心里，一直是喜欢夏米的吧？”

“啊？”蒋大胜的目光明显的慌乱了一下，“是啊，咱们韭菜街 F4，都是过命的交情，我肯定是喜欢你们的啊！”

“我不是说好朋友的那种喜欢。”

"那是哪种喜欢？"

"你说呢？"朱子冉扭过头去，目光幽幽地朝他望一眼。蒋大胜显然知道她说的是哪一种喜欢，嘴角边挂起一丝淡淡的笑意，人却沉默下来，没有再说话。

"还记得十年前你因为盗窃被派出所抓住，我央求我爸找人把你放出来吗？"朱子冉目视前方，一边开车一边道，"当时我还以为你是因为自己手里没钱才会去偷别人家东西呢，原来是想帮夏米筹钱给她爸治病。后来，夏米找你帮忙介绍她去夜总会挣钱，你虽然不同意她这么做，却禁不住她再三哀求，而且你也知道，除此之外，实在是想不出其他能筹到钱的办法了，所以，才不得不亲手将她送上开往夜总会的面包车。但是，你一定没想到自己竟然会被卷入肖三妹失踪的案子里来，你不想说出那天晚上自己送夏米上面包车去夜总会'卖处'的事，所以只能在警察面前承认自己将傻妹拐卖给了人贩子，因此换来了八年的牢狱之灾。即便如此，你对夏米也没有半句怨言。这不是超越友谊的那种喜欢，又是什么？"

蒋大胜扭转头去，目光望着车窗外一闪而过的街景，好像又回到了十年前的那个夜晚，脸上的表情渐渐变得痛苦起来："是的，当年我之所以宁愿坐牢，也不肯说出夏米的事情，其实有两层原因，第一，正如你所说，我不能让别人知道夏米在那天晚上所经历的事情，对于她来说那段噩梦般的经历已经够痛苦了，我不能再扒开她的伤口，让别人往她伤口上撒盐；第二，我觉得我之所以作出那样的选择，其实是对自己的一种惩罚吧。"

"惩罚？"

"是啊，你心里喜欢的人，在她最需要帮助的时候，你却无能为力，不但帮不了她，却还亲手把她往火坑里推，这种心痛的感觉，你是不会明白的。"蒋大胜忍不住用手捂住自己的胸口，好像那种噬心之痛一直延续到了现在，"我只能用这种方法来惩罚自己，让自己心里好受些！"

"但是等你从监狱出来的时候，夏米已经跟陆笙哥结婚了，这一点是你没有想到的吧？"

"这个结局对于我来说，并不意外呀！当年我就知道她喜欢陆笙，而且陆笙也喜欢她，他俩能最终走到一起，也算是有情人终成眷属，而且陆笙是个老实本分之人，夏米跟他在一起不会吃亏的。"说到最后这一句，蒋大胜脸上露出了欣慰的笑容。

"正因为如此，所以当肖三妹的尸体突然被人挖出来，警方找到你的时候，你就更不能说出当年的真相，而只能选择默默地承担一切本不该由你承担的后果，对吧？"

"是的，夏米是个苦命的孩子，她现在安定幸福的生活来之不易，加上又刚刚怀上身孕，我不能让她的生活因为十年前的那场噩梦而毁于一旦。"蒋大胜苦笑一声，"只是夏米最后竟然会走进公安局，向警方坦然说出十年前的秘密，这倒是我没想到的。我已经跟警察说了，他们会就此打住，不会将夏米的故事外传，希望你也能替她保守秘密，连陆笙也不能告诉，好吗？"

"嗯！"朱子冉点了点头，忽然感觉到自己的视线有些模糊，用手擦擦眼睛，才发现自己竟然已经泪湿眼眶，为蒋大胜对夏米作出的这份牺牲，也为情窦初开的自己当年对这位大哥哥那种不切实际的想法。从小到大，大胜哥应该一直都是把她当小妹妹一样照顾着，保护着，并没有掺杂别的什么心思吧！

她抬头从后视镜里看着蒋大胜，忽然想起程老师说的那句话："如果当时我没有没收这封情书，而是让它送到蒋大胜想要送达的人手里，也许今天你们韭菜街F4的关系，就不是现在这个样子了。"当时她竟然傻傻地以为蒋大胜这封没有送出的情书是写给自己的，现在看来显然是她误会了程老师的意思，这封情书其实是蒋大胜写给夏米的。

程老师的话里，似乎有些自责的成分，如果当年他不没收蒋大胜的情书，而是让它送达夏米手中，让夏米知道蒋大胜对她的那份爱与喜欢，也许她跟陆笙还有大胜哥之间的爱情故事，就是另外一种结局了吧。

她看到蒋大胜也正从后视镜里看着她，脸上带着似笑非笑的笑容，不由得脸色通红，怕被他看到自己眼睛里的泪花，忙用手擦一下眼睛："你笑什么？"

"刚才那位邓警官……"

"邓钊吗？他怎么了？"

"我看见咱们的车开出好远，他还站在路边痴痴地望着我们离开的方向呢。"蒋大胜道，"他该不会是舍不得我吧？"

"怎么会呢，他……"

朱子冉刚接上他的话茬，就忽然明白他话语中的调侃之意，不由得脸含羞涩，后面的话已经说不出来。

第十四章

"大圣"出手

"梅院长，您从北京开会回来了吗？"

这天早上，朱子冉再次拨通了妇幼保健院院长梅金婷的电话。

梅金婷在电话里说："已经回来了，现在正在医院上班。"朱子冉就道："有关我弟弟身世的事情，一直还没有调查清楚。我上次也跟您提过，想去你们医院查一下我弟弟出院时的档案，可以吗？"

梅金婷似乎这才想起前两天她跟自己提过的事情，忙道："哦，看我这记性，说好从北京回来就给你打电话的，一忙起来竟然把这事给忘了。我现在给病案室的杨主任打个招呼，你带上身份证直接过去就行了。"

朱子冉没有想到她竟然答应得这么爽快，不由连声道谢。挂断电话后，她立即驱车来到妇幼保健院，找到病案室，在门边小办公室上班的，仍然是戴着老花镜的杨主任和那个敲着电脑键盘的年轻人。

朱子冉向杨主任道明来意，杨主任冷着脸摇头道："不行，这不符合手续，我们不能放你进去查阅档案。"朱子冉不由得一愣："梅院长没跟您说吗？"杨主任翻着白眼道："就算是梅院长，那也得按我们医院的规章制度来办事啊。"朱子冉只好走到一边，再次给梅金婷打电话，却显示对方已经关机。旁边正敲着键盘的小伙子说："今天卫健局的领导下来检查工作，梅院长在开会，可能不方便接听电话。"

朱子冉只好问："那按正常手续来吧，要怎么办？"杨主任头也不抬地道："带上身份证和单位介绍信，去医院办公室填写档案调阅申请表，主管领导签字同意，办公室加盖公章后，你把申请表拿来就可以进病案室了。"

朱子冉道："我只带了身份证，没有单位介绍信，行不行？"杨主任一副公事公办的样子："不行！"

朱子冉感觉到同样是梅院长事先打过招呼，她这次到病案室来杨主任的态度竟然与上次完全不同，细想一下，忽然明白过来，他一个小小的科长，哪里敢违背院长的命令，之所以态度如此抗拒，肯定是受到了院长的暗中授意，很明显，梅金婷虽然表面同意她来查阅档案，而暗地里却在对她横加阻拦。难道梅金婷真的跟弟弟被调包的事情有莫大关系？

她本想回头再想办法，可是往深处里一想，夜长梦多，万一时间拖得太久，梅金婷在档案上动了手脚，自己想要从档案上查找到有用的信息，就更是难上加难了。想到这里，心中已经有了主意。

她转过身来，掏出证件，重重地拍在杨主任的办公桌上。杨主任有点疑惑地翻开一看，竟然是一张记者证，脸上的表情这才起了些变化："原来你是《新都市报》的记者啊？"

朱子冉半仰着头："是的，省城《新都市报》，除了省委党报，咱们省发行量最大的报纸，我看你办公室报架上也夹着我们的报纸，你应该知道我们报纸的影响力吧？"

杨主任脸上的表情顿时缓和下来："我知道的，我每天都看你们的报纸呢。"朱子冉一脸严肃地道："现在我怀疑你们医院涉嫌一起医疗事故，需要进病案室查看一份二十年前的新生儿档案，如果你一定要单位开介绍信那也没问题，我马上打电话给报社，要社里传真一份介绍信过来，不过一旦真的公事公办，要是被我查到什么蛛丝马迹，那我就不会这么好说话了。"

"哦，原来是这样啊。"杨主任显然被她这个省城来的大记者吓了一跳，但自己又确实作不了主，只好搓着手说，"朱记者，请稍等片刻，我再请示一下领导。"

他走到一边，给分管领导打了个电话，回来之后说："领导同意让记者同志进去看档案，但还是得遵守病案室的规章，不能带照相机、手机等拍摄器材进去。"

"行，没问题。"

朱子冉将自己的手机放在他办公桌上。杨主任这次不敢再横加阻拦，立即打开病案室的门，让她进去了。

因为朱子冉上次已经来过，对病案室里的情况比较熟悉，这次查找起档案来，就容易多了。没费多少工夫，就顺着一排档案架，找到了弟弟二十年前在这家医院出生住院后出院时的记录。看看上面记录的时间，正是当年 11 月 25 日。出院证明上写的是婴儿一切正常，准许出院。这说明弟弟出院回家时，身体状况良好，同时也排除了婴儿因身体原因突发疾病死亡的可能性。

再查看这一天妇产科的其他档案，发现这一天共有十一名婴儿在医院产房出生，其中，经梅金婷之手接生的孩子共有四名，三个女孩一个男孩。朱子冉翻看了这四名产妇的分娩记录，前面出生的三个女孩都很正常，只有最后出生的一名男婴，分娩记录上却赫然写着"死婴"两个字。细看了整个病历才明白，原来这个孩子竟是个死胎，也就是还没有出生，在娘胎里就已经死了。

朱子冉联想到弟弟在家里被产后抑郁症发作的二妈无意中用湿毛巾捂死，然后被爸爸悄悄抱到医院来跟别的新生儿调包的事情，一下对这个胎死腹中的婴儿重视起来。

如果自己先前的推想是正确的，那么很显然，这个死胎很可能就是她弟弟，而这个产妇生下的孩子，其实已经通过产科医生梅金婷之手，调包给了她爸爸，成了她现在的弟弟。要搞清楚事情真相其实很简单，只要找到这名产妇，让她跟弟弟朱子豪做一个 DNA 比对就可以了。

她看了一下这个产妇的名字，姓曾叫曾素娥，再看住址一栏，写的是光明市龙湾乡，后面应该还有些字迹，但不知道是蛀虫所咬，还是有人故意为之，在关键之处竟然被穿了两个小小洞，让人没办法瞧见这位名叫曾素娥的产妇在龙湾乡的具体住址。

她不觉有些遗憾，又往后看看，从医护人员签字栏里可以看到，当时在产房协助梅医生的共有两名护士，一个名叫吴娟，另一个名叫林琳。她掏出纸和笔，将产妇曾素娥和护士林琳的名字抄写下来，至于另一名护士吴娟，她上次打听过，已于几年前去世，已经没有办法向她打听任何线索。

离开病案室后，朱子冉在医院转悠一圈，很快就打听到林琳现在仍然在医院工作，只是几年前从产科转到了儿科，现在是儿科住院部的一名主管护师。她来到儿科大楼，在三楼护士站找到了林琳，这时刚好有一个孩子因为高热惊厥入院抢救，几名医护人员正忙得不可开交。

她趁着这个空当，到楼下小店买了几杯奶茶，然后在护士站旁边等着。十多分钟后，患儿的病情得到了控制，林琳等几名护士才一边揩着额头上的汗珠，一边回到护士站。朱子冉迎上去，说声"辛苦了"，将手里的奶茶递给大家。护士们还以为她是哪个患者的家属，接过奶茶都很客气地对她说了声"谢谢"。

朱子冉很容易地就从胸牌上认出了林琳，上前道："林护师，我想向您打听一件事情，可以吗？"

林琳喝了她送的奶茶，对她的态度也亲切起来，问："什么事？"

朱子冉往旁边走了几步，将她引到一边，问："二十年前的11月25日这天，有一个从咱们光明市龙湾乡来的产妇，在这里生孩子，但是生出来的是一个死胎，不知道您对这件事还有没有印象？"

林琳很快就点头说："有印象的，那个产妇好像是姓曾吧，当时负责给她接生的是梅医生，也就是我们现在的梅院长，助产士是吴娟，我从旁协助，但是没有想到生出来的孩子，竟然是个死婴。"

朱子冉不由得感觉到有点意外，这已经是二十年前的事情，想不到对方竟然记得这么清楚。林琳仿佛看穿了她心里的想法，笑笑说："我做了十几年的产科护士，经我之手接生出来的婴儿何止几千个，你一定很奇怪我为什么对这个产妇还记得这么清楚吧？"不待朱子冉点头，她又接着说，"主要有两个原因，第一是我做产科护士多年，但看到产妇生出死胎的概率还是比较小的，在我的职业生涯中，加起来也不会超过十五例吧。第二是你问的这件事，刚好发生在我入职这家医院的第一个月，严格来说那时我其实还只是一个实习护士，还没有资格进产房，但是当时护士人手不够，这个产妇又是因为难产进院的，情况紧急，梅医生只好把我带进了产房。所以，这其实是我作为一名护士参与接生的第一个孩子。没想到，竟然是一个死婴，我心里难过了好久。所以，你现在问起这件事，一下就勾起了我的回忆。"

"这个产妇之前没有做过产检吗？为什么肚子里怀的是死胎却还不知道？"

"产妇生活在乡下，估计家庭条件也不太好，听说之前从来没有到医院做过检查。"

朱子冉脸上露出惋惜的表情："那您能跟我说说当时的情况吗？"

"我记得当时应该是下午，快到傍晚的时候了吧，产妇因为子宫收缩乏力而造成难产，且伴有大出血，从下面乡镇送到我们这里，梅医生和助产士对产妇进行了紧急处理，我则在产房里协助她们的工作。我当时还在实习期，又是第一次经历产妇大出血这种情况，心里有些害怕，根本都不敢靠近产床，只是在床帘外给她们递一下工具。听梅医生说当时产妇出血不止，情况危殆，好在经过她紧急处置，很快就转危为安，但孩子在出生前就已经死亡，未免有些遗憾。"

"当时这名姓曾的产妇，有家属陪同吗？"

"好像没有吧。"林琳摇摇头，"听说产妇的老公在外地打工，没来得及赶回来。"

朱子冉点了点头，说："我知道这个产妇名叫曾素娥，是龙湾乡人，我就是想打听一下，您知道她在龙湾乡的具体住址吗？"

"这个我就不知道了。"

朱子冉"哦"了一声，未免有些失望。林琳感觉到她似乎没有在自己这里打听到有用的线索，不觉有些尴尬，看看手里那杯已经喝了一半的奶茶："那……这个要还给你吗？"朱子冉被她逗笑了："没事，您辛苦了，这杯奶茶是我请您的！"

跟林琳道别之后，她转身往电梯方向走去。电梯很快就从一楼升上来，电梯门打开，就在她正要跨进电梯的时候，林琳忽然从后面赶上来："我虽然不知道那个产妇的住址，但我知道陪她来的那个人住在哪里。"

朱子冉一愣，转回身道："你刚才不是说她没有家属相陪吗？"

林琳道："是的，但是那个人其实不是她的家属，而是个接生婆。"

"接生婆？"

"这个曾素娥一开始是在乡下找了个接生婆在家里给自己接生，谁知遇上难产，接生婆无计可施，而且产妇的丈夫又不在家，家里就只有产妇一个人，接生婆没有办法，只好帮她叫了车，将她送到了我们医院。当时，这个接生婆就在产房外边站着。"

"你认识那个接生婆？"

"是的，我家就住在龙湾乡附近，那个接生婆刚好跟我沾点亲，我们那里的人都叫她三姑婆，具体叫什么名字我不记得了，我只知道她住在龙湾乡下码头村，估计那个产妇应该也就住在附近的村子里，如果你想找她，可以去向这个三姑婆打听一下。"

"好的，多谢你了！"朱子冉立即将"龙湾乡下码头村"这个地址和"三姑婆"这个名字在手机记事本里记录下来，向她道谢之后，离开了儿科大楼。

林琳提供的这些线索，也进一步印证了朱子冉的推断。当年父亲悄悄抱着死去的弟弟来医院找梅金婷，对她许以重金，梅金婷答应帮他用死掉的孩子换回一个健康的男婴，并且拉了自己的心腹护士吴娟做帮手。为了不让自己的调包之计被人发现，梅金婷临时用实习护士林琳顶替另外一名老护士跟自己一起进入产房。在给产妇接生的过程中，她又将实习护士远远支开，只留下自己跟吴娟在产床边。曾素娥生下了一个健康的男婴，却被梅金婷用死婴替换，告诉产妇说生的是个死胎，而曾素娥生下的孩子则悄悄转移到父亲手中，被她老爸抱回家，成为了她现在的弟弟。但是这里面有个疑问，当天下午梅金婷前面接生的三个孩子都是女婴，她又是怎么知道曾素娥怀的是个男婴，从而提前做好调包孩子的准备的呢？直到她从医院走出来，也没把这个问题想明白。

她在门口的停车场找到自己的小车，坐在车里用手机地图搜索一下，发现这个下码头村，在龙湾乡最北边，靠近春水河畔。她开着小车穿过城区，驶上春水河大堤，从手机地图导航来看，再往前走四十多公里，看到一个河边码头，然后拐下堤坡，就到了下码头村。

但是，她刚驶上河堤不久，就突然有一辆东风日产小车从后面追上她，故意放慢车速挡在她前面。她几次想超车，都被对方死死压制住，鸣了几次喇叭催促对方让道，前车也没有任何反应。

她正心头纳闷，却看见前面小车里突然有人从车窗里撒下一把东西，她的车子往前走了几十米，左边一个车胎就突然瘪下来。她这才明白，对方刚刚撒出的是一大把图钉，扎破了她的车胎。

她只好把车靠边停下。前面的东风日产也跟着停下来，车门打开，走下来两个年轻男子，其中一人满头黄发，看起来有点眼熟，居然是上次在河堤上锁住她的车强行收停车费的"黄毛哥"。

她不由得心头火起，下车道："你们想干什么，这又不是你们家的路，难道还要拦车收过路费不成？"

黄毛一边朝她走近，一边冷笑道："这里确实是我黄毛哥的地盘，不过，今天我不是来找你收过路费的。"

"那你们想干什么？"

"我们想找你要一样东西。"

"什么东西？"

"想要你一只手！"

等黄毛二人将背在身后的双手拿出来的时候，朱子冉这才发现二人手里竟然都提着一根铁棍。

她不由变了脸色，往后退一步："你、你们到底想干什么？"

黄毛阴声笑道："我刚才已经说了，我们想要你一只手，让你长点儿记性，以后不要再多管闲事。"

"多管闲事？"朱子冉心念电转，蓦然明白过来，"是梅金婷叫你们来的吗？"

听到梅院长的名字，黄毛脸上的表情明显僵硬了一下。朱子冉越发确定了自己的想法，梅院长不想让自己继续调查二十年前的死婴调包案，所以花钱请黄毛来给自己一点儿教训，好让自己知难而退。

她见两人来者不善，情知不妙，立即掉头坐回到自己小车里，锁好车门，拿起手机打110报警，居然遇上了占线忙音。不由得心中暗暗叫苦，想到这里距离韭菜街不远，赶紧又拨通蒋大胜的手机，向他求救说上次在春水河堤上遇见的那个向他们强收停车费的"黄毛哥"，又带了一个手持铁棍的同伙，在同一地点找她麻烦。蒋大胜忙道："你别急，我马上就到！"

朱子冉打完电话，黄毛两人已走到她车边，敲着车窗示意她打开车门。朱子冉吓得瑟缩在车里直发抖。黄毛见她不肯开车门，心头火起，提起铁棍，"砰"的一声，将车窗玻璃击碎，伸手进来要开车门锁。朱子冉见势不妙，拾起掉落在车里的一块玻璃，狠狠扎在他手背上。

黄毛痛叫一声，把手缩了回去，叫骂道："死八婆，居然敢扎我，你不想活了？"将铁棍伸进来，对着驾驶位一通乱打。

朱子冉身上挨了两棍，痛得哭起来，急忙爬到旁边的副驾驶位躲避。不想另一边车窗也被黄毛的同伙砸碎，铁棍像雨点似的打进来。她只好忍痛往后排座位上爬去。

黄毛很快就打开驾驶位的车门，从前面爬进车里，一把揪住朱子冉的头发，将她硬生生从车里拽了下来。朱子冉吓得大声呼救，但是这一段河堤很偏僻，周围并无人家，路上几乎看不到行人，她叫破喉咙也没有人听得见。

黄毛和同伙一起，将她按倒在车尾厢上面，骂骂咧咧地道："臭三八，居然敢反抗，你找死吗？"朱子冉被他们死死按住，动弹不得，吓得连说话都哆嗦起来："你、你们到底想怎么样？"黄毛说："收人钱财，替人办事，有人花钱买你一只手，并且让我转告你，不要再多管闲事，你再调查下去对谁都没有好处！"

"是梅金婷叫你们来的吧？"

"谁叫我们来的你管不着，我们只是收钱办事，你不要怪咱们心狠手辣！"黄毛瞪了旁边的同伙一眼，"还愣着干啥，赶紧把她的手拿上来！"那个同伙这才回过神来，抓起朱子冉的一只手，狠狠地按在车尾厢盖上。

黄毛用那只被碎玻璃扎得鲜血直流的手举起铁棍，恶狠狠地道："老子今天就要废了你这只手，让你长点儿记性！"说话之间，铁棍就要往朱子冉手腕处砸下来。

就在这时，只听得一阵摩托车轰鸣，蒋大胜已经驾着摩托车风驰电掣般赶到，怒声喝道："黄毛，放开她！"声到人到，摩托车直朝黄毛二人撞过来。黄毛急忙往旁边一闪，避了开去，他的同伙却躲避不及，被摩托车前轮撞下堤坡，滚出好远。

黄毛回头一看，认出蒋大胜正是上次低声下气向自己交停车费的那个尿人，脸上不由露出轻蔑的笑意，道："上次黄毛哥没揍你，这次你倒自己送上门来，那就别怪我不客气了！"说罢，举起铁棍就往他身上砸来。蒋大胜跳下摩托车，敏捷地闪避开去。黄毛一棍落空，身子前倾，失去重心，蒋大胜一个滑步绕到他身后，顺势一个下砸肘，像一记重锤打在他背上。黄毛顿时扑倒在地，摔了个嘴啃泥。

他同伙这时候已经从堤坡下爬上来，抄起铁棍想从背后偷袭蒋大胜。朱子冉瞧见，忙叫了一声："大胜哥小心！"蒋大胜仿佛脑后生眼，将身一矮，向后一个扫堂腿，那小子"扑通"一声，扎扎实实摔在地上，哼哼唧唧半天爬不起来。

黄毛显然没有料到蒋大胜跟上次相比，竟然判若两人，心中早已胆怯了，爬起来吐出一口血水，问："你、你到底是什么人？敢惹你黄毛哥，不想活了是吧？"

蒋大胜两手叉腰，哈哈大笑："老子绰号齐天大圣，你小子去打听打听，十年前老子在道上混的时候，你还不知道在哪旮旯吃屎呢！"

黄毛知道今天遇到了狠人，擦擦嘴角边的泥沙，只好把一口血水硬生生吞了下去。蒋大胜指着朱子冉对他二人道："这是我妹妹，从今往后如果你们还敢找她的麻烦，老子就要你们下半辈子在轮椅上度过。要是不信，你们可以再试一试！"

"我信我信！"黄毛本就是欺软怕硬的角色，在他手里吃了大亏，哪里还敢说半个不字，朝他一抱拳："青山不改，绿水长流，后会有期！"拉着同伴一起回到自己车里，落荒而逃。

"子冉，你没事吧？"蒋大胜将朱子冉扶到一边，问她。

朱子冉摇头说："我没事，幸好你及时赶到，要不然我这只手可就真的废了。"她上下打量蒋大胜一眼，忍不住对他刮目相看，"大胜哥，你可真是雄风不减当年啊！"蒋大胜甚是得意：

"那是当然，虽然我不做大哥好多年，可是手上的功夫可没落下，别说这两个小混混，就算再来一打这样的黄毛小子，也不是我对手。所谓真人不露相，我平时不想惹事，所以遇事都会多加忍让，但如果真有人敢欺负到咱们韭菜街 F4 头上来，那你大胜哥的拳头可不是吃素的。"

朱子冉忍不住笑着对他竖起一个大拇指。蒋大胜道："对了，这两个黄毛小子怎么会盯上你的呢？是因为上次交停车费的事吗？"朱子冉摇头道："应该不是，我最近在调查我弟弟的身世，现在已经有了些线索，很可能涉及妇幼保健院院长梅金婷，我怀疑这两个人就是那个梅院长指使来的，目的就是要警告我，让我不要再深入调查下去。"

"那你怎么办？"

朱子冉一脸坦然："我本来就是记者，追查事实真相是我的本职工作，而且这事又跟我弟弟有关，这点威胁对我来说根本算不了什么，反而让我更加坚信自己的调查方向是正确的。我不会就此罢手，一定会继续调查，直到找出真相。"

"听你这么说，那我就放心了。不过，你自己也要小心行事，有什么需要随时找我，我这个韭菜街过气老大，关键时刻还是能管点用的。"

"好的，谢谢你了，大胜哥！"

"跟我还客气啥呢，咱们韭菜街 F4 不早就是一家人了吗？你就是咱们家最小的小妹，你有事，大哥当然得出面帮你顶着。"蒋大胜一面说话，一面查看了一下她的车损情况，先是帮她换上备用轮胎，然后又陪她去到最近的汽修厂，把破碎的车窗玻璃更新完毕，确认车子没有问题了，又将她拉到一边，叮嘱她注意安全，甚至还现场教了她两招女子防身术以备急用，这才跟她挥手告别。

第十五章

母子关系

经过这一番折腾，时间已经到了中午，朱子冉顾不上吃饭，买了个面包一边在车上啃着，一边匆匆赶往龙湾乡，因为担心路上再出什么幺蛾子，所以这次她故意选了一条相对偏僻的小路，花了差不多一个小时，才找到下码头村。果然如护士林琳所言，那个三姑婆在当地还颇有些名头，随便找人打听一下，人家就说："哎呀，你是找那个接生婆啊？她就住在前面那个门口种着两棵橘子树的砖瓦房里。"人家还不忘好心提醒她，"三姑婆今年六十多了，早已退休不再做接生婆了。"

　　朱子冉沿着村道找过去，很快就看到了那间门口种着两棵橘子树的红砖房，一个六十来岁年纪、头上扎着花头巾的妇女正在门口用簸箕晒着花椒，远远地就能闻到一股浓烈的花椒味儿。朱子冉上前问了一声："大妈，请问您是三姑婆吗？"对方抬起头，狐疑地打量着她："我就是，姑娘你……"朱子冉先将在路上买的一袋水果当见面礼递到她手里，然后才道："我是来向您打听一个人的。"

　　三姑婆收了一大袋水果，满心欢喜，急忙将她让进屋里，请她在堂屋坐下，给她倒了杯茶，然后才坐在她对面问："姑娘你想打听谁呀？不是我吹牛，我三姑婆还算有些见识，这周围十里八乡，还真没有我不认识的人。"

　　"我想向您打听一下曾素娥这个人。"

　　"曾素娥啊……"三姑婆愣了一下，脸上现出一副"好像知道这个人，但又一时记不起是谁"的表情。

　　朱子冉提醒道："二十年前，她在自己家里生孩子，当时是您去给她接生的，但是因为难产，孩子生得不太顺利，最后您陪着她去了市里的妇幼保健院，结果在医院生出来的是一个死婴。"

"哦，原来你说的是她啊，记得的记得的，我记得她的。"三姑婆一拍大腿说，"她是快要生了，才叫人来请我过去的。我去到她家里，她家就她一个人，按理说生孩子应该是头先出来，结果她的孩子是反着来的，先出来一只脚，另一只脚张开后卡在了产道里。我当时已经看到孩子是个男婴，但就是没办法接生出来，产妇又大出血，我知道情况不妙，赶紧打电话到妇幼保健院，让他们派救护车过来。我怕产妇等不到救护车，又叫我儿子开着农用车将她送往市区，因为她家里没有一个亲人在旁边，没有办法，我也只好跟着去了。我们的车在路上跟救护车相遇，最后救护车将她送到妇幼保健院，经过一番折腾，大人是保住了，但孩子却没了……"

"对，就是这个产妇。"朱子冉问，"在送去医院之前，您就已经看到她要生下来的是个男孩了吗？"

三姑婆说："是啊，当时孩子生出来一只脚，我都看到小鸡鸡了，肯定是男孩啊。我给医院打电话的时候也是这么说的。"朱子冉不由得"哦"了一声，心里关于曾素娥并没有在保健院做过产检但梅金婷为什么会知道她怀的是男婴而提前做好调包准备的疑问，也终于有了答案。原来三姑婆打电话叫 120 急救车的时候，已经向医生做了说明。

"挺好的一个男娃，可惜没有救活，要是顺利生下来的话，现在只怕也有二十岁了吧？"三姑婆一脸惋惜的表情。

朱子冉不禁有些意外："您不知道吗？不是孩子没有被救活，医生说曾素娥当时怀的就是一个死胎，意思是孩子在肚子里的时候，就已经死了。"

"是吗？这可奇怪了，我接生的时候，孩子明明是活着的啊。后来到了医院，护士跟我说孩子没了，并没有说是死胎。当时我家里还有事，见产妇被救过来了，也就放心地回家了。我跟她既不沾亲也不带故，帮她帮到这里也算是尽了人情，你说对吧？"

朱子冉点了点头，又问："您真的肯定当时孩子是活着的？"

"当然能肯定啊。前面是我接生的，孩子的一只脚生出来的时候，还使劲蹬着呢，怎么会是死胎呢？"三姑婆一脸不可思议的表情，"就算后来生出来死了，那也不能说是死胎啊，是不是医生没把孩子救活，怕承担责任，所以干脆说孩子在娘胎里就已经死了？"

朱子冉自然知道真相远没有她想象的这么简单，但这时候也不便当着她的面说破，只是点着头说："也许是这样吧，我现在就是在调查这个事情，有很多疑问想当面找曾素娥问清楚。可惜我只知道她住在龙湾乡，具体在哪条村子里，却不得而知。所以现在想向您打听一下，您能把她的住址告诉我吗？"

"哦，你想问她的地址啊，她家就住在石斗村，你沿着咱们村子前面的这条大路找过去，中间经过两个村子，过了一个水泥桥，就到了他们村。我也是很多年没有见过她，你去村里问问，如果她没有搬走的话，肯定能找到她。"

朱子冉记下"石斗村"这个名字，向她道了谢，然后开着小车沿着村道一直向前开去，中间经过两个村庄，然后就被一条几米宽的河沟挡住去路。绕行了一里多路后，终于找到一座水泥桥，开车过桥，河沟那边就是石斗村。

石斗村不大，村后不远就是石斗山，山边是一条通往市区的省道。村子里十分安静，远远地能听到省道那边传来的呼啸而过的车声。她停车问了一下，很快就找到了曾素娥家。

那是一间黑乎乎的平房，台阶上下堆满了成捆的纸皮垃圾，远远地就能闻到一股奇怪的味道。她掩着鼻子，走到门前，才发现大门锁上了，敲敲门，屋里没有人应声。从门缝往屋里瞧瞧，隐约能看见屋里也堆满了被踩瘪的空矿泉水瓶、易拉罐和废旧物件。

她不禁有些奇怪，这难道是一个乡村垃圾回收站吗？找到旁边邻居家的一个中年女人问了一下，还真被她猜对了一半，这里虽然不是一个垃圾回收站，但这个曾素娥却是靠捡破烂为生，屋里屋外都堆满了她从外面捡回来的垃圾废品。天气炎热的时候，她屋里的臭味能传遍半个村子，弄得附近邻居都苦不堪言。

"家里只有她一个人住吗？"朱子冉又问邻居。邻居点头说："是的，她家里就她一个人。"

"我看她家大门锁上了，是出去捡废品了吗？您知不知道她去了哪里？"

"应该不是出去捡废品了吧。"邻居皱起眉头说，"两天前的傍晚，我看见有一辆小车停在她家门口，把她接走了。"

"是吗？"朱子冉顿时警惕起来，"您知道来接她的是什么人吗？"

"这就不知道了，我只晓得来接她的是一辆车头上有四个圈的小车，看起来很高档的样子。"

"那是奥迪车。"朱子冉问，"那您知道她被接去哪里了吗？"

邻居仍旧摇头："不知道。我没有想到她捡了半辈子垃圾，竟然还有一个开这种高档小车的亲戚，当时还站在路边羡慕了好久呢。我看见小车载着她往村子外面去了，具体去了哪里，我就不知道了。"

"那您记得那辆小车的车牌号码吗？"

邻居朝她撇撇嘴："这我哪儿记得啊。"

朱子冉的心不由得悬起来，她曾在妇幼保健院看到过梅金婷的小车，就是一辆黑色奥迪。难道两天前开车将曾素娥接走的人，就是这位梅院长？她为什么要带走曾素娥？难道是想杀人灭口？

她被自己的想法吓了一跳，急忙走到一边，掏出手机想要报警，可是转念一想，又觉得不太妥当。从邻居的话语来看，并不能确定曾素娥是被梅金婷绑架走的，甚至拿不出任何证据证明梅金婷跟曾素娥的失踪有关，至于说曾素娥已经被杀人灭口，或是遇上了危险，也完全只是她的臆测，并没有任何实质证据作为支撑。这个时候贸然报警，估计警方也不会受理。她只好又将手机放下来。

原本以为找到曾素娥，就会离真相更近一步，谁知找到她家里来，却发现她已经失踪了，所有线索来到这里，也就突然中断。找不到这位二十年前的当事人，朱子冉自然也就没有办法再继续深入调查下去。如果曾素娥真是被梅院长带走的，那不得不说，梅金婷这一步棋走得十分高明。

正在她站在曾素娥家门口的禾场上进退两难无计可施之际，那个邻居突然又凑近过来："你这是要找曾素娥吗？"朱子冉说：

"是啊，我想找她打听点情况，但没有想到她竟然已经被人提前带走了。"那个邻居犹豫了一下，说："其实，我昨天傍晚还看见她回家来着。"

"你昨天见到她了？"

"是的，她家后面有一个猪圈，里面养了两头猪。昨天傍晚我在后面菜园里干活的时候，看见她匆匆从外面回来，煮了猪食喂完猪，又急匆匆地走了。"

"你的意思是说，不管她是被什么人接走，也无论她去了哪里，她心里一直记挂着家里的两头猪，所以到了今天傍晚，很可能还会偷偷回来喂猪，对吧？"

"我觉得应该是这样。她就指望着这两头猪喂到年底能卖个好价钱呢，肯定不会饿着它们。"

"好的，我明白了。"

跟邻居道别之后，朱子冉看看时间，已经是下午 3 点多，距离傍晚还有 3 个小时，但她不敢大意，生怕自己一不小心，就错过了跟曾素娥碰面的机会。她将自己的小车开到远处，找个隐蔽的地方停好，然后步行回到曾素娥家，转到她家屋后，看到平房后面果然用断砖搭建着一个简陋的猪圈，猪圈的门是锁上了的，她从门缝里看进去，里面养着两头半大的黑猪，正哼哼唧唧，像是饿了，在叫唤主人回家给它们喂食。

她又四下里看看，距离猪圈不远的地方，是一块菜地，中间有一排丝瓜架，茂密的瓜叶下吊挂着许多青色的丝瓜。她想了一下，就扯了两片瓜叶垫在地上，在丝瓜架下找了个隐蔽的地方坐下来，一面百无聊赖地看着手机，一面等着曾素娥回家喂猪。

下午 6 点多的时候，太阳落到西山下，天色渐渐暗下来，朱子冉伸头看看，并没有瞧见人出现在猪圈门口，只是猪圈里的那两头猪叫声越来越大，它们显然已经是饿极了。

她不禁有些担心，难道曾素娥今天出了什么意外，没有办法赶回家喂猪了？心里正七上八下地猜测着，忽然听到一声轻响，像是猪圈的门被人打开的声音，急忙起身看去，只见一个身形单薄的中年妇女正拎起外面的一桶泔水，准备去喂猪。

她不觉有些兴奋，料定这就是她要找的曾素娥，急忙从菜园隐蔽处走出来，叫了一声"曾素娥"，中年女人不由吓了一跳，回头看着她："你是谁？怎么知道我的名字？"

朱子冉拿出记者证在她面前亮了一下，说："我叫朱子冉，是省城《新都市报》的记者，我想找你……"

她的开场白还没说完，就听得"当"的一声，曾素娥扔掉手里的泔水桶，一脸慌张，掉头就跑。朱子冉没有料到她竟然会做出这样的反应，急忙追赶上去，快跑几步，终于在屋角处将她拉住，喘着气道："大婶，您别怕，我、我可不是坏人！"

曾素娥被她拉扯住，一时之间挣脱不掉，只好止住脚步，回头惊惧地瞧着她："梅院长果然没有说错，她就是被你们这些坏记者盯上了！"

"坏记者？"朱子冉一时间没有明白过来，"这是什么意思？谁说我是坏记者？"

"两天前，梅院长突然开着小车找到我家，告诉我说现在有个不怀好意的记者，想要故意抹黑她，挑不出她身上的毛病，于是就决定拿她二十年前为我接生的事情说事，想诬陷她说那是一起由她一手造成的医疗事故。当时我明明怀的是一个死胎，孩子在出生之前就已经没了，跟医院和医生都没有任何关系，现在这个记者旧事重提，无非是想把孩子死亡的责任推到医生头上，说是医护人员处置不当，才导致婴儿死亡，想要借此敲诈医院和医生一笔钱财。我听了非常气愤，梅医生是个好医生，二十年前是她将我从鬼门关救回来，她得知我家里困难，还资助了我一笔钱做医药费，这些年来我一直很感激她，绝不允许有坏记者乱写文章诬蔑她。梅医生让我跟她走，先躲开这个记者，等过了几天记者找不到我，这件事自然就了了，所以我就上了梅医生的车。她把我带到乡镇上一家宾馆，开好房间让我在那里住几天，等记者走了，就可以回家了。为了让我安心住下，她还答应每天给我三百元误工费。我虽然按梅医生的要求在宾馆里住下了，但却一直放心不下家里的两头猪，只好每天傍晚溜出宾馆偷偷跑回家来喂它们一次。想不到这才第二次回家喂猪，就被你这个坏记者给抓住了。你就死了这条心吧，我是不会给你提供任何口实，让你去写文章诬陷梅医生的。"

曾素娥说到这里，就背转身去，摆出一副"你拽住我也没有用，我绝不会说梅医生半句坏话"的样子。

朱子冉知道她已经被梅金婷洗脑，再加上情绪激愤，这时候无论自己问她任何问题，显然都不可能从她嘴里得到答案，思忖片刻，才道："曾大婶，要不这样吧，咱们先找个地方坐下来说话，我保证不再问您任何问题，您也不需要回答我任何关于梅院长的事情，只要坐下来，静静地听我把话说完。有什么事情，等你听我说完再说，行吗？"

曾素娥犹豫一下，知道自己今日被她拽住，轻易是脱不了身的了，只好点头道："那也行，不过你得等我一下，我先把两头猪喂了，它们一天都没有吃食，已经饿得哇哇直叫。"

朱子冉点了点头说："好的，那您先喂猪。"

曾素娥喂了猪，两头黑猪吃饱后，再也不哼哼唧唧地叫唤，很快就安静下来。曾素娥洗了手，带着朱子冉在屋后一个横倒的大树蔸上坐下，半仰着一张黑瘦的脸对着她，好像在说：你想说什么就说吧，反正我不会听你的，更不会说梅医生半句坏话。

朱子冉坐下之后，却反而有些犹豫，似乎一时之间不知从何说起，想了一下才道："我还是从我自己说起吧。我姓朱叫朱子冉，是省城《新都市报》的记者，但今天我并不想以一个记者的身份跟您说话，而是以一个普通人的身份，向您述说我自己和自己家庭的遭遇。我家就住在光明市市区，我有一个弟弟叫朱子豪，是我继母所生，他今年二十岁。就在不久之前，他被查出得了急性白血病，一直在医院接受治疗。想要彻底治好白血病，最有效的方法就是换骨髓，而跟他有血缘关系的人与他配型成功的可能性最大。但是，当我准备捐出自己的骨髓救他时，却被医院检测出，我跟我弟弟之间并没有血缘关系，后来又检测出我爸爸和我继母，都跟我弟弟没有任何血缘关系。"

"你的意思是说，你这个弟弟，并不是你们家的孩子？"

曾素娥本来一脸抗拒的表情，似乎抱定"无论你说什么，我都不出声"的决心，但听她一直在说自己的家事，渐渐地也就放松了警惕。这时听她说到这里，也忍不住心中好奇，开口问了一句。

朱子冉点了点头说："是的，经过 DNA 比对，医院已经证实他不是我爸爸和继母亲生的孩子。于是，我开始调查这到底是怎么回事，我弟弟怎么就变成不是我弟弟了呢？我继母当年生的孩子去了哪里，这个不是我弟弟的孩子，又是怎么到我家来的呢？我查到二十年前，我继母得了产后抑郁症，在那年的十一月二十五日，也就是婴儿刚从医院抱回家里的第一天，她就失手用湿毛巾捂死了我弟弟，而她自己却还完全不知情。后来，我爸爸为了在我爷爷奶奶面前把这件事情隐瞒下来，就将死去的孩子抱到医院，找熟人想办法换了一个健康的孩子回家……"

"换了一个孩子？"曾素娥脸上露出不可思议的表情。

"是的。我爸爸跟妇幼保健院的产科医生梅金婷是同学，两人关系不错，我弟弟就是梅医生接生的。我爸抱着死去的孩子找梅医生帮忙，并对她许以重利，于是，梅医生就在当天给一个从乡下来的产妇接生时，用我那个死去的弟弟，替换掉了这名产妇生下的男婴。梅医生欺骗产妇说她生下的是一个死胎，产妇出于对医生的信任，并未产生任何怀疑。而这名产妇生下的孩子，却被我爸爸悄悄抱回了家，二十年后，这个孩子就长成了我现在的弟弟朱子豪。如果不是这次子豪得了白血病，这个深藏了二十年的秘密也不会被暴露出来。现在我继母因为抑郁症发作，已经完全记不起当年发生的事情。我爸爸则在去年因车祸成为植物人，现在还躺在医院里昏迷不醒。我已经无法向他们追寻二十年前的真相，只能到医院去找梅金婷。梅金婷怕我查出真相，以她在北京开会为由，千方百计阻止我去医院查看当年当日的医疗档案。当我费尽周折查找到二十年前那名产妇的分娩记录时，却发现上面的地址已经被人撕掉。我从当年曾参与抢救这名难产孕妇的一位实习护士那里打听到，当年将这名产妇送进医院的，是龙湾乡的一名接生婆。我在去下码头村找这位被人称作三姑婆的接生婆时，遭到了梅金婷请来的两个流氓的阻拦，差点连命都丢了。我在三姑婆那里才辗转问到这个产妇的具体住址。但是当我来到这名产妇家时，却发现她已经在两天前就被梅医生开车带走……"

"你、你说的这个产妇，是、是谁？"曾素娥已经隐约听明白她的话，不由得站起身，看着她颤声问。

朱子冉也站起身来，直视着她道："我说的这个二十年前被梅金婷换掉孩子的产妇，她是龙湾乡石斗村人，她的名字叫曾素娥！"

曾素娥从她嘴里听到自己的名字，像是被电流击中，浑身上下都忍不住颤抖起来："不、不，这不可能……梅医生她怎么会、怎么会做出这样的事情来？"

"如果她没有做过这样的事情，为什么要把你医疗档案里的地址撕掉，又派人在路上横加阻挠，想尽一切办法不让我找到你？"朱子冉提高声音道，"如果她没有做过这样的事情，为什么会害怕我找到你，而事先将你关在宾馆里？如果不是你偷偷从宾馆跑回家喂猪，如果不是我悄悄躲在这里等你，如果今天我没有见到你，也许她的阴谋就得逞了，这桩二十年前的旧案，就真的被她这样轻易翻过去了。"

"你、你说的是真的？我二十年前生的孩子没有死，他、他还活着？"

"是的，那个打从你肚子里一生下来，就被抱去我家的孩子，就是我现在的弟弟朱子豪，他还活着，只要你愿意，你们母子还有团圆的机会。"

"老天爷呀，怎么会这样? 老天爷呀，怎么会这样! "曾素娥一面叫着"老天爷"，一面跺着双脚，不知是悲伤还是激动，在原地转了一圈，突然间一把抱住朱子冉，号啕大哭起来，"老天爷，我的命好苦啊……"

从她断断续续的哭诉中，朱子冉隐约听明白了她这二十年来的遭遇。

二十年前，她丈夫去浙江温州打工，她生孩子的时候，给丈夫打了电话，丈夫立即坐上火车往家里赶。她因为难产，被送到妇幼保健院，医生告诉她说生下来的是一个死胎。当时她迷迷糊糊中看了孩子一眼，确实是死了。她被从产房推出来后，央求医生帮她打了个电话给丈夫。那时候她丈夫还没有手机，只有一个挂在皮带上的 BP 机。结果，她丈夫知道这个信息后，根本连家都没有回，下了火车，就在车站买了一张返程票，直接回了浙江。后来，她把这个死去的孩子带回家，埋在了村子后面的石斗山下的山沟里。当年丈夫回家过完年，就跟她离婚了。

村里人都知道她生了个死胎，说她命中克子，是个不吉利的人，离婚之后没有任何男人愿意娶她，她只好一个人过起了日子。当年生孩子难产大出血，几乎掏空了她的身体，从医院回家后她暴瘦了二三十斤，落下了一身毛病，但是再苦再痛，也只能一个人扛着。实在痛得受不了，没钱去医院看病，只能是在乡下找土郎中抓几副草药止止痛。生出一个死胎，她也觉得自己满身晦气，轻易不敢到别人家里去，渐渐地，她就成了村子里一个跟任何人都不相往来的怪人。身体每况愈下，没有力气种田，外出找工作又没有人要，她只好干起了捡拾废品的营生。就靠着这个，再加上每年养两头猪能换点钱，勉强活了下来。

曾素娥哭道："我原本以为自己这辈子就这样过了，但是没想到你居然告诉我，我当年生下的孩子还活着，他、他都已经长到二十岁了……这、这是真的吗？你、你不会是为了诬陷梅医生故意骗我的吧？"

朱子冉听她哭诉完自己的遭遇，也不禁泪湿眼眶，如果当年不是梅金婷替换掉她生下的孩子，也许她现在的生活就是另外一个样子吧。她说："我没有骗你，梅医生是怕我找你调查到真相，所以，才会告诉你说我是个坏记者，叫你不要跟我接触的。要想知道我跟她到底谁在说谎，其实很简单，只要你跟我弟弟去做一个DNA比对，看看他到底是不是你亲生的孩子，就知道了。"

"那要怎么才能做DNA比对？"曾素娥问。朱子冉说："您扯几根头发给我，再签一份委托书，写上您的身份证号码和联系电话，我再拿去医院就可以了。"

"那太好了！"曾素娥立即从自己头上扯下一撮枯黄的头发，用朱子冉递过来的纸巾包好，又在写好的鉴定委托书上签了自己的名字。

朱子冉收好之后，告诉她说："您可以不用回宾馆了，就在家里等着，鉴定结果出来后，我会第一时间通知您。如果梅医生再来找您，你就跟她说自己住不惯宾馆所以要回家，先不要告诉她我来找过你，免得再生事端。"曾素娥点头说："好的，我记住了。"

朱子冉跟她道别之后，立即赶回市区，将 DNA 样本送到司法鉴定中心。第二天中午的时候，她拿到了鉴定报告，结论一栏里写着：支持亲子关系，亲权概率在 99.9999%。也就是说被鉴定人曾素娥和朱子豪，系母子关系！

朱子冉生怕自己看错，擦擦眼睛，直到把鉴定结果的最后一行字看完，才确认自己多方辗转调查寻找，做了这么多次 DNA 检测，这一次，终于拿到了一份肯定的结果。

手里拿着这份沉甸甸的鉴定报告，她止不住流下泪来。

第十六章

老天惩罚

朱子冉立即驱车赶往龙湾乡石斗村，曾素娥今天没有出门捡拾废品，一直在家里等着她。

朱子冉将鉴定报告拿给她看了，曾素娥初中都没有念完，前面的内容也看不懂，直接翻到最后一页，当看到鉴定结论上写着被鉴定人曾素娥与朱子豪系母子关系时，她忽然一口气喘不过来，整个人就往后昏倒过去。好在朱子冉眼疾手快，一把上前将她抱住，把她扶到椅子上坐了，又掐了她的人中，过了好一阵，才悠悠醒转过来。

曾素娥又将那份鉴定结果看了一遍，这才渐渐缓过神来："我的儿啊……"一声悲呼，掩面恸哭起来。

朱子冉想要劝慰她几句，可是忽然觉得面对一位母亲二十年母子分离的痛苦，这时候说出任何劝慰之词，都是那么的苍白无力。最后只有无言地抱住她，默默地陪着她一起流泪……

"我儿子他……现在叫朱子豪是吧？"曾素娥哭了一阵，情绪稍稍平静下来之后，擦着眼泪问她，"子豪他现在在哪里，我可以去见他吗？"朱子冉点头说："当然可以，我马上就能安排你去跟他见面，只是……"

"只是什么？"曾素娥以为她又反悔了，忙道，"我可以付你车钱，只要你带我过去就行了。"

朱子冉说："我不是这个意思。我是想说，我弟弟——子豪他得了白血病，正在医院做化疗，因为药物反应，他现在非常瘦，头发也掉光了，他的样子可能会吓到你。"

曾素娥不由得又流下泪来："他是我儿子，无论他变成什么样子，都是我的孩子，又怎么可能会吓到我呢？我这些年都不在他身边，没有照顾好他，让他受苦了，我、我不是个好妈妈……"

朱子冉又劝说一阵，她才渐渐收住眼泪。朱子冉道："子豪在人民医院住院治疗，我现在就带你过去见他。"

曾素娥说声"好"，起身走到门口，忽然想到什么，说："请你稍等一下！"自己跑进厨房，打了盆水，将自己的脸擦洗一遍，又换上一件干净衣服，这才跟着她出门。

朱子冉开着小车，载着她来到市区，将她带到人民医院。上楼之后，朱子冉想了一下说："曾大婶，要不您先在病房外面等一会儿，我弟弟还不知道DNA比对结果，我想先进去跟他说一声，好让他有个心理准备。"曾素娥有点手足无措道："对对，你考虑得很周到，孩子还不知道我是他妈妈，冒冒失失跑进去，一定会吓着他的，我不着急，你先进去好好跟他说说，等说好了你出来告诉我一声，我再进去。"

朱子冉点头说："行。"就先让她在走廊长凳上坐下，自己走进了病房。这时朱子豪的状态看上去还不错，正在喝着她上午送过来的鸡汤，见到她，抬头说："姐，没想到，你做的鸡汤比妈做的还好喝。"

朱子冉笑笑，在病床前坐下，朱子豪见她脸上的表情有些异常，不觉一怔，放下手里的汤碗问："怎么了姐，是不是妈妈她出什么事了？"朱子冉忙道："你放心，二妈没事，我问过精神科医生，她恢复得很快，估计再过几天就可以回家了。"

朱子豪"哦"一声，这才放下心来。

朱子冉等他安心喝完鸡汤之后，才缓声道："子豪，姐姐今天来是想告诉你，我找到你的……亲生妈妈了！"

"是吗？"朱子豪手里拿着汤碗，正要往床头柜上放，听到她的话后，手不由得僵在半空，像是没有听清楚似的，重复着问了一句，"什、什么？姐，你刚才说……"

朱子冉从他手里接过汤碗，在床头柜上放下之后才道："姐找到你亲生妈妈了，她叫曾素娥，住在龙湾乡，这个是你跟她的亲子鉴定结果。"她一边简单地将事情经过跟他说了，一边把DNA鉴定报告拿出来，递给他看。

朱子豪接过鉴定报告，一目十行地看起来，当看到最后鉴定结论一栏时，手不由得颤抖起来，只有两张纸的鉴定报告竟然拿捏不住，从他手里掉落下来。朱子冉知道他经过治疗，身体才刚刚有所好转，生怕他情绪激动之下出现什么意外，忙道："你妈妈——亲生妈妈，她想见见你，她就在病房外面，如果你不想见的话，我这就去告诉她，让她改天再来。"

"不，姐，你让她进来吧，我没事的！"朱子豪擦擦眼睛说。

朱子冉这才走到门外，将曾素娥请入病房。这是一间双人病房，屋里除了朱子豪，还有另外一张床位，上面住的是一个等待做心脏手术的年轻人。不知道是因为情绪激动，还是一时间分不清谁是自己的孩子，曾素娥站在病房门口，一个劲儿地擦着通红的眼睛，却不敢往里走。

朱子冉将她带到弟弟的病床前，说："这是我弟弟子豪。"然后又对朱子豪道，"这是曾……大婶。"朱子豪在病床上坐起来，呼吸忽然变得有些急促。曾素娥忙俯下身："孩子，你、你不用起来……"拿了两个枕头，让他靠在床头。然后，就在床沿坐下，一面握着他的手，一面仔细端详着他的脸："孩子，你、你怎么比妈妈还瘦啊……"一句话没说完，眼泪就大颗大颗掉落下来，打在朱子豪的手背上。

朱子豪的手颤动了一下，下意识地想缩回手，但曾素娥那双瘦骨嶙峋的粗糙手掌却将他的手握得更紧。朱子豪虽然知道面前这个黑瘦矮小的中年妇女就是自己的亲生母亲，但毕竟二十年来从未见过面，这时红着眼圈看着她，心里有种既陌生又熟悉的感觉，张张嘴，但那一声"妈妈"却始终无法叫出来，过了半晌才道："……其实我生病之前，是个大胖子……"

朱子冉也在一旁点头道："是啊，子豪以前确实很胖，最近因为生病住院，才暴瘦下来，不过您别着急，只要找到配型相适的骨髓治好他的病，他很快又会变成一个大胖子的。"

"孩子，你受苦了……"曾素娥伸出手来，想去抚摸他的脸。朱子豪下意识地躲了一下。曾素娥不由心中一痛，再也忍耐不住，伏在床边放声大哭起来……

哭声惊动了护士站的护士，一个年轻护士以为出了什么事，急匆匆跑过来。朱子冉赶忙将她拦住，拉着她走到外面走廊，小声将事情原委简单跟她说了，又说："就让她哭一会儿吧，没事的，给你们添麻烦了！"护士听说这是朱子豪的亲生母亲，往病房里瞧一眼，也不由得大感唏嘘。

刚送走护士，朱子冉的手机就响起来，看一下来电显示，居然是妇幼保健院院长梅金婷。她犹豫一下，走到一边按下接听键。

梅金婷在电话里劈头就问："朱子冉，你是不是把曾素娥带走了？"朱子冉冷声道："只准你把她软禁在宾馆里，难道就不许我将她带走吗？"梅金婷问："她在哪里？"

朱子冉往病房那边望一眼："她现在在医院，正跟我弟弟，也就是她亲生儿子在一起。"

梅金婷听到"亲生儿子"这四个字，忽然间沉默下来，过了好久，才道："这么说来，你已经给她和你弟弟做过亲子鉴定了，是吧？"

"是的。"

"结果如何？"

"你说呢？"

"她都对你说了些什么？"

"她只是对我说了二十年前自己在医院生孩子的经历。"

梅金婷停顿了一下："那你想知道我的事情吗？"

"当然。"

梅金婷道："我在医院办公室等你，你现在过来吧，关于你弟弟被调包的事情，你想知道什么我全都告诉你。"

"行，我马上到！"

挂断电话后，朱子冉往病房里看一眼，也许是情绪波动太大，子豪有点累了，已经靠在床头，昏昏沉沉地睡过去。曾素娥正在床边给他盖被子。她知道曾素娥刚刚跟儿子见面，一定想静静地跟他在一起多待一会儿，聊以慰藉这二十年来的骨肉分离之痛。便也没再进去打扰他们，转身下楼，离开了住院部大楼。

她驱车来到妇幼保健院，在行政大楼四楼找到院长办公室，这时梅金婷正坐在沙发上一边喝茶，一边气定神闲地等着她。待

290

朱子冉坐定，她不慌不忙地给她斟了杯茶，才道："我知道你是一个聪明的孩子，但是没想到会这么快就找到曾素娥，更没想到这么快就把事情的来龙去脉调查清楚了。"

朱子冉冷声笑道："你以为你把曾素娥分娩记录里的产妇地址撕掉，我就没有办法找到她，没有办法揭穿你二十年前的罪行了吗？如果我是你，就会干脆将那份档案全部拿走，让我连曾素娥这个名字都查不到，这样岂不是更省事？"

"你错了，"梅金婷道，"那份分娩记录写下的曾素娥的地址，并不是我撕掉的，是被虫蛀掉的，虽然听起来有点巧合，但毕竟已经在病案室放了二十年，上面生点虫子也是很正常的。"

"这真的不是你为了阻止我找到曾素娥而事先设下的诡计？"

"看来你对我们医院的档案管理情况还不太了解。我们的档案管理早已全部电子化，也就是说那些原始档案除了实物保存下来，同时也扫描进电脑，做成了电子档案保存在病案室的主机里。而且所有实物档案都是有编号的，就算我拿走其中的一张纸，就会有一个相对应的编号空缺，到时候你只要到电脑里查一下电子档案，还是能看到这份档案，所以我根本就没有想过在档案上动手脚。"

"既然如此，那你为什么还要一再阻止我去查找档案呢？"朱子冉不解地看向她，"记得我第一次给你打电话说想看看我弟弟出院那天的档案，你说你在北京开什么学术会议，让我等你从北京回来再说，后来我直接找到医院病案科，你又授意那个杨主任对我百般刁难，就是不让我进去。"

"你说得没错，我接到你电话的时候，当时确实没有在北京，而是就在我们医院。我那么做，只是在为自己争取时间。"

"争取时间？"朱子冉眉头一挑，"为什么这么说？"

梅金婷很快就看穿了她心里的想法，微微一笑："你不用在这里来套我的话，我只想告诉你两件事：第一，只要我不说出真相，你调查到的所有事情，都只是你一厢情愿的猜测，只要你爸爸没有醒转过来，你就全部无法证实；第二，就算你证实了也没有用，这个事情已经过去二十年，早已过了法律追溯期，你得到真相又能把我怎么样？"

"既然这样，那你为什么还那么惧怕我找到真相？甚至为了阻止我，还找来了黑社会的人威胁我？"

梅金婷道："原因其实很简单，这件事情已经过去二十年，虽然在法律上定不了我的罪，但如果曝光出来，还是会影响我的政治前途。我很快就要提拔到卫健局当常务副局长，享受正科级干部待遇，现在正是组织对我的考察期，我不想在这个关键时期突然曝出自己二十年前曾犯过的错误。"

"那你想怎么样？"

"不如咱们做个交易吧。"梅金婷看着她淡淡地道。朱子冉不由得问："什么交易？"

"你不是很想知道二十年前到底发生了什么事，很想印证自己对这件事情的调查和推断到底是否正确吗？我今天就可以告诉你，将二十年前发生的那件事原原本本告诉你，但是——"梅金婷忽然话锋一转，"你得答应我一个条件。"

朱子冉问："什么条件？"

"这个事情只能让你一个人知道，不能对外公开，更不能见诸报端，不能在任何新闻媒体上发表，就让它成为咱们两人之间的一个秘密，一个只能永远埋藏在心底的秘密。以后我升我的官，你做你的记者，咱们再无往来。如何？"

"如果我不答应你呢？"朱子冉抬起头来，直视着她，"有些情况就算你不说，我也能推断出来，即便我手里没有实证，但所谓雁过留声，任何事情，只要你做过，就肯定会留下蛛丝马迹，我相信只要自己继续深入调查下去，总能找到给你定罪的证据。"

梅金婷冷笑道："既然这样，那你就去找证据吧，就算最后能证明我有罪，但我的罪过也并不见得会比你继母和你父亲大，你二妈杀死你弟弟，你爸爸身为国家公务人员，却买通医护人员，做出以死换生的事情来，你觉得他们会有好下场吗？"

朱子冉听到她提到自己的爸爸和二妈，不由得心头一沉，知道她说得没错，如果严格追责，她爸爸和二妈都脱不了干系，想到还躺在医院病床上没有醒转过来的爸爸和正在医院精神心理科住院的二妈，她顿时没有了坚持下去的底气。"既然这样，那我答应跟你做这个交易，你说出真相，我止步于此，再不往下深挖，也不会利用自己的记者身份曝光这个案子的任何细节。"她低下头去，声音也低了下去。

"好，既然这么说，那咱们就算是达成协议了。"梅金婷向她伸出一只手，"现在就请把你的手机交出来吧。"

"交出手机？"朱子冉一怔，"什么意思？"

"你是做记者的，应该比我还懂吧。"梅金婷脸上带着让人捉摸不透的笑意。

朱子冉很快明白过来，她是怕自己偷偷录音。只好拿出手机，打开锁屏图案后交到她手里，心中却不得不佩服这个女人的细密心思，只要自己没有录音，无论她说什么，都可以在事后翻脸不认，自己也拿不出任何证据来反驳她。梅金婷接过手机检查一下，确认没有开启录音功能，才放到茶几上。

朱子冉催促道："现在是不是可以说了？"

梅金婷不由呵呵一笑："年轻人就是沉不住气，都到这个时候了，还着什么急呢？"

她淡淡地喝了几口清茶，杯子空了之后，又续上一杯，才不急不缓地道："二十年前，你二妈怀上孩子，一直是在我们医院做的产检，这个你应该知道了吧？"见到朱子冉点头，她才接着往下说。

梅金婷与朱子冉的父亲朱哲是中学同学，两人早就熟识。朱子冉的二妈孟玉文怀孕后，朱哲一直都是带她来妇幼保健院找在这里当妇产科医生的老同学梅金婷做产检。孩子出生的时候，也是他指定要让梅金婷来接生。在梅金婷的帮助下，孟玉文很顺利地生下孩子，母子平安，孩子很健康，在医院住了三天，就回家了。但是让梅金婷没有想到的是，就在这孩子出院的当天下午，朱哲又悄悄抱着孩子来医院找她，告诉她说孩子被妻子抑郁症发作时无意中用湿毛巾捂死了。如果没有这个孩子，他父母就会逼他跟孟玉文离婚，请她一定要帮帮自己。

梅金婷也吓了一跳，说："孩子已断气这么久，身子都冰凉僵硬，就算神仙下凡也救不活他了，我还能怎么帮你呢？总不能马上让你老婆怀上第二胎，马上再生一个孩子吧？"

朱哲就跟她说："你不是产科大夫吗，每天都有好多个婴儿从你手里接生出来，你看你能不能帮我用这个死去的孩子换一个新生男婴出来。反正我家里人也没跟这孩子混熟，换个孩子也不会被人看出来。你把这死孩子换给人家，就说人家生下的是个死胎，人家肯定不会怀疑的。"梅金婷当时就惊了一下："你这是叫我拿自己的职业生涯开玩笑啊，一旦这事被人知道，我不但会被吊销行医资格，甚至还会被抓去坐牢的。再说了，别人家的孩子跟你没有血缘关系，你抱回家去也没有用啊。"

朱哲说："现在管不了这么多，先抱个孩子回去过了我爸妈这关再说，有了孩子，他们就不会逼我跟我老婆离婚另娶。等我老婆以后怀上二胎，再生个儿子，我自然就有亲生孩子了。"

梅金婷虽然跟他是老同学，却也不愿意为了他这件事以身犯险，拿自己的职业生涯去冒险。朱哲见她不答应，只好开出条件来利诱她，说："你不是评了几次职称，都没有评上副高吗？要不这样吧，我爸跟省人力资源厅职称评定委员会的那帮老家伙熟得很，我让我爸跟他们打个招呼，保证明年你能升副高，并且三年之后破格升正高。还有，事成之后，我给你二十万现金，算是答谢你这个老同学的援手之恩。"听了他开出的条件，梅金婷不禁有点动心。她在医院因为关系不够硬，三次评副主任医师的名额都被别人挤掉了，她现在做梦都想评个副高，而且只有评上副主任医师五年后才能再晋升主任医师，如果三年就能破格评上正高，那她就是全医院最年轻的主任医师了。再说眼下她正打算全款买房，但手里的钱不太够，如果能有二十万，他们家立马就可以住上新房了。

她没有多作考虑，就点头答应了朱哲。为了把这件事情办

295

成，她还拉拢了助产士吴娟帮助自己。但是，那天下午接生出来的几个都是女孩，让她没有机会下手。直到最后，有一个从乡下送上来的难产产妇，听打电话报 120 的乡下接生婆说怀的是个男孩，她觉得机会来了，于是就让助产士吴娟将死婴悄悄抱进产房。为了不让人看出蛛丝马迹，她故意不让一直跟着自己的护士周洁群进产房，而是临时叫上了实习护士林琳，而且林琳进去之后，也只是让她在产床布帘外等着，并没有让她靠近产妇。正好那个从龙湾乡送上来的姓曾的产妇并没有亲人陪同，只有一个并不管事的乡下接生婆送她过来，这也为她们行事提供了许多便利。

产妇被送进产房时，虽然出了不少血，但情况其实并不算危重，在她的及时处置下，很快就转危为安，顺利将孩子生下，但孩子还没来得及哭一声，就被助产士吴娟从侧门抱走，送到了朱哲手里。而产妇曾素娥虚弱中睁开眼睛第一眼看到的，则是朱哲已经死去的儿子。梅金婷告诉她说，她生下的是一个死婴。曾素娥只是默默地流泪，并没有起任何疑心。一起看似不可能完成的新生儿调包案，就这样在二十年前医院产房防范程序尚不完备的情况下，顺利完成，并且没有被任何人看出破绽。

在这之后，朱哲一直把这个孩子当成亲生儿子养在家里，同时也向老同学梅金婷兑现了自己许下的条件，不但向她支付了二十万元辛苦费，还通过他当市委常委的父亲的关系，帮助她顺利评上了副高职称，三年之后，又破格晋升主任医师。后来医院搞副院长竞聘，她想当副院长，又去找朱哲帮忙，朱哲带她去见自己的父亲，老爷子收了她四十万"活动经费"，帮她达成了升迁的心愿。

再后来，梅金婷当上了医院一把手，而这起发生在二十年前的掉包案也渐渐过去，她原本以为这件事再也不会被人翻出来。谁知忽然有一天，朱哲的女儿朱子冉突然找上门来，说自己的弟弟得了白血病，却被查出跟朱家的任何人都没有血缘关系，她怀疑这孩子出生当天在医院产房被人抱错了。

梅金婷自然知道孩子并不是在朱哲儿子出生那一天被替换掉的，所以放心大胆地让她去查那天的档案，果不其然，朱子冉围绕当天出生的几个孩子查来查去，也没有半点收获。本以为她会就此收手，谁知她忽然又给自己打电话，说想查看弟弟出院当天的档案。梅金婷心里顿时就提防起来，知道这丫头肯定发现了什么线索，绝不能再让她深入调查下去，于是，就骗她说自己在北京开会。实际上，当时她就在医院上班。

知道朱子冉有可能会查到二十年前的真相，梅金婷立即抢先找到当年那个龙湾乡的产妇曾素娥，将她接到宾馆居住，只要朱子冉找不到曾素娥，她的线索就会中断，调查自然也就无法继续下去。同时，她也密切关注着朱子冉的动向，见她来到医院查找档案，就暗中指使杨主任将她拦在病案室门外。但朱子冉关键时刻亮出自己的记者证，杨主任怕惹火上身，只好放她进去。后来，朱子冉想通过接生婆找到曾素娥，梅金婷知道这个情况后，立即通过自己一个在道上混的表弟请了两个小混混在春水河边阻击她，但是却没有成功。

今天早上，她去到龙湾乡那家宾馆，没有见到曾素娥，又赶去她家里，也不见人，问了左右邻居，就知道肯定是被朱子冉带走了。她情知事情已然败露，所以才直接给朱子冉打电话……

"按照你爸爸最初的打算，当时他只是想换一个孩子回家，先过了你爷爷奶奶这一关再说。往后你二妈还可以再生第二胎，到时候，他就会有自己的亲生儿子了。"说到最后，连梅金婷也不禁唏嘘感慨起来，"但是你爸爸肯定没有想到，你二妈身体太差，生完一胎之后，就再也没有怀上孩子，这个抱回家的男婴，竟然成了他们两个唯一的'儿子'，而且现在这个孩子居然还得了白血病，他的身世也被曝光出来，而你爸却变成了植物人，仍然躺在医院里，无法说出当年发生的任何事情，这也许就是天意吧！"

这不是天意，这都是你们当年种下的恶果！

朱子冉满心愤慨，这一句话到了嘴边，却无法理直气壮地说出来。因为归根结底，她爸爸才是这桩调包案的主谋，他现在还躺在医院里生死未卜，不知道这是不是老天爷对他的惩罚……

第十七章

意外发现

韭菜街电力开关站下面挖出尸骸，并且被证实是十年前失踪的脑瘫少女肖三妹之后，光明市公安局刑警大队非常重视，立即成立专案组，大队长马力任专案组组长，毛乂宁是两名副大队长之一，同时也是这个案子的具体负责人，法医姜一尺、警员邓钊等人都是专案组组员。

　　自从上次排除了蒋大胜的作案嫌疑之后，专案组人员又做了大量调查，试图还原十年前的命案真相，但因为时间久远，缺少关键线索，案情一直没有什么进展。这让毛乂宁有些着急。

　　这天下午，毛乂宁正在反复查看这个案子的卷宗，徒弟邓钊突然闯进办公室，喘着粗气道："师父，关于肖三妹白骨案，我觉得咱们可能忽略了一个人。"毛乂宁放下手里的案卷材料，抬起头看着他："什么人？"

　　邓钊道："肖长顺。"

　　毛乂宁不由得眉头一皱："肖长顺？那不是肖三妹她父亲吗？"

　　邓钊点头道："是的。我今天在韭菜街打听到一个消息，说十年前，就在肖三妹失踪前不久，她爸爸，也就是肖长顺，忽然带了一个外地女人回家，说是自己在外面处的女朋友，准备回家结婚。结果，这个女人见到他家里还有一个脑瘫女儿，觉得是个累赘，当时就打了退堂鼓，没在他家里住上几天，就跟他提出分手，回老家去了。肖长顺非常恼火，曾把肖三妹关在家门外一整天不让她回家吃饭，还骂她说她是个害人精，怪她拖累了自己，害得自己一辈子都讨不上媳妇，早知道这样，当初生下来的时候就应该把她按在水缸里淹死……"

毛乂宁听到这里，已经明白他的意思："你是怀疑有可能是这个肖长顺为了摆脱脑瘫女儿这个累赘，而向自己的亲生女儿暗下毒手？"

"我觉得完全有这个可能。上次找肖长顺提供 DNA 样本时，我见过这家伙，总感觉他油头粉面，两只眼珠子骨碌碌转得飞快，一看就不像是什么好人。"

"那行吧，"毛乂宁低头想了一下，"反正现在也找不到侦查方向，咱们就去接触一下这个肖长顺，看看能不能在他身上找到什么线索。不过，他虽然家在韭菜街，但听说长期不着家，一直在外面混着，咱们上哪儿找他去？"

"这个您不用担心，我上次找他的时候就已经打听清楚，他现在跟一个叫卢艳艳的女人打得火热，这个卢艳艳在南城区南城公园对面开了一家艳艳时装店，他现在就跟那个卢艳艳同居在一起。咱们直接去南城区找他就行。"

师徒俩开着警车，直奔南城区。因为邓钊已经去那里找过肖长顺一次，也算是轻车熟路，两人很快就在南城公园对面找到了那家艳艳时装店。两人走进店里，一个化着浓妆的老板娘模样的中年女人立即笑脸相迎，问："两位想看什么衣服？"

"我们是刑警大队的。"邓钊向她亮了一下警官证，"肖长顺在这里吗？""哦，你们找他呀，他……"老板娘犹豫着往店里望一眼，后面的话却吞吞吐吐说不出来。

毛乂宁顺着她的目光看过去，只见服装店后面有一间堆满杂物的小房间，里面正围着几个人在打扑克牌，听到外面有警察找上门，其中一个男人推开牌桌，踩着一堆杂物，就从窗户里跳了出去。

邓钊眼尖，一眼就认出那人正是警方要找的人，大叫一声："肖长顺，站住别跑！"就冲进小屋，飞身越过窗户，直接追了出去。毛乂宁四下观察一下，掉头往服装店外面跑，贴着墙壁往屋后绕过去。

肖长顺跳窗逃出来，屋后并没有路，只好拐个弯，沿着服装店与隔壁店铺之间的巷道往外冲，不想却被毛乂宁拦个正着。他掉头想走，后面的邓钊也已经跟着追了进来。一时之间，他被两个警察一前一后堵在了巷道里，可谓插翅难逃，只好举起双手作投降状。

邓钊上前将他摁在墙上，道："肖长顺，你挺机灵啊，看见警察还知道跑！"

肖长顺道："那当然，我不跑难道还坐等你们来抓我啊？"

"你怎么知道我们是来抓你的？"毛乂宁反问道。

"当然知道啊，我自己做过的事，我自己能不知道吗？"肖长顺也算是派出所的常客，平时没少跟警察打交道，看到这两个警察还算和善，脸上就开始嬉笑起来。

"这么说来，你是承认你女儿是你十年前杀害的了？"

"什、什么？"肖长顺一时间没有会意过来，"你、你说什么？谁说我十年前杀人了？"

邓钊用力推了他一把："你刚才不是说自己犯过的事自己知道吗？我们就是为了十年前你女儿的命案来找你的。"

"哦，原来你们是为了这个事情来的啊？"肖长顺顿时松了口气，"误会误会，警察同志，这是个天大的误会，我女儿的死，根本不关我的事，虎毒还不食子呢，虽然她是个脑瘫儿，我平时也嫌她拖累了我，但毕竟是我亲女儿，我还不至于向她下毒手吧？"

"那你为什么见到警察就跑？"

"我以为你们是为了……"肖长顺说到这里，像是意识到自己说漏了嘴，急忙闭上嘴巴，将后面半句话硬生生吞了回去。毛乂宁听出了端倪："以为我们是为了什么？说，你是不是还犯了其他什么事？赶紧老实交代！"

"我交代我交代，"肖长顺眼珠子骨碌碌一转，马上赔着笑脸道，"我、我还以为你们是来抓赌的呢，这不刚才我正在跟几个朋友打扑克牌嘛，我还以为你们是因为这个才找上门来的，所以，我一见门口来了两个警察，立马就从窗户跳了出来……"

毛乂宁明显看出他是在说谎，他身上背着的肯定不止打牌赌博这点儿事，就朝邓钊递个眼色，邓钊立即掏出手铐，将肖长顺双手铐在背后。肖长顺跺足大叫："我、我就打了点儿纸牌，也不至于抓人吧？"

"少废话，上了警车再说！"毛乂宁怕引起群众围观，不好控制场面，就将他推上了警车。

肖长顺坐在后排座位上，将手铐扯得哗哗作响："警察同志，你们可不能乱来，我也是懂法的，我就是跟朋友玩了一会儿纸牌，也没有赌钱，根本够不上违法犯罪，你、你们没有权力抓我。"

毛乂宁摁住他肩膀道："我刚才已经说了，我们来找你，不是为了打扑克牌这点儿事，是为了十年前你女儿被杀的案子。咱

303

们调查到，十年前，在你女儿遇害前不久，你曾从外面带了一个女人回家，说是准备跟她结婚，结果这个女人嫌弃你有一个脑瘫女儿，在家里住了三天就跟你分手了。可有此事？"

"有的，那个女人是个四川妹子，本来说好要跟我结婚，结果到我家里一看是这么个情况，立马就反悔了。"

邓钊道："我们听说事后你曾骂你女儿，说她是个累赘，拖累了你，害得你找不到老婆，还威胁说要淹死她，是吗？"

"是吗？"肖长顺一脸茫然，"我有说过这种话吗？"一抬头，看见两个警察目光如电，直视着他，像是要在他脸上钉出两个洞来，他不由得激灵灵打个寒战，这才知道事情的严重性，忙收起脸上嬉笑的表情，一本正经地解释道，"警察同志，原来你们就是因为这个原因，所以才怀疑我女儿是我杀的啊？你们这回可真误会我了，就算我真的说过这样的话，那也是一时气话，我怎么可能会杀死自己的亲生女儿呢？虽然她是个脑瘫儿，也确确实实拖累我，害得我老婆离家出走，害得我连个正正经经的女朋友都找不到，但她毕竟是我女儿，而且她一直由我妈带着，我也不用怎么操心，对我来说也算不上什么负担，而且……"

"而且什么？"

"而且，当年那个四川女人其实并不是嫌弃我女儿才跑掉的。她是……"肖长顺说到这里，又开始支支吾吾起来。邓钊瞪他一眼："你还是不是个男人？说话能不能痛快点儿？"肖长顺这才苦笑一声，在两个警察面前细说缘由："其实，她是个骗子，根本就没有打算跟我结婚过日子，跟我在一起只不过是想骗我的钱而已，结果发现我家太穷，根本没钱可骗，于是跟我睡了三天觉之后，就偷了我妈的一个金镯子跑掉了。我怕别人笑话，所以才对外面的人说她是嫌弃我女儿，才跟我提出分手的。"

"你说的是真的？"邓钊问。

"这还能有假？不信你们可以去问问我妈。我妈那个金镯子，还是我买给她的，其实是个镀金的，根本不值钱，但我妈不知道，以为真是个金镯子，一直当宝贝一样收着，要不然也不会被那个川妹子盯上，在半夜里被她给偷走了。"

邓钊见他不像是在说谎，不由得有些犹豫，回头望了师父一眼，有些拿不定主意。

毛乂宁想了一下，走到警车外边，掏出手机，他手机里保存有肖长顺的母亲，也就是死者肖三妹的奶奶张群英的电话。打个电话过去问一下，很快就打听清楚，肖长顺说的是真话，当年那个四川女人确实是偷了他们家的东西跑了。并且，她还向毛乂宁提供了另一个情况，这个四川女人跑了没几天，肖长顺又找到了一个新女朋友，两人在外面租房同居打得火热。也就是说邓钊先前的推断，肖长顺因为四川女人嫌弃脑瘫女儿而跟他提出分手，从而导致他迁怒于肖三妹，甚至对亲生女儿痛下毒手，明显动机不足。

他回到警车里，只好让邓钊给肖长顺松了手铐，将他放走了。

回单位的路上，师徒俩的情绪有点低落，一路无话。刚回到刑警大队楼下，毛乂宁的手机就响了，一接听，是法医姜一尺打来的。姜法医问："老毛，在哪儿呢？"

毛乂宁停住正迈上台阶的脚步："从外面办案回来，刚到单

305

位，有事？"姜一尺说："正好，你到我这儿来一趟，我们对肖三妹的骸骨进行了详细检查，现在有一些新发现。"

毛乂宁点头说："行，我们马上到。"带着邓钊，掉头往法医中心走去。来到法医室，姜一尺戴着口罩和手套，正在摆弄着尸检台上的一堆白骨，见到毛乂宁师徒二人，立即摘下手套，一边洗手一边说："我们对肖三妹的骸骨进行尸检的时候，发现有两块细碎的骨头，似乎不是死者的骨骼。"

"不是她的骨头？"毛乂宁有些意外，"难道那个泥坑里除了她，还埋得有别的人？"

"刚一开始我们也是这么怀疑。但是，当时的情况你也看到了，我们把那个泥坑挖得那么深那么大，除了肖三妹的骸骨，并没有其他发现，所以基本可以排除同一个泥坑里还埋着第二个人的尸体。"

毛乂宁见他一副成竹在胸的模样，就知道他一定有了答案，就道："老姜你就别卖关子了，说吧，这到底是怎么回事？"

姜一尺摘下口罩，喘口大气，笑笑说："别急嘛，我叫你过来就是想跟你通报这个意外的发现。通过对那几块细碎骨头与肖三妹的 DNA 鉴定，我们断定那应该是肖三妹肚子里的孩子。"

"她肚子里的孩子？"毛乂宁师徒二人都大吃一惊，邓钊道，"这怎么可能？肖三妹遇害时才十五周岁，而且又是一个有智力障碍的脑瘫儿，怎么会……"

姜一尺看看他，又看看他师父："这就是你们要去调查的事情了。我只是向你通报咱们法医中心的尸检结果。肖三妹死亡时确实怀有身孕，大约三至四个月左右，肚子里的孩子还未成形，骨骼刚刚开始发育，所以只能在埋尸坑里捡到几块可疑的细碎的小骨头。"

"这个……你们不会搞错吧？"毛乂宁有点不放心地追问了一句。

"什么意思？"姜一尺走到门口，掏出一根烟来，正要点上，听他这么一说，立即回过头来瞧着他，满脸不高兴的表情，"你这是在怀疑我姜一尺的专业能力吗？"

毛乂宁知道他是个老法医了，工作中绝不会出现这种低级错误，就尴尬一笑："你老人家别激动，我不是怀疑你的专业能力，只是觉得这个事情太不可思议，要知道死者是一个年仅十五周岁的脑瘫少女啊！"

姜一尺终于把手里的烟点燃，送到嘴边狠狠地抽了一口，估计是因为忙于工作已经把烟瘾憋了很久，这一口烟仿佛要吸到骨髓里去似的。直到缓缓将烟圈吐出来之后，他才道："我也觉得这个事情不简单，说不定她的死因，正是与此有关，所以才急着叫你们过来，向你们通报这个情况。"

"还有其他发现吗？"

"暂时没有了。"

"行，多谢了！"毛乂宁拍拍他的肩膀，带着邓钊就往外走。

从法医中心出来之后，邓钊见毛乂宁并没有往刑警大队的方向走，就从后面快步跟上来问："师父，咱们这是要去哪里？"

毛乂宁边走边道："我一直在猜测凶手杀害肖三妹的动机，她是一个不谙世事的脑瘫儿，平时并不会跟任何人结下仇怨，凶手为何要如此大费周章地杀人埋尸呢？想了几天，都找不到答案。现在从老姜这里，终于找到了她被杀的原因。"

邓钊明白他的意思："您是说她是因为肚子里的孩子，才被杀的？"

毛乂宁点头道："是的，死者作为一名不具备民事行为能力的未成年脑瘫少女，凶手将其强奸致其怀孕，为了不让自己的龌龊罪行暴露，最后只好杀人灭口。"

"所以，只要找到强奸她的人，也就等于找到了凶手，是吧？"

"是的，这应该是目前最合理的推测。走，咱们去韭菜街找肖三妹的奶奶问问情况，看能不能尽快把这个丧尽天良的家伙给揪出来！"

两人没有回刑警大队，而是直接去停车场，将警车重新开出来，直奔韭菜街。

找到张群英家时，时间已经是下午5点多，天近傍晚，家家都在烧菜做饭，小街上飘着一股油烟味儿，只有张群英家没什么动静，老人家坐在门边小板凳上，神情木然地看着街道上往来的行人车辆，乍一看，有点像一尊在那里放置已久的雕像。

毛乂宁师徒俩走上台阶，叫了一声："张大娘！"张群英听见声音缓过神来，眯缝着眼睛往两人脸上仔细瞧着。十年前孙女突然失踪，她伤心过度，每日以泪洗面，差点把眼睛哭瞎了，这次孙女的尸体被从电力开关站下面挖出来，她更是伤心欲绝，又哭了好几回，眼睛越发看不清楚，直到毛乂宁师徒二人走到她跟前，她仰头仔细瞅了两眼，才认出他俩是负责孙女命案的警察，急忙颤颤巍巍站起身："警察同志，你们来……是不是我孙女的案子破了？凶手抓到了吗？"

毛义宁见她目光呆滞，身形消瘦得好像连站起来都吃力，生怕她会摔倒在台阶上，急忙将她扶得坐下，然后才道："您孙女的案子，我们已经找到一些重要线索，正在全力侦办，我们有信心能尽快破案。我们这次过来，是想找您了解一些您孙女的情况。"

张群英坐下后点头说："好的，警察同志，你们想知道什么，尽管问我，只要能破案，只要能把杀我孙女的凶手抓住，你们叫我老婆子做什么都行。"

邓钊从屋里拎出来两把凳子，师徒二人在老人面前坐下，毛义宁问："大妈，您孙女怀孕的事情，您知道吗？"

"什么？"张群英不知道是耳背，还是没有听明白他的意思，抬头瞅着他。毛义宁只好又问了一句，张群英这回终于听清楚了，也听明白了，仍然抬头瞅着他，嘴唇颤动着，半晌才发出声音："警察同志，你、你这是什么意思？我们家三妹当年才十五岁，还没成年呢，怎么就怀孕了？"

毛义宁知道老人肯定一时难以接受这个消息，但为了尽快把案子调查清楚，还是不得不硬起心肠说："情况是这样的，目前我们通过对肖三妹的尸检发现，她当年遇害时已经怀有三四个月身孕。"

"她已经怀孕三四个月了？我怎么完全看不出来？"张群英脸上露出愤怒的表情，"该不会是你们搞错了吧？三妹是一个清清白白的闺女，怎么会……"

"不会错的，这是咱们法医检查出来的。"

"法医？这么说我孙女是被人糟蹋了？"张群英怔愣一下，才缓过神来，"哎呀，这是哪个遭天杀的，我家三妹才十五岁啊，他、他怎么下得去手？"老人家情绪激动，跺足哭骂起来，"这是谁干的啊，真是猪狗不如，这不是畜生干的事吗？"

"目前我们警方也正在调查，希望能尽快找到这个人。"邓钊道，"而且我们现在怀疑，您孙女的死，很可能也跟这个人有关。"

"那就是说，这个遭天杀的不但把我孙女给糟蹋了，还把她给害死了？老天爷啊，这世上怎么会有这样的畜生啊！"张群英哭骂一阵，忽然拉住两个警察的手，"扑通"一声跪在他们面前，"警察同志，你们可一定要为我这个老太婆作主，早日抓到杀人凶手，把那个畜生给我拉去枪毙了！"

毛乂宁急忙将她扶起："大妈您别着急，我们一定会尽全力查找凶手，争取早日破案，还您一个公道。只是现在，我们还有几个问题想问您，您能回答吗？"

张群英立即擦干眼泪坐下道："能的，有什么问题你们尽管问吧。"

毛乂宁道："首先第一个问题，您刚才说其实您并不知道您孙女当年怀孕了，对吧？"

"是的，我天天跟她在一个屋，也没有看到她肚子鼓起来啊？"

毛乂宁点了点头："女人最初怀孕三个月，身形变化可能不是很明显，外表看不出什么也很正常。"

"您孙女每天都待在家里不出门吗？"问话的是邓钊。

张群英摇头道："这倒不是，她虽然十几岁了，但性子仍然

310

跟几岁的小孩一样，喜欢出去玩，经常跟在街坊邻居家一帮孩子屁股后面到处疯跑，因为往来的都是韭菜街上的老街坊，所以我也没有什么不放心的。她一般白天出门玩耍，到了晚上就会自己回家睡觉，也不用我操什么心。这孩子虽然有点傻，大家都叫她傻妹，但从不捣乱，韭菜街上的街坊邻居都挺喜欢她。"

毛乂宁问："在她出事之前，她身边可曾出现过什么异常的人，或者发生过什么异常的事情？"

"这个……好像没有吧，都跟平时一样啊。"张群英想了一下，仍然摇头，"我记得她出事那天，一大早就出去玩了，当时天有点冷，她好像有点感冒，我还给她在口袋里塞了一块手绢，让她擦鼻涕。中午的时候，她回家吃了午饭，下午又跑出去了，晚上吃饭的时候没有看见她，她经常在外面疯玩，有时也会忘记回家吃饭，我也没有在意。那天晚上我去邻居家打麻将，一直到夜里 10 点多才回家，回来没有看见三妹，我才有点着急，给我儿子打电话，他说没事，肯定是在外面玩得睡着了，第二天会回家的。谁知到了第二天也不见她的人，我才感觉到情况不妙，自己在韭菜街找了一圈，没有找着人，后来街坊邻居听说我们家三妹不见了，也帮我一起寻找，附近几条街道都找遍了，也没看到她的影子，担心她是不是掉进水里了，还请人去春水河打捞过，也是生不见人死不见尸。正着急呢，忽然有人告诉我说，那天晚上他亲眼看见蒋大胜把三妹推上了一辆面包车，怀疑是他把三妹拐卖给了人贩子。于是我就报了警，派出所的警察也来了，后来就把蒋大胜当成人贩子抓去坐牢了。我一直以为我孙女真的是被他拐卖给了人贩子，后来他坐完牢出来，我还天天到他餐馆门口去哭闹，现在才知道是我冤枉他了，真是对不起他……"

毛乂宁见她总是答非所问，容易把话题扯得太远，所以就换了一种提问方式，直截了当地问："那时候有什么可疑的成年男人经常出现在你孙女身边吗？"张群英愣了一下，很快就明白他的意思，摇头说："也没有，大家都是住在韭菜街上的街坊邻居，有时候大人小孩都喜欢逗三妹玩一下，但也没有发现谁会对她动这种歪心思啊。"

毛乂宁见从她这里问不出什么线索，不觉略略有些失望，只好起身结束了问话，然后道："我能到您家里看看吗？"张群英点头说："行啊，只是家里有点寒碜，你别介意。"

毛乂宁又转头对邓钊道："你去街上走访一下，我到张大妈家里看看，等下咱们在警车边会合吧。""行，我去问下周围邻居。"邓钊合上手里的笔记本，转身往街道上走去。

毛乂宁跟着张群英走进屋里。这是一间老旧平房，面积不算大，但因为屋里没什么像样的摆设，所以看起来显得空荡荡的。堂屋左边有个大一点儿的房间，是肖长顺回家住的地方，右边有两间小屋，一间是张群英的卧室，另一间则是肖三妹遇害前住的地方。

"本来三妹小时候一直跟我住在一个房里，晚上也是我带着她睡觉的，后来她十几岁的时候，觉得自己长大了，就吵着要自己住一个房。正好这里有个杂物房，所以我就收拾一下，给她开了一个床铺，也算是她的卧室了。"张群英一面把毛乂宁领进最小的那间屋里，一面向他解释道。

那是一间只有十多个平方米的小屋，虽然开着窗户，但天色已晚，屋里光线昏暗，张群英撤亮电灯，毛乂宁看到墙角里摆放着一张老式木床，靠近窗户的位置放着一张旧书桌，书桌上有一个小相框。

张群英看着孙女的房间，又不由得掉下泪来："这些年我心里总还有一线希望，总觉得我孙女说不定哪天就会回家，所以她屋里的东西，我都还是按原样放置着，从来没有搬动过，想不到她却再也……"说到这里，她又抬起衣袖擦起眼泪来。

毛乂宁拿起书桌上的相框看看，里面是一张张群英和一个十来岁小女孩的合影，小女孩扎着两个小辫，脸上红嘟嘟的，嘴巴咧向一边，笑得十分开心。"照片上这孩子，就是我孙女，这是她十岁的时候，我带她去照相馆拍的一张照片。"张群英在旁边指着照片上的小女孩说。毛乂宁点了点头，照片上的孩子看起来有几分可爱，倒也瞧不出智力方面有什么问题。在征得张群英的同意后，他掏出手机，将这张照片翻拍了下来。

从张群英家走出来的时候，天色已经完全黑下来，路上的街灯尚未亮起，天地间显得有些混沌。他刚走上街道，就看见邓钊迎面跑过来："师父，有线索了！"

毛乂宁在街边停住脚步："什么线索？"

邓钊往街上指一下，说："就在前面不远的街边，有一家荣华小卖部，店主姓江叫江荣华，今年大概有六十岁了，二十多年前他死了老婆，一直没有再娶，是个老鳏夫。我刚刚打听到，十年前，这个江荣华经常以提供零食为由，将傻妹叫进自己店里，很多时候都是偷偷摸摸的，好像生怕被人瞧见的样子。"

毛乂宁不由眉头一皱："网络新闻里倒是常有这种事，小卖

313

部老板以零食为诱饵，将智障女孩骗进店中，然后将其诱奸。难道这样的新闻事件，竟然在韭菜街上演了？"

"我也觉得这家小店和这个老头大有可疑，值得去查一下。"

"好，咱们就去逛逛这个小卖部。"

第十八章

龌龊罪行

这时候街灯次第亮起，原本模糊的街景一下子变得明亮起来，仿佛连路上的行人和车辆也多了许多。

毛乂宁跟着邓钊沿着街道往前走了一百来米，果然看见街边有一间"荣华小卖部"，面向街道开着一扇售货窗口，里面货架上摆着一些花生糖果零食和油盐酱醋之类的百货用品，窗台上还放着一部老旧电话机，旁边贴着一张纸条，写着"公用电话"几个字，可以想见，十几二十年前手机还不像现在这么普及，来这里打电话的人应该不少。

两人从门口走进去，屋里有一个曲尺拐形状的柜台，柜台里边的破沙发上坐着一个头发花白的老头，正在看电视新闻，听到脚步声，他抬头看见有顾客上门，淡淡地应了一句："想买什么？"

邓钊朝他亮一下警官证："我们是刑警大队的。"

听说两人是警察，老头吃了一惊，这才从沙发上站起身，隔着玻璃柜台看着他俩："警察同志，我这小店可是证照齐全。"

"我们不是来查你这间小店的。"毛乂宁上下打量他一眼，"你是江荣华吧？"见到对方点头，他又道，"几天前，在这条街上的电力开关站下面挖出一具尸骨的事情，你应该知道了吧？"

"知道知道，"江荣华连连点头，"当时我还去瞧了热闹，听说那是韭菜街十年前失踪的傻妹的尸体，是吧？"

"是的，被害人就是肖三妹。"邓钊点头。毛乂宁盯着他道："我们听说当年你经常以零食为诱饵，将肖三妹悄悄骗进你店里来，可有此事？"

"这是哪个乱嚼舌根的人告诉你们的？什么叫把三妹骗进我

店里？"江荣华有些恼火地道，"我根本没有骗过她，我是真的叫她到我店里来给她零食吃的。这孩子虽然有点傻，但也挺可爱的，咱们街坊邻居都很喜欢她，平时也爱逗她玩，我给她点儿零食吃又怎么了？这也犯法啊？"

毛乂宁道："你逗这孩子玩，给她零食吃，这个当然没问题，可是我听说你每次叫她进屋，都是鬼鬼祟祟的，生怕被别人瞧见，有时还会将卷帘门拉下来，不让人瞧见，这又是为什么？"

"这……"江荣华脸上的表情变了一下，一时答不上话来。

毛乂宁瞧他行为举止可疑，一拍柜台道："江荣华，到了现在你还不跟我们说实话？我可以告诉你，经过警方对肖三妹进行尸检，发现她遇害之前曾遭人强奸并且已经怀孕。这个糟蹋她的畜生，就是你，对不对？当年你以零食为诱饵，数次把她骗进店里，将其强奸，并且致其怀孕，后来怕事情败露，只好杀人灭口，将她杀害之后，把她的尸体掩埋在了电力开关站下面。"

"啊，三妹被人强奸，还怀孕了？"江荣华大吃一惊，"凶手就是因为这个才要杀她的？"

邓钊紧盯着他："你不用在我们面前演戏，那个凶手就是你，对吧？"

"冤枉啊，警察同志，你们搞错了！"江荣华显然吓得不轻，哆嗦着道，"当年我、我确实经常把三妹叫进店里来，时不时给她点儿零食吃，可是我、我并没有对她做过什么，她还是个孩子，而且脑子又有问题，我如果对她动这种歪心思，我、我还是个人吗？我给她零食吃，其实另有其他目的。"

"其他目的？"毛乂宁愣了一下，"什么目的？"

"我……"江荣华挠了挠头，憋了半天才道，"这个……跟傻妹的孩子没有关系，就、就别让我说了吧。"

"废话，跟案情有没有关系，得由我们警察说了算。"邓钊催促道，"快说，你对她到底怀有什么目的？"

"我不是对她怀有目的，我是对她奶……"江荣华刚说到这里，忽然从外面走进来一个女人，他急忙止住话头。"老板，给我来瓶醋。"女人往货架上指一下。江荣华拿给她一瓶醋，将这个女顾客打发走，又朝店外瞧瞧，确认没有旁人之后，才接着道，"我这么对她，其实是跟她奶奶张群英有关系。"

"跟张群英有关系？"毛乂宁师徒俩都愣住了，一时间没有明白他的意思。

江荣华讪笑道："老汉我今年正好六十岁，二十年前我女人病死了，因为年纪大了，这么些年我一直没有再娶上一个老婆。大约十二年前吧，记得那时我快五十岁了，经常跟张群英一起打麻将，正好她也寡居多年，我常常在麻将桌上跟她开一些半荤不素的玩笑，她也没有生气，这一来二去，我们两个就暗地里好上了。我之所以时常把傻妹叫进店里，给她一点吃的，一是因为她是我相好的女人的孙女儿，看着她挺可怜，想照顾着她点儿，另外一个原因嘛，说起来有点不好意思，就是有两回我跟张群英在她家里亲热的时候，正好被从外面玩耍回来的三妹撞见，虽然她是个傻妹，但也怕她说出去，所以这才时不时给她点儿零食，想堵上她的嘴。"

"如果真是这样，那你大可以光明正大地给她拿零食，为什么每次都要弄得鬼鬼祟祟的，生怕被别人瞧见呢？"

318

"警察同志，你们理会错了，"江荣华哭丧着一张老脸，"我不是怕被别人知道我给她拿零食吃，我是怕别人看见我这么照顾她，就会打听到我跟她奶奶的关系，这事如果传出去，我一个大男人还没什么，可是张群英是个寡妇，寡妇门前是非多，她以后还怎么做人呢？所以，我每次叫三妹进店里来，都是悄悄的，生怕被别人看见，让人乱嚼舌根，有时还会将卷闸门半拉下来，等她吃完东西走了，才把门打开。"

邓钊道："所以你每次叫肖三妹进店里来，都仅仅只是想给她点儿零食吃，并没有对她做过别的什么，是吧？"

"是啊，我都跟她奶奶好上了，怎么可能对傻妹做出这种事情来呢？她还是个孩子，我又不是畜生，怎么下得去手？"

邓钊一时难以判断他说的是真是假，只好扭头望向师父。毛乂宁这时不禁也皱起了眉头。"警察同志，他说的是真的，糟蹋我孙女的畜生不会是他。"就在这时，门口忽然有人说话。两人回头看去，却是张群英不知什么时候已经站在小店门口，显然已经把刚才江荣华说的一番话听了去。

张群英一面走进来，一面道："警察同志，我可以做证，他刚才说的都是真话，十多年前，我确实跟他好过那么一阵子，他对我和我们家三妹都挺照顾的，后来我孙女出事，我到处查找她的下落，没有什么心思再跟他好下去，两人才分了手。他是个好人，肯定不会是害死我们家三妹的凶手，这一点我可以保证。"

毛乂宁点头道："既然如此，那我们还是得提取你的DNA样本，去做一个比对，最后排除一下。"江荣华问："这个D什么A比对，要怎么弄？"邓钊说："您扯几根头发给我就行。"江荣

319

华就龇着牙，从头上扯了几根白发交给他。

毛义宁师徒俩回到单位，用江荣华的头发跟肖三妹孩子骨头的 DNA 做了比对，第二天检测结果出来，排除了江荣华作案的可能。

上午的时候，专案组的人在会议室碰头，开了个案情分析会。首先是法医姜一尺向大家通报了尸检发现的死者肖三妹遇害前就已经怀有身孕的情况，然后邓钊也向专案组成员说了他跟师父去找江荣华调查，最后排除其作案嫌疑的经过。

刑警大队大队长兼专案组组长马力扫了大家一眼，最后把目光落在了毛义宁身上："老毛，这个案子你是专案组副组长，又是具体负责人，咱们下一步该怎么调查，说说你的想法吧。"

毛义宁坐正身子道："从目前情况来看，我觉得肖三妹遭人强奸怀孕及被杀人埋尸，极有可能是同一个人干的，而且熟人作案的可能性非常大，凶手应该就住在韭菜街上。我作出如此推测的原因有两个：第一，大家知道，肖三妹是个脑瘫儿，虽然年龄已满十五周岁，但因为有智力障碍，认知能力大概相当于一个几岁的幼童，而且她左腿有残疾，走路不是特别方便，平时活动范围基本没有离开过韭菜街；第二，当年的电力开关站在建时，因为地点在韭菜街街尾，位置有点偏僻，除了韭菜街居民，了解这个开关站建设进度的人其实并不多，凶手能避开众多街坊耳目，将肖三妹的尸体埋在这里，说明他非常熟悉韭菜街的情况。"

"嗯，我基本同意老毛的观点。"马力点了点头，"所以咱们下一步的侦查方向，就是围绕韭菜街上的可疑人员展开调查，对吧？"

"马队，其实咱们现在根本没有掌握到什么可疑人员的线索，毕竟事情已经过去十年，当年罪犯留下的蛛丝马迹早已不复存在，咱们现在可以说是找不到任何有用的线索。"毛乂宁朝队长看看，然后又转头看向大家，"所以我觉得咱们要想尽快破案，只能是摸着石头过河，用最笨的办法去逐一摸排，找到犯罪嫌疑人。"

马力与他搭档多年，自然了解他的想法："你的意思是说，要对韭菜街上的男性居民进行全员 DNA 检测，是吧？"

毛乂宁点头道："是的，我找户政大队的人统计过，十年前，韭菜街常住人口中，年满十五周岁的男性居民，共有一百三十多人，咱们只要将这些人的 DNA 样本都收集起来，跟肖三妹肚子里孩子做个 DNA 比对，很容易就能找出当年强奸她的人了。只要找到这个人，这个案子基本上也就破了。从我们走访调查了解到的情况来看，韭菜街十年前的旧居民绝大部分都还住在那里，只有少数一些人在这十年间离开韭菜街去外地工作或生活了，但他们都还有亲人在此，要找到这些人也不是什么难事。虽然要全面收集到这么多人的 DNA 样本确实得费点工夫，但我觉得这是目前让案情有所突破的最有效的办法，所以接下来，就得辛苦一下专案组的各位同事了。"

"不辛苦，"邓钊接过他的话头道，"只要能破案，就算再辛苦也值了！"他这一句话，把大家都逗笑了。

见大家都同意了这个侦查方案，马力就开始布置任务，他将专案组的警员分成三个小组，分别负责韭菜街上中下三段街道现年二十五岁以上男性居民的 DNA 样本采集工作。

大家接到任务后，立即投入工作，到下午的时候，已经将列入名单的所有人，除十来位已经在这十年间去世的居民外的DNA样本都采集送检。两天后，所有检测结果都出来了，果然发现其中有一个男人与孩子的亲权概率为99.99%，也就是说正是此人当年强奸肖三妹并致其怀孕的。

　　毛乂宁查看了此人资料，这个男人姓罗叫罗建中，现年三十岁，住在韭菜街42号，是一家茶叶店的老板。终于看到了破案的曙光，毛乂宁不禁有些兴奋，带着邓钊和另一名警员梁凯旋，开着警车再次来到韭菜街。

　　找到韭菜街42号，那里果然是一家沿街开着的茶叶店，店名就叫"建中茶庄"，还没进门，就能闻到一阵茶叶的清香味儿。推开玻璃门走进去，屋里只有一个女人抱着一个孩子在守店，看见店里突然来了三个陌生人，女人显得有些惊慌。

　　邓钊上前问："罗建中是住在这里吗？"女人点了点头，说："是的，他是我丈夫。"

　　毛乂宁道："你去把他叫出来，我们找他有点事。"女人上下打量着他们："你们是……"邓钊朝她亮一下警官证，说："我们是刑警大队的，有点事情想找你丈夫核实一下。"

　　女人"哦"一声："我丈夫他不在家。"

　　"去哪里了？"

　　"他到云南进货去了。"

　　"什么时候去的？"

　　女人迟疑了一下，道："去了有三天时间了吧。"她怕警察问丈夫什么时候回来，忙又补充一句，"不知道什么时候才能回来，只有我跟孩子在家。"

旁边的刑警梁凯旋道："胡说，两天前我来采集 DNA 样本的时候，你丈夫都在家里，怎么可能三天前就去云南了？"

"是吗？"女人脸上闪过一丝惊慌之色，马上改口道，"应该是我记错了，他是两天前出门的。"

毛乂宁盯着她问："你确定你丈夫是去云南了吗？具体是两天前什么时候走的？坐的是哪一趟车？要到云南什么地方？他手机号码是多少？"

"这……"面对他一串连珠炮似的提问，女人显得有些措手不及，一时间竟答不上来。毛乂宁早已瞧出端倪，表情严肃地说："我们找你丈夫，只是想核实一些情况，如果你故意说谎瞒骗我们，干扰警方办案，情况严重的话，那可是要负刑事责任的。你可要想清楚！"

"我……"女人脸上露出害怕的表情，犹豫一下，最后只得坦白道，"他……其实没有去云南，而是在昨天回了乡下老家。"

"回乡下老家？他老家在哪里？"

"就在咱们光明市下面的华田乡罗家村。"女人说，"自从你们上次来采集过他的 DNA 样本之后，他就一直坐卧不宁，一个晚上都没有睡着觉，到了第二天，也就是昨天，他突然跟我说要去乡下老家住几天，然后就收拾几件衣服走了，临走的时候还叮嘱我，叫我不要告诉任何人他去了哪里，如果有人问起，就说他去云南进货了。"

"他这明显就是畏罪潜……"邓钊一句话没说完，就听得师父在旁边咳嗽一声，像是意识到了什么，硬生生把后面的半句话

323

给吞了回去。毛乂宁对那女人说："我们需要找你丈夫核实一些情况，这就去华田乡罗家村找他，如果你打电话给他通风报信，导致他再次逃避警方调查，那你也得跟他一起负刑事责任。到时候，你们两个都去了公安局，你孩子在家可就没人照顾了，你可不要做蠢事，明白吗？"

女人显然也意识到丈夫可能犯了事，但相比之下，她似乎更心疼自己的孩子，下意识地将孩子在怀里抱紧了，点头说："我知道了，我不会给他打电话的。"

毛乂宁警告过女人之后，就立即带着邓钊和梁凯旋驱车赶往华田乡。华田乡是光明市西北部一个偏远乡镇，距离市区有一百多公里。三人赶到华田乡时，已经是下午时分。

因为毛乂宁事先已经跟华田乡派出所取得联系，所以当警车拐下省道，进入华田乡时，已经有一个熟悉当地情况的辖区派出所民警在路口等着他们。这个民警姓何叫何志明，已经在基层派出所干了二十多年，对乡里每条行政村的情况都非常熟悉。以前下乡办案时，毛乂宁曾跟他见过两次，也算是老熟人了。

何志明上车后，问毛乂宁他们要去哪里？毛乂宁一边开车，一边简单将肖三妹的案子跟他介绍了一下，然后说："我们想去罗家村，找这个罗建中，因为这一带我来得少，不太熟悉情况，所以还得请何哥给带个路。"何志明说："自家兄弟，不必客气。"在他的指引下，警车穿过一片农田，又经过两个自然村，最后来到了一座小山下。

何志明往前面一指，说："你们要找的罗家村，就在前面山坡下，村子里的人大多数都姓罗，但也有少数几家新搬过来的杂姓村民。"毛乂宁抬眼看去，远远的山坡下只有一片茂密树林，并不见人家，不觉有些奇怪。何志明看出了他的疑惑，笑道："等你走近，就知道了。"

警车沿着乡道又往前走了十来里远，果然就看出山坡下的树林里掩映着一排房子，几个村民开着摩托车从村子里驶出来，看见警车，都感觉有些诧异。

进到村子里，何志明下车找人打听罗建中的住处，村民告诉他说，罗建中早就搬到城里去住了，只不过他父母还住在这里。就把罗建中父母的家指给他看。

何志明带着毛乂宁他们几个来到罗建中父母家。那是一幢老旧的青砖房，屋前的禾场上，有一对老年夫妻正在晒番薯，一条大黑狗正俯卧在门边，看见有陌生人走近，顿时支棱起耳朵，对着几个警察吠叫起来。

两个老人听见狗叫，抬头看见有人往自家门口走来，忙将大黑狗喝止住，手里拿着一把番薯，疑惑地瞧着这几个陌生人。何志明上前问："大叔大婶，请问罗建中是住在这里吗？"两个老人看看他们，又看看停在不远处的警车，这才知道他们是警察，脸上的表情就有些讶异："建中是我儿子，你们找他干什……"

"我们找他想核实一些情况。"毛乂宁上前道，"他在家里吗？麻烦两位把他叫出来。"老人点头说："他在家里，不过还在屋头睡觉呢，我这就去叫他。"

罗建中的父母都往屋里走去。毛乂宁忽然听到屋里传来一些可疑的动静，立即给邓钊和梁凯旋递个眼色，两人会意过来，很快就沿着墙边往屋后悄悄包抄过去。

毛乂宁和何志明跟着两个老人走进屋里，老人打开一间卧室的门，说："我儿子还在睡觉。建中，快起来，有警察找……"老人一句话没说完，就愣在了门口。卧室的床上，被子胡乱翻起，早已不见人影。

　　毛乂宁叫声"不好"，对何志明道："你在屋里搜一下！"自己拔腿往后门口追去。

　　刚跑出后门，就听得外面传来"哎哟哎哟"几声叫唤，屋后的树林里，一个浑身上下只穿着背心和裤衩的中年男人正被包抄到此的邓钊和梁凯旋两人按在地上。"说，叫什么名字？"邓钊喝问道。

　　"哎哟，轻点儿，我、我叫罗建中！"中年男子被他一只膝盖顶住后背按压在地上痛得咧嘴大叫。

　　民警何志明闻声从屋里跑出来，见到这个场景，不由得暗自佩服毛乂宁，如果不是他事先警觉，暗中安排两名警员从屋后包抄，嫌疑人一旦逃到屋后山林里，那可就是纵虎归山，再要抓他可就难了。

　　毛乂宁蹲下身，问罗建中道："我们是刑警大队的，知道咱们为什么找你吗？"

　　"知、道，"罗建中趴在地上，吐出嘴里的泥沙道，"是为了肖三妹的事。"

　　毛乂宁听他主动提及肖三妹的案子，就知道这回总算抓对人了，心里暗暗松下口气。因为罗建中听到警察找上门，翻身下床，跑得太急，身上只穿着背心和裤衩，他又让邓钊和梁凯旋两人将他带进屋里，让他穿好衣服后再给他上铐子，押上了警车。

直到这时，两个老人才从惊慌中回过神来，拉着毛乂宁问："警察同志，我儿子他犯什么事了？你们可不能胡乱抓人啊！"毛乂宁看着老人满是皱纹的脸，一时间不知该怎么作答。罗建中从车窗里探出头，哽咽道："爸妈，我走了，你们多保重！"

警车开回市区，罗建中被带到刑警大队办案区后，审讯工作随即展开。

没待毛乂宁多问，罗建中就耷着肩低下头去："前几天，我听说你们在韭菜街调查小卖部的江老头，说是傻妹被杀之前曾遭人强奸，并且还怀上了孩子，我就开始紧张了。两天前你们上门搜集我的 DNA 样本，我就开始感觉到情况不妙，睡了一个晚上，还是决定先回乡下老家躲几天，等风声过了再说，却没想到你们这么快就找上门来了。"

毛乂宁瞧着他问："这么说来，肖三妹的案子，是你做的，对吧？"

"是，是我做的，只怪我那时候太年轻，一时冲动，就……"说到这里，罗建中的情绪有些激动起来，用戴着铐子的手使劲捶打着自己的额头。

"不用着急，慢慢说！"毛乂宁喝了口茶，顺势把喝到嘴巴里的一根茶叶梗吐到地上。

"我说，我说，现在想来，那已经是十年前的事情了，那时候我才二十岁……"罗建中抬头看着审讯桌后面的两个警察，目光渐渐变得缥缈起来。

他老家住在华田乡，初中毕业后没有考上高中，他有一个表姑父在城里的韭菜街开茶庄卖茶叶，从十五岁起，他就在表姑父

327

的茶叶店里打工。十年前，他已经二十岁，因为茶庄里工作比较清闲，他常常溜出去跟街上的年轻人一起赌博，后来又从赌友那里借来很多黄色光碟，晚上守店的时候就用店里用来收银的电脑看黄色录像，看多了，就有些止不住心里的邪念，总想找个女人玩玩。可是，那时候他因为没有钱，一直交不上女朋友，再加上胆子小，也不敢去外面找女人，最后就把目光盯上了经常在街上玩耍的脑瘫少女肖三妹。

那时的肖三妹虽然才十五岁，身体却已经开始发育，但智力却只相当于一个几岁的幼童。他只用了几包零食，就把她骗到茶庄背后的厕所里，将她给强奸了。刚开始的时候，他还有点害怕，但事情过去半个月后，一切风平浪静，他胆子也逐渐大起来，后来又如法炮制，用零食将肖三妹诱骗到没有人的地方，多次将其强奸。直到后来，肖三妹突然失踪，说是被街上的小混混拐卖给人贩子了，他不觉有些可惜，这才不得不收手。

再后来，茶庄老板，也就是他的表姑父得了重病，见他这个年轻人相貌清秀，人也老实，就在临死之前将自己的独生女儿嫁给他，招他做了上门女婿，还把自己的茶庄也传给了他。这几年来，在他的经营下，茶庄的生意渐渐有了些起色，老婆还给他生了个儿子，生活也渐渐有了些甜头，他也早已忘记自己年轻时犯下的荒唐罪行。

直到不久之前，肖三妹的尸体被从电力开关站下面挖出来，他才知道当年肖三妹从韭菜街失踪并不是被人贩子拐走，而是被人杀死了。他觉得这事跟自己没多大关系，所以也一直没有放在心上。直到几天前，听说有警察到韭菜街调查十年前肖三妹遭人强奸的事，他这才紧张起来，第二天又有大批警察跑到韭菜街，挨家挨户采集成年男性的 DNA 样本，他就知道警方迟早都会查到自己头上，心里一害怕，就跑到乡下老家躲了起来……

听完他的供述，毛乂宁很快就沉下脸来，盯着他道："都到这个时候了，你就别避重就轻了，我们既然把你'请'到这个地方来，就肯定是已经掌握了你全部的犯罪线索，所以在警察面前千万不要耍任何花招，老老实实全面交代自己的罪行，才是你唯一的出路。"

"警察同志，你这是什么意思？"罗建中听出他话里有话，望着他道，"该说的我都已经说了呀！"

"你再好好想想，自己犯过的事，是不是真的已经全部都交代清楚了。"

罗建中一脸茫然："我实在想不起还有其他什么要交代的了……"他低头想想，马上又抬起头，"哦，你是说肖三妹怀孕的事情吗？这个我可是真不知情，我当时也就跟她有了那么三四次关系，根本就没往这方面想……我也是听说你们去找江荣华调查，才知道肖三妹被杀之前已经怀上了孩子，也就是从这个时候开始，我才意识到事情的严重性。"

"肖三妹被强奸怀孕，是一方面的罪行，还有另一方面更加严重的罪行，你为什么避而不谈，不老实交代？"

"另一方面？更严重的罪行？"罗建中显出一脸莫名其妙的表情。在一旁做审讯记录的邓钊忍不住瞧着他道："你就别吞吞吐吐的，这都说到一半了，为什么不把另一半全都说出来？"

"我、我真的全部都已经说了呀！"

329

"胡说！"毛乂宁终于失去耐心，拍案而起，怒声道，"十年前你强奸肖三妹，致其怀孕，为了不让自己的罪行暴露，又残忍将其杀害，并且埋尸于电力开关站下面，如此重大的罪行，你为什么只字不提？你以为仅仅承认一个强奸罪，就能在警察面前蒙混过关吗？"

"原来你们是说她被杀的事啊？"罗建中顿时惊得张大嘴巴，"我一直以为你们抓我，只是为了当年的强奸案。"邓钊冷笑道："那只是你以为罢了。从现在的情况来看，当年杀害肖三妹的凶手，极有可能就是强奸她的人。凶手强奸肖三妹致其怀孕，知道罪行即将败露，所以只好铤而走险，杀她灭口。"

"错了错了，"罗建中摇头大叫，"警察同志，你们真的搞错了，我、我当年确实一时冲动，强奸了她，但是，就算借我十个胆，我、我也不敢动手杀人啊！"

"强奸未成年脑瘫少女的事情你都能做得出来，还有你不敢做的事吗？"毛乂宁指着他怒声质问。

罗建中仍然矢口否认："你们说我强奸她，这我认了，因为你们有证据，DNA 比对结果就能证明她怀的孩子是我的。可是你们总不能把我没有做过的事情，强行安到我头上啊，你们说我杀人埋尸，可有证据？"

"暂时还没有找到直接证据。"毛乂宁道，"但是，你有充分的作案动机，你知道肖三妹怀孕之后，害怕罪行败露而对她动了杀机，这也是目前最合理的推测。"

"哎，等等，"罗建中听到这话，好像突然想起了什么，"我听说你们曾去找肖三妹的奶奶张群英调查，其实，连她也不知道自己的孙女怀孕了，是吧？傻妹是她孙女，她天天跟傻妹在一起，尚且没有发现肖三妹肚子有什么变化，那你说我的眼睛又不是 B 超机，我怎么能知道傻妹怀孕了呢？"

毛乂宁不觉一愣，对方这句话倒还真把他给问住了。肖三妹遇害之前，身体并无异常，连天天跟她在一起的奶奶张群英都没有发现任何不妥，旁人自然也不大可能知道她已经怀孕。既然罗建中对此并不知情，那因为发现她怀孕而怕自己罪行败露，所以对她痛下杀手的推理，自然也就不能成立。

邓钊却显然并不是像师父这么想的，他道："罗建中，你要发现肖三妹怀孕其实并不难，只要带她去医院做个检查就行了。十年前你将其强奸之后，心中感到害怕，生怕留下什么罪证，所以悄悄带她去医院做了检查，证实她确实已经怀上你的孩子，你为了掩盖自己的罪行，所以不得不向她下毒手。"

"你、你血口喷人，我根本没有带她去做过什么检查，也不知道她已经怀孕，更没有杀她……"罗建中大声反驳，喘了口粗气，马上又道，"对了，我想起来了，十年前，就在肖三妹失踪的前几天，我跟几个人赌博，被派出所的人抓了，在拘留所关了一个星期才放出来。我也是从拘留所出来之后，才听说三天前肖三妹被人贩子拐走了，也就是说她失踪，或者说是被杀的那一天，我正在拘留所里，根本不可能跑出来杀人。"

"你说的可是实话？"毛乂宁瞪着他问。

罗建中道："我都已经被你们抓到这里，马上就要被你们冤枉成杀人凶手了，我能不说实话吗？不过，当时我害怕茶庄店主知道我被拘留后会开除我，所以在派出所留的是老家华田乡的地址，这件事只有我爸妈知情，其他人并不知晓，不信你们可以去找我爸妈调查核实。"

"这个情况，我们当然是要调查核实的，不过不是去找你爸妈，你是他们的儿子，他们的证言并不可信。"毛乂宁问他，"当时你是被哪个派出所拘留的？"

罗建中说："就是咱们韭菜街辖区派出所。"

毛乂宁立即让邓钊去联系派出所，查找当年的档案，核实他的证词。没过多久，邓钊就拿着手机跑回来，将派出所反馈给他的信息拿给师父看了。派出所回复的信息证实，十年前他们确实曾在一次抓赌行动中拘留过罗建中，将他在拘留所关了七天才放出来。后面写明了罗建中被拘留和被释放的具体时间。毛乂宁推算一下，十年前肖三妹遇害的时间，正是罗建中被行政拘留的第四天，也就是说他确实没有作案时间，除非他有分身之术，否则绝不可能从拘留所里跑出来杀人。

邓钊见师父看着派出所反馈回来的信息半晌无声，顿时心里也没有了底，用手肘轻轻碰一下毛乂宁，小声道："师父，难道说这家伙真的不是杀人犯？"毛乂宁看他一眼，虽然没有答话，但心里已然有了答案。是的，从现有证据来看，十年前杀死肖三妹的凶手确实另有其人，罗建中只犯下了强奸罪，但并没有杀人。看来警方先前作出的强奸肖三妹的人和杀她的凶手是同一个人的推断，并不准确。

他思索片刻，抬头对罗建中道："我们请派出所协查了，证实肖三妹遇害之时，你确实在拘留所里，没有作案时间。但是强奸罪，最长追溯期是二十年，尤其是强奸未成年少女，及心智残疾的人，更加会从严从重判决，所以你下半辈子就准备在监狱里度过吧。"

罗建中听到他最后一句话，顿时面如死灰，瘫软在审讯椅上。

第十九章

一块手绢

这天早上，朱子冉去医院看望弟弟和二妈，刚走进人民医院，就听见门诊大楼外面传来一阵凄厉的哭声，循声望去，却是一个乡下人打扮的大妈，正坐在门诊大楼门口的台阶上号啕大哭，旁边进出医院的人好像对这种场面已经司空见惯，只是冷漠地朝她看上一眼，就从她身边匆匆走过，竟没有一个人停下脚步劝慰她一句。

朱子冉不由得心下凄然。这段时间以来，因为弟弟和二妈生病住院的缘故，她经常出入医院，也算是见惯了生死，常常在医院角落里听到悲切的哭声，有的是亲人离世，悲痛难忍，也有的是拿到检查报告得知自己罹患不治之症，一时难以接受，瞬间崩溃大哭。人们都说医院是最容易看清人间疾苦的地方，世道确实如此。

她一开始也没有特别留意，待从门诊大楼前经过时，才发现这个坐在台阶上哭泣的大妈似乎有点眼熟，又仔细瞧一眼，这才认出来，竟然是不久前才见过的住在龙湾乡下码头村的三姑婆。

她不由得心里一沉，走到三姑婆跟前，蹲下身问道："大妈，您这是怎么了？"

三姑婆哭得正伤心，抬起泪眼瞧瞧她，显然并没有认出她来，见有人相询，便哭得更厉害："老天爷啊，我的救命钱全都被人给骗走了，这是什么世道啊……"

听了她断断续续的哭诉，朱子冉才知道事情缘由。

原来三姑婆的儿子前一段时间，突然感觉到双腿水肿，青筋突暴，疼得厉害，当时也没有往心里去，以为只是太劳累了，打听到一个偏方，说是用花椒煮水泡脚，可以治好这个毛病，就

336

在家里晒了许多花椒来泡脚。但是，症状并没有得到缓解，前几天突然病情加重，不但疼痛难忍，而且还麻木酸胀，连走路都困难。来到医院一检查，原来是静脉曲张，并且已经到了中晚期，医生说必须进行手术，手术费农村医保报销之后，自己估计还得支付一万多块钱。

三姑婆家里经济情况本就一般，他儿子三十多岁年纪，早年离婚，身边还带着一个孩子，孩子去年做心脏手术，就已经花了好几万，家里实在是掏不出什么钱了。她好不容易找亲戚邻居借了八千块钱，本想交到医院，让医生先给儿子做手术，剩下的钱再慢慢想办法。谁知，她刚拿着这些钱来到医院收费处，却在收费窗口外面碰到一个中年妇女，对她问长问短，得知她儿子的病情后，立马热情地介绍说她知道一个名医，比人民医院的医生厉害多了，特别擅长治她儿子这种病，医院要一万多块钱，他那里只要七八千块钱就能治好。这个女人还说自己也是龙湾乡人，下码头村的那个妇女主任是她表妹。三姑婆就说妇女主任见了我得叫一声婶娘。这个女人就拍着大腿道："那太巧了，算起来咱们还是亲戚呢，我也得叫您一声婶子。"

三姑婆以为遇见了好人，又听说另外看医生能便宜好几千块钱，就有些动心了，坐着那个"亲戚"的车来到一家开在小街上的诊所。"亲戚"说："婶，您坐在门口的凳子上歇会儿，这儿的院长跟我很熟，我去交费可以打八折。"她就放心地把钱拿给了这个女人。结果一转眼，就再也找不见这个"亲戚"的人影。到诊所一问，人家根本就不认识这个女人，更没有收到她交上来的八千块钱。三姑婆这才知道遇上了骗子，自己给儿子治病的钱都让她给骗光了。

她赶紧报警，警察找她问了一下情况，给了她一张报警回执单，说他们会去调查，但能不能找到那个骗子追回那些钱，却不敢打包票。三姑婆又在人民医院等了两天，以为能再次遇上那个骗子，谁知那个女人得手之后，就再也没有出现。

因为已经欠了医院不少住院费，医院已经不再给她儿子开药治疗，三姑婆没有办法，只好让儿子出院。她儿子两条腿痛得走不了路，只好坐在门诊大楼外面歇息。她想到自己就是在门诊大楼交费处被骗子盯上的，现在钱被骗光，儿子的病又没有治好，以后不知道该怎么办，不由悲中从来，就一屁股坐在台阶上，无助地放声大哭起来。

"那您儿子呢？"朱子冉问。

三姑婆往旁边指一下，朱子冉这才注意到在旁边有一个三十多岁的男人，正靠在大理石柱子上坐地休息，他低垂着头，抱着自己的两条腿，不时发出痛苦的呻吟。

朱子冉知道，下肢静脉曲张如果不及时治疗，任由病情发展下去，严重的话可能会产生癌变，甚至要截肢。如果这个男人没有了两条腿，那三姑婆一家祖孙三代可就真没法活了。现在好不容易凑到一点儿手术费，居然又被丧尽天良的骗子给骗走，估计再让他们筹钱治病已经是不可能了，看着三姑婆一脸绝望的表情，她忽然想起十年前夏米筹钱给父亲治病的事，十多年过去，为什么这样的悲剧还是会上演呢？

她想了一下，就在三姑婆身边坐下，一边掏出纸巾让她擦干眼泪，一边道："大妈，我有一个朋友，他是一个中医，医术很好，我觉得您儿子这个病，可以找他看看。您要是同意，我可以开车带你们过去。"

"你朋友是医生啊？"三姑婆扭头看向她。

朱子冉说："是的，他姓陆，在韭菜街开了一家中医诊所，治好了很多病人。"

"你真的这么好心，带我们去找医生啊？"

"是的，我有车，可以带你们一起过去。"

"我呸！"三姑婆冷不防朝她吐出一口口水，"你们这些骗子，骗人也不换个方法，连骗人的话都一模一样。"

朱子冉猝不及防之下，被她的口水喷到了衣襟上，自己却忍不住笑起来："真的吗？那个骗子也是我这么说的吗？"

三姑婆说："可不就是嘛，你们是一个骗子师父带出来的徒弟吧？"说着又哭起来，"你们这些骗子，还有良心吗？你看看我手里还有钱可骗吗？"她打开身上背着的布袋子，里面装着十多个冷馒头和一瓶白开水，除此之外，别无他物。

朱子冉突然笑不出来了，说："大妈，我真不是骗子。您再好好看看我，您不认识我了？"

三姑婆眯缝着眼睛仔细瞅他一眼，这才想起来："哦，我记起来了，上次你好像去家里找我打听什么人来着。"

"对对对，咱们以前见过的。"朱子冉见她认出自己，便道，"您看我不是骗子吧？"

三姑婆一愣，警惕地上下打量着她："那也不能证明你不是骗子啊，上次骗子还说跟我是亲戚呢，结果还不是……"

朱子冉见她认准自己是骗子了，一时之间实在难以解释清楚，只好给陆笙打电话，跟他把这边的事情简单说了，然后问："下肢静脉曲张这个病，你能治吗？"

陆笙说："这可不好说，要见到病人四诊合参，具体辨证之后，才知道能否一治。不过，我以前也治好过几个同类型的病人，他们本来都准备去医院做手术了，抱着试一试的心态找到我，结果被我治好了，也算是免了手术之苦。"

朱子冉不由大喜，道："那太好了，你现在有空没？能不能到人民医院门诊大楼这边来一下？我本来想把病人带去你诊所，可是人家怕我是骗子，不敢跟我走。"

陆笙呵呵一笑："行啊，反正我诊所现在也没有什么病人，正想过去给你弟弟诊一下脉再调调方子。你在医院等我一下，我很快就过来。"

朱子冉陪着三姑婆在医院台阶上坐了一会儿，陆笙就赶过来，问明情况后，走到三姑婆儿子跟前，将起他的裤管看了，只见他两条小腿上静脉怒张，乍一看像是皮肤上附着着一一条条又粗又长的蚯蚓，有的地方已经溃疡腐烂，露出一片黑色的皮肉，看上去十分吓人。

三姑婆的儿子呻吟道："我这两条腿又痛又痒，还有些麻木，已经没有办法走路，真恨不得找个锯子来把这两条烂腿给锯了。"

陆笙替他把了脉，又看了舌苔和舌底，道："你这个就是老百姓俗称的老烂腿，从中医角度来说，是因为你肝肾亏虚，气血运行不畅，瘀血阻滞经络引起的。"

朱子冉问："可有得治？"陆笙道："可以一试。不过，中医讲究急则治标，看他现在表情苦痛，呻吟不止，应该是脚痛得厉害，我先给他施以针灸，止住疼痛，再图他治。"

朱子冉就对三姑婆道："大妈，现在陆医生要给你儿子针灸止痛，可以吗？"

"针灸吗？"三姑婆以为陆笙是她的托儿，仍旧半信半疑地瞧着他们，"扎一针要多少钱？"

陆笙早已听朱子冉说了这对母子的遭遇，就笑笑说："免费。"

三姑婆道："那你们就试试吧，我可说好了，我身上真没有钱，你们想骗我也没有用。"

陆笙掏出随身携带的毫针，在病人双足三阴交、足三里、阴陵泉和阳陵泉等穴位处各扎一针，又用三棱针在病人小腿暴起青筋的结节处连刺几下，挤出一些暗红色血液，没多大工夫，病人呻吟渐止，脸上的表情也渐渐舒展开来，双脚在空中虚踢两下："咦，真的不痛了呢！"待陆笙收针之后，他扶着大理石柱试着在地上走了几步，脚上麻痒之感已经缓解许多，下地走路已无大碍。三姑婆的儿子不觉大喜，拉着陆笙的手道："医生，你这针也太神了，这么几下扎下去，比吃止痛药还管用。"

陆笙道："我用针灸加针刺放血，只能止一时之痛，这病要想治好，还得内服中药。我给您开个方子，大概也就五六味药，是由我们中医经方补阳还五汤化裁而成，您照着方子去抓药，先试吃三剂。"当下就伏在墙上，写了一首方子，果然只有五六味药，交给三姑婆。

三姑婆看了方子，不由满脸疑虑，问："这个……真能治病？"陆笙道："即便是治疗感冒，任何医生也不敢打包票说自

341

己一定能治好，只能说让患者先服药试治一下，如果有效，可以再到诊所来找我进一步诊治，我就住在韭菜街，很好找的。对了，你抓药最好找一家大一点儿的药店，药材质量会有保障一些。"

三姑婆拿着方子，又犹疑着问："这个药……不会很贵吧？"陆笙摇了摇头："方中黄芪、归尾、地龙、红花等都是常用普通药材，无一味名贵中药，每服药大约也就十几二十块钱吧，三天的药量加起来应该不会超过六十元。"三姑婆听了，这才放下心来，说："我手里刚好剩下最后一百块钱，抓完这些药，正好还剩下搭车回家的路费。"她也没有向朱子冉和陆笙道一声谢，就扶着儿子，慢慢走下台阶，往医院外面去了。

目送他们母子俩走远之后，朱子冉才回头对陆笙道："陆笙哥，谢谢你了，我是不是给你找麻烦了？"陆笙腼腆一笑："麻烦倒不麻烦，只不过我这还是第一次在人民医院门诊楼大门口给人家看病，我觉得咱们如果继续在这里待着，很可能会被保安赶出去。"朱子冉扭头四顾，才发现旁边已经围了不少人，甚至还有两个穿白大褂的医生站在人群里，吓得她吐吐舌头，赶紧拉着陆笙走了。

两人来到住院大楼，走进病房的时候，看见曾素娥正在给朱子豪削苹果。朱子豪半躺在床头，一面看着电视一面吃着母亲递过来的水果。曾素娥的状态比朱子冉第一次见到她时好了许多，不但面带笑容，一改往日的愁苦面容，而且身体看上去似乎还长胖了一些，整个人都变得精神奕奕起来。自从她与朱子豪母子相认之后，就一直在医院照顾着儿子，日夜看护，生怕这个失而复得的儿子会跑掉一样。经过医院检测，曾素娥的造血干细胞已经跟朱子豪配型成功，但是因为她身体太过虚弱，目前还没有达到造血干细胞采集的要求，医生让她加强营养，多锻炼身体，一旦条件成熟，就可以进行手术，将她的造血干细胞移植进朱子豪的身体。于是，她就将家里的两头猪提前卖掉，拿着卖猪的钱在医院给自己改善伙食，又每天锻炼身体，体重渐渐增加，身体素质也跟着好起来，从现在的情况来看，朱子豪应该很快就可以进入手术室，进行造血干细胞移植手术了。朱子冉见了也不禁心生感动，完全没有料到这个看起来瘦小怯弱的乡下女人，骨子里竟然有着这么大的能量，也许这就是"为母则刚"的道理吧。

陆笙上前给朱子豪把了脉，问了一下近况，将上次开的中药方子调整了一下，拍着他的肩膀说："你这身体已经恢复得很好，吃完这个疗程的药，就可以停了，现在的身体状况已经完全达到了移植手术的要求。小伙子加油，再坚持一阵，就可以健康出院了。"

曾素娥起身拉着朱子冉和陆笙，说了不少感谢的话，弄得朱子冉有点尴尬，好像自己倒成了他们母子间的外人。

从病房出来，送走陆笙之后，朱子冉又到精神心理科，看望在这里进行康复治疗的二妈。因为刚刚吃完药，孟玉文正躺在病床上昏睡着，医生说她的精神状况恢复得还算不错，再观察治疗一段时间，就可以出院，但就算是出院了，也不能再刺激她，否则再发病，就非常棘手了。朱子冉点了点头，跟医生道了谢。她已经跟二妈的工作单位，也就是玉德中学的领导商量过，二妈的这个状态，即使是出院，也不便立即投入工作，所以决定先让她病休一个学期，后续工作将视其康复情况再作安排。

她在二妈的病房里坐了一会儿，看看时间快到中午了，这才离开医院。刚把小车从停车场开出来，手机就响了，她把车停在路边接听电话，是蒋大胜打过来的。

蒋大胜在电话里说："子冉，听说你弟弟的亲生母亲找到了？"

朱子冉愣了一下，这才想起这几天一直忙着，并没有将曾素娥与子豪母子相认的事情告诉蒋大胜，却不知他是如何知道的，就道："是呀，你是怎么晓得的？"

蒋大胜道："刚才陆笙从你弟弟那里回韭菜街，路过我这里的时候，到店里坐了一会儿，跟我说了这个事情。"

朱子冉这才明白过来，就简单将上次陆笙告诉她小时候瞧见弟弟脸上盖着湿毛巾，她因此怀疑自己真正的弟弟已经被二妈在犯病时无意中捂死在摇篮中，然后自己再根据医院线索调查妇幼保健院院长梅金婷，到龙湾乡找到曾素娥，通过 DNA 鉴定最终确认她是子豪亲生母亲的前后经过，都说了一遍。

最后她说："这事说起来还得感谢你啊，上次在春水河大堤上，我去龙湾乡调查时，半路遇上梅金婷指使来的两个流氓找麻烦，多亏你及时赶到，要不然我还不知道要怎么才能脱身呢。"

"恭喜你啊，折腾了这么久，总算找到真相，也算是有了一个比较圆满的结局。"蒋大胜道，"你中午有空没？到我店里坐坐，我给你炒两个菜。"

朱子冉说："好啊，我正好肚子饿了，不知道要去哪里解决呢。"挂断电话后，她在路上拐个弯，直奔韭菜街。

来到大胜餐馆，正是中午时分，店里已经有了不少顾客。朱子冉静静地找了张桌子坐下，不一会儿，蒋大胜就给她炒了两个热腾腾的小菜端上来。吃罢了午饭，店里客人渐少，蒋大胜才得空从后面厨房走出来，坐在她对面点燃一支烟抽起来。

朱子冉一抬头，看见他隐藏在烟雾背后的脸上的表情显得有些深沉，不觉有些奇怪，放下手里的筷子道："大胜哥，你今天什么情况，怎么突然间玩起深沉来了？"

"我是在回想咱们小时候的事情。"蒋大胜抽了一口烟说。朱子冉问："小时候的什么事情？"

蒋大胜说："上午的时候，你跟我说，你是因为陆笙给你提供线索，才开始怀疑你弟弟是被你二妈犯病时失手捂死的，对吧？"

朱子冉点头说："是呀，陆笙哥告诉我说，小时候，你们知道我家里添了一个弟弟，刚从医院抱回家的那天，你们就跑到我家去看他，结果陆笙哥就从窗户里看到我二妈用湿毛巾捂死我弟弟的场景。"

"是吗？"蒋大胜有点吃惊，"他真的告诉你说，他亲眼看见你二妈将你弟弟捂死了吗？"

"这个倒也不是说他直接看见了，"朱子冉回想着当初陆笙告诉她的情况，说，"他只说他从窗户里看到我弟弟当时躺在摇篮里，脸上盖着湿毛巾，手和脚都在乱动，看起来像是在挣扎，我二妈就在旁边的床铺上睡觉。当时屋子里只有我二妈和我弟弟两个人。我也是据此推测，应该是我二妈当时产后抑郁症发作，人都变得魔怔了，所以才会失手将湿毛巾盖在婴儿脸上，将我弟弟

345

捂死的。"

"哦，原来是这样。"蒋大胜拖长声音"哦"了一声，用力吸一口烟，沉默着没有再说话。

朱子冉见他一副若有所思的样子，不由得感觉到有些诧异，问："怎么了，大胜哥，这个难道有什么问题吗？"

蒋大胜摇头说："没，没什么问题，陆笙说的是事实，当时屋里的情形确是如此。"

"确是如此？"朱子冉这才明白过来，"这么说，当时你也看到了？"

"这是当然的啊。"蒋大胜道，"陆笙不也跟你说了吗，当时是咱们几个人一起跑到你家去看你们家的小弟弟，我自然也跟着去了，我跟陆笙几乎是同时趴在窗户上往屋里瞧的，所以他透过玻璃窗户看到的情形，我自然也看到了啊。"

这倒是有些出乎朱子冉的意料："真的吗？"

"当然是真的，我也看到你弟弟脸上盖着东西，只不过我心思没有陆笙那么细密，没有发现那是一块湿毛巾，就算发现了，也不会跟捂死孩子这件事情联系起来。"

"那倒也是，你本就是一副大大咧咧的性子。"

"只不过……"蒋大胜迟疑了一下。

"只不过什么？"

"只不过当时有一个细节，却是陆笙没有注意到的。"

"什么细节？"

"其实，盖在你弟弟脸上的并不是一条毛巾，而是一块手绢，一块印有黑猫警长图案的花手绢。"

朱子冉不由得对他刮目相看："行啊，大胜哥，我一直以为你是个粗人，想不到你居然粗中有细，还有如此细心的时候，连这个都被你瞧清楚了。"

"你别拍我马屁，我哪有什么细心不细心，"蒋大胜挠着头道，"因为那块手绢原本是我的，是我小时候去我爸厂里玩，一个阿姨见我感冒了，就将这个手绢给了我，让我擦鼻涕，后来我就一直在身上带着。"

朱子冉顿时觉得奇怪起来："你没有看错吧？你的手绢，怎么会跑到我家里去，而且还盖在了我弟弟脸上？"

蒋大胜终于抽完了手里的烟，按灭烟头之后，抬头直盯着她："你真的不记得了？"

朱子冉一脸莫名其妙："我记得什么？"

"你四岁时候的事情啊？"

"哦，原来你说这个啊，我这人记事比较迟，小时候的事情，尤其是四岁多以前的事情，基本上都已经不记得了。"

"那就难怪了。"蒋大胜点了点头。朱子冉心里着急，催促道："你今天到底怎么了，说话一直吞吞吐吐的，你倒是赶紧说啊，你的手绢，怎么跑到我家里去了？"

蒋大胜似乎犯了烟瘾，本来想接着再抽一支烟，但从口袋里掏出烟盒一看，里面已经空了，只好将烟盒往桌子上一扔："是我给你的呀。我们第一次见面，那时刚下过一场大雨，韭菜街上到处都是积水，四岁的你一个人溜出来玩，结果脚下一滑，摔倒在一摊积水里，弄得一头一脸都是脏兮兮的泥水。当时我正在街边滚铁圈，见了就跑过去把你扶起来，掏出身上的这块手绢让你拿着擦脸，后来这块花手绢就被你揣进自己兜里了。"

"哦，你这么一说，我倒是好像有一点点印象。"朱子冉边想边道，"当时你确实给了一条手绢给我，让我擦脸，后来见我一直哭，因为怕身上脏了回家挨奶奶的骂，就把我带到夏米家，让我换上她的衣服，再把我的脏衣服洗干净，直到晚上我换上自己的干净衣服，我才敢回家去。"

"对对对，就是这样的。"

"可是，我好像不太记得拿走了你的手绢啊。"

"这只能说明你忘性大，这事我可还记着呢，因为我很喜欢手绢上面的那个黑猫警长，一直想找你要回来，可又不好意思开口，怕你们说我小气，所以最后这块手绢就一直让你用着。"

"盖在我弟弟脸上的那块手绢，你真的确定是你给我的，而且是我自己一直在用的？"朱子冉脸上的表情渐渐变得严肃起来。

"我非常肯定。我毕竟比你大两岁，当时的记忆还是蛮清晰的。当时我从窗户玻璃里看到你的手绢盖在你弟弟脸上，并没有往心里去，直到今天，你跟我提起陆笙二十年前看见你弟弟脸上盖着毛巾的事，我才想起这块手绢来，所以就把你叫过来，将这个事情告诉你。"

"可是，如果是我的手绢，那又怎么会盖到我弟弟脸上去的呢？"

"这个我就不清楚了！"蒋大胜正说着话，店里有顾客大叫："老板，再给我加两个菜。"他忙应道："好嘞，马上就到！"急忙起身应付客人去了。朱子冉坐在那里，想着他刚才说的话，他给了自己一块手绢，这块手绢自己一直用着，但最后却盖在了当时还是个小婴儿的弟弟的脸上，这到底是怎么回事呢？正在百思不得其解的时候，忽然那个噩梦中的声音又在她耳边响起：盖上去，盖上去，不要怕，对，就像这样盖上去……

突然间，她的胸口像是被重拳击到，痛得连呼吸都困难起来，脑海里一个屏蔽已久的画面被重新激活：一个四岁的小女孩，将手绢放在水龙头下打湿，然后折叠成两层，轻轻推开二妈的房门，探头进去瞧瞧，看见二妈在床上睡觉，刚从医院抱回的弟弟似乎也在摇篮里睡得正香。她像个小偷似的钻进屋，蹑手蹑脚走到摇篮边，"盖上去，盖上去，不要怕，对，就像这样盖上去……"她一边轻轻对自己说着，一边将湿手绢盖在了弟弟脸上。睡梦中的弟弟似乎并没有什么反应。她又悄悄退出房间。家里很安静，只有大门外边传来奶奶打麻将的声音……

她不由得激灵灵打了一个寒战，原来二十年前将湿手绢盖在弟弟脸上，导致其最后窒息身亡的凶手并不是二妈，而是自己！

但是，那时候她还是一个四岁的小女孩，为什么要这么做呢？二十年时间过去，她现在已经无法想起自己当时这么做的动机，也许是想用这个办法报复重男轻女的奶奶，也许是害怕爸爸有了小弟弟之后，不会再喜欢自己，或许还有其他原因。她从电视剧或者动画片里看到湿毛巾盖在脸上可以把人捂死，所以就效仿着将自己的手绢打湿盖在了弟弟脸上。她自己也没有想到，她刚做完这些没过多久，几个小伙伴就在窗户外面来看弟弟，结果正好看见湿手绢渐渐将尚在摇篮中的弟弟捂死的经过……

后来爸爸下班回家，到二妈卧室才发现弟弟脸上盖着湿手绢，早已窒息身亡。这时候，屋里只有二妈和孩子两个人，爸爸就想当然地以为是二妈产后抑郁症发作，神志不清之下，失手捂死了孩子。二妈知道孩子出事后，精神恍惚，脑子里一片混乱，已经记不清任何事情。为了不让爷爷奶奶将二妈撵走，爸爸最后将这个事情隐瞒了下来，并用重金买通妇幼保健院的产科医生梅金婷，悄悄换了一个男婴回来。二妈因为并不记得自己的孩子已经死亡，所以一直将这名男婴当成自己亲生儿子养育着。全家人之中真正知道孩子被调包的，其实只有爸爸一个人。

可是，二妈真的对这件事情全无记忆了吗？如果真是这样，自己当着她的面将毛巾盖在脸上，重现当年弟弟窒息死亡的场景，她为什么会反应那么大？也许她跟自己一样，这些场景一直刻在脑海里，只是被暂时屏蔽了而已，一旦被刺激到，就会立马被激活。是否真是这样，只有等二妈从医院出来，才能问个清楚明白，不过就算二妈真的出院回家，她也不敢再在她面前提及此事，因为医生已经再三告诫，绝不能再刺激二妈，要不然，再好的医生也救不了她。

下午的时候，外面的天色阴沉下来。直到朱子冉从大圣餐馆走出来，坐回到自己车里，她脑子里仍然是一片混沌。在驾驶位上坐了片刻，天上忽然雷声轰隆，下起大雨来，豆大的雨点打在挡风玻璃上，叭叭作响。一道闪电亮起，紧接着就是一声炸雷，她突然想起雷雨之夜自己常做的那个噩梦，风雨雷电中，一个人拿着一把明晃晃的剪刀站在她床前……

就在这一刹之间，她忆起了那人的脸，那个人不是别人，正是她二妈孟玉文。而且那个场景，也并不是一场噩梦，而是在二十年前的那个雨夜真实地发生过。二妈为什么要对她举起剪刀？她突然间如坠冰窟：难道二妈其实已经知道是她将湿手绢盖在弟弟脸上的？

　　这所有的一切，也许只有二妈才知道答案！她拿着钥匙的手，开始颤抖起来……

第二十章

贪腐旧案

晚上的时候，朱子冉将陆笙给弟弟开的中药煎好，用一个保温瓶装了，送去医院。进到病房的时候，朱子豪见到姐姐来了，急忙将一个什么东西塞到枕头下。

朱子冉早已瞧见那是一个手机，就把脸沉了一下，说："医生不是不让你拿手机玩游戏吗？怎么这么不听话？"

"姐，我没玩游戏，"朱子豪见自己的小把戏被姐姐识破，就向她撒起娇来，"我在这里都躺得快发霉了，除了看电视也没别的消遣，实在太乏味，所以才把手机拿出来，不过也没有玩游戏，只是上网看一下新闻而已。"

"新闻也不准看。"朱子冉道，"医生早就说了，看多了手机对你身体不好，下次再见你玩手机，小心姐给你没收了。"

"那好吧，我忍住不看就是了。"朱子豪顿时苦下一张脸来。

朱子冉在病房里看一眼，没有见到曾素娥，就问："曾婶呢？"

"我妈呀？她到外面锻炼身体去了。"

朱子冉将汤药倒出来，端给他喝。朱子豪喝了两口，连连吐舌："太苦了！"朱子冉道："良药苦口，男子汉大丈夫连这点苦也不能吃吗？"他只好带着一脸被强迫的表情，将剩下的汤药喝完。

等朱子冉洗干净保温瓶，从洗手间里出来的时候，朱子豪忽然问："姐，咱们老家韭菜街上的那个傻妹，就是十年前失踪的那个肖三妹，是不是被人杀了？而且就埋在韭菜街那个电力开关站下面，是吧？"

"你怎么知道的？"朱子冉有点意外，弟弟这段时间一直住在医院，从来没有出去过，自己也没有跟他说起过这个案子。

朱子豪道："这有什么，现在是信息时代，这么大的事情，网上和微信朋友圈早就传开了，我也是刚才从手机新闻里看到的。听说警察查到现在，也没有一点线索啊。"

朱子冉在床边坐下："是啊，听说警察抓了几个人，但最后查证，都不是十年前杀死傻妹的凶手。当年傻妹常常跟在咱们屁股后面跑，像个跟屁虫似的，后来突然失踪，都说她是被人贩子拐跑了，谁会想到竟然是被人杀死了，而且还把尸体埋在了韭菜街的那个电力开关站下面。我记得你小时候经常跟小伙伴一起去那边玩，现在想想都觉得害怕……"

她一抬头，看见弟弟正坐在床头发呆，以为他被吓到，忙道："不过也没什么，那时候谁也不知道那下面埋着一个死人，在那里玩玩也没什么要紧的。"朱子豪道："姐，我不是被吓到，是你提到这个开关站，让我突然想起一件事情，不知道要不要跟你说。"

"什么事呀？"

"其实，傻妹失踪那天傍晚，还跟我在一起玩过。"

"是吗？"

"那时候我已经十岁，所以，对当天的情况记得十分清楚。那一天是周末，我没有去上学，傍晚的时候，电力开关站的建筑工人都下班了，工地上没有一个人，那里有三个刚刚用水泥浇灌完的水泥基座，旁边堆着一些河沙，我和傻妹就在那里玩沙子。玩了一会儿，傻妹就说这个不好玩，要跟我玩一个游戏。我问是什么游戏，她说就是你躺在地上，我用手绢盖住你的脸，你

355

不能动，一动就输了，看你能忍多长时间不动。我当时觉得这个游戏挺好玩，就说好，立即在地上躺下来。她掏出一个手绢，盖在我脸上，那个手绢很薄，盖在脸上除了呼吸有点不顺畅，没有其他任何感觉。我心里想这有什么，叫我在这里躺半天我都可以忍住不动啊。但是好巧不巧，我刚躺下，被她在脸上盖上手绢不久，老爸散步经过这里，看到她拿手绢盖在我脸上，就急忙冲了过来，扔掉我脸上的手绢，还朝傻妹发起火来，傻妹差点被他吓哭，说这有什么，我们是在玩游戏嘛，他小时候睡在摇篮里，我还看见他妈妈也这样用毛巾盖着他的脸呢。你不让我们玩，我回家告诉我奶奶去。当时老爸脸上的表情有点吓人，吼了我一嗓子，叫我赶紧回家写作业。我有点怕他，就缩着脖子溜了。第二天，我听说傻妹失踪了，后来又听说她是被人贩子拐走了，想一想，这竟然是我最后一次见她。"

朱子冉听说傻妹学着二妈的模样往弟弟脸上盖手绢玩游戏，心里不由得缩紧了一下，但让她在意的，却是另外一个问题："你是跟爸爸一起回家的吗？"

朱子豪摇摇头："不是，爸让我一个人回家，他并没有跟我一起走。"

"傻妹呢？她是跟你一起走的吗？"

"没有，我是一个人走的。我离开的时候，她跟老爸都还在工地上。"

"当时旁边还有其他人吗？"

"没有，当时天都快黑了，街尾那边本就偏僻，平时很少有人去，这时就更看不到其他人影。"

朱子冉不由得皱紧了眉头："你知道那天老爸是什么时候回家的吗？"

"具体记不太清楚了，总之比较晚吧。"

朱子冉的心不由得沉了下去，她似乎已经隐约知道问题的答案，却按下自己的念头，不敢再往下想。走到一边，掏出手机，翻出蒋大胜的电话号码，想给他打个电话，但犹豫一下，最后还是把电话打给了陆笙。陆笙显然正在忙着，"喂"了一声，问："子冉，有什么事？"

朱子冉说："陆笙哥，我想问你个事，就是二十年前，你跟大胜哥他们一起到我家去看我刚刚从医院抱回家的弟弟，当时在玻璃窗户外面看到我弟弟脸上盖着毛巾的人，除了你，应该还有其他人，对吧？"

陆笙说："是啊，我是跟大胜、夏米一起去的，他们也可能看到了吧。"

"当时傻妹有跟你们在一起吗？"

"这个记不太清了……"电话那头的陆笙想了一下，"好像她也在吧，你也知道，她从小就是咱们的跟屁虫，常常冷不丁从屁股后面跳出来，我记得那天她好像也跟在了咱们后面。不过，我们趴在窗户上看了一下，就跑开了，转到别处玩去了，至于后面傻妹有没有学着咱们的样子趴在窗户上往里看，那就不知道了。"

"好的，我明白了，你先去忙吧！"

朱子冉很快就挂断了电话。从陆笙提供的线索来看，显然不能排除傻妹当时也看到了弟弟脸上盖着毛巾，并且一直记在心里的可能性。以至十年之后，弟弟长到十岁，她仍然像个孩子似的

357

拉着他在电力开关站的工地上玩这个毛巾盖脸的游戏。但是，没承想正好被路过这里的老爸看到，这块盖在弟弟脸上的手绢，对于明白就里的老爸来说，无异于一颗炸弹，顿时就把他给引爆了，所以他才会当场发火，不但骂了傻妹，还把弟弟攥走。傻妹挨了骂，委屈地要找奶奶告状，也许这只是她一句无心之话，但对于老爸，对于自己的家庭来说，却是一颗隐藏着的定时炸弹。老爸心虚地觉得，一旦此事经傻妹之口传播开来，弟弟当年被二妈捂死在摇篮里和他到医院调包孩子的事情，就很有可能会被牵扯出来。正因为如此，所以这时候他对傻妹动了杀心，也就是顺理成章的事情。

朱子冉本不愿意往这方面去想，但是弟弟明确告诉他，当时老爸并没有跟他一起回去，而是和傻妹一起留在了工地上。当时天色将晚，工地周围并没有其他人，加上四周有大树遮挡，这时候如果老爸对傻妹动了杀机，做出什么事情来，是很难被人看见的。她的心开始变得沉重起来，如果站在爸爸的立场，他完全有杀傻妹的动机。可是，肖三妹的死，真的跟老爸有关吗？

她心里一时难以决断，想了一下，最后还是决定先向警察同学邓钊打听一下肖三妹的案子最近有没有什么进展，万一他们早已抓到真凶，那自己的揣测就是多余了。

她从手机里翻出邓钊的电话，打了过去："老同学，听说你们警察都很忙，今晚没加班吧？"

邓钊说："确实有点忙，刚在单位加完班呢，正准备回家。"

"那正好，出来喝杯咖啡吧，我请客。"

"不是说好我请的吗？"

朱子冉笑道："那行吧，你请！"

两人约好半个小时后在和平路那间老树咖啡见面。

正好这时曾素娥锻炼完身体，满头大汗从外面回来，朱子冉跟她聊了几句，就离开了住院大楼。回到车里，她对着后视镜化个淡妆，见时间差不多了，就开着小车往和平路行去。来到老树咖啡，正好是约定的时间。

她在外面停好车，却见旁边停着一辆警车，心里就想，邓钊这家伙该不会开着警车出来赴约吧？走进咖啡馆，邓钊果然已经到了，正坐在靠墙边的一张小桌上向她招手。咖啡馆里光线不太好，她走过去才发现，桌子上还坐着一个人，邓钊起身介绍说："这是我师父，毛乂宁毛探长。"又向师父介绍，"这位就是我高中同学，现在名震省城的大记者朱子冉。"

朱子冉见他把自己吹得这么厉害，不禁有点尴尬。毛乂宁道："朱小姐，你约邓钊时，刚好我们一起加完班从单位走出来，所以，我也顺便跟着过来，想喝杯咖啡解解乏，你不会介意吧？"朱子冉笑笑道："反正是邓钊请客，我怎么会介意呢？"毛乂宁和邓钊听罢，也不由得跟着笑起来。

咖啡端上来后，三人慢慢喝着，一时无话，气氛就显得有些沉闷。过了半晌，毛乂宁才咳嗽一声，说："朱小姐，你突然约邓钊出来，应该不仅仅只是为了喝杯咖啡吧？"

朱子冉知道他是个老警察，自己的意图肯定瞒不过他，就实话实说："其实我约邓钊出来，是想向他打听一下肖三妹的案子，毕竟这个案子在咱们韭菜街闹出了很大的动静，听说前几天你们还去韭菜街抓人了，不知道杀人凶手找到了没有？"

邓钊抬起头，把目光向师父看过去，显然是自己心里没底，不知道涉案内容能不能说。毛乂宁轻轻点一下头，他才道："我们确实抓了一个人，他涉嫌在十年前强奸肖三妹并致其怀孕，但现在已经调查清楚，人不是他杀的。"

"也就是说，关于凶手，现在还没有着落是吧？"

"是的，但是目前来说，我们已经掌握了一条重要线索。"

"什么重要线索？"朱子冉问完，才觉得自己有点唐突，警方办案机密，怎么会轻易跟自己说呢？但是出乎她意料的是，两个警察并没有拒绝她，毛乂宁与徒弟交换了一个眼神之后，放下手里的咖啡杯，告诉她道："情况是这样的，我们在韭菜街电力开关站下面挖出肖三妹的尸骨之后，现场就一直用警戒线封锁着，直到昨天才解封，施工队进场接着施工的时候，在第三个水泥基座边沿发现了两个浅浅的脚印，怀疑是当年浇灌完水泥，在还没有完全干透的时候被人踩上去的。第一个脚印，是一个未成年女孩的凉鞋印，另一个是成年男性的皮鞋印。皮鞋印压住了凉鞋足印的一半。我们提取了这两枚足印，经过肖三妹的奶奶确认，那个凉鞋印是她孙女留下的。当年她孙女有两双一样的凉鞋替换着穿，肖三妹失踪的时候脚上就是穿的凉鞋，而另一双凉鞋放在家里，一直被张群英保存到现在。经过我们比对，证实这个凉鞋印确实就是肖三妹在十年前留下的。而另一个皮鞋脚印，经过我们对鞋底花纹鉴定，发现这是一双名牌皮鞋，具体是哪个牌子咱们就不说了，总之，可以断定的是十多年前韭菜街能穿得起这种鞋子的人并不多，而市委常委的公务员儿子朱哲，也就是你父亲，就是其中之一。"

朱子冉听到这里，忽然想起在咖啡馆外面看到的那辆警车，警车应该是毛乂宁师徒俩开过来的，当然，没有警察会开着警车赴约喝咖啡，他们之所以开警车过来，是因为他们还在工作。而毛乂宁当然也不是碰巧跟邓钊一起过来蹭一杯咖啡，这两个警察其实是来找自己调查父亲的情况的。

毛乂宁接着道："我们问过电力开关站当年的施工负责人，他看了施工记录后告诉我们说，当天下午四五点钟的时候，他们浇灌完三个水泥基座，就将所有施工人员撤走，等到第二天这些浇灌的水泥干硬了之后，才开始接着施工。根据他们的判断，这种水泥混凝土初凝的时间大约是一两个小时左右。水泥基座初凝之后，就很难再踩出这样的脚印。所以我们推测这两个脚印是当天傍晚七点之前踩上去的，而且两枚脚印几乎是在同一时间踩上去的。脚印旁边，就是肖三妹的埋尸地点。所以我们完全有理由怀疑你父亲跟这个案子有关系。当然，我们也对你父亲做过一些调查，发现他去年因为一场车祸变成了植物人，至今仍躺在医院没有苏醒过来，自然也就没有办法找他当面调查。"

朱子冉不由得看了邓钊一眼："正好这时候我打电话约你出来喝咖啡，所以你们就开着警车过来，在赴约的同时，顺便找我调查一下我老爸，是吧？"邓钊不由得脸色一红，有点心虚地低下了头。

毛乂宁道："朱小姐言重了，我们想了解一下你父亲的情况，正好这时你打电话给邓钊，所以我们顺便就过来了。如果有什么让你感觉到不愉快，那都是我的责任，跟邓钊没有关系。其实，他已经好几次在我面前提起过你，说在读高中的时候，你们就是很好的朋友，毕业之后他一直很想念你，他一直以为你这位大记者在省城工作，以后难以再见，想不到这次因为肖三妹的案子，你亲自到单位来找他，他特别高兴……"

"咳、咳……"邓钊连忙用咳嗽声打断师父的话，"师父，这些就不用说了，说正事，说正事！"

"哦，对对，我扯远了。"毛乂宁嘴角边挑起一丝笑意，"书归正传，咱们还是说正事吧。从目前的情况来看，我们警方只是怀疑你爸跟肖三妹的案子有所关联，并不能完全确认他就是杀人凶手，因为现在有一个最大的问题摆在咱们面前，那就是从表面上看，你父亲跟肖三妹之间，完全没有任何瓜葛，他几乎没有任何理由去杀这个只有十五岁的脑瘫少女。这也是我们难以再深入调查下去的原因。"

朱子冉明白他的意思："毛警官是说，警方现在怀疑我爸是杀人凶手，却又找不到他的杀人动机，是吧？"

"对，就是这么个意思。"毛乂宁毫不讳言地道，"你父亲现在确实是警方的头号嫌疑人，但是我们实在想不通，一个不谙世事的脑瘫少女，与一个在机关单位上班的公务员，到底是怎样扯上联系的？"

"哦，原来是这样……"朱子冉点了点头，忽然变得沉默起来，用手里的不锈钢勺子轻轻搅动着杯子里的咖啡，虽然没有再说话，但脑子里却已转过千般念头。"朱小姐是不是有什么话要对我们说？"毛乂宁见她听到警方怀疑她父亲是杀人凶手之后，脸上并没有露出特别吃惊的表情，顿时就起了疑心。

朱子冉心里一惊，暗自佩服这位经验老到的毛警官，虽然他的目光看起来并不凌厉，却带着一种敏锐的穿透力，似乎一眼就能看到你心里去，这莫非就是传说中的"读心术"？她犹豫一下，最后点了点头："是的，其实我这次约邓钊出来，一共有两个目的，一个是想找他打听一下肖三妹命案的案情，另外嘛，就是想向他提供一些线索，也许会对你们现在的调查工作，起到一点点推动作用。"

"是什么线索？"邓钊问。

"其实也是一些跟我爸爸有关的情况。"朱子冉抬头看着坐在自己面前的两个警察，停顿片刻，像是在平复自己的心情，也像是在考虑这个事情到底该从哪里开始说起。

毛乂宁显然并不着急，将身子往椅背上一靠，静静地瞧着她，等着她往下说。过了好一会儿，朱子冉才重新开口，先是将弟弟得了白血病，做身体检查时发现并不是父母的亲生孩子，她通过走访调查，终于揭开二十年前二妈抑郁症发作失手用湿毛巾捂死弟弟，父亲用死婴从妇幼保健院悄悄换回另一个孩子之谜的前后经过，都跟他们说了一遍。

两个警察听完之后，虽然脸上露出讶异的表情，但却都沉默着没有说话。他们显然知道，朱子冉所说的线索，肯定不只是这件发生在二十年前的往事。果然，朱子冉很快就说到了正题，也就是今晚弟弟在病房里告诉她的那件事，她也原原本本跟两个警察说了。

毛乂宁和邓钊听完，相互看一眼，师徒俩都从对方眼睛里看到了一种恍然大悟的表情。这样一来，警方正在苦苦寻找的朱哲的杀人动机，就浮出了水面，这桩公务员杀人案的前因后果，也就说得通了。

十年前的那个傍晚，朱哲偶然看见肖三妹在电力开关站工地上跟儿子玩毛巾盖脸的游戏，傻妹说她是在效仿朱子豪母亲的做法，朱哲由此推断出二十年前肖三妹肯定目睹了妻子误杀儿子的经过，立即感觉到一阵心虚和害怕。他怕傻妹将这个秘密泄露出去，自己当年做过的事情也很有可能会被牵扯出来，为了不让自己的妻子、儿子和家庭受到任何威胁，也为了不让自己当年做过的事情曝光出来，他就对肖三妹起了杀人灭口之心。正好这时天色已晚，街尾偏僻处看不到别人，于是就在工地上将肖三妹残忍杀害，并就地埋尸。水泥基座边沿留下的两个脚印，应该就是在他动手杀人及肖三妹挣扎过程中踩上去的。他原本以为将肖三妹的尸体埋在地下，等电力开关站建好之后，就再也不会被人挖出来，他的杀人罪行自然也就不会有人知道。但是人算不如天算，十年之后，这个电力开关站要进行拆迁，肖三妹的尸体最终还是被挖土机挖了出来，这个案子也最终进入了警方的视野。

"朱小姐，谢谢你，说实话，这个案子极有可能跟你父亲有很大关系，我完全没有想到你会将这么重要的线索提供给我们。"毛乂宁向她点头致谢。

朱子冉苦笑一声："其实一开始我也没打算说的，我本来仅仅只觉得这个事情有些可疑，可是听说你们在案发现场找到了我爸爸十年前留下的脚印，警方认定此案跟我爸有莫大关系，而我掌握的这条线索很可能会在案件调查中起关键作用，所以虽然他是我爸，但我还是觉得，这个事情应该告诉警察。"

"想不到这杯咖啡，我们还喝出了一条重要线索。"毛乂宁拍拍邓钊的肩膀，"赶紧买单去，以后啊你小子要想多破案，还得多请朱小姐喝咖啡。"邓钊醒悟过来，麻利地跑到前台买了单。

"朱小姐，这是我的名片。"喝完咖啡，从咖啡馆走出来的时候，毛乂宁递给朱子冉一张名片，"如果你想起什么其他线索，或者你父亲在医院苏醒过来，请立即给我打电话。当然，你通知邓钊也是一样的，我们都是警察嘛。"

"好的，我记住了。"朱子冉接过名片，目送两个警察开着警车离开之后，独自一人站在咖啡馆门前的台阶上，心里来回地想着，刚才自己将十年前那个傍晚爸爸跟傻妹同在电力开关站建筑工地上的线索告诉警方，到底是对还是错？

她做梦也没有想到，老爸竟然会跟十年前的傻妹命案扯上关系，而这个案子，居然又和二十年前尚在摇篮中的弟弟被湿手绢捂死的案子有关。她在心里问自己，肖三妹真的是老爸杀的吗？还有，二十年前弟弟之死，真的跟自己有关吗？当时自己才四岁，居然就有了如此杀心，对自己的亲弟弟下毒手，真是让人不寒而栗。现在想来，她似乎连自己都有些不认识自己了。

看看手表，时间是晚上 9 点多，她不想这么早回家，爸爸变成植物人已经在医院躺了快一年时间，弟弟和二妈也先后住院，家里只有她一个人，回去也是冷冷清清，连个说话的人都没有。一时之间，竟不知去哪里打发这个夜晚剩下的时间。

正在彷徨之际，抬头看见街道对面开着一间酒吧，门口的霓虹灯正眨着诱惑的眼睛，她不由得迈开脚步，穿过街道，走进酒吧，一阵震耳欲聋的音乐声直灌进耳朵。她叫了一扎啤酒，坐在角落里独自一人喝着闷酒。夜里 11 点多的时候，她已经有了些醉意，知道自己开不了车，就叫了个代驾送自己回碧桂园。到家后，她连澡也没有洗，就一头倒在床上，沉沉睡去。

等到她睁开眼睛看表时，已经到了第二天中午，太阳从窗户里照进来，晃得她眼睛生疼。她在床上翻一个身，身上还残存着一些酒意，头有些隐隐作痛，随手抓起放在床头柜上的手机，却看见来电显示里竟有十多个未接电话，不禁吃了一惊，因为昨晚睡前把手机调成了静音，这么多电话居然一个也没有接到。她划开手机屏幕，才看清这些电话都是奶奶打过来的。

她不由酒意全无，顿时从睡梦中清醒过来，奶奶居然给她打来这么多电话，肯定是出什么事了，立即翻身坐起，将电话回拨过去。电话刚一接通，她就听见奶奶在电话里带着哭腔埋怨她："子冉，你怎么一上午都不接电话？"朱子冉道："我昨天回家晚，今天上午多睡了一会儿，手机调成静音了没有听到铃声。奶奶，发生什么事了？"奶奶在电话里道："子冉，不好了，你爷爷他、他……"

"爷爷他怎么了？"朱子冉心里一紧。奶奶喘过一口气来，道："你爷爷今天一早，就被人抓走了！"

"什么，爷爷被人抓走了？"朱子冉不由吓了一跳，"是什么人把他抓走的？到底发生什么事了？"

奶奶在电话里哭起来："这事在电话里一时半会说不清，你赶紧过来一趟，奶奶现在是找不到一个可以依靠的人了。"

朱子冉立即穿衣下床："行，您在家里等我，我马上就到！"

她擦了把脸，就匆匆赶往韭菜街。一路上心里七上八下，奶奶在电话里语焉不详，只说爷爷被人抓走，又不知道到底是被什么人抓走的。她心里忽然一惊，难道是警察早上上门抓人？警方怀疑肖三妹的死跟爸爸有关，现在爸爸变成植物人躺在医院，警察抓不了爸爸，就来抓爷爷？这也太离谱了！

来到奶奶家，就见她老人家正坐在门口眼巴巴地等着她。看见孙女，老太太不由得流下泪来。朱子冉急忙将她扶进屋里，问："奶奶，到底发生什么事了？好好的，爷爷怎么会被人抓走？抓他的人到底是谁？"

奶奶刘芹一边抹着眼泪一边道："今天早上，你爷爷吃过早餐，正准备去公园散步，一出门就被两三个穿深色西装的人拦住，带上了停在路边的一辆黑色轿车。我听见声音跑出来问他们是谁，他们告诉我说，他们是纪委的人，要把你爷爷带去调查一些情况。"

"纪委的人？"朱子冉不觉有些意外，"爷爷这都退休多少年了，怎么还会有纪委的人找他？"

"我也觉得奇怪，当年你爷爷在职的时候，纪委就对他调查过一次，好像也没查出什么大问题。后来，你爷爷觉得官场险恶，不想再折腾，就向上面打了报告，从领导岗位提前退休回家养老。这都过去这么多年了，怎么还揪着他不放呢？"

朱子冉安慰她道："奶奶您别着急，也许真像他们说的那样，只是想找爷爷去了解一些情况，他们很快就会把爷爷送回来的。"

"可是你爷爷那身子骨，你是知道的，一日三餐都要吃药，他走得匆忙，根本没来得及带药，你说他要是突然犯病，身边又找不到药，那可怎么办？"

朱子冉想了一下："要不这样吧，奶奶，我有一个姓袁的高中老师，他离开学校后考上了公务员，现在是纪委第一纪检监察室主任，我这就去纪委找他打听一下情况。您把爷爷的药给我带上，我顺便把药送去给爷爷。"

"好、好，现在家里也没有别人，爷爷奶奶就只能靠你了。"

看着奶奶脸上无助的表情和她转过身去颤颤巍巍给爷爷找药的背影，朱子冉想起小时候她对自己的种种恶意，虽然心存芥蒂，但毕竟血浓于水，这个时候已经没有任何必要再去记恨任何人和任何事情。她接过用塑料袋装好的一包药，又安慰了奶奶几句，让她不要着急，安心在家里等着，自己打听到消息后马上就会回来告诉她。

她驱车来到市政府大院，纪委办公大楼就在市府大院里。她找到那位袁老师，在高三的时候，袁老师曾教过他们班英语，朱子冉的英语成绩一向不错，所以，袁老师对她还很有些印象。

在袁老师办公室，朱子冉向他道明来意，袁老师不禁皱起了眉头，说："你爷爷朱权贵的情况有点复杂，当年他是市委常委，在市里担任重要领导职务，当时纪委接到一些举报，说他在履职过程中存在大搞权钱交易的贪腐行为，纪委找他调查，他交代了一些比较轻的问题，然后以身体健康出现问题为由，提前退休了。因为当时纪委掌握的线索并不全面，所以那次调查就那么结束了。可是，我们最近查到几起公务员在人事变动、职务升迁过程中出现的违纪案件，据涉案人员交代，他们都曾在十多年前花重金向你爷爷买官，正是得到你爷爷的'关照'，他们才会突然得到提拔重用，具体涉案金额，目前我们尚在调查统计之中，不过初步估计至少在千万元以上，这些都是你爷爷在十年前隐瞒下来没有向组织交代的。退休并不等于'平安着陆'，我们纪委的办案原则是，只要有任何线索，都要一查到底，不管是在职干部还是退休老领导，都一视同仁，绝不姑息，所以这次才把你爷爷请回来协助调查。"

"那我爷爷他承认当年有贪腐行为了吗？"

"这个我不能向你透露，他的案子已由上级纪委立案调查，目前还没有任何结论。"袁老师一脸严肃地道，"不过你可以放心，如果你爷爷没有做过那些事，本是清白之身，组织绝不会冤枉他，很快就会将他送回去。如果他真有什么问题，组织也会按照程序依法依规办事，不会存在故意刁难甚至是虐待老领导的行为。请你回去之后，对朱权贵的其他家属把这个情况说清楚。"

朱子冉点头说："行，我明白了，其实我今天来，主要是想给我爷爷送点儿药。他有冠心病，做过心脏搭桥手术，需要每天服药。我能把药给他送过去吗？"

"你爷爷现在并不在纪委大楼里，具体在什么地方，我不方便透露，你也不能去见他。不过，你这些药品可以交给我，我保证会尽快转交到他手里。"

"行，那就多谢袁老师了。"朱子冉只好将手里的药递给他。袁老师当着她的面打开塑料袋，仔细检查了里面的药物，确认没有任何异常之后，又让她在一张物品接收单上签了自己的名字。

朱子冉从市府大院出来，回到韭菜街，将打听到的情况跟奶奶说了。刘芹这才略略放心，嘴里嘟囔道："十年前我就劝他把问题全都交代了，他不听我的话，以为不当这个官就能够安全着陆，这下好了，过了十年人家还是揪着不放。"

朱子冉对爷爷以前的官声自然也有些耳闻，便也不好再说什么，只能是等待纪委的调查结果了。她怕奶奶出什么意外，就在家里陪着她老人家，直到给她做了晚饭，祖孙俩一起吃过饭，她才离开。

小车刚开出韭菜街，她的手机又响起来，她以为是奶奶又要找她，看了来电显示，才知道打来电话的是华济医院的医生，她爸爸正是住在这家私立医院。她不由得心头一跳，赶紧将车停在路边，按下手机接听键。

"朱小姐吗？"医生在电话里通知她说，"你爸爸今天傍晚已经醒转过来，我们对他进行了检查，目前来看各项生命体征都比较正常。你什么时候有空，可以过来看一看他。"

朱子冉以为自己听错了，在电话里跟医生再三确认，知道老爸确实已经从植物人状态清醒过来之后，不由又惊又喜，几乎流下泪来。最近一段时间，家里接连出事，这是她从省城回家之后，听到的最好的消息。忙道："好的，我马上过来！"

她立即驱车赶往东方大道，来到华济医院，进入父亲病房时，却发现竟然有人比她先到，病房里已经有两个人坐在父亲病床前，正在向父亲询问什么。她仔细瞧瞧那两个人，这才认出来，正是一直锲而不舍地调查父亲车祸案的两名交警，她记得年长的那个叫于德成，旁边埋头做记录的年轻交警叫庞东。估计是交警大队之前跟医院打过招呼，所以父亲醒过来后，医院除了第一时间通知家属，也立即通知了交警。

她见交警正在向父亲调查他出车祸的事情，并没有上前打扰，就在一旁静静地站着。

两个交警向她父亲朱哲通报了这段时间以来，他们调查到的关于那场车祸的一些情况，并说他们调看与他相撞的那辆白色面包车上的行车记录视频，发现在两车即将会车时，他的马自达小车突然猛打方向盘，越过省道中间的双黄实线，迎面撞上了在另一车道上正常行驶的白色面包车。然后问他，为什么当时要突然打转向，是车子出了什么问题吗？

　　朱哲摇头说："不是车子出了问题，更不是我故意要撞向对方，当时我在省道上正常行驶，忽然看见前面道路上有一个穿着红色衣服的小男孩在奔跑，我刹车不及，只好打方向盘避让，但是因为转向太急，车子发生漂移，撞上了对向行驶的面包车，然后又失控翻落山沟，我当时直接就昏过去，什么都不知道了。"

　　两个交警听后，不由得相互交换了一记眼色，脸上都现出奇怪的表情。于德成道："朱先生，您是不是看错了？我们已经将白色面包车里的行车记录视频看了无数遍，当时路况良好，在您的马自达小车前并没有任何行人和车辆，包括小孩。"

　　朱哲愣了一下："是不是孩子个头太矮，所以行车记录仪没有拍到？"庞东抬头道："这个可能性很小，行车记录仪一直从远处拍到你车子跟前，如果有人在你车前，即使是小孩子，也应该能清楚看到。"

　　"这、这怎么可能？"朱哲不由得焦躁起来，"当时我明明看见有一个穿红色衣服的小孩子在我车子前面跑着，所以我才……"他刚从沉睡中苏醒，身体还没有完全恢复，这时情绪一激动，头就突然剧痛起来，他只好抱着自己的脑袋，靠在床头痛苦呻吟起来。

朱子冉见状，急忙叫来医生给父亲做检查。两名交警见他状态不佳，已经不太适合继续接受警方问询，便也只好作罢，起身跟朱子冉聊了两句，让她在她父亲情况稳定下来之后，再电话通知他们，车祸的情况是一定要调查清楚的。朱子冉点头答应，并向他们道谢，送他们离开病房后，她想着爸爸刚才对交警说的话，忽然心中一动。

　　她曾去老爸出车祸的地点看过，那里正好位于龙湾乡石斗山下，省道的一边是乱石垒起来的几百米高的石斗山，另一边是一道十多米深的山沟，山沟之外是一些农田和村庄，其中就有弟弟亲生母亲曾素娥所在的石斗村。她记得自己曾听曾素娥说过，当年她"生"下的那个死婴，被她带回家后埋在了村后石斗山下的山沟里。

　　她立即站在走廊里给曾素娥打了个电话，问起她当年将那名死婴具体埋在了什么地方，曾素娥跟她说了，还说自己每年都会在孩子的祭日去看看他，自从有了手机后，每次去看孩子都会拍一张照片。她通过手机微信传了两张照片给她。

　　朱子冉仔细看了照片，照片里除了一个长满荒草的小坟堆，还拍到了周围一些山石和树木。她很快就看出来，她亲弟弟的埋尸地点，竟然就在父亲车祸现场的旁边。她又问曾素娥，当时婴儿身上穿的什么衣服？曾素娥说："刚生出来的孩子，哪有什么衣服，听说红色可以辟邪，所以当时我就用一块红头巾把他包裹着埋在了山沟里。"

　　朱子冉听到这里，手机差点从耳边滑落，老爸开车经过弟弟坟地附近，看到一个虚幻的小男孩在道路中间奔跑，导致其猛打方向盘，最终车辆失控翻下山沟，而且据老爸所言，那个小男孩身上穿的是一件红色衣服。这一切难道是巧合、幻象，还是冥冥之中的天意？她一时间也难以找到答案。

这时候医生已经给朱哲检查完毕，并没有什么大碍，只是昏迷时间太长，刚刚苏醒，身体有些虚弱，多休息休息就好了。

待医生离开之后，朱子冉这才走到病床前，跟老爸相见。朱哲显然还没太意识到自己已经昏睡快一年了，他打了个呵欠，好像是从昨晚的睡梦中醒来一样，看见她，叫了一声"子冉"，然后问："你不是在省城上班吗？怎么跑回来了？"

朱子冉这时再也忍不住眼泪，扑到父亲怀里呜呜大哭起来。

朱哲似乎吓了一跳，拍着她的肩背问："怎么了？看见爸爸醒来，你应该高兴才对啊？"他扭头看看，"咦，怎么只有你一个人，你二妈跟你弟弟呢？他们都不来看我吗？"

"他们、他们……现在来不了……"

朱子冉坐起身，一边擦着眼泪，一边将父亲车祸昏迷之后家里发生的事情，包括弟弟病重住院，二妈旧病复发，及发现弟弟不是朱家亲生的孩子之后，她调查出来的结果，都跟老爸说了。但是却没敢说当年将湿手绢盖在弟弟脸上的不是二妈，而是她自己。

朱哲听后，拉住她的手道："想不到我这一觉，竟然睡了这么久，而且这一年里发生了这么多事情，子冉，真是难为你了。"他叹了口气，"你说得没错，你现在这个弟弟，确实是我找梅医生悄悄从医院换回来的，当时你爷爷奶奶反对我跟你二妈在一起，我只想抱回一个孩子先过了他们这一关再说，却做梦也没有

373

想到竟会在二十年后引来这么大一场风波……子冉，爸爸对不起你……"

朱子冉看着父亲，本想将当年被捂死的那个孩子，也就是她亲弟弟，最后被用红头巾裹着埋在了石斗山下的山沟里，他出车祸的地方就在孩子的埋尸地点不远，他车祸前看到的那个红衣小男孩很可能是个幻象的事情告诉他，但看到父亲一脸歉疚的表情，心中终是不忍，最终也没有将这件事情说出来。

"你弟弟……他现在怎么样了？"朱哲犹豫着问。朱子冉说："现在他还在医院化疗，他已经跟他的亲生母亲曾素娥相认，经过医院检查，他妈妈的造血干细胞跟他配型成功了，很快就可以进行移植手术，如果不出什么意外的话，他的命算是保住了。"

朱哲听罢，又是一声长叹："子冉，这段日子，真是难为你和你二妈了！"

朱子冉也跟着叹口气，脸上露出苦涩的表情，忽然想起肖三妹的事情，正想开口问父亲，就听见病房的门被人敲响，回头一看，刑警大队的毛乂宁和邓钊已经走了进来。她心里一惊，想不到他们竟然这么快就知道父亲苏醒过来的消息，急忙站起身来，见父亲正吃惊地望着走进屋来的这两个陌生人，就介绍道："爸，他们是警察。"

朱哲感觉到有点意外："警察不是刚刚已经来过了吗？"朱子冉只好道："刚刚来的是交警，是来调查您上次车祸的事情，这两个是刑警大队的……"朱哲一愣："刑警？"

毛乂宁朝他亮一下证件，问："朱哲是吧？我们是市公安局刑警大队的。我们是专为肖三妹的案子来的。"朱哲听到"肖三妹的案子"这几个字，脸上的表情不由得变了一下，但还是很快镇定下来："是十年前被拐卖的那个肖三妹吗？"

邓钊点头道："是的，正是她，不过很显然，这个肖三妹并没有被拐卖。前段时间，韭菜街的电力开关站搬迁工地上挖出了一具女性骸骨，经过 DNA 检测，正是十年前失踪的少女肖三妹。经过警方缜密侦查，现在怀疑是你在十年前将其杀死后埋尸在电力开关站下面，必须将你带回刑警大队作进一步调查。"

朱子冉忙道："两位警官，我爸刚刚从植物人状态苏醒过来，身体还没有完全恢复，案子的事情，你们看能不能先缓一缓……"

毛乂宁道："这个请放心，我们刚才已经咨询过他的主治医生，知道他的身体情况还不稳定，尚不能出院，所以我们决定从现在开始对他进行监视居住，等他身体恢复过来，可以出院之后，再带回公安局做进一步调查。从现在开始，这间病房由警方接管，我们会派警员 24 小时在门口值勤，除了医护人员，其他人未经允许不得入内。"说着，就朝朱子冉做了一个"请"的手势，示意她立即离开病房。

朱子冉犹豫一下，还想说些什么，邓钊轻轻拉她一下："有什么事情，出去再说吧。"

朱子冉知道父亲跟肖三妹命案有重大关系，警方这么做也是意料中的事，只好对父亲说："爸，您先好好休息，配合警方调查！"从病房走出来后，她拉住邓钊道："我爸刚刚苏醒，身体不太好，请多帮忙照顾一下。"

邓钊点头道："这个你放心，我们知道该怎么做的。"朱子冉又道："如果我爸身体情况有什么变化，请第一时间通知我。"邓钊说："好的。"

朱子冉隔着病房窗户看了父亲一眼，毛乂宁正坐在病床前向他问话，父亲虽然在回答问题，眼睛却是闭着的，也许是他完全没有想到十年前的案子竟然会被重新翻出来，所以一时之间不知该如何面对上门调查的警察。

她哀哀地叹口气，默默地从医院走了出来。

第二十一章

噩梦难醒

两天后，朱子冉去到人民医院精神心理科，将二妈孟玉文接回家。

经过这段时间的住院治疗，孟玉文的病情已经稳定下来，但医生再三强调，绝不能再让她受到任何刺激。所以，朱子冉虽然心里有一堆疑问想要从她这里找到答案，却不敢在她面前提半个字。

听说朱哲已经在医院苏醒过来，孟玉文执意要去看望丈夫。但是来到华济医院时，却被门口值守的两个警察挡在了病房外面，朱子冉给毛乂宁打了个电话，希望能通融一下，让二妈进去跟父亲说几句话，但是被毛乂宁拒绝。他说："你爸爸现在是警方的重点嫌疑人，身涉命案，在案情没有调查清楚之前，严禁任何与案情无关的人员跟他接触。这一点希望你们家属能够理解。"

朱子冉有点无奈，只好告诉二妈说："因为我爸车祸的事情，还有一些问题没有搞清楚，所以警方现在派人在老爸病房门口守着，在案情没有调查清楚之前，不能让任何人，包括家属进去。"

孟玉文虽然觉得有些奇怪，但也没再多问，隔着玻璃窗户看看丈夫，就默默地离开了。

坐进车里的时候，她用手扶着额头，对朱子冉说："我最近老是感觉到头昏头痛，一开始以为是住院的时候医院里空气不好，让人感到憋闷，现在从医院出来了，还是痛得厉害，要不你带我去陆笙那里看看吧。"

朱子冉说："好的。"就给陆笙打了个电话，陆笙说："行，你们过来吧，我在诊所等你们。"

朱子冉开着小车，带着二妈来到位于韭菜街的陆医生中医诊所。诊所里只有三几个病人在候诊，朱子冉拉着二妈在候诊区的长凳上坐下。

陆笙给前面几个病人瞧完了之后，就朝朱子冉她们招招手，孟玉文走进诊室，在诊桌前坐下。陆笙问了一下症状，给她把了脉，脉象弦细，又看了舌苔，舌红苔黄，诊断说："您这个主要还是肝阳上亢，血压升高引起的头目昏痛，我给您开几剂天麻钩藤汤回去吃吃看。"

他刚给孟玉文开完方子，诊所里又走进来两个人，忽然扑通一声，就跪在他面前，连连磕头。一转头看见朱子冉也在，又转过身来，朝她磕头。陆笙和朱子冉都吓了一跳，急忙上前将那两人扶起，这才认出他们竟然是前几天在人民医院门诊大楼前被医托骗去救命钱后坐地大哭的三姑婆母子俩。

三姑婆拉住陆笙的手，情绪有些激动："陆医生，你可真是神医啊，上次给我儿子开了三服药，他回去吃了，很快脚就不痛了，也不麻了，已经能够下地走路。这不您看，今天我们在韭菜街外面下了车，他就是一路走到您诊所来的。"

朱子冉看看她儿子，果然比前几天在医院门口见到时精神了许多，不再是一副愁眉不展的痛苦模样，眉目舒展，脸上也有了些笑容。心里这才明白，他们是到诊所来找陆笙复诊的。说实话，当初让陆笙去给他看病，其实她心里也没有底，只是可怜这对母子，想帮一帮他们。却没有想到陆笙医术高明，三剂汤药就大见奇效，不由得心中暗自佩服。看看四周，觉得陆笙在这么简陋的诊所里坐诊，确实是委屈他了。

陆笙认真地给三姑婆的儿子查了脉，又提起他裤管看一下，患者两条小腿上的青筋迂曲已有所好转，水肿已经消除，于是便道："既然前面三服药效果不错，那咱们就效不更方，按照我前次开的方子再吃十天，再来复诊。我这次也没有给您重新开方子，诊金就免了吧。"三姑婆母子俩很是感激，又对着他说了不少感谢的话。

将他们送走之后，诊所里就渐渐安静下来。朱子冉看着有些冷清的诊所，说："陆笙哥，你医术这么好，在这条小巷里开一个小诊所，实在是浪费了。"

"那也没有办法，大医院也不会请我这小中医进去工作啊。"陆笙不由得苦笑起来。

朱子冉叹口气道："那倒也是。十年前老百姓看病难，想当年夏米为了给她老爸筹钱做手术，经历了多少磨难，结果钱虽然筹到，但耽误了最佳治疗时间，她爸还是在医院去世了。这段时间，我几乎天天跑医院，发现这么多年过去，老百姓看病难这个问题不但没有解决，反而好像愈发严重，大医院医疗费一个比一个高，但仍然门庭若市，光排队就能排得让人崩溃。你说大医院每天那么多病人，医生治都治不过来，你医术这么好，如果能分流一些病人到你这样的小诊所来，不但能减轻大医院超负荷运转的负担，还能解决患者的燃眉之急，而且费用还比大医院便宜许多，那该多好啊！"

"希望以后会有所改变吧！"陆笙也颇有些感慨，道，"最近社区医院增加了一个中医科，准备把我请过去做坐诊大夫，我很高兴地答应了，倒也不是说去正规医院工作就高兴，而是在社区医院里可以接触到更多病人，能磨炼和提高自己的临床医术，另外如果医术高疗效好，就可以将更多的患者吸引到社区医院来，普通疾病咱们不出社区就能解决，只有大病才往大医院跑，这样老百姓看病难看病贵的问题，自然就会得到缓解。"

"嗯，这倒是一个不错的选择！"朱子冉不由得朝他竖起大拇指。又问了一下夏米的情况，陆笙说夏米的肚子已经大起来了，不过仍然坚持在学校工作，前几天带她去妇幼保健院做了产检，胎儿一切正常。

朱子冉笑道："那就恭喜你，很快就要当爸爸了！"

陆笙哈哈一笑，脸上溢出幸福的表情。

离开诊所之后，朱子冉又带着二妈来到奶奶家，去看望独自一人在家的奶奶。自从丈夫被纪委的人带走之后，刘芹每天都在家里等着他的消息。见到孙女，马上拉住她的手问："子冉，你爷爷现在怎么样了？有他的消息吗？"朱子冉摇摇头："我也没有打听到他的任何消息呢。"

刘芹不免有些失望，目光暗淡了一下，但很快又扯住她："你不是跟纪委的那个袁老师熟吗？赶紧再打个电话给他，问问你爷爷的情况。这都被带走几天时间了，还是没有一点儿消息传出来，真是急死人了！"

朱子冉不禁有些犹豫，袁老师虽然在高中时教过她，但两人之间好像也还没有熟到可以随时随地打电话的地步，而且袁老师在纪委工作，身份敏感，她作为被调查对象的家属，也不方便给他打电话，作为袁老师昔日的学生，她也怕自己一个冒冒失失的电话，会给老师带来不必要的麻烦。

"你这孩子，怎么叫你打个电话都这么难呢？"奶奶又开始埋怨起来，从她包里掏出她的手机，递到她手里，"不要怕，他不是你老师吗？你们这么熟，打个电话就行了，快打快打……"

朱子冉不由得一怔，奶奶这么语气急促的话语，她似乎在什么地方听过。待要细想，刘芹又急忙催促起来，她只好在奶奶的监督下，拨通了袁老师的电话。

袁老师自然知道她打来电话的原因，告诉她说："我现在只能告诉你，你爷爷的情况比较严重，可能一时半会儿回不了家，我只能说这么多，再向你透露其他情况，我就违纪了。还有，如果有了结果，我们会第一时间通知家属。"朱子冉自然明白这是叫她以后不要再打电话找他，否则就有干扰纪委工作人员办案的嫌疑。她只好挂断电话，将袁老师的话跟奶奶说了，刘芹说："我就是有些担心你爷爷的身体……"话未说完，忍不住又流下泪来。

朱子冉和孟玉文安慰老人一阵，才离开韭菜街，回到家里。

刚吃完了晚饭，朱子冉的手机又响起来，看一下来电显示，居然是她亲生母亲卢艳艳。她走到阳台，按下接听键，就听见电话里传来卢艳艳的哭声。

她的头一下就大了："妈，又怎么了？"

"子冉，妈不想活了，"卢艳艳泣声道，"妈活不成了……"

朱子冉皱眉道："好好的，怎么又不想活了？"

"妈被骗子骗了，妈不想活了……"

朱子冉虽然还大想理会她，但她毕竟是自己的生身之母，见她哭得这么伤心，而且还寻死觅活的，到底心中有些不忍，就道："你先别急，我这就过来！"

她跟二妈孟玉文交代几句，就下了楼，开车赶到南城公园对面的艳艳时装店。卢艳艳本来正坐在店里看韩剧，一见女儿进来，又开始抹起眼泪来。朱子冉往店里瞧一眼，并不见上次那个肖长顺。她问："妈，到底发生什么事了？"

　　"子冉，妈被那个遭天杀的肖长顺给骗了，他、他不是什么好人！"

　　朱子冉叹口气说："我早就知道他不是什么好人，还劝过你叫你不要跟他交往，你偏不信，这下好了，被人家欺骗感情了吧！"

　　"如果只是欺骗感情还好，"卢艳艳拍着大腿道，"他还把我的银行卡也偷走了，那里面可是存着我十多万货款呢。"

　　"他不知道密码，光拿走你的银行卡也没有用啊。赶紧去银行挂失就行了。"

　　"上次我跟他一起去银行的时候，他让我把银行卡密码改成了他的生日。"卢艳艳跺足道，"我刚去银行查了，钱都已经被取走了，我打他手机他已经关机，我到他租住的房子那边看过，房东说他早就退租了，现在已经彻底找不到他的人了。"

　　朱子冉这才意识到问题的严重性，老妈这爿小店，估计一年都赚不到十万块，一下被肖长顺骗走这么多钱，就等于一年多时间都白干了。她说："那赶紧报警啊！"

　　"我已经到派出所报过警了。警察登记一下，给了我一张报警回执单，就把我打发回来了。我看他们那个态度，估计也不会认真去查。"卢艳艳咬牙切齿地骂道，"肖长顺这个天杀的，那可是我辛苦一年的血汗钱啊……如果没有这笔钱，我这店里连运转都困难，看来是要关门大吉了。唉，这不是要了我的命吗？我、我真不想活了……"她一边哭着，一边拿目光悄悄往女儿脸上瞅。

朱子冉终于明白她给自己打电话卖惨的意思了，不由暗自叹气，心想怎么就叫自己摊上了这么一个不争气的亲妈呢？只好掏出钱包里的银行卡递给她："这是我的卡，里面还有五万块钱，密码是我的生日，你先拿去应应急，千万别把这家店关了，没有这间服装店你就得去喝西北风。"

"老是用你的钱，这、这怎么行呢？"卢艳艳嘴里客气着，手却早已伸过来，接过了她的银行卡。

"你记住了，这钱不是给你的，只能算是借给你的。"朱子冉道，"如果警察抓到肖长顺，把他骗你的钱追回来，你可得还给我。"

"一定还，一定还！"卢艳艳这才破涕为笑，"还是我闺女好，知道心疼娘。"

朱子冉道："妈，我的钱也不是天上掉下来的，也是我辛苦工作挣来的，你要省着点花。还有，以后把心思多放在服装店的经营上，把生意搞好，多赚点钱，别再跟那些不三不四的男人来往了，要不然，哪天被人骗去卖掉都不知道。"

"哎，你这孩子，怎么说你妈的呢？"卢艳艳朝她翻翻白眼。朱子冉不想再说什么，见她已经平静下来，也不寻死觅活的了，这才放下心来，转身要走。"哎，等等，"卢艳艳又叫住她，脸上露出关心的表情，"对了，子冉，我听说你弟弟的亲妈找到了，是吧？"

朱子冉点头说："是的，他们已经母子相认。"

卢艳艳连连拍起巴掌来："那就太好了。"

朱子冉不由得奇怪地看向她："为什么太好了？"

"你傻啊，妈不是早就跟你说过了吗，只要能证实朱子豪不是朱家的亲生孩子，跟他们朱家没有任何血缘关系，那你就是朱家唯一的孙辈了。等你爷爷奶奶百年归天之后，家里的家产最后还不都得由你来继承吗？"

朱子冉不由被她逗笑了："你是说继承爷爷奶奶在韭菜街的那栋老房子吗？能值多少钱？"

卢艳艳白她一眼："你可别小看你爷爷，他可不止老房子那点儿财产。"

朱子冉忽然想起纪委调查爷爷的事，不觉心中一动："那他还有什么？"

"他做官的时候，可没少捞钱，"卢艳艳四下看看，声音明显低下来，"光我知道的，就不会少于一千万，这些钱都被他兑换成金条之类的实物藏起来了。十年前吧，纪委的人就曾查过他一次，当时还找我问话了呢，我心里明白，可什么都没有说，当时想的就是说不定你爷爷百年之后，能把这些遗产分你一份，到时我也会跟着你沾光啊！那次调查，被你爷爷蒙混过关，只是他的官当不成了，就早早退了休回家养老。"

"十年前吗？"朱子冉对这个时间点特别敏感，"是十年前的什么时候？"

卢艳艳想了一下，将具体时间跟她说了。朱子冉不由得心头一跳，那正是肖三妹失踪前不久，这是巧合吗？还是说这两件看

385

似八竿子都打不着的事情之间，还隐藏着某种看不见的关系呢？

其实她一直想不明白，爸爸为什么会在调包孩子十年之后去杀肖三妹，就算她在十年之后跟弟弟玩手绢捂脸的游戏，有可能会说出十年前从窗户里看到的一切，但是她是一个傻妹，谁又会去求证她说的话呢？细细想来，傻妹的话其实对爸爸的威胁并不大，爸爸为什么会突然对傻妹动杀机呢？但是，如果这时候纪委正在调查爷爷，那情况就完全不同了，假如此时被纪委的人知道当年调包孩子的事情，再顺藤摸瓜找到梅金婷梅医生头上，那爷爷收取梅金婷四十万好处费帮助她当上副院长的事情就再也瞒不住，纪委的人由此再深挖下去，爷爷利用手中权力大搞权钱交易的其他违纪违法行为，肯定也是纸包不住火，很快就会被纪委查出来。所以说到底，爸爸不光是为了隐瞒自己当年调包孩子的事情，更是为了保护正在被组织调查的爷爷，因此才不得不对肖三妹下毒手。如果自己的推测是对的，那袁老师确实说得没错，爷爷这一次很可能摊上大事了！

对于朱子冉来说，爷爷一向官声不好，她是早有耳闻，这次被组织调查，倒也不算意外，只是爸爸在她心目中的高大形象，这时也渐渐变得虚幻起来，想到爸爸很可能在爷爷那些见不得光的勾当中充当过"助手"的角色，心里顿时感觉到一阵悲哀。

"对了，子冉，子冉！"卢艳艳像是忽然想起什么，连叫了两声，朱子冉才回过神来。卢艳艳道："我听说你有一个高中同学现在在当警察是吧？"

"是呀，怎么了？"

"那你给他打个电话，叫他帮我调查一下肖长顺这个骗子，让他们早点儿帮我把银行卡里的钱追回来。"

"我这同学是刑警，在刑警大队上班，你这个案子应该是归辖区派出所负责吧？"

"反正都是警察，有熟人帮忙过问一下，案子总会查得快些。"

"可是，我怕他……"朱子冉有些犹豫。

"怕什么呢，你们那么好的同学关系，他肯定会帮你的，"卢艳艳扯着她的胳膊，将她的手机掏出来塞进她手里，一叠声催促道，"快点儿打，快点儿打……"

朱子冉忽然怔愣了一下，这一连串的催促声，竟然让她感到有些熟悉，自己似乎在什么时候听到过类似的声音。她皱起眉头细想一下，忽然有个声音似乎从遥远的梦境里传过来："盖上去，盖上去，不要怕，对，就像这样盖上去，快去快去……"

对，对，就是那个雨夜噩梦，在她耳边催促她将湿手绢盖到弟弟脸上去的声音！

她一直以为当时自己是在自说自话，自己给自己壮胆打气，现在看来显然不是。她一直心存疑惑，二十年前，自己还只是一个四岁的孩子，怎么会生出如此歹毒的心思，做出如此不可思议的事情？

现在她蓦然明白过来，其实是一直有一个人一个声音，在教她这么做，在指使她命令她去做那件事。她懵懂间按照那个人的指令去做了，直接导致尚在摇篮里的弟弟被湿手绢捂得窒息身亡。但后来发生的事情，却是那个人没有想到的，爸爸用死去的弟弟悄悄从医院换了一个孩子回来，家里一片风平浪静，所以那个人以为她没有成功。又或者那个幕后真凶知道孩子已经被调包，但却不敢站出来指证她爸爸，因为这样一来，就会暴露自己指使四岁小女孩杀人的恶毒心思。

她又想起下午在奶奶家，奶奶催促她给袁老师打电话，那声音竟也与她在梦中听到的有些相似。

她顿时如坠冰窟，浑身一片冰凉：这句话，到底是谁对她说的呢？

小馬过河

有 态 度 的 阅 读

微　博　小马BOOK　　　抖音　小马文化　　　　　　拼 多 多　小马过河图书
公众号　小马文艺　　　　淘宝　小马过河图书自营店　全案营销　小马青橙工作室
小红书　小马book　　　　微店　小马过河图书自营店　投稿邮箱　xiaomatougao@163.com

图书在版编目（CIP）数据

窒息 / 岳勇著 . -- 北京 : 北京联合出版公司，

2025. 5. -- ISBN 978-7-5596-8316-8

Ⅰ . I247.5

中国国家版本馆 CIP 数据核字第 2025CX6635 号

窒　息

作　　者：岳　勇
出 品 人：赵红仕
责任编辑：李艳芬
策划监制：小马 BOOK
产品经理：小　北
特约编辑：希　贤
内文制作：赵廷宏

北京联合出版公司出版

（北京市西城区德外大街 83 号楼 9 层 100088）

北京联合天畅文化传播公司发行

定州启航印刷有限公司印刷　新华书店经销

字数 270 千字　880 毫米 × 1230 毫米　1/32　12.5 印张

2025 年 5 月第 1 版　2025 年 5 月第 1 次印刷

ISBN 978-7-5596-8316-8

定价：58.00 元